Hannelore   Deinert

AF194274

Wie Vögel im Sturm

Ein Leben am Limit

Bibliografische Information der Deutschen Nationalbibliothek: Die Deutsche Nationalbibliothek verzeichnet diese Publikation in der Deutschen Nationalbibliografie; detaillierte bibliografische Daten sind im Internet über dnb.dnb.de abrufbar.

.: © 2021 Hannelore Deinert
2. Auflage

„Herstellung und Verlag:
BoD – Books on Demand, Norderstedt"

.

ISBN 9783752646177

Inhaltsverzeichnis

Wie hoch und wohin geht die Reise? 5

Auch wenn die Angst ich kaum ertrug, ...75

Was dich nicht tötet, macht dich stark 161

Die Hoffnung lässt uns alles wagen, ...229

Ist es die Vorsehung, die bestimmt, ...323

Wie hoch und wohin geht die Reise?
Willst Du, dass ich dich begleite?
Kann ich Dir folgen bedenkenlos?
Die Angst in mir ist viel zu groß.

Auch wenn das Land sich überraschend schnell von den katastrophalen Kriegsschäden erholte und die gravierendsten Zerstörungen auch mit Hilfe der Gastarbeiterflut aus Italien, Spanien und der Türkei beseitigt worden waren, auch wenn in den wiedererrichteten Theatern und Kulturstätten die Künste neu erblühten, die freie Marktwirtschaft den Fleißigen mit bescheidenem Wohlstand belohnte und das zarte Pflänzchen Demokratie bestens gedieh, so lag doch, fünfzehn Jahre danach, die Bedrohung eines neuen Krieges wie ein Damoklesschwert über den Menschen. Kein noch so deutlich demonstrierter Optimismus konnte die Bürde der Schuld vertreiben.

Keiner wollte es wahrhaben, aber die Psyche der Menschen war noch lange nicht geheilt, man verbarg es geschickt hinter Geschäftigkeit und Strebsamkeit, die Deutschen wurden ein Volk von Verdrängungskünstlern. Jedermann trug eine zufriedene Wohlstandsmaske zur Schau, umtriebig und pausenlos strebte man nach immer mehr, wer es sich leisten konnte fuhr mit dem eigenen Auto in den Urlaub, möglichst mit einem Caravan im Schlepptau nach Italien ans Meer. Laute Heiterkeit und Überheblichkeit waren bewährte Rezepte, um der inneren Zerrissenheit wenigstens oberflächlich und zeitweise zu entfliehen, und der Erkenntnis, zu welcher bodenlosen Grausamkeit man fähig war.

Das klappte gut, bis auf die Nächte. Da kamen mit der Stille die Toten zurück, der Schein von brennenden Häusern und Hütten flackerte in ihre Stuben, Qualm nahm ihnen den Atem, das Zischen von Granaten und Querschlägern tobte in ihren Ohren, das Brummen angreifender Tiefflieger, Gewehrsalven und Todesschreie raubten ihnen den Schlaf, Nacht für Nacht, es gab kein Entrinnen. Viele suchten im Alkohol Linderung, und wenn das nicht half, zerschlugen sie mit wütender Verzweiflung alles, was ihnen lieb und teuer war. Sie wussten, Liebe und Harmonie waren nicht angebracht nach allem was war. Sie gaben ihre Schuld ungewollt und unbewusst an ihre Kinder weiter.

Fanny Obermayer und Rolf Dengler versuchten im Alter von achtzehn und neunzehn Jahren der Enge und Dürftigkeit ihrer Elternhäuser und der Kleinmut der niederbayrischen Kleinstadt, in der sie aufgewachsen waren, zu entkommen, indem sie heirateten. Sie legten sich eine wunderbare Zukunft zurecht, allerdings mit verschiedenen Vorstellungen; Fanny erhoffte sich die absolute Freiheit, ohne Zwänge und Ängste vor dem alkoholkrankcn, tobsüchtigen Stiefvater, und Rolf rechnete sich nach einer abgeschlossenen Elektro-Mechaniker Lehre und einem geplanten Ingenieurstudium eine erfolgreiche berufliche Karriere aus. Beide dachten in ihrer jugendlichen Zuversicht, oder sollte man sagen Einfalt, in München ihre Zukunftspläne am besten verwirklichen zu können.

„Wenn wir heiraten", hatte Rolf, der es von Natur aus immer eilig hatte, erklärt, „brauchen wir nur eine Miete zu bezahlen. Außerdem sind die Leute in München genauso stockkonservativ wie hier. Besuche von Mädchen in Junggesellenbuden sind absolut tabu und gegen alle guten Sitten."

Allerdings waren sie zum Heiraten noch zu jung, aber Rolf wäre nicht Rolf gewesen, wenn er nicht eine Lösung dafür gefunden hätte. Er war ein Flüchtlingskind und Waise, seine Ausgangsposition im Leben war also nicht gerade die Beste, aber er war intelligent und ehrgeizig und erreichte mit seinem unerschütterlichen Glauben an sich selbst so gut wie alles, was er sich vornahm. Und er wollte Fanny heiraten, nur sie, da war er sich ganz sicher.

Gleich beim ersten Mal, als er sich mit einigen Kumpels auf der Steinbrücke vor dem Stadttor, einem beliebten Treffpunkt der Jugendlichen, aufgehalten hatte und sie mit einer Freundin dort aufgetaucht war, war sie ihm aufgefallen. Sie waren mit Fahrrädern gekommen, stellten sie ab und kamen auf die Brücke. Während ihre

Freundinnen unverzüglich anfingen mit den Jungs herumzualbern, blieb sie abwartend und zurückhaltend, das gefiel ihm. Von seinen Kumpels erfuhr er, dass sie Fanny Obermayer hieß und erst kürzlich von einem Internat nach Hause gekommen sei. Rolf hatte sich gleich heftig in sie verliebt, er machte seinen Kumpels unmissverständlich klar, dass sie nun seine Freundin sei, denn in seinem Freundeskreis galt es als ungeschriebenes Gesetz, sich nicht gegenseitige die Mädels auszuspannen.

Nach seiner Ausbildung zum Elektro-Mechaniker war Rolf nach München gegangen, wo er schnell in einer Geschäftsstelle des Esseners Röntgenwerks Arbeit fand. Jeden Freitag fuhr er nach der Arbeit mit dem hart ersparten Moped die hundert Kilometer nach Hause, um Fanny zu sehen und sie, wenn sie mit ihren Freundinnen zu den Tanzveranstaltungen oder in die Kinos ging, zu begleiten. Zwar war Rolf hoffnungslos unmusikalisch, aber wenn er sie nicht ausgeführt hätte, befürchtete er, würden es andere tun, die obendrein besser tanzen konnten wie er. Als Fanny den Wunsch äußerte, auch nach München gehen zu wollen, kam ihm das gerade recht.

Er beantragte kurzerhand beim Amtsgericht Fannys Vormundschaft, die er wegen ihres gewalttätigen Stiefvaters und seiner abgeschlossenen Berufsausbildung und festen Anstellung auch bekam. Somit war Rolf mit neunzehn Jahren volljährig und heiratsfähig.

Im Jahre 1960 heirateten Fanny und Rolf in aller Schlichtheit. Allerdings nur standesamtlich, denn Rolf war protestantisch und Fanny katholisch. Der katholische Pfarrer höchstpersönlich war in Obermayers bescheidenem Zuhause aufgetaucht, um Fanny ins Gewissen zu reden. „Einen Protestanten zu heiraten, bedeutet den Ausschluss aus der Mutter Kirche, Fanny", hatte er sie gewarnt. Das war zwar sehr unerfreulich für Fanny, aber vorerst fiel es wegen der allgemei-
8

nen Aufregung mit der Hochzeit und dem Umzug nach München nicht so sehr ins Gewicht.

In der Münchner Innenstadt, nahe des Sendlinger Torplatzes, mietete Rolf im Erdgeschoss eines achtstöckigen Neubaus ein zwar winziges, aber umso teureres Einzimmerappartement mit Dusche und einer Kochnische. Ein paar Straßenzüge weiter fand Fanny mit Rolfs Hilfe Arbeit in einer kleinen Näherei.

Aber Fanny fühlte sich inmitten der gleichgültigen Geschäftigkeit der großen Stadt, mit den großen, neuen Kaufhäusern, den Pracht-bauten aus Glas und Beton, die in den Himmel wuchsen, den kolos-salen Kinos und Theatern, die ihre Programme auf riesigen Plakaten mit wunderschönen Menschen darauf ankündigten, fehl am Platz. Die breiten Straßen mit dem hektischen, lärmenden Verkehr, die pol-ternden Straßenbahnen und die hastenden Menschenmassen verwirrt sie. Sie fühlte sich allein, denn Rolf war unter der Woche meist auf Montage.

Rolf merkte es nicht, er hatte mit seinen Angelegenheiten mehr als genug zu tun. Aber am Wochenende führte er seine Frau gern in das neue, moderne Kino im Bahnhof, -er wurde erst kürzlich auf das prächtigste fertiggestellt- wo man sich für wenig Geld lustige „Mi-cky-Maus" und „Tom und Jerry" Filme, die sich in Endlosschleifen wiederholten, anschauen konnte. Im Sommer gingen sie an den Isar-auen spazieren, sonnten sich dort und badeten, oder wanderten durch den Englischen Garten. Das war sehr schön.

Als Fanny schwanger wurde, freute sie sich, sie glaubte, nun wäre sie in der großen Stadt nicht mehr so allein.

Am frühen Morgen des Ostersonntags, des Jahres 1962, platzte bei einem Toilettengang völlig überraschend und ohne Vorwarnung Fannys Fruchtblase. Beide, Fanny und Rolf, waren völlig überrascht und gerieten fast in Panik, denn Fanny ging es bis dahin hervorragend, auch wenn der errechnete Geburtstermin bereits erreicht war. Zum Glück hatte Rolf gerade in einem Achtstunden-Crashkurs und einigen Fahrunterweisungen seinen Führerschein erworben und ein Firmenwagen, ein königsblauen Ford-Bus stand vor dem Haus, damit fuhr er seine Frau durch die feiertäglich leeren, sechsspurigen Straßen der noch schlafenden Münchner Innenstadt, zum Marienkrankenhaus, wo Fanny zur Entbindung angemeldet war. Sein Fahrstil war entsprechend, aber das spielte zu dieser frühen Stunde des Feiertags keine Rolle, es begegnete ihnen kaum ein anderes Fahrzeug; und wäre einem Polizeifahrzeug der königsblaue Ford-Bus aufgefallen, dann hätten die Beamten mit dem konfusen, jungen Mann bestimmt ein Nachsehen gehabt. Als das Festgeläute der nahen Kirchen einsetzte, trug das nicht gerade zur Beruhigung der werdenden Eltern bei.

Fanny kam gleich in einen kahlen, weißen Entbindungsraum, wo sie, mit einem Klinikhemd angetan, auf einer zentral gelegenen Liege der Geburt ihres Kindes entgegensah. Eine Hebamme war mit diesem und jenem beschäftigt und später erschien auch ein junger, missgelaunter Arzt, dem anzusehen war, dass er sich heute am Ostersonntag etwas Schöneres hätte vorstellen können, als Dienst zu schieben. Mit undurchdringlicher Miene untersuchte er Fanny und meinte dann mit leicht ironischem Unterton zur diensthabenden Schwester: „Erstgeburt, nehmen Sie sich heute lieber nichts mehr vor, Schwester Hildegard. Bei dem schmalen Becken kann das dauern."

Fanny nahm das persönlich, zu ihrer Angst gesellten sich Schuldgefühle, bis die erste kräftige Presswehe sich einstellte. Sie zeigte sich in der Tat nicht als tapfere Gebärende, oft musste sie ermahnt werden, sich zusammenzureißen und sich nicht zu verkrampfen, sondern mitzumachen und zu pressen, sonst würde es heute nichts mehr werden. Aber es tat so weh, es war so schlimm, schlimmer als sie es sich jemals hätte vorstellen können.

Als sie ihr kleines Mädchen im Arm hielt und das pausbackige Gesichtchen mit den geschlossenen, feinbewimperten Liedern und das Köpfchen mit den schwarzen, seidenweichen Härchen betrachtete, fühlte sie sich ungemein glücklich und reich. Dann aber, wenn sie allein zwischen den anderen Wöchnerinnen lag, machte sie sich Vorwürfe, dass sie aus Angst und Feigheit den Geburtsablauf unnötig verzögert hatte. Für richtige Mütter war die Geburt ein hehres, beglückendes Erlebnis, so hatte sie es immer gehört und geglaubt. Die Ärzte und Schwestern verhielten sich bei den Visiten kühl und wortkarg, Fanny führte dies darauf zurück, dass sie während der Geburt so zimperlich gewesen war.

Wenn die anderen Wöchnerinnen wegen ihrer Kinder beglückwünscht und mit Blumen und Geschenken bedacht wurden, vergrub sie sich unter ihrer Zudecke und fühlte sich elend und verlassen, denn sie besuchte und beglückwünschte niemand, Rolf war ja auf Montage. Dass die ledige Mutter im Bett nebenan auch keinen Besuch und keine Blumen bekam, verdoppelte Fannys Verlassenheit nur.

Als Rolf seine Frau und das Baby nach fünf Tagen mit dem königsblauen VW Bus vom Krankenhaus abholte, war auch er glücklich und stolz. Doch bald zeigte es sich, dass er ein strenger Vater war. Wenn das Baby nachts schrie, es schrie oft, dann durfte es Fanny nicht aus dem Bettchen, zwei zusammengeschobene Sessel mit Lacken und Kissen darauf, holen und es trösten oder stillen. Rolf befürchtete, das Kind könnte dadurch zu sehr verwöhnt werden und ihnen bald auf der Nase herumtanzen.

Rolf war seit seiner Konfirmation nur noch bei der Beerdigung seines Vaters in einer Kirche gewesen, dennoch war es für ihn, vielleicht aus Traditionsdenken heraus, keine Frage, seine Tochter evangelisch taufen zu lassen. Katholisch konnte sie nicht getauft werden, da Fanny seit ihrer Hochzeit sozusagen exkommuniziert war. Fanny sprach nie darüber, aber Rolf ahnte sehr wohl, dass sie darunter litt, denn, wie er wusste, war sie früher eine fleißige Kirchengängerin gewesen.

Rolf meldete seine Tochter in der nahegelegenen Sankt Matthäus Kirche, bei Kirchenrat Schmidt zur Taufe an. Der Tauftermin wurde festgelegt und Kirchenrat Schmidt fragte nach den Namen der Taufpaten.

„Meine Frau und ich sind die Paten", antwortete Rolf leicht irritiert.

„Paten müssen Verwandte oder gute Freunde sein", belehrte ihn der Kirchenrat. „Sie müssen sich um das Kind kümmern, falls den Eltern etwas zustoßen sollte. Sagen wir, was Gott verhüten möge, falls sie tödlich verunglücken."

Rolf überlegte. „Nein, so jemanden haben wir nicht, Herr Kirchenrat. Es gibt niemanden, dem wir unser Kind anvertrauen könnten."

„Haben Sie oder Ihre Frau noch Eltern, Herr Dengler? Vielleicht sollten wir sie benennen."

Und so wurde im Monat Mai die kleine Sabine Dengler, in Abwesenheit ihrer Paten Marianne Schadhaus und Erika Dengler, in der Sankt Matthäuskirche während eines feierlichen Gottesdienstes von Kirchenrat Schmidt evangelisch getauft. Fanny konnte sich während der Zeremonie ihrer Tränen nicht erwehren, sie fühlte sich gottverlassen.

Sechs Wochen nach Bienchens Geburt endete der Mutterschutz und die damit verbundene soziale Unterstützung, Fanny musste wieder arbeiten gehen. Leider waren alle Bemühungen bis dahin, einen Krippenplatz für ihr Kind zu finden, vergebens gewesen. Aber Rolf wäre nicht Rolf gewesen, wenn er nicht einen Ausweg gesucht und gefunden hätte.

An Fannys erstem Arbeitstag marschierten sie in aller Herrgottsfrühe mit ihrem Kind im Kinderwagen –er war ein Geschenk von Frau Schadhaus, Fannys Mutter - zur nahegelegenen katholischen Krippeneinrichtung. Das einstöckige, stattliche Haus mit den Rundbogenfenstern, den verspielten Türmchen und dem steilen Dach mit den zwei übereinanderliegenden Gauben-Fensterreihen, lag in einem kleinen Park, im Schatten eines alten, wunderschönen Baumbestandes. Fanny und Rolf waren der Meinung gewesen, dass hier ihre Tochter gut untergebracht sei. Allerdings hatte die Nonne, bei der sie Sabine anmelden wollten, erklärt, dass über einen langen Zeitraum hinweg kein Krippenplatz frei sein würde.

Aber Rolf ließ sich dadurch notgedrungen nicht beeindrucken.

„Kommt Zeit, kommt Rat", hatte er seine Frau beruhigt. „Manchmal wird überraschend doch ein Platz frei." Nun standen sie in der Kinderkrippe vor der Anmeldung und Rolf erklärte ziemlich überzeugend, dass er die mündliche Zusage habe, sein Kind heute Morgen um sieben Uhr bringen zu dürfen. Daraufhin wurden sie in den ersten Stock, in das Büro der Schwester Oberin verwiesen.

Schwester Margareta war eine mütterliche, rundliche Person, die sich durch eine langjährige Erfahrung eine solide Menschenkenntnis angeeignet hatte. Sie saß hinter einem wuchtigen Biedermeier-Schreibtisch und hatte ein aufgeschlagenes, dickes Heft vor sich liegen, sie schaute die jungen Leute vor ihrem Schreibtisch, halbe Kinder noch, kritisch an. Sie musterte die zierliche, junge Frau mit dem Kind auf dem Arm, sie war klein, kaum ein Meter sechzig groß, das schulterlange, braune Haar hatte sie mit einem Gummiband im Nacken zusammengebunden, ihr kindlich rundes Gesicht mit den braunen Augen wirkte verschreckt. Sie trug einen etwas zerknitterten, hellblauen Leinenrock, eine ärmellose, naturweiße Reversbluse und abgelaufene Sandalen. Der dunkelhaarige junge Mann neben ihr trat selbstbewusster auf. Er war höchstens einen Kopf größer als seine Begleiterin und trug eine verwaschene, ehemals schwarze Nietenhose und ein nur wenig geplättetes, kariertes Hemd, dessen oberer Knopf lässig offen stand. Seine Füße steckten in glanzlosen, aber sauberen, schwarzen Halbschuhen.

„Guten Morgen", erwiderte sie den Gruß der jungen Leute und rüstete sich für die notwenige Härte, die eine Absage mit sich brachte.

„Wie heißt ihr Kind, Herr...?" sie schaute Rolf fragend an.

„Sie heißt Sabine Dengler", antwortete Rolf mit fester Stimme. „Man hat mir fest zugesagt, dass hier kein Kind abgewiesen wird", behauptete er felsenfest entschlossen, sich nicht abwimmeln zu lassen. „Ja, sicher, lieber Herr Dengler", meinte die Oberin mild, aber bestimmt, „das trifft auch zu, aber eben nur für Waisenkinder. Wie ich sehe, hat Ihr Kind seine Eltern noch. Wissen Sie, wir sind über Monate hinaus hoffnungslos überfüllt", sie strich mit ihrer zarten, welken Hand über das Heft. „Es wäre unverantwortlich, ein weiteres Kind aufzunehmen, verstehen Sie, es ginge auf Kosten der anderen Kinder. Es tut mir sehr leid, aber wir können Ihnen nicht helfen."

Damit war für sie das Gespräch beendet. Sie stand auf, ging um den Schreibtisch herum, an der kleinen Familie vorbei und wollte zur Tür. Aber Rolf gab sich noch nicht geschlagen, er folgte ihr und meinte beharrlich. „Heute ist der Mutterschutz meiner Frau vorbei, Schwester Oberin, sie muss wieder arbeiten gehen, sonst können wir weder unser Kind, noch uns selbst ernähren."

Als die Oberin stehen blieb und immer noch bedauernd, aber distanziert schaute, holte er sein Portmonee aus seiner Gesäßtasche, entnahm ihm ein Papier und reichte es der Oberin.

„Sehen Sie, Schwester Oberin", meinte er, „wir sind ein Notfall, deshalb bekommen wir ab diesem Herbst eine größere, billigere Wohnung in Berg am Laim, dort gibt es auch eine Kinderkrippe." Na, gut, genau wusste Rolf das nicht, aber man konnte davon ausgehen. „Wir brauchen den Platz also nur für, sagen wir ein viertel Jahr, Schwester Oberin. Keinen Tag länger", fügte er drängend hinzu.

Die Oberin rührte die Hilflosigkeit, man konnte fast sagen die Verzweiflung der jungen Leute, aber was sollte sie tun, es gab zu viele Menschen, die sich in einer Notlage befanden. „Es wird sich schon was finden", meinte sie tröstend und wollte die Tür öffnen, dabei fiel ihr Blick auf das Kind, das sie mit dunklen, wachen Augen anschaute, ein ungewöhnlich wonniges Kind. Plötzlich war es Schwester Margareta, als müsse sie das Jesuskind persönlich von ihrer Schwelle weisen.

„Wie alt ist es denn", fragte sie mit schwerem Herzen.

„Sechs Wochen, Schwester Oberin", antwortete Fanny. „Sie ist sehr brav. Nur nachts macht sie manchmal Raubauz, aber da ist sie ja bei uns." Fanny hatte die Oberin anscheinend falsch verstanden, sie trat an sie heran und reichte ihr das Baby. Schwester Margareta nahm es überrascht entgegen.

„Tausend Dank, Schwester Oberin!", rief Rolf. „Der Kinderwagen steht vor der Tür. Pünktlich um sechs Uhr holt meine Frau unsere Tochter ab. Tausend Dank nochmal!"

„Moment!", rief Schwester Oberin noch, aber da waren die beiden schon die Treppe hinuntergesprungen und sie hörte nur noch die Haustür zufallen. Schwester Oberin schaute stirnrunzelnd auf das Kindchen in ihren Armen, es nuckelte zufrieden an seinem Schnuller, dann musste sie lächeln. „Da haben mich deine Eltern tatsächlich überrumpelt", murmelte sie, „wahrscheinlich können sie nicht einmal deine Unterbringung bezahlen. Aber du kannst ja nichts dafür, meine Kleine. Mit Gottes Hilfe werden wir auch dich noch satt bekommen."

Sie seufzte tief und klingelte nach einer Kinderschwester.

„Schwester Oberin macht einen sehr netten Eindruck, findest du nicht auch, Fanny?", meinte Rolf, als sie draußen waren und er in das bedrückte Gesicht seiner Frau blickte. „Bienchen ist bei ihr bestimmt in guten Händen." Er war froh, diese Hürde glücklich genommen zu haben. Es sollten noch viele kommen.

In der kleinen Schneiderwerkstatt arbeitete außer Frau Huber, der Chefin, die blonde, kokette Renate und seit diesem Jahr auch Fanny. Es dauerte eine Weile bis die kecke Renate, eine gebürtige Münchnerin, und die schüchterne und zurückhaltende Fanny vom Lande sich verstanden und ein halbwegs gutes Arbeitsteam wurden.

Neben Kaufhäuser, die zu Frau Hubers Leidwesen miserabel bezahlten, belieferten sie auch Boutiquen. Die privaten Aufträge erledigte die Chefin selbst.

Frau Huber, eine gertenschlanke, sehr gepflegte, immer hektische Frau in den mittleren Jahren, war an diesem Montagmorgen, als Fanny das erste Mal nach dem Mutterschutz in die Werkstatt kam, sehr gut gelaunt, denn, wie sie meinte, sei ein besonders lukrativer Auftrag eingegangen, die Gattin eines Stadtrates hatte einen Pelzmantel in Auftrag gegeben. Frau Huber erklärte ihren zwei Näherinnen, dass das nicht nur einen guten Verdienst bedeutete, nach erfolgreicher Ausführung auch ein größeres Ansehen der Schneiderei, was ganz sicher andere zahlungskräftige Privatkunden bringen würde. Fanny sah auf dem Zuschneide-Tisch der Chefin den Pelz liegen, es war ein heller, prächtig gemusterter Zobel. Die Kundin selbst, erklärte Frau Huber, die sich vor Glück und Stolz kaum fassen konnte, hatte ihn von Sibirien mitgebracht.

Die zwei jungen Näherinnen machten sich sogleich an die Arbeit. Der Stapel zugeschnittener Röcke musste noch heute fertig werden, erklärte Renate, denn morgen Mittag würden sie, mit Waschanleitungen und Größen-Etiketten versehen, vom Kaufhaus Hertie abgeholt werden. Die Chefin indessen begann mit dem Zuschnitt des Pelzes, sie summte vergnügt vor sich hin, murmelte Zahlen und notierte sie auf einen Block. Schon für Mitte dieser Woche war die erste Anprobe an der Kundin anberaumt.

Fanny bemerkte im Laufe des Vormittags besorgt, dass der Berg der zugeschnittenen Röcke nicht rasch genug abnehmen wollte. Sie arbeitete die Mittagspause durch und registrierte beunruhigt, dass Renate die volle halbe Stunde in Anspruch nahm, sich zwischendurch immer mal eine Zigarettenpause gönnte und dabei in aller Seelenruhe mit der Chefin fachsimpelte.

„Du weißt, Renate, ich kann wegen meines Babys nicht länger bleiben", drängte Fanny gelegentlich. Renate warf dann ihrer Kollegin einen kritischen Blick zu und dachte:„Na, super, jetzt hat sie eine prima Ausrede keine Überstunde schieben zu müssen. „Mach halblang, Fanny", meinte sie gelassen, „ich hatte keinen Babyurlaub und bin nicht ganz so frisch und ausgeruht wie du."

Es kam, wie es kommen musste.

„Eine Stunde noch, Mädels", meinte die Chefin, als sie am frühen Abend die Ladentür zuschloss und die fertigen Röcke kontrollierte und nachgezählte, „dann ist Morgen der Rest ein Kinderspiel."

Fanny biss die Zähne zusammen, sie wusste, jetzt würde es richtig Ärger geben. Sie räumte ihren Arbeitsplatz auf und als Frau Huber sah, wie sie ihre Nähmaschine reinigte, sicherte und mit der Haube abdeckte, meinte sie erstaunt: „Was ist los, Fanny, haben Sie mich nicht verstanden? Wir müssen nacharbeiten, sonst schaffen wir die Röcke nicht bis morgen Mittag."

„Tut mir sehr leid, Frau Huber", bedauerte Fanny, „aber ich muss meine Tochter pünktlich von der Krippe abholen. Das habe ich Ihnen doch gesagt."

Frau Huber schaute Fanny ungläubig an „Das ist jetzt aber nicht Ihr Ernst, Fanny, oder? Sie lassen mich sitzen? Aber bitte schön, ich kann Sie nicht aufhalten." Ihre Stimme kippte leicht über. „Wenn Sie glauben, dass andere Dinge wichtiger sind für Sie, wie Ihre Arbeit."

Fanny wollte erklären, aber als sie in das aufgebrachte Gesicht der Chefin blickte, ließ sie es sein, es hätte nichts gebracht.

„Tschüss, bis Morgen.", sagte sie noch, nahm ihre Tasche und ging. Es wurde auch höchste Zeit, die Schwester Oberin hatte heute Morgen einen relativ resoluten Eindruck gemacht, sie legte bestimmt viel Wert auf Pünktlichkeit.

Bienchen lag schon abholbereit in ihrem Kinderwagen unter einem Baum, sie schaute zur Krone hinauf und schien dem Säuseln der Blätter zu lauschen. Es ging ihr gut, stellte Fanny mit einem Blick beruhigt fest.

„Bringen Sie morgen den Impfschein ihres Kindes mit", wurde sie beim Verabschieden gebeten. Fanny versprach es und eilte mit ihrem Kind zu dem Hochhaus, in dem sich im Erdgeschoss ihr Refugium befand, ihre Zuflucht inmitten dem hektischen, lärmenden Treiben der großen, gefühlsarmen Stadt. Der Abend, die Nacht und auch der frühe Morgen gehörten nun uneingeschränkt ihrem Kind. Rolf kam erst am Wochenende von einer Montage zurück, dann aber hatten sie zusammen ein ganzes, gemeinsames, ungestörtes Wochenende.

Nicht jedes Wochenende war Rolf zu Hause. Wenn er da war, mussten am Samstag die nötigen Einkäufe erledigt und im Waschsalon, der zum Glück nur ein paar Häuser entfernt lag, die Wäsche gewaschen werden. An den Sonntagen aber gingen sie mit Bienchen im Kinderwagen an den Isarpromenaden spazieren, bewunderten die herrlichen Auslagen der Geschäfte oder wanderten durch den herbstlichen Englischen Garten, dessen bunte Bäume und kleine Tempel sich im glatten See des Parks spiegelten. Dann wurde alles leicht und gut.

Bienchen, ein ansonsten sehr sonniges Kind, weinte des Nachts oft und ausdauernd. Wenn Rolf nicht zu Hause war, nahm Fanny sie trotz ihrer Angst, das Kind im Schlaf zu erdrücken, aus Müdigkeit und Ratlosigkeit mit in ihr Bett und schaukelte es in ihren Armen. Nach einer solchen unruhigen Nacht, vor Müdigkeit noch ganz benommen, fragte Fanny in der Krippe die junge Novizin, bei der sie Bienchen abgab, warum ihr Kind nachts wohl immer so viel schreie.

„Es sind Bauchkrämpfe, Frau Dengler", wurde sie belehrt, „das ist bei Kindern, die früh und schnell auf die Flasche umgestellt werden, ganz normal. Seien Sie unbesorgt, ihr Bienchen entwickelt sich ganz normal, unser Doktor ist sehr zufrieden mit ihr. Aber vergessen Sie Morgen nicht wieder den Impfpass ihrer Tochter, Frau Dengler, unsere Kinder werden gerade gegen Kinderlähmung geimpft. Danach müssen Sie übrigens mit sehr unruhigen Nächten rechnen. Geben sie Bienchen viel Kamillentee und seien sie geduldig mit ihr."

„Ja, danke", meinte Fanny und ging mit hängenden Schultern davon.

Seit das mit dem Pelzmantel passiert ist, war es in der kleinen Schneiderei nicht mehr so wie früher. Weder die Chefin, noch ihre zwei Näherinnen konnten sich je wieder davon erholen.

Fanny wäre an diesem Tag am liebsten im Fußboden versunken, genau wie ihre Chefin und ihre Kollegin, aber sie mussten es durchstehen, alle drei. Denn als die Chefin vor der ersten Anprobe an der Kundin selbst in den vorgehefteten Zobel schlüpfte, machte sie eine furchtbare Entdeckung, sie hatte den Pelz gegen den Strich zugeschnitten. Die Fellhaare, sehr weich, hellmeliert und dicht, verliefen nach oben.

Der Schreck ließ die Chefin förmlich erstarren. Sie saß auf einem Stuhl und stierte minutenlang auf den Mantel, so als versuchte sie aus einem Albtraum zu erwachen. Aber es blieb, wie es war, aus und vorbei. Dann strich sie sich mit der Hand wie erwachend über ihre Stirn und stand auf. „Man könnte es mit Dämpfen versuchen", meinte sie mit belegter Stimme und schaltete das Dampfeisen an. „Helft mir, bitte."

Renate befeuchtete ein großes Leinentuch, legte es auf das Fell und zog es gegen den Haarstrich, Frau Huber folgte ihr mit dem dampfenden Eisen. Es schien zu klappen, die Fellhaare wurden Stück um Stück um gedämpft. Nach einer Stunde war es vollbracht, die Fellhaare hatten den richtigen Verlauf, in Frau Hubers Gesicht stahl sich zögernd ein kleiner Hoffnungsschimmer.

Die Kundin kam gegen Abend. Sie betrachtete zuerst den Mantel an der Ankleidepuppe und war hingerissen von ihm. Das leicht taillierte Oberteil mit dem großen Revierkragen, das etwas glockige Unterteil mit den verdeckten Taschen, dazu eine kleine Pelzkappe und ein verspielter Muff, -die nicht um gedämpft werden mussten-, der Mantel war ein Wintertraum. Dann half ihr Frau Huber hinein, Fanny bemerkte winzige Schweißperlen auf ihrer Stirn. Die Kundin drehte und wendete sich selbstgefällig vor dem Standspiegel, sie streichelte verliebt über den Ärmel, von oben nach unten und zurück, den Näherinnen, ins besonders Frau Huber stockte der Atem, und wirklich, die Haare blieben wuselig stehen. Frau Huber strich sie unauffällig wieder nach unten, aber die Zobelhaare erhoben sich wieder, eigenwillig und borstig. Zuerst war die Kundin sprachlos, dann zog sie den Mantel aus und legte ihn auf den Zuschneide-Tisch. Sie strich ungläubig,

21

dann bedächtig und gnadenlos mit der flachen Hand über den Zobel, gegen den offenbaren Strich, und siehe da, die Haare blieben ungeordnet wuselig stehen, Stück für Stück, niemand konnte es verhindern. Frau Huber schaute wie versteinert zu.

„Er ist gegen den Strich zugeschnitten." Der Satz stand wie ein Todesurteil im kleinen Raum. Dann wandte sich die Kundin an Frau Huber. „Sie haben meinen Zobel verschnitten."

Anstatt wenigstens jetzt reumütig zu gestehen, versuchte Frau Huber die Flucht nach vorn.

„Das liegt am Fell.", behauptete sie verzweifelt, „der Strich ist nicht klar erkennbar. Meine Näherin hat vielleicht einen Fehler gemacht, sie war womöglich zu voreilig, sie hätte mich konsultieren müssen. Sollten wir einen Fehler gemacht haben, gnädige Frau, werde ich den Schaden selbstverständlich beheben."

Fanny, die sich hinter ihrer Maschine so klein wie möglich machte, bekam einen roten Kopf, die sonst so freche Renate war auf die Toilette geflüchtet.

„So, Sie bringen also den Schaden wieder in Ordnung, Frau Huber?"

Die Kundin, zuerst wachsbleich, lief nun zornrot an, ihre Stimme kam zischend zwischen ihren Zähnen hervor, wie bei einer erregten Schlange. „Aha, und wie bitte wollen Sie das machen? Wollen Sie persönlich nach Sibirien reisen, nach Kasan, und in einer der Zobelfarmen und Gerbereien meinen Zobel holen, oder wollen Sie selbst auf Zobeljagd gehen? Ich werde Sie anzeigen, Frau Huber, das wird Sie teuer zu stehen kommen. In Ihre Schneiderei, das verspreche ich ihnen, wird sich so schnell keiner mehr verirren, dafür werde ich sorgen! Sie hören von meinem Anwalt!"

Sie raffte ihren vermurksten Pelzmantel zusammen und verließ, die Tür hinter sich zuschmetternd, entrüstet die Schneiderei.

Alles kam, wie es die Kundin angekündigt hatte. Eine Anzeige wegen mutwilliger Sachbeschädigung flatterte in die Werkstatt und, was schlimmer war, die private, gute Kundschaft blieb aus.

In den Kaufhäusern startete der Sommerschlussverkauf. Rolf kaufte trotz der geringen Geldmittel, die ihnen zur Verfügung standen, eine gute Singernähmaschine, damit Fanny die Anziehsachen für die Familie größtenteils selbst nähen konnte. Dabei könne man enorm sparen, behauptete er. Fanny war skeptisch, wann und wo sollte sie denn nähen, außerdem, mit Wintermäntel und dergleichen hatte sie keine Erfahrung. Rolf aber meinte: „Wer Röcke, Hosen und Blusen nähen kann, der kann auch Mäntel nähen, das kann doch nicht gar so viel schwieriger sein."

Sie kauften also Mäntel- und Hosenstoffe, dazu die nötigen Reißverschlüsse, Knöpfe, Nähgarne, Fließe und Schnittmuster. Das dauerte einen ganzen Samstagvormittag, zumal zwischendurch Bienchen versorgt werden musste. Sie fanden noch für jeden einen preisgünstigen Winterpulli und Strümpfe, mehr war in diesem Herbst und Winter nicht nötig und auch nicht drin. Für Bienchen wollte Oma Schadhaus alles Notwendige für den Winter stricken und häkeln. Stricken und Häkeln waren ihre Leidenschaften.

Fanny war wieder schwanger. Es erschreckte sie und auch Rolf, damit hatten sie nicht gerechnet, noch nicht. Vielleicht in einem Jahr, aber nicht jetzt, es ging einfach noch nicht. Sie nahmen sich frei und fuhren zu einer Frauenärztin.

Als sie ihr gegenübersaßen, schilderte Rolf freimütig ihre derzeitige Lage. Er beschrieb die kleine, sündhaft teure Wohnung in der Innenstadt und dass ihre kleine Tochter notgedrungen auf zwei zusammengeschobenen Sesseln schlafen müsse. Er legte ihr seine mehr als knappen Finanzen offen, die nur für den allernotwendigsten Lebensunterhalt reichten. „Wissen Sie, Frau Doktor", meinte er vertrauensvoll, „in einem Jahr, wenn ich mehr verdiene, kann meine Frau zu Hause bleiben, dann ist ein zweites Kind denkbar, aber derzeit können wir es uns schlicht nicht leisten!"

„Ja", bekräftigte Fanny, „unsere Tochter schreit jede Nacht und ist schnell erkältet. Wir lieben sie sehr, aber sie überfordert uns auch manches Mal. Wie soll es dann mit noch einem Baby werden?"

„Ich werde Sie erst einmal untersuchen, Frau Dengler", meinte die ältere, wie sich herausstellen sollte, sehr konservative Ärztin kühl, „dann sehen wir weiter. Herr Dengler, bitte gehen Sie solange in den Warteraum. Ich rufe Sie dann wieder herein."

Rolf wartete zwischen all den schwangeren Frauen, bis er wieder in den Behandlungsraum gerufen wurde, wo seine Frau der Ärztin gegenübersaß.

„Ihre Frau ist schwanger, im zweiten Monat wahrscheinlich", erklärte die Ärztin ruhig. „Ich verschreibe ihr Pillen, welche die Monatsblutung anregen sollen. Davon müssen Sie jeden Morgen und jeden Abend eine mit etwas Wasser einnehmen, Frau Dengler. Sollten sie nicht helfen, dann bedenken Sie bitte, ein zweites Kind so dicht nach dem ersten hat auch seine Vorzüge."

Eigentlich waren sie nicht gekommen, um zu erfahren, welche Vorzüge ein zweites Kind haben würde, wozu auch, aber sie hörten sich die Belehrungen mit regungslosen Gesichtern an. „Wenn man es richtig bedenkt", erklärte die Ärztin, „ist ja schon alles da. Das Bettchen, -von welchem Bett spricht sie, hatte sie vorhin nicht zugehört- der Kinderwagen, die Windeln, die Strampler und so weiter. Außerdem können ihre Kinder zusammen aufwachsen, was ein großer Vorteil ist. Sie selbst sind, wenn Ihre Kinder groß sind, immer noch jung und könnten sogar noch Großeltern werden."

„Na, ganz wunderbar", dachte Rolf bitter, „hoffentlich sind wir bis dahin nicht verhungert. Was eigentlich habe ich hier erwartet?"

Die Ärztin reichte Rolf ein Rezept und verabschiedete sich freundlich. Fanny und Rolf gingen, sie hörten noch, wie die nächste Patientin in das Sprechzimmer gebeten wurde.

Gerade jetzt wurde Fanny gekündigt, weil sich Frau Huber, wie sie erklärte, bei der gegenwärtig schlechten Auftragslage keine zweite Näherin leisten könne und auch nicht brauche. Versteht sich von selbst, dass es Fanny war, die gehen musste, denn Renate arbeitete erstens schon viel länger in der Schneiderei wie sie und war obendrein unabhängig und flexibel, was bei der derzeitig unregelmäßigen Auftragslage unbedingt erforderlich war.

„Aber", erklärte Frau Huber am letzten Abend versöhnlich, „Sie haben gut gearbeitet, Fanny, ich stelle Ihnen ein entsprechendes Zeugnis aus. Ich wünsche Ihnen alles Gute für die Zukunft."

Damit war Fanny draußen, ausgestoßen in die nasskalte, schillernde, lärmende, feinselige Großstadtwüste, in der sie eine Fremde, eine

Irrende war. Man brauchte sie nicht, sie konnte sich hier nicht behaupten, der Traum von Freiheit war ausgeträumt. Fanny schaute sich um, überall grelle Leuchtreklamen, die Scheinwerfer der Autos spiegelten sich im feuchten Asphalt, blendeten sie, aggressives Hupen, vor den Ampeln und auf den Zebrastreifen hastende, drängende Menschen. Nein, sie passte nicht hierher, sie konnte auch nicht zurück zu den Eltern, sie müsste ihnen und den Freundinnen ja ihre Niederlage eingestehen, Fanny konnte sich ihre Schadenfreude gut vorstellen. Mitten auf einem Zebrastreifen blieb sie stehen und starrte direkt in die grellen Scheinwerferlichter eines Autos. Quietschende Bremsen, Flüche, Fanny schreckte auf und lief weiter, sie musste Bienchen abholen, fiel ihr ein. Und sie musste mit Rolf reden.

„Hättest du es mir doch eher gesagt", meinte Rolf auch gleich vorwurfsvoll, als es ihm Fanny beichtete. Er kaufte einen Münchner Abendanzeiger und durchforschte darin die Stellenangebote. Die Anzeige der Firma Koller, einem Herrenausstatter, fiel ihm ins Auge. „*Überdurchschnittlich gute Bezahlung*", stand da. Rolf kreiste die Anzeige mit einem Rotstift ein.

„Gleich nächsten Montag gehen wir hin, Fanny", meinte er. „Wer weiß, vielleicht war deine Kündigung gar kein so großes Unglück."

Fanny lächelte wieder, das Gefühl versagt zu haben aber blieb.

Der Herrenausstatter Koller lag an Münchens verkehrsreichstem Punkt, am Rosenheimer Platz. Das bedeutete für Fanny, dass sie am Rosenheimer Platz aus der Tram Nr. 8 steigen und auf den mit Verkehrsampeln gesicherten Zebrastreifen den riesigen Kreisverkehr überqueren musste, um zu ihrem neuen Arbeitsplatz zu gelangen.

Zunächst gestaltete sich die Arbeit in den mit hellen Neonlampen ausgestrahlten, großen Fabrikhallen mit den langen Reihen verschiedener Spezialnähmaschinen, Plättwalzen und Schneidetischen aufregend, zumal Fanny dank ihrer Kenntnisse gleich als Springerin eingesetzt wurde, das heißt, sie besetzte die durch Urlaub oder Krankheit verwaisten Arbeitsplätze. Das brachte fast doppelt so viel Gehalt ein, wie die Arbeit vorher, in der kleinen Schneiderei. Die Akkordarbeit machte Fanny anfangs Angst, aber da sie flottes Arbeiten gewöhnt war, arbeitete sie sich während der Probezeit rasch ein. Privater Kontakt während der Arbeitszeit war nicht möglich, höchstens Blickkontakte über surrende Maschinen hinweg oder ein Scherz im Vorbeigehen. Die kurzen Pausen wurden durch einen schrillen Summton angekündigt und beendet, sie reichten gerade aus, um das Pausenbrot zu essen und einen Schluck Tee aus der Thermosflasche zu trinken.

Noch vor dem Winter konnte die junge Familie Dengler in den Stadtteil Berg-am-Laim umziehen, in eine Erdgeschosswohnung eines der zweistöckigen Neubaublocks. Die Wohnung war ein Traum, sie hatte zwei Zimmer, eine moderne Einbauküche mit einem Ess-Platz und ein Bad mit einer Badewanne, im Keller befand sich ein Waschsalon. Nicht weit von der Neubausiedlung entfernt hatte Rolf beizeiten und in weiser Voraussicht eine Kinderkrippe ausfindig gemacht und sich dort für Bienchen einen Platz reservieren lassen. Die Krippe lag praktischer Weise auf Fannys Weg zur Straßenbahn, war aber zu ihrem Kummer bei weitem nicht so schön wie die Krippe in der Innenstadt, genau genommen war sie nur ein besserer Container, der etwas zurückgesetzt an einer verkehrsreichen Straße lag. Keine Spur von freundlichem Grün, nur Großbaustellen, auf denen Wohnblocks mit Sozialwohnungen entstanden. Soweit das Auge reichte Berge von Aushuberde neben schnellwachsenden Rohbauten oder fertiggestellten Wohnblöcken, an deren Fenstern schon vereinzelt Gardinen hingen. Dazwischen ratternde, mit Baumaterial beladene und Staubwolken aufwirbelnde Laster. Statt Bäume ragten turmhohen Kräne wie Skelette in den meist grauen Winterhimmel.

Die wenigen Möbel, die vorher die kleine Wohnung geradezu gesprengt hatten, wirkten im großen Wohnraum wie verloren. Supertoll fand Fanny die an der Südseite des großen Wohnraums befindliche Fensterfront, deren Schiebetüren in warmen Sommermonaten zurückgeschoben werden konnten, so dass der Raum durch die jetzt noch unfertige, große Terrasse vergrößert wurde. Den schmalen Erdstreifen, der sich an die Terrasse anschloss, könnte man im Frühjahr mit Rasen einsäen, dann würden Bienchen und ihr Geschwisterchen wunderbar darauf spielen können.

Sie kauften Geschirr, Handtücher und Bettwäsche, schließlich verdienten sie jetzt beide recht gut. Ein richtiges Schlafzimmer würden sie sich vom Weihnachtsgeld, gleich im nächsten Monat leisten. Fanny war zuversichtlich, hier würden sie es sich schön machen. Irgendwann musste der heftige Bauboom ringsumher ja nachlassen, dann würden Kinderspielplätze und Grünanlagen entstehen.

Den Traum von einem Ingenieurstudium war für Rolf schnell ausgeträumt, sein Beruf nahm ihn zu sehr in Anspruch. Er besuchte regelmäßig Strahlenschutzkurse und Fachschulungen, in denen er in die moderne Medizintechnik, speziell in die Röntgentechnik eingeführt wurde. In der ersten Zeit fuhr er mit einem erfahrenen Techniker hinaus in die „freie Wildbahn", wie es im Firmenjargon hieß, um vor

Ort wichtige, praktische Erfahrungen zu sammeln. Das gefiel Rolf gut, er konnte sich körperlich und geistig voll einbringen und schon bald kleinere Aufträge eigenverantwortlich erledigen. Er liebte es im Auftrag seiner Firma, meist zusammen mit dem erfahrenen Kollegen Wulf, den Kofferraum voller Messgeräte und Spezialwerkzeuge, in ganz Bayern herumzufahren und in Krankenhäuser und Praxen Röntgenanlagen aufzubauen und zu warten. Rolf war ehrgeizig, er lernte und arbeitete schnell und zuverlässig, er wollte Anerkennung von seinem Chef und auch von den Kunden, was ihm, wie er mit Recht hoffte, in nicht allzu ferner Zukunft ein besseres Gehalt einbringen würde.

Sein Kollege Gilbert Wulf war Mitte Dreißig und ein guter, erfahrener Techniker, Rolf bewunderte ihn sehr und lernte viel von ihm. Gilbert war witzig, charmant und dadurch bei den Röntgen-Assistentinnen sehr beliebt, was gut fürs Geschäft ist, wie er betonte. Gilbert war verheiratet, hatte aber eine sehr eigenwillige Vorstellung von der ehelichen Treue, wie Rolf bald herausfand. Das erste Mal bei einem Handchirurgen in einer Münchner Privatpraxis. Rolf wollte in der Dunkelkammer die Röntgenfilme holen, die rote Lampe davor leuchtete nicht mehr, das hieß, die Entwicklung der Filme war abgeschlossen und man konnte hineingehen. Dementsprechend unbekümmert öffnete er die Tür, als jemand zischte:

„Tür zu, es kommt Licht herein."

Rolf bemerkte sekundenschnell die eng umschlungenen Gestalten seitlich der Tür, in der Ecke, er bekam rote Ohren und schloss flugs die Tür wieder, natürlich hatte er die Stimme von Gilbert Wulf erkannt. Als Gilbert kurz darauf mit den Filmen aus der Dunkelkammer auftauchte, war ihm rein nichts anzumerken, umso mehr der hübschen Assistentin, die bald darauf mit gesengtem Blicken und roten Wangen erschien. Sie vermied es Rolf, dem die Situation genauso peinlich war, anzusehen oder ihm zu nahe zu kommen. Irgendwann verschwand sie sang und klanglos aus der Röntgenabteilung.

„Kommst du noch mit auf ein Bier?", fragte Gilbert am Abend, als er mit Rolf das Werkzeug zusammenräumte.

„Geht nicht, meine Frau wartet auf mich", antwortete Rolf mit verschlossenem Gesicht. „Hab' sowieso schon ein schlechtes Gewissen, weil sie mit dem Kind so viel allein ist."

Das stimmte zwar, aber vor allem hatte er keine Lust auf Gilberts Gesellschaft.

„Ah, ganz der sorgende Familienvater", meinte Gilbert herablassend, so als hätte er Spießer gemeint. „Weiß du, Rolf, dass von vorhin bleibt besser unter uns", meinte er dann kumpelhaft. „Mir ist es egal, ob man sich über mich die Mäuler zerreißt, aber die Kleine müssen wir nicht unbedingt unglücklich machen. Sie hat einen festen Freund, weißt du."

„Natürlich", antwortete Rolf, seine leicht abstehenden Ohren röteten sich verdächtig. „Aber warum machst du das, Gilbert, wenn sie doch einen Freund hat? Und was ist mit deiner Frau? Stell dir vor, wenn sie es durch einen blöden Zufall erfährt? Vielleicht von einer anderen Assistentin."

Dass Rolf ihm, dem Älteren praktisch die Leviten las, schien Gilbert nicht sonderlich zu stören, er lächelte belustigt und dachte: „Wie rührend, dem Jungen muss man mehr beibringen als nur die Medizintechnik." Laut aber sagte er: „Weißt du, Rolf, der Kavalier genießt und schweigt, ich zwinge keine. Also, kommst du nun mit auf ein Bier? Ich spendier dir eins."

Rolf lehnte ab. „Ein andermal", meinte er einsilbig. Gilbert Wolf brachte ihn mit seinem Wagen hinaus in die neue Siedlung „Berg-am-Laim". Sie tauschten kaum noch ein Wort miteinander.

Von nun an sah Rolf seinen Kollegen Gilbert Wolf, der fast ein Idol für ihn gewesen war, mit anderen Augen, er war ihm gegenüber verunsichert und enttäuscht von ihm. Aber, so sagte er sich, was ging es ihn an, der Kollege war alt genug, um zu muss wissen was er tat.

Gilbert Wulf aber fühlte sich durch den jungen, ehrgeizigen und allzu spießigen Neuling in seiner Freiheit beeinträchtigt. Verstärkt sprach bei Herrn Ing. Hasslinger, dem Chef, vor und bat darum, den Kollege Dengler, nachdem er ihn nun lange genug mitgeschleift habe, einen anderen Techniker zuzuteilen.

Kurz vor Weihnachten wurde er konkreter.

„Mir reicht's, Chef", beschwerte er sich nun unmissverständlich, „fast ein Jahr schleppe ich den Dengler jetzt schon mit mir herum! Nächstes Jahr soll er mit dem Liebknecht mitfahren. Kleinere Reparaturen bewältigt er sowieso schon allein, der Junge ist ja ganz brauchbar."

Insgesamt vermittelte er dem Chef, einem humorlosen, poltrigen Mittfünfziger, kein sehr günstiges Bild vom jungen Kollegen Dengler.

Herr Ing. Hasslinger ließ Rolf am Tag vor den Weihnachtsfeiertagen in sein Büro kommen. Rolf stand mit klopfendem Herzen und geröteten Ohren vor dem Schreibtisch seines Chefs.„Nun, Dengler, habe gehört, Sie haben sich recht gut bei uns eingearbeitet", meinte Herr Ing. Hasslinger gönnerhaft und musterte seinen jüngsten Mitarbeiter kritisch von oben bis unten, so dass es diesem heiß und bang wurde. „Wie gefällt Ihnen die Arbeit bei uns?"

„Gut, Herr Hasslinger", antwortete Rolf, „sehr gut. Ich habe schon eine Menge gelernt, vor allem von Herrn Wulf."

„Schön, Dengler. Ab nächstem Jahr können Sie vermehrt allein rausfahren, Sie sind nun soweit. Aber", fügte er hinzu und räusperte sich, „ihr Auftreten und ihr Äußeres müssen Sie noch verbessern, Dengler. Schauen Sie, es macht keinen guten Eindruck, wenn Sie im Namen unserer Firma mit einem abgetragenen Mantel und mit ungebügelten Hosen bei den Kunden auftauchen. Geben Sie sich mehr Mühe, Dengler, dann wird es schon werden mit Ihnen. Nun gehen wir hinüber zu den Kollegen, unsere Bürodamen haben eine kleine Weihnachtsfeier vorbereitet. Nun machen Sie kein langes Gesicht, Dengler, und kommen Sie schon."

Rolf fühlte sich zurechtgewiesen, fast gedemütigt, ihm war jetzt nicht nach Feiern zumute. Er ließ das feucht fröhliche Treiben und die guten Wünsche für Weihnachten und das kommenden Jahr still über sich ergehen.

„Na, Dengler?" Kollege Wulf legte ihm kumpelhaft den Arm auf die Schultern. „Nun entspann dich doch mal. Komm, stoßen wir auf einen guten Rutsch ins neue Jahr an. Leider werden wir im nächsten Jahr nicht mehr oft zusammen losziehen, du bist nun fit genug, um allein rauszufahren. Besuchst du während der Feiertage deine Eltern?

„Ja, natürlich", meinte Rolf geistesabwesend, „die Omas haben die Kleine ja noch gar nicht gesehen."

„Einen Opa hat sie wohl nicht?", erkundigte sich Gilbert ohne allzu viel Interesse.

„Nein", erwiderte Rolf genauso lustlos, „jedenfalls keinen der zählt."

Nach einer kurzen Ansprache, in der Herr Ing. Hasslinger die gute Entwicklung des vergangenen Geschäftsjahres lobte, der Umsatz konnte dank der ausgezeichneten Zusammenarbeit von Geschäftsführung, Verkauf und Services um sage und schreibe fünfundzwanzig Prozent gesteigert werden und so weiter. Er gab der Hoffnung Ausdruck, dass auch das kommende Jahr erfolgreich werden möge und händigte jedem Mitarbeiter ein weißes Kuvert mit einem goldenen Stern darauf aus, worin sich die nach den Gehältern bemessenen Weihnachtsgelder befanden.

Bienchen sah ihren ersten Weihnachtsbaum in der reinen, bescheidenen Stube von Oma Schadhaus, sie hatte das Bäumchen wie jedes Jahr persönlich geschlagen und mit einem Leiterwagen aus dem Wald geholt. Seine Nadeln dufteten mit den selbstgebackenen Plätzchen und dem Stollen um die Wette, die Zweige waren wie eh und je reichlich mit Silberlametta und roten Christbaumkugeln behängt, deren Glasur jedes Jahr mehr abblätterte und mit Wachs bekleckert waren, sowie die Metallkerzenhalter, in denen rote Kerzen steckten. Wie jedes Jahr stand der Baum festgeschraubt in einem metallenen Ständer, auf einem mit einem bestickten Deckelchen versehenem Tischchen, in sicherem Abstand zum Herd. Der befand sich an der anderen Seite, neben der Küchentür, wie immer hing Wäsche auf einer Leine darüber. Daneben befand sich der Spülstein mit dem Wasserhahn, auf dem ein Porzellanschälchen mit einem Stück Kernseife lag. Der Spülstein war unter anderem auch der Waschplatz der

Familie, was an den Zahnputzbechern und der Schale mit dem Rasierpinsel und dem Klingenhalter auf der Ablage darüber und dem kleinen Spiegel an der Wand zu sehen war. An den Sonnabenden war immer Badetag, da holte Oma Schadhaus ihre Metallwanne aus dem Waschhaus, in dem die Blockbewohner ihre große Wäsche wuschen, und es wurde gebadet. Gegenüber dem Weihnachtsbaum befand sich das mit geblümten Schals versehene und mit einer dichten Gardine behängte Fenster, etwas seitlich darunter die Eckbank mit dem Tisch, über den Oma Schadhaus heute, an Weihnachten eine frische Tischdecke gebreitet hatte, und zwei Stühle. Neben der Eckbank und dem Tisch befand sich das Bauernbüfett.

Oma Schadhaus wartete schon unruhig auf ihre Kinder, die Straßen waren teilweise schneeverweht, da konnte unterwegs wer weiß was passieren.

Fanny und Rolf saßen schon im königsblauen Firmenbus und waren auf der Autobahn unterwegs, es waren ungefähr hundert Kilometer bis nach Hause. Fanny betrachtete verzückt die vorbeiziehende, verwunschen wirkende Hügellandschaft der Holledau und die verschneiten Orte mit den anheimelnden Zwiebeltürmen, mit jedem Kilometer mehr hatte sie das Gefühl heimzukommen. Im Stillen aber machte sie sich Sorgen wegen der Eltern, erfahrungsgemäß verlief das Weihnachtsfest zu Hause nicht unbedingt harmonisch. Sollte der Stiefvater ausflippen, nahm sie sich fest vor, oder die Mutter depressiv sein, dann würden sie sofort nach München zurückfahren. Das würde sie Bienchen nicht zumuten.

Als sie es Rolf sagte, meinte er, ohne den Blick von der kurvigen, teils tückisch glatten Fahrbahn, die dem Auf und Ab der hügeligen Landschaft folgte, abzuwenden: „Jetzt geb' deiner Mutter doch erst einmal eine Chance, Fanny. Zur Not ist Mam, -er meinte seine

34

Ziehmutter- auch noch da." Fanny schaute auf die Rücksitze, wo Bienchen im Aufsatz des Kinderwagens schlief.

Dann wurde es doch noch ein schönes Weihnachtsfest. Frau Schadhaus briet einen Schweinsbraten mit knuspriger Schwarte und fetter Soße, dazu kochte sie Specksemmelknödel und Apfelrotkraut, ihre Spezialität und das übliche Festtagsessen bei Schadhaus`. Rolf schmeckte es köstlich, er zeigte es seiner Schwiegermutter, indem er tüchtig nachfasste, Frau Schadhaus freute es. Sie war noch keine fünfzig Jahre alt und wirkte dennoch verbraucht und verhärmt. Wie immer trug sie eine graumelierte Wickelschürze, die sie alt aussehen ließ, das dunkelgefärbte, glatte Haar hatte sie zu einem Dutt zusammengefasst und mit Haarnadeln befestigt. Sie war hager und fahrig und rauchte trotz ihrer Magengeschwüre und der kaputten Zähne viel zu viel. Früher war Frau Schadhaus sehr auf ihr Äußeres bedacht gewesen und hatte, als ihr Mann für tot erklärt worden war, bald Ernst Schadhaus geheiratet. Auch Ernst Schadhaus war einmal ein charmanter Mann gewesen, aber das war schon lange her, nun war er ein griesgrämiger, hagerer Mann mit tiefen Furchen im Gesicht. Nach der Arbeit, er war Schichtarbeiter in einer Zellwollfabrik, ließ er sich gewöhnlich mit mehreren Flaschen Bier auf dem Küchenstuhl sinken und entzog sich für den Rest des Tages der Sinnlosigkeit des Daseins.

Oma Schadhaus aber bemühte sich sehr ihren Kindern angenehme Weihnachtstage zu bereiten. Sie hatte das selbstgestrickte Kapuzenjäckchen und die Strümpfchen für Bienchen und die Schals und Handschuhe für Fanny und Rolf in ein Packpapier gewickelt und mit roten Schleifen versehen. Herr Schadhaus indessen versuchte den

Besuch zu ignorieren, was ihm mit Hilfe seines Bierkonsums auch gelang.

Trotzdem war Fanny erleichtert, als sie sich am zweiten Feiertag ohne nennenswerten Zwischenfall verabschieden konnten. Rolf packte die Weihnachtsgeschenke von Oma Schadhaus und ein zusammengelegtes, stabiles Gitterbettchen, es stammte noch von Fanny und ihren älteren Bruder, für Bienchen in den Kofferraum des VW Busses.

Sie mussten noch kurz bei Rolfs Ziehmutter, von ihm Mam genannt, vorbeischauen. Sie wohnte mit Rolfs Stiefbruder Karsten im Nachbarort, in einem Zweifamilienhaus nah der Donau, was ihrem Rheumaleiden nicht bekam. Auch jetzt, nachdem sie ihren Besuch begrüßt hatte, stöhnte und klagte sie darüber. Aber dann lenkte Bienchen sie ein wenig von ihren Schmerzen ab. „So ein wonniges Kindchen", meinte sie ein ums andere Mal.

Aber Rolf merkte, dass Mam der Ruhestand nicht sonderlich bekam, sie war behäbig und mollig geworden und sicher auch einsam. Rolf war leider das einzige ihrer Ziehkinder, das noch Kontakt mit ihr hatte.

Mam hatte nach dem Krieg auf eine Anzeige des verwitweten Philipp Denglers reagiert und die Betreuung seiner Kinder Karla, Bettina und Rolf, der damals fünf Jahre alt war, übernommen. Anzunehmen dass Mam, die als Waise nie die Geborgenheit einer Familie erfahren durfte und während des Krieges als Telefonistin und Stenotypistin mit der Armee mitgezogen war und auch nicht mehr ganz jung war, es als lohnende Aufgabe sah, sich der Halbwaisen anzunehmen, sie zu formen und zu lenken. Sie und Rolfs Vater heirateten und bekamen ein Söhnchen, Karsten. Acht Jahre später starb Rolfs

Vater an den Spätfolgen einer Kriegsverletzung und seine Kinder verstreuten sich nach der Schule in alle Himmelsrichtungen. Betti, die Jüngere, jobbte als Kinderbetreuerin in verschiedenen Geschäftshaushalten herum und fiel später in die Hände der Zeugen Jehovas, und Karla, die es dem Vater nicht verzieh, so rasch nach dem Tod der Mutter eine andere geheiratet zu haben, ging nach München und arbeitete in einer Gärtnerei. Mam schmerzte es sehr, dass die Mädchen den Kontakt zu ihr abgebrochen hatten, sie liebte sie und hatte sich stets redlich darum bemüht, ihren Ziehkindern eine solide, preußische Erziehung angedeihen zu lassen. Nur Rolf hatte es verstanden, dass die Stiefmutter ihm und den Schwestern das Waisenhaus erspart hatte, die den Ruf von Erziehungsanstalten hatten.

„Hast du was von Karla gehört?", wollte Mam auch gleich wissen und schenkte guten Bohnenkaffee in ihre guten Porzellantassen ein, dann legte sie Lebkuchen und Butterplätzchen in eine Kristallschale. Bienchen saß indessen auf der Couch und untersuchte einen scheppernden Kunststoffball.

„Nein", winkte Rolf ab, „warum auch. Sie will mit mir nichts mehr zu tun haben und ich nichts mehr mit ihr!"

Seit sie ihn damals, als er erst siebzehnjährig mit seinem Mofa nach München gekommen war, um sich eine Anstellung zu suchen, einfach abwies. Er hatte sich endlich nach stundenlanger Irrfahrt, es war bereits Mitternacht gewesen, sich zu dem Stadtteil und zur Gärtnerei, in der sie arbeitete, durchgefragt und am Wohnhaus der Gärtnerei geklingelt. Er begriff nie, warum sie ihn abgewiesen hatte, es war doch alles mit der Gärtnerfamilie besprochen gewesen, er sollte solange bei ihnen bleiben dürfen, bis er ein Zimmer gefunden haben wird, sie wollten ihm sogar bei der Zimmersuche helfen. Karla schien es nicht zu wissen, sie schien ihn nicht einmal zu kennen, sie rief ihm von einem Fenster im ersten Stockwerk zu, dass sie nichts von einer Vereinbarung wisse. Sie wäre allein und könne unmöglich mitten in der Nacht jemanden hereinlassen. Wie sähe das denn aus.

Da war er nun gestanden, todmüde und allein, nachts in einer großen, fremden Stadt. Er hatte sich unter einer Isarbrücke einen Schlafpatz neben anderen Obdachlosen gesucht und sich am Morgen in einem LKW- Lokal, in dem sich Männer nach einer durchfahrenen Nacht frisch machten und frühstückten, mit seiner bescheidenen Barschaft eine Dusche und ein Frühstück geleistet. Dann war er mit der Tram zu seiner zukünftigen Arbeitsstelle gefahren, wo ihm auch ein Zimmer vermittelt wurde. Unter einer Brücke musste Rolf also nicht mehr schlafen, aber es blieb ihm die nüchterne Erkenntnis, dass er sich ausschließlich und nur auf sich selbst verlassen durfte.

Nun aber musste ihn Fanny erinnern, dass es Zeit für die Heimreise sei. Eigentlich hätte er gern noch Karsten gesehen, seit dem Tod des Vaters fühlte er sich für den Halbbruder, der wahrlich kein Streber in der Schule war, mitverantwortlich. Aber Karsten tauchte nicht auf.

„Er ist im Flegelalter", meinte Mam entschuldigend, „er lässt sich nicht mehr sagen, wann er heimzukommen hat." „So, so", wunderte sich Rolf im Stillen, „der Kerl ist vierzehn Jahre, in dem Alter wurde ihm noch eins auf die Mütze gegeben, wenn er das Heimgehen vergessen hatte."

Es dämmerte bereits, als sie endlich aufbrachen.

Vom Weihnachtgeld kauften sich Fanny und Rolf ein Schlafzimmer aus heller Fichte, es war ein Ausstellungsstück und deshalb im Preis stark reduziert. Das Geld reichte nicht mehr für das Bettzeug und die Matratzen, aber die durften sie in mehreren Monatsraten abstottern.

Als sie im Schlafraum das Ehebett mit den Nachtschränkchen und den fünftürige Schrank aufbauten, war kaum noch Platz für Bienchens Gitterbettchen. Nachdem Fannys Nachtkästchen weggeräumt war, fand es gerade noch zwischen Elternbett und dem Fenster Platz. Fanny und Rolf fühlten sich reich, nun mussten sie nicht mehr jeden Abend im Wohnraum die Couch ausziehen und am Morgen wieder zusammenschieben. Sie lachten über Bienchen, die zornig an den Gitterstäben rüttelte. Sie fühlte sich in ihrer Freiheit eingeschränkt, denn nun war es vorbei mit dem einfachen Herausrutschen, wie sie es bei den zusammengeschobenen Schalensesseln gewohnt war. Stattdessen aber durfte sie nach Herzenslust im von Bettwulsten umgebenen, großen Bett herum robben und kullern.

Der Winter 1962-63 war ein besonders harter und schneereicher Winter. Rolf musste erfahren, dass Autofahren auf schneeglatten Straßen seine Tücken hatte, sein einst makelloser, königsblauer VW Bus zeigte mehr und mehr die charakteristischen Merkmale eines Fahranfängers. Wenn er wieder einmal einen Blechschaden beim Chef melden musste, war ihm das furchtbar peinlich, auch wenn er von Kollegen wusste, dass der Chef selbst wegen Trunkenheit am Steuer seinen Führerschein hatte abgeben müssen, keiner wusste für wie lange. Vielleicht blieb Herr Hasslinger deshalb bei den Schadensmeldungen stets relativ gelassen, bis auf einmal, als ihm von einer Autowerkstatt eine besonders saftige Rechnung auf den Schreibtisch flatterte, da verlor er kurz die Contenance.

Rolf hatte an der Kreuzung des Sendlinger-Torplatzes mit seinem VW Bus den Berufsverkehr lahmgelegt, indem er vergessen hatte, beim Anfahren vor der Ampel die Handbremse zu lösen. Erst nach soundso vielen, immer verzweifelter werdenden Versuchen, als es bereits unter der Motorhaube qualmte und nach verkohltem Gummi stank, bemerkte Rolf sein Versäumnis. Leider zu spät, das Auto musste abgeschleppt werden.

„Das ist doch nicht normal, Dengler!", polterte Herr Hasslinger empört, als Rolf wie ein armes Sünderlein vor ihm stand. „Nach gerade mal einem halben Jahr mussten der Auspuff und die Bremsbelege erneuert werden, vom Ölwechsel, den neuen Scheibenwischern und den vielen Beulen und Kratzern ganz zu schweigen! Verdammt noch mal, Dengler, wollen Sie die Firma ruinieren!"

Jedenfalls musste Rolf im Januar, als sein Ford-Bus wieder einmal in der Werkstatt stand, mit Kollege Wulf auf Tour gehen. Das war sein Glück, denn Bayern versank im Schneechaos, die Straßen und Pässe im Alpenvorland waren oft wegen Schneeverwehungen und Lawinengefahr gesperrt. Aber Gilbert Wolf lenkte seinen Ford-Bus, einen bequemen, lenksicheren Mittelklassewagen, souverän und sicher durch alle Hürden und Gefahren. Rolf bewunderte ihn, Gilbert kam nie ernsthaft in Bedrängnis oder war gar in einen Unfall verstrickt.

Fanny war unter der Woche meist mit Bienchen, die nun neun Monate alt war, allein.

Auch in jener Januarnacht, als während der Nacht pausenlos dicke Flocken vom Himmel wirbelten und das schlafende München allmählich unter ungeheuren Schneemassen versank.

Bienchen zahnte, sie hatte die ganze Nacht über gewimmert und geweint, dementsprechend gerädert fühlte sich Fanny am Morgen. Draußen war es noch stockdunkel, als sie sich mit ihr im Kinderwagen auf den Weg machte. Sie musste Bienchen in die wenige hundert Meter entfernte Kinderkrippe bringen, zu dem Container in der Riesenbaustelle, bevor sie zur Straßenbahn eilen konnte, die sie zu ihrem Arbeitsplatz bringen würde. An diesem Morgen aber erwies sich das als ein schier unmögliches Unterfangen, der Neuschnee häufte sich meterhoch auf den Gehwegen und den Straßen, die Räumfahrzeuge waren noch lange nicht überall gewesen, schon gar nicht in den Randbezirken der Stadt. Hausmeister und Anwohner schaufelten unermüdlich passierbare Pfade in den Schnee, wo immer sie Gehwege und Zufahrten vermuteten, und versuchten ihre eingeschneiten Autos auszugraben. Der öffentliche Verkehr kam fast zum Erliegen, jeder musste schauen, wo er blieb.

Fanny versuchte mit dem Kinderwagen durchzukommen. Sie benutzte die notdürftig geräumten Gehwege, sie schob, schnaufte, schwitzte, blieb stecken, zog und zerrte den Kinderwagen hinter sich her und kam nur langsam vorwärts. Abgekämpft schaffte sie es dann doch und konnte Bienchen in der Krippe abgeben.

Danach hastete sie zur Trambahnstation. Dort war allerdings von einer Trambahn keine Spur zu sehen, nur eine Traube verstörter, frierender Menschen stand um die Informationstafeln. Ein Spezialfahrzeug, das die Gleise auftaute, schnaufte vorbei, dann endlich die Tram mit der Nummer 8, Fannys Tram. Sogleich ein heftiges Schieben, Schubsen, Schimpfen, Fluchen, Fanny wurde in den Mittelgang eines der Tramwagen geschoben.

Mit zwei Stunden Verspätung kam die Tram am Rosenheimer Platz an. Fanny eilte mit vielen anderen auf einem Zebrastreifen über die

Kreuzung, zu dem beeindruckenden Häuserkomplex, in dem der Herrenausstatter Koller seinen Sitz hatte. Als Fanny in der Eingangshalle mit den Kollegen und Kolleginnen ihre Karte abstempelte, herrschte allgemeine Verunsicherung, man fragte sich, ob die Fehlstunden vom Gehalt abgezogen werden würden. Später sickerte durch, dass die Geschäftsführung in diesem Fall ein Einsehen hatte und das Zuspätkommen der Angestellten vermutlich nicht von den Löhnen abgezogen werden würde.

Ein Unglück kommt selten allein, sagt man, bei Fanny war es dieses Mal die vermaledeite, stumpfe Schere.

Wie bereits erwähnt, wurde Fanny dort zugeteilt, wo eine Näherin oder ein Näher durch Krankheit oder Urlaub fehlte. Es war ein anspruchsvoller und privilegierter Arbeitsplatz, nur die Besten und Zuverlässigsten konnten diesen gutbezahlten Job ausfüllen.

An diesem Tag aber war der Wurm drin. Fanny musste Brusttaschen in Sakkos einarbeiten, eine diffizile Arbeit, bei der es präzises Werkzeug bedurfte, aber ihre Vorgängerin hatte eine stumpfe Schere hinterlassen. Fanny rief den Vorarbeiter, er sollte schnellstens eine scharfe Schere bringen. Er hörte es, nickte Fanny zustimmend zu und brachte keine Schere. Fanny kam in Verzug, wurde nervös, es war undenkbar, im Akkord nicht schrittzuhalten. Sie kam ins Schludern, riss die Fäden mehr ab, als dass sie sie abschnitt, ihre Arbeit wurde unsauber, die Kollegin neben ihr, die nicht ausreichend bedient wurde, rief den Vorarbeiter. Das Chaos war perfekt, der Arbeitsablauf gestört, Fanny wurde durch eine andere Näherin ersetzt und in das Büro des Abteilungsleiters beordert.

Es war sonnenklar, wenn sie den Job hier verliert, konnten sie aufstecken, sie konnten dann weder die Miete noch ihre Schulden bezahlen, dann waren sie erledigt. Mit steifen Knien und trockner Kehle, die Kündigung erwartend, ließ Fanny die Verwarnungen über sich ergehen.

„Wenn Sie sich nicht zusammenreißen, Frau Dengler.", hieß es streng, „können wir Sie nicht weiter beschäftigen, schon gar nicht als Springerin!"

Fanny fühlte, wie sich ihre Augen mit brennenden Tränen füllten, sie nickte zustimmend. „Es soll nicht mehr vorkommen", versprach sie.

Jedenfalls durfte sie für dieses Mal bleiben, sich neu bewähren, was sie auch musste, denn gute Arbeitsplätze waren in München heiß umkämpft.

Die Märzsonne lockte viele Spaziergänger in die Parks und in den Englischen Garten, wo über Nacht die grauen Rasenflächen, auf denen noch Schneereste zu sehen waren, mit frischem Grün überzogen waren und sich die ersten Frühlingsboten, Gänseblümchen und Schneeglöckchen mit ihren leuchtendem Weiß und dem satten Grün ihrer Blätter zeigten. In den Grünanlagen und den Parks der Schlossgärten pflanzten fleißige Gärtner Krokusse, Osterglocken und Veilchensetzlinge kunstvoll nach Farben geordnet in die aufbereitete Erde und brachten Kübeln mit Zitronen- und Orangenbäumchen aus den Treibhäusern ins Freie.

Fanny und Rolf fuhren jeden Sonntag mit Bienchen, die schon breitbeinig und unsicher zwischen ihnen einher stapfte, in einen der Parks. Im Nymphenburger Schlosspark bewunderten sie vor dem Schlossportal den großen Brunnen, aus dem unermüdlich und unentwegt meterhohe Wasserfontänen in den weißblauen Frühlingshimmel schossen, um dann rauschend in sich zusammenzufallen. Oder sie bummelten durch den erwachenden Englischen Garten.

Rolf konnte nicht umhin, er verzichtete lieber auf neue Anziehsachen, was angebracht und auch nötig gewesen wäre, und kaufte stattdessen einen Fotoapparat, mit dem er Bienchen in allen Lebenslagen ablichten konnte. Bienchen jauchzend auf allen Vieren durch die Wohnung robbend, Bienchen in der Badewanne mit Bade Ente und wallendem Badeschaum auf dem blonden, nassen Köpfchen, Bienchen die ersten, wackeligen Schrittchen ins Leben wagend.

Aber für die wirklich eindrucksvollsten Bilder war keine Zeit zum Fotografieren, wie zum Beispiel am Ostersamstag, als Rolf sein nunmehr einjähriges Töchterchen füttern wollte. Fanny war mit einem vollen Wäschekorb hinunter in den Waschsalon gegangen.

Er war zwar ungeübt im Füttern, aber, so dachte sich Rolf, Spinat aus einem Gläschen füttern, dass sei nun wirklich keine große Kunst. Er musste nur das Gläschen im Wasserbad erwärmen, Bienchen ein Lätzchen umbinden, sie auf den Schoß nehmen, mit einem Arm umfassen, ihre lebhaften Händchen mit seiner großen Hand fixieren und sie dann mit der anderen Hand aus dem erwärmten Glas füttern.

So weit, so ungefähr.

„Nun mach schön das Schmollmündchen auf, mein Bienchen", ermunterte Rolf sein Töchterchen, die es auch bereitwillig tat, einen Augenblick später jedoch ihrem überraschten Vater das Grünzeug vor die Brust und ins Gesicht prustete und ihn dabei mit ihren dunklen Kulleraugen belustigt anstrahlte. „Nun gut", dachte Rolf nach einer Schrecksekunde und verschaffte sich mit Augenzwinkern, seine

Hände waren ja anderweitig beschäftigt, einen Überblick. Er beförderte die nächste Portion in Bienchens bereitwillig aufgesperrtes Mündchen und, hast du nicht gesehen, kam mit einem vergnügten Prusten der Spinat in Form eines Platzregens zurück.

Na, schön. Rolf war nicht so leicht aus dem Konzept zu bringen, im Gegenteil, es erwachte in ihm ein gewisser Sportsgeist. Er musste lediglich schneller sein als Bienchen, dachte er, indem er, eh sie prusten konnte, schnell den nächsten, gefüllten Löffel nachschob und sie dadurch zum ungewollten Schlucken, zum Überraschungsschlucken sozusagen, veranlasst werden würde. Das gelang sogar, manchmal, jedenfalls wurde das Glas immer leerer. Am Ende sah es nach Unentschieden aus, aber satt konnte Bienchen angesichts des Spinats im Gesicht, in den Haaren und auf der Brust ihres Vaters eigentlich nicht geworden sein.

Als Rolf in der Osterwoche seinen Chef, Herrn Ing. Hasslinger, von einer außerhalb Münchens gelegenen Klinik abholen musste, schien das vorangegangene Verkaufsgespräch nicht gut für ihn gelaufen zu sein, Herrn Hasslinger war äußerst schlecht gelaunt. Rolf, noch fahrunsicher und durch die Anwesenheit des Chefs, ins besonders durch seine schlechte Laune noch mehr verunsichert, machte während der Heimfahrt einen Fahrfehler nach dem anderen.

„Sie Idiot!", schrie Herr Hasslinger auf einmal genervt, „Sie fahren wie ein Idiot! Haben Sie ihren Führerschein eigentlich im Lotto gewonnen? Jetzt wird mir so einiges klar, zum Beispiel warum keiner mit Ihnen zusammenarbeiten will, so dämlich wie Sie sich anstellen!" Mitten auf der Schnellstraße bremste Rolf das Auto ab, setzte den Blinker, fuhr an den rechten Randstreifen und hielt an.

„Was ist jetzt schon wieder los!", schrie Herr Hasslinger mit hochrotem Kopf. „Fahren Sie weiter! Sofort!"

Rolfs Herz raste, er musste sich erst beruhigen und tief durchatmen, an ein Weiterfahren war im Augenblick nicht zu denken.

„Nun fahren Sie schon weiter, Dengler", meinte Herr Hasslinder ruhiger werdend. Er schaute stirnrunzelnd in Rolfs versteinertes Gesicht und begriff langsam, dass er zu weit gegangen ist. „Nun fahren Sie schon um Himmels Willen, Dengler, ich hab es eilig. Entschuldigen Sie, wenn ich etwas grob geworden bin."

Rolf ließ sich Zeit, er verspürte eine wohltuende Genugtuung, er fühlte sich in diesem Augenblick seinem Chef haushoch überlegen. Er hatte die Macht stehenzubleiben, auszusteigen oder weiterzufahren, ganz nach eigenem Ermessen.

In aller Ruhe betätigte er den Anlasser, trat auf die Kupplung und schob mit Bedacht den ersten Gang ein. Er setzte den Blinker, trat sachte auf das Gaspedal und reihte sich behutsam in den fließenden Verkehr ein. Bedächtig und fehlerfrei fuhr er durch den Berufsverkehr der Münchner Innenstadt, zur Firma, weder er noch sein Chef verloren noch ein Wort. In der Firma verschwand der Chef wortlos und mürrisch in seinem Büro und Rolf ging in das Büro von Herrn Lange, dem technischen Leiter, und bat um seine Versetzung in eine andere Geschäftsstelle. „Wenn Sie es nicht tun", meinte Rolf ruhig, doch innerlich vor Entrüstung bebend, „wende ich mich direkt an das Essener Hauptwerk und beschwere mich über Herrn Hasslinger."

Herr Lange versprach, sich der Sache anzunehmen.

Rolf war klar geworden, bei diesem Vorgesetzten konnte er nicht wirklich vorankommen, er behandelte ihn schlimmer wie einen blutigen Anfänger. Aber Rolf wollte sich bewähren, wollte beweisen, dass er fit genug für große Aufgaben war. Immer ungeduldiger fragte er bei Herrn Lange nach, ob irgendwo in Deutschland, in einer beliebigen Außenstelle eine Stelle frei geworden sei, bis ihn Herr Hasslinger in sein Büro kommen ließ.

Rolf stand mit roten Ohren vor dem Schreibtisch seines Chefs, der seinen Kugelschreiber beiseitelegte und ihn mit sorgenvoll gerunzelter Stirn anschaute.

„Na schön, Dengler", meinte er mit einem, wie Rolf meinte, leicht spöttischen Unterton. „Ich halte es zwar für einen Fehler, Sie haben noch lange nicht die nötige Routine, aber nun denn, jeder ist seines Glückes Schmied. In Mannheim suchen sie einen selbstständigen, erfahrenen Röntgentechniker. Der Geschäftsstellenleiter heißt Manfred Stämmer. Das Gehalt ist vernünftig. Trauen Sie sich diesen Posten zu, Dengler?"

„Ja", antwortete Rolf ohne zu zögern.

„Nun gut, Dengler, nutzen Sie Ihre Chance. Die Pfalz und Baden-Württemberg sind ein großes Aufgabengebiet, da können Sie sich nach Herzenslust beweisen. Melden Sie sich bei der Außenstelle Mannheim, Geschäftsstellenleiter Herr Stämmer, Rheinallee 14, Hausnummer 12. Sie könnten dort schon im Juli anfangen. Ich wünsche Ihnen viel Erfolg. Alles Gute, Herr Dengler. Auf Wiedersehen."

Rolf spürte verärgert, wie sich seine Ohren noch mehr röteten, er hatte plötzlich ein sehr unsicheres Gefühl in der Magengegend. Hatte er sich womöglich im Zorn übernommen? War er zu empfindlich gewesen? Hätte er für diesen Job nicht viel mehr Erfahrung gebraucht? Aber er sagte nur: „Vielen Danke, Herr Hasslinger. Auf Wiedersehen."

Dann ging er erhobenen Hauptes hinaus. Die Würfel waren gefallen, im Juli waren sie in Mannheim. Dort würde auch das Baby zur Welt kommen.

Aber der Mensch denkt und Gott lenkt, wie man weiß.

Am Freitag vor Pfingsten fuhr Rolf am frühen Vormittag los und erreichte gegen Mittag die Mannheimer Röntgen-Geschäftsstelle, dort stellte er sich bei dem Geschäftsstellenleiter Herrn Stämmer als neuer Mitarbeiter vor. Nach einem kurzen Gespräch, in dem Herr Stämmer ihm unter anderem einige Empfehlungen gab, in welcher Klinik er seine Frau zur Entbindung anmelden könne und wo im Mannheimer Umfeld eine preisgünstige Wohnung zu finden sei, meldete Rolf Fanny in Bruchsal, in der ihm empfohlenen Klinik zur Entbindung an. Danach fand er am Rande einer kleinen, idyllisch zwischen Wald und Wiesen gelegenen Gemeinde, in einem Neubaugebiet, im ersten Stock eines Zweifamilienhauses eine wunderschöne Wohnung. Perfekt, dachte er, tankte das Auto auf und fuhr gegen Abend mit sich selbst zufrieden nach München zurück.

Beim Umzug half ihnen ein netter Arbeitskollege das Schlafzimmer abzuschlagen und die schwersten Teile, die Schlafcouch und die Schränke in seinen Citroen Kleintransporter, genaugenommen gehörte er seinen Eltern, zu schaffen. Die Eltern wohnten in Ludwigshafen, erzählte er, bei der Gelegenheit könne sie sie wieder einmal besuchen.

Möglicherweise hatte sich Fanny beim Herausschleppen der Kartons übernommen, denn plötzlich bekam sie Wehen, sechs Wochen vor dem angenommenen Geburtstermin und vor dem Mutterschutz.

Rolf brachte seine stöhnende Frau im königsblauen, verbeulten Ford-Bus, den er zum Glück noch nicht abgegeben hatte, ins Krankenhaus rechts der Isar. Die Ärzte dort konnten die Geburt nicht mehr stoppen, der kleine Kerl hatte es eilig auf diese schöne Welt zu kommen, was nicht gut für ihn sein konnte. Denn gleich nach der Geburt, Fanny hörte ihn nicht schreien, nur sein leises Röcheln, wurde er in einer Wärme-Transportbox weggebracht. Erst im Krankenzimmer erfuhr Fanny vom diensthabenden Arzt, dass ihr Bub in das Schwabinger Kinderkrankenhaus gebracht worden sei und in einem Brutkasten liege. Er habe gerade mal 1000 Gramm Geburtsgewicht und, weil Fruchtwasser in seine Lunge geraten sei, eine Lungenentzündung. Leider könne man sich keine großen Hoffnungen machen, dass er es schaffen wird.

Am nächsten Tag lebte er noch. Rolf kam mit Bienchen und tröstete Fanny.

Der kleine Bub lebte auch am folgenden Tag noch. Fanny weinte und betete. Wenn Rolf mit Bienchen kam, gingen sie im kleinen Park der Klinik spazieren. Fanny aber bangte um das Kind im Brutkasten, das wie ein flackerndes Flämmchen um sein Überleben rang. Alle Sorgen waren bedeutungslos geworden, wenn nur das Kind überleben würde.

Auch am anderen Tag lebte der kleine Junge noch, aber es gab kaum eine Besserung seines Zustandes, wie der Arzt meinte. Mit Rolf und Bienchen im Park spazieren gehen, „Bienchen sei sehr brav", erzählte Rolf, „sie vermisse ihre Mama", dann beten und schwören, dass man alles im Leben ohne Murren ertragen werde, wenn nur das Kind, dieser kleine, tapfere Junge leben würde. „Nur noch dieses eine Kind, lieber Gott", schwor Fanny, „dann bin ich zufrieden ein Leben lang und erbitte nichts mehr von dir."

Am nächsten Tag lebte das Bübchen auch noch, sein Zustand hätte sich minimal verbessert, hieß es. Aufkommende Hoffnung, aber der Arzt schränkte ein: „In zwei Wochen, wenn er dann noch lebt, dürfen wir hoffen."

Dann der Abschied, draußen auf dem Balkon vor der Säuglingsstation. Ein Blick durch das Fenster auf das Kind im Brutkasten, ein Blick, der sich in die Seele einbrannte. Der winzige Körper, so schön, so winzig, so vollkommen, von Schläuchen umgeben, am Köpfchen feuchte, dunkle Strähnchen, schlafend. Sie mussten fort, weit fort in eine ferne, fremde Stadt, das Kind zurücklassen. Fanny stöhnte. Rolf mit Bienchen auf dem Arm, legte seinen freien Arm tröstend um sie. Dann gingen sie weg.

„Wir holen ihn, Fanny", versprach Rolf. „Sobald es die Ärzte erlauben, holen wir ihn. Es wird nicht lange dauern, dass verspreche ich."

Zwischen Heidelberg und Bruchsal, im Nordbadischen Kraichgau liegt das verschlafene Örtchen Kirrlach, dort hatte Rolf eine Wohnung in einem Zweifamilienhaus gefunden und gemietet. Im Obergeschoss des Neubaus zog sich ein Balkon, noch ohne Geländer, über die ganze südliche Längsseite hin. Überall lag noch Bauschutt- und Baumaterial herum, aber, dachte sich Rolf, über kurz oder lang würde hier ein Garten entstehen, in dem seine Kinder spielen würden. Das dachte auch Fanny, als sie ausstiegen und von einer kräftigen, blonden Frau begrüßt wurden, sie stellte sich als ihre Hauswirtin, Frau Haberle vor. Ihre ungefähr sechs Jahre alte, blonde Tochter stand dabei und beobachtete neugierig den Einzug der Fremden, die nun mit ihnen in ihrem neuen Haus wohnen sollten. Fanny bat sie, ein wenig auf Bienchen aufzupassen.

„Die Schees stelle Sie hier ab", meinte die Vermieterin wenig freundlich und deutete neben die überdachte Eingangstreppe. „Die Schees?", fragte sich Fanny betroffen, „war damit ihr Kinderwagen gemeint?" Sie schob ihn, wegen des angeblichen Schimpfwortes irritiert, neben die drei Eingangsstufen und half dann die Kartons mit ihren Siebensachen die steile Marmortreppe hinauf ins Obergeschoss zu tragen, Rolf und sein Kollege schleppten die Möbel hinauf. Es dunkelte bereits, als der Citroen endlich leergeräumt war und sie sich bei dem jungen Mann für seine Hilfe bedankten. Sie baten ihn, wenn er einmal im Lande sein würde, sich unbedingt zu melden, damit sie sich für seine Hilfe gebührend revanchieren können. Dann fuhr er los nach Ludwigshafen, um seine Eltern zu besuchen.

Die Wohnung war gigantisch, drei große Zimmer mit versiegeltem Parkettböden, vom Wohnzimmer und der Küche aus konnte man auf den schmalen, langen Balkon, jetzt noch ohne Geländer, gelangen. Was Fanny gleich negativ auffiel war das offene Treppenhaus, die beiden Stockwerke waren lediglich durch senkrecht verlaufende, weißlackierte Metallstangen, die vom unteren Flur bis zur Decke des oberen Flurs reichten, voneinander getrennt. „Tolle Akustik", flüsterte sie Rolf zu, „da hörst du unten jede Maus husten und umgekehrt auch."

Rolf schaute bedenklich, dass hatte er bei der Wohnungsbesichtigung glatt übersehen, aber er hatte auch dieses Mal eine Lösung.

„Wir lassen einfach Kletterpflanzen daran hochwachsen, durch das große Glasbaufenster ist es dafür hell genug."

In das Schlafzimmer, das zur Straße hin einen kleinen Balkon besaß, passte ihr Schlafzimmer spielend hinein. Sie beschlossen auch Bienchens Gitterbettchen darin aufzustellen, wenigstens solange, bis sie sich eingewöhnt haben würde.

In der Küche, die mit einem Spülschrank und einem Elektroherd mit drei Platten ausgestattet war, stellten sie erst einmal die Kartons mit dem Geschirr ab. Im Wohnraum daneben bauten sie den kleine Holztisch, die Schlafcouch und die Schalensesseln auf, alles Weitere konnte bis morgen warten. Umgeben von zerlegten Schränken und Kartons ließen sich Fanny und Rolf erschöpft in die Sessel sinken und lächelten sich zuversichtlich an.

Da sahen sie zu ihrem Entsetzen draußen, auf dem schmalen Balkon ohne Geländer ihr Bienchen an der Glastür vorbeispazieren, unten wussten sie die unfertige Betonterrasse der Hausleute.

„Langsam", meinte Rolf, als Fanny aufspringen wollte, „wir dürfen sie nicht erschrecken. Du gehst durch die Küchentüre und ich versuch es hier. Aber sei vorsichtig."

Fanny eilte in die Küche und lugte durch die Balkontür nach draußen. „Hallo, Bienchen", rief sie leise, „komm bitte her zur Mama?"

Bienchen kam und Fanny hielt sie fest im Arm und weinte vor Erleichterung.

Eine schlimme Ahnung beschlich sie, eine Ahnung, dass sie in diesem Haus nicht glücklich werden würden. Aber das behielt sie lieber für sich.

Sechs Wochen später kannte Rolf weitgehend die zu betreuenden Praxen in der Pfalz und in Baden Württemberg und hatte sich mit seinen neuen Mitarbeitern vertraut gemacht. Da war Herr Wagner, der schon ältere, sehr lebhafte und gesprächige Vertreter, dann die Büro-Dame Frau Burger, die Seele der Geschäftsstelle, eine vollschlanke, ungemein rührige und mütterliche Enddreißigerin. Ja, und natürlich Herr Stämmer, der Chef, der sich höchstens bei den morgendlichen, kurzen Arbeitsbesprechungen sehen ließ. Herr Stämmer war ein kleiner, hagerer Mann mit einer knorpeligen Nase und schütterem, leicht fettem Haar, das ihm eigenwillig strähnig in die hohe Stirn fiel. Bald stellte Rolf eine cholerische Ader bei ihm fest, Herr Stämmer neigte dazu, alles zu verkomplizieren. Das war nicht schön, aber Rolf störte es vorerst nicht. Er hatte meist nur mit Frau Burger zu tun, die ihm jeden Morgen die Aufträge übermittelte.

Fannys Anfangsprobleme waren anderer Art, sie kam mit dem Badischen Dialekt ihrer Hausleute nicht zurecht, sie verstand sie schlecht oder missverstand sie und umgekehrt, für die Hausleute musste ihr bayrischer Dialekt ziemlich fremdartig klingen.

Da war zum Beispiel die Sache mit der Wäsche.

Zuerst versuchte Fanny die Wäsche im Bad, auf einer Kochplatte in einem großen Kochtopf, den Rolf irgendwo aufgetrieben hatte, zu waschen, aber trotz des offenen Fensters oder gerade deswegen bemerkte es Frau Haberle und verbot es.

„Das rischt ma im ganzem Haus und bald habba ma iberall den Pilz und den Schimmel", beschwerte sie sich vorwurfsvoll, aber eine Lösung des Waschproblems konnte sie leider nicht anbieten. Rolf kam auf die Idee, Fannys Rentenversicherung auszahlen zu lassen und davon eine Waschmaschine, vielleicht noch einen Kühlschrank zu kaufen. Das klappte und die neue Waschmaschine wurde mit dem zögerlichen Einverständnis der Hausleute im Keller, in der Waschküche neben Haberles Waschmaschine aufgestellt. Fanny konnte die Waschküche vom zukünftigen Garten aus betreten, was zwar ein wenig umständlich, aber in Ordnung war.

Haberles gaben auch ihr Einverständnis, dass Rolf aus den Brettern, die nicht mehr gebraucht wurden und noch überall herumlagen, Küchenregale baute, woraufhin Frau Haberle laut vernehmbar befürchtete, dass ihre Mieter zu arm seien sich anständige Möbel zu kaufen und womöglich gar nicht in der Lage sind, ihre Miete zu bezahlen. Und als Rolf dann auch noch vier schäbige Küchenstühle und einen klapprigen Tisch anschleppte, offensichtlich vom Sperrmüll, und vor dem Haus vor aller Augen schmiergelte, leimte und mit grüner Farbe bestrich, sah Frau Haberle ihre Befürchtung, dass sie Asoziale in ihr schönes, neues Haus aufgenommen hat, bestätigt. Fanny schämte sich bei ihren abfälligen Blicken, aber als sie die gelungen restaurierten Möbel in ihrer Küche sah und sich damit ihr Haushalt langsam vervollständigte, da freute sie sich doch.

Inzwischen kannte sie sich im Örtchen schon recht gut aus, sie wusste zum Beispiel, in welchem Gemischtwarenlädchen sie einkaufen konnte.

Manchmal fuhren sie am Wochenende zum Einkaufen nach Mannheim. Wenn Fanny von der großen Rheinbrücke aus die grauen Chemiewerke mit den Verbrennungsanlagen und Müllbergen am Rheinufer sah und die grauen, widerlich stinkenden Schwaden, die unentwegt aus den Schornsteinen in den Himmel stiegen und die

Stadt verdüsterten, dann war sie von diesem Anblick schockiert. Auch die in der Innenstadt quadratisch angeordneten Geschäftsstraßen fand Fanny wenig romantisch und einladend.

„Wenn man sich erst einmal daran gewöhnt hat", meinte Rolf, „kommt man damit besser zurecht, wie in Münchens Straßengewirr."

Fanny war es egal, bei ihrem Orientierungssinn würde sie sich in jeder Stadt verirren. Der Rhein sei hier, behauptete Rolf, so breit wie die Donau und die Isar zusammen. Das zu glauben fiel Fanny schwer.

Dann kam vom Schwabinger Kinderkrankenhaus in München die Nachricht, dass ihr kleiner Sohn inzwischen 6200 Gramm wiege, gesund sei und abgeholt werden könne.

Eigentlich eine Freudenbotschaft, die aber bei Rolf große Sorgen auslöste. Bisher waren sie mit dem Mutterschutzgeld geradeso über die Runden gekommen, aber jetzt, sechs Wochen nach der Geburt, war Schluss damit. Nun mussten sie mit deutlich weniger Geld einen zwar noch kleinen, aber zusätzlichen hungrigen Bauch satt bekommen.

Rolf besprach sich mit Fanny und beide kamen auf die absurde Idee, den Mutterschutz und damit den Zuschuss zu verlängern, indem Fanny krank werden würde. Und wenn es nur vier Wochen wären, so wäre es doch eine Galgenfrist, in der Rolf zum Beispiel eine Lohnerhöhung bewirken könnte. Aber wie konnte man es bewerkstelligen, dass Fanny glaubhaft ungefähr vier Wochen lang krank wird. Eigentlich war es ganz einfach, ein kleiner, gezielter Schlag auf Fannys kleinen Finger, der sowieso leicht schief war, und das Problem war

55

vorerst gelöst. An der linken Hand würde ein kleiner Verband nicht weiter stören, dachten sie und machten sich sogleich ans Werk. Rolf holte einen kleinen Hammer und stellte sich vor dem Küchentisch in Position, Fanny legte ihre linke Hand auf den Tisch und spreizte, das Gesicht abgewandt, die Augen zugezwickt und die Zähne aufeinander gepresst, den kleinen, krummen Finger ab. Sie erwartete mit angehaltenem Atem den Schlag, fing an zu schwitzen, bekam Herzrasen und wusste plötzlich, wenn Rolf es tat, dann würde er ihre Liebe zertrümmern.

Rolf, den Hammer erhoben, sah die kleine, zerbrechlich wirkende Hand seiner Frau, die leicht bebte, sah den leicht gekrümmten, abgewinkelten kleinen Finger, wie stark durfte er zuschlagen, um ihn nicht vollends zu zertrümmern? Auch er begann zu zittern, seine Augen füllten sich mit Tränen, dann ließ er den Hammer auf den Tisch fallen und setzte sich schweratmend auf den Stuhl.

„Es geht nicht, Fanny", murmelte er. Dann stand er entschlossen auf. „Nun gut, es muss auch so gehen, verdammt noch mal. Morgen holen wir unseren Jungen heim, endlich."

Frau Burger wurde für Rolf so etwas wie eine Vertrauensperson, mit der er auch persönliche Dinge besprechen konnte. Eines Morgens, als sie nach der Arbeitsbesprechung allein im Büro waren, schilderte ihr Rolf seine Notlage.

„Warum bitten Sie den Chef nicht um eine Gehaltsaufbesserung, Herr Dengler", meinte sie aufmunternd. „Die Probezeit ist vorbei und Sie haben sich großartig eingearbeitet."Rolf nahm es sich vor, aber Herr Stämmer kam ihm zuvor. Am nächsten Morgen meinte er nach der Arbeitsbesprechung beiläufig: „Herr Dengler, Sie haben sich gut eingearbeitet. Ich glaube, ab dem nächsten Jahr können wir über eine Lohnerhöhung nachdenken."

„Na, wunderbar", dachte Rolf, „bis dahin sind wir wahrscheinlich verhungert."

Aber Rolf wäre nicht Rolf gewesen, wenn er sich hätte unterkriegen lassen. Von seinen Fahrten brachte er Kartoffeln, Karotten und Obst mit und Fanny fragte nie, woher er sie hatte. Zudem steckte ihm Frau Burger fast täglich Gemüse und Obst zu, welches ihre Mutter in ihrem Gärtchen anbaute.

Söhnchen Florian, liebevoll Flo genannt, spuckte in der ersten Zeit mehr, als er trank, so schien es Fanny jedenfalls, dennoch nahm er langsam, aber stetig zu. Fanny drängte es danach, ihn taufen zu lassen, auch wenn er im Münchner Kinderkrankenhaus bereits die Nottaufe bekommen hatte.

„Wenigstens Flo soll getauft sein", meinte sie sinnend. Sie fühlte sich im geistigen Sinne heimatlos, was nicht besonders schön für sie war. „Schon komisch", dachte sie laut, „wenn ich einmal sterbe, wo soll dann meine Seele hin?"

Rolf war ein wenig betroffen er meinte tadelnd: „aber Fanny, wer redet denn vom Sterben? Weißt du nicht, dass du unsterblich bist, weil ich dich liebe und brauche."

Es sollte fröhlich klingen, aber es gelang Rolf nicht so recht. Derlei Überlegungen konnte und wollte er sich nicht erlauben. Aber den Jungen taufen zu lassen, das fand auch er gut.

Im evangelischen Gemeindehaus von Waghäusel wurde er von einem älteren, gütig aussehenden Seelsorger empfangen, er hieß Pfarrer Mainhardt. Auch er fragte nach den Taufpaten des Kindes.

„Frau Burger", gab Rolf spontan an. Ja, sie würde er fragen, sie und ihre Eltern waren sehr kinderlieb und warmherzig; und sie hatten ein Häuschen mit einem Garten.

Frau Burger ließ sich nicht lange bitten, sie nahm die Patenschaft gerne an und versicherte, dass sie sich geehrt fühle und sich der Verantwortung bewusst sei. Und so wurde der kleine Florian Dengler im Beisein seiner Eltern und seiner Taufpatin, Frau Elke Burger, in der hübschen Kirche von Waghäusel ein zweites Mal getauft.

Fanny hatte mit den Kindern und dem Haushalt viel zu tun. Wenn sie abends, wenn die Kinder schliefen, mit ihrer Singermaschine für sich und die Kinder Anziehsachen nähte, machte ihr das Freude und lenkte sie ein wenig von ihren Sorgen ab. An den Sonntagen fuhren sie mit dem Firmenauto, einem VW Käfer, hinaus in die schöne Umgebung von Heidelberg. Auf dem Schlossberg wanderten sie gern durch die vom warmen Licht des Spätsommers durchfluteten Wiesen und Wälder.

Ende des Jahres aber entdeckte Fanny, dass sich Flo's linkes Händchen nur schwer öffnen ließ, er jammerte, wenn man vorsichtig seine Fingerchen geradebiegen wollte. Beunruhigt fuhr Rolf mit seiner Familie ins Mannheimer Theresen- Krankenhaus, in dem er die

Röntgenabteilung betreute und den Chirurgen und die Assistentinnen kannte.

„Es ist ein sogenannter Schnappfinger", hieß es von dem Handspezialisten. „Bei Ihrem Söhnchen hat sich eine Sehne verdickt, so dass sie nicht mehr durch das sogenannte Ringband gleiten kann. Keine große Sache", beruhigte sie der Arzt, „in drei Tagen hat es ihr Junge überstanden."

„Aha."

Fanny und Rolf schauten zu, wie man Flo, schon narkotisiert und wachsbleich, wegbrachte. Wieder einmal.

Nach drei Tagen holten sie Flo wieder ab, sein Arm war gänzlich eingegipst und, wie Flo im Laufe der Zeit eher zufällig herausfand, hervorragend zur Selbstverteidigung geeignet. Bei seiner Schwester Bienchen zum Beispiel, zumal als er schon auf wackeligen Beinchen stehen konnte.

Rolf bekam tatsächlich am Jahresanfang eine geringe Lohnerhöhung, als Anerkennung für gute Leistung, betonte Herr Stämmer.

„Ganz wunderbar", meinte Rolf spöttisch, als er mit Frau Burger allein im Büro war. „Fünfzig Mark mehr, jetzt komme ich genau in die höhere Lohnsteuerprogression. Da hab' ich jetzt schon was davon."

„Stimmt", meinte Frau Burger bedauernd. „Was halten Sie davon, Herr Dengler, wenn Sie am kommenden Sonntag mit Ihrer Familie zu uns zum Essen kommen. Meine Eltern würde es auch freuen. Sie wissen doch, wie sehr wir an den Kindern hängen."

„Sehr gern, Frau Burger", antwortete Rolf und schickte sich an, sein Auto mit dem nötigen Werkzeug zu beladen. Bis zum Wochenende musste in einer Klinik in Kaiserslautern, mit einem von einer anderen Geschäftsstelle ausgeliehenen Techniker eine Anlage montiert sein.

Im Frühjahr, als Fanny wie gewöhnt mit einem Korb Schmutzwäsche durch den noch brachen Garten zur Treppe hinunter zur Waschküche laufen wollte, da keifte sie hinter dem Türchen des neuen Jägerzauns ein ausgewachsener Schäferhund wütend und geifernd an. Fanny eilte erschrocken zurück ins Haus und klingelte bei ihrer Hauswirtin, sie hatte es wegen der Kinder eilig, sie waren oben im Kinderzimmer alleine. „Bitte bringen Sie den Hund gleich weg, Frau Haberle", drängte sie, als Frau Haberle endlich an ihrer Wohnungstür erschien. „Ich habe es eilig."

„Der Hund bleibt", meinte Frau Haberle schroff, „Sie laafe in Zukunft die Innentreppe zur Waschküch runter." Sie zeigte auf die Treppe, die von ihrem Flur aus in den Keller hinab führte. Fanny stutzte, aber weil sie es eilig hatte, lief sie an Frau Haberle vorbei und die Treppe zur Waschküche hinunter. Hastig füllte sie ihre Waschmaschine mit Schmutzwäsche, lief dann die Treppe wieder hinauf, an Frau Haberle, die mit mürrischem Gesicht abwartend im Flur stand, vorbei hin zur Treppe zu ihre Wohnung, und weil es oben ruhig war, blieb sie am Treppenabsatz stehen und fragte: „Ist das nicht sehr lästig für Sie, Frau Haberle, wenn ich immer durch ihre Wohnung laufen und Sie stören muss?" „Das lasse Se mal meine

Sorge sein." Damit schloss sie hinter Fanny ihre Wohnungstür und verschwand in einem der Zimmer.

Auch wenn es noch so viel Überwindung kostete, Fanny musste mehrmals in der Woche und mehrmals während eines Waschgangs an Frau Haberles Tür klopfen, sich wegen der Störung entschuldigen, an ihrem vorwurfsvollem Gesicht vorbeihuschen, die Kellertreppe hinunter, in die Waschküche laufen, denselben Weg, an Frau Haberles mürrischem Gesicht vorbei, wieder zurück.

Das war schlimm, aber es sollte noch schlimmer kommen.

Bienchen war jetzt lebhafte zwei Jahre alt und Flo war auch schon gut unterwegs, die beiden machten Krach, der durch die gute Akustik des offenen Treppenhauses noch verstärkt wurde. Der Lärm jedenfalls löste bei Frau Haberle schwere Migräneschübe aus, sie konnte das Lachen, Spielen und Singen der Kinder nicht ertragen und nicht, wenn Essensgerüche oder das Surren der Nähmaschine hinunter in ihre Wohnung drang. Immer wieder kam sie genervt hoch und gab Fanny Anweisungen, wie sie zum Beispiel die Wohnungstüren zu schließen habe, nämlich behutsam die Türklinke senken und heben. Sie bestimmte, wann absolute Ruhe im Haus zu herrschen habe und die Tages- und Uhrzeiten, wann Fanny mit ihrer Wäsche durch ihren Flur laufen darf, weil es sonst nicht zumutbar wäre. Fanny wäre viel lieber durch den Garten in die Waschküche gelaufen, aber an den Hund kam leider keiner vorbei.

Fanny war betroffen, sie bemühte sich den Wünschen und Anweisungen ihrer Vermieterin nachzukommen, aber das war unmöglich zu schaffen, im offenen Treppenhaus schallte jedes Wort und jedes Geräusch wie in einem Konzertsaal. Da halfen auch die paar Kletterpflanzen nicht, die sich allzu langsam und spärlich an den Stangen emporrankten und verbreiteten. Also packte sie jeden Nachmittag bei fast jedem Wetter ihre Kinder in den Kinderwagen, dazu Äpfel und Tee, und bummelte mit ihnen durch die umliegenden Felder, Auen und dem Wald. Das war schön, obwohl es passieren konnte, dass sie von einem Gewitterregen überrascht wurden und tropfnass nach Hause kamen. Einmal mussten sie unter einem Gebüsch, nur mäßig geschützt, ein schreckliches Gewitter mit Sturmböen und wolkenbruchartigem Sturzregen überstehen, die Kinder weinten angstvoll und versteckten sich unter der Jacke der Mutter. Zum Glück las sie danach ein mitleidiger Autofahrer auf der Landstraße auf und brachte sie nach Hause. Ein anderes Mal kamen ihnen auf einem einsamen Waldsaumweg drei Soldaten entgegen.

„Hallo, Schneewittchen!", riefen sie schon von Weitem, „wo hast du denn die anderen fünf Zwerge?" Fanny erschrak, nur selten begegnete ihnen jemand auf ihren Wanderungen, sie packte ihre Kinder hastig in den Wagen und eilte davon. „Keine Angst, Schneewittchen!", riefen ihr die Soldaten belustigt nach, „wir tun dir nichts, wir sind keine Jäger oder Amerikaner, wir sind harmlose Deutsche!"

Für Fanny aber machte das keinen großen Unterschied.

Und dann kamen die Angstattacken zurück, die Fanny von früher her kannte, als sie noch zuhause bei den Eltern wohnte. Meist kamen sie beim Einschlafen im Bett, heimtückisch überfiel sie eine starre Beklemmung, eine pure Angst, die sie schlagartig lähmte, so dass sie unfähig war auch nur mit einer Wimper zu zucken, geschweige denn sich bemerkbar zu machen. Wie lange dieser entsetzliche Zustand andauerte und ob er lebensbedrohlich war, wusste Fanny nicht zu sagen, aber sie fürchtete sich sehr davor. Rolf erzählte sie vorerst nichts davon, sie dachte, er hätte wahrlich genug um die Ohren und würde es wahrscheinlich auch nicht verstehen. Aber als er eines

Abends zärtlich werden wollte, wehrte sie ihn ab und erzählte ihm von ihrer Angst und das es mit Frau Haberle immer schlimmer werden würde. Rolf war betroffen, das schon, aber Fanny hatte recht, verstehen konnte er seine Frau nicht. Er zog sie in seine Arme, streichelte über ihr Haar und flüsterte: „Komm, verjagen wir die dumme Angst. Einmal wird es gut werden, wir brauchen halt ein wenig Geduld. Ich verspreche dir, Fanny, einmal werden wir in einem schönen Haus wohnen, es wird mitten auf einer Wiese stehen, auf der die Kinder spielen und herumtoben können. Ein Weiher mit einem Steg und einem Boot wird sich darauf befinden, einen Hund werden wir auch haben. Wenn ich von der Arbeit heimkomme, spiele ich mit den Kindern Fußball. Daran musst du denken, Fanny, nur daran. Dann brauchst du auch keine Angst mehr zu haben."

„Aber wie lange wird das dauern, Rolf, weißt du, ich halte es in diesem Haus keinen einzigen Tag mehr aus."

„Nicht sehr lange, Fanny. Wir suchen uns ein Haus", phantasierte Rolf weiter. „Es gibt derzeit viele leer stehende Bahnhöfe an stillgelegten Bahntrassen, die man billig mieten kann. Ein besonders hübsches suchen wir uns aus."

Aber vorerst war an sowas gar nicht zu denken, vorerst musste er, um seine Familie ernähren zu können, im Dunkeln von den Feldern Kartoffeln klauen; und vorläufig machte ihm sein Chef das Leben und das Arbeiten schwer.

Die Spesen- und Überstundenabrechnungen mussten täglich bei Frau Burger abgegeben werden, was Rolf ungewöhnlich und zu aufwendig fand, in München wurde wöchentlich abgerechnet. Aber gut, das war hinnehmbar, das große Misstrauen seines Chefs jedoch störte ihn gewaltig, es war lästig und kostete unnötige Zeit, die ihm später bei der Arbeit fehlte. Mehrmals in der Woche musste Rolf am Morgen umfangreiche Erklärungen abgeben, warum er zum Beispiel für ein defektes Kabel zwei Stunden gebraucht hatte? Nun, weil er bei der Fehlersuche die halbe Anlage demontieren musste. Oder warum er bis nach Karlsruhe eineinhalb Stunden brauchte, wo es doch nur achtzig Kilometer bis dorthin sind? Nun, weil es wegen eines Auffahrunfalls einen Stau gegeben hat und so weiter und so fort. Herr Stämmer wusste jederzeit, was auf den Straßen der Pfalz und von Baden Württemberg los war, er hörte den Polizeifunk ab, ihm konnte keiner so schnell etwas vormachen. Peinlich wurde es, als Rolf von einer Röntgen-Assistentin zugesteckt bekam, dass sich Herr Stämmer regelmäßig danach erkundigte, wann sein Techniker gekommen, wie lange er gearbeitet und wann er mit seiner Arbeit fertig gewesen und gegangen sei.

Und eines Tages platzte die Bombe.

Herr Stämmer hatte nach der morgendlichen Besprechung das Büro verlassen, als Rolf spöttisch zu Frau Burger meinte: „Bin echt gespannt, wann er wissen will, wie oft ich während der Arbeit pinkeln war und wie lange es gedauert hat! Langsam wird es echt peinlich."

Frau Burger lachte. „Warum glauben Sie, Herr Dengler, sind Ihre Vorgänger so schnell gegangen? Immerhin haben Sie es nun schon zwei Jahre mit diesem Chef ausgehalten. Alle Achtung,"

Rolf nahm seine Werkzeugtasche und wollte gehen, als Herr Stämmer zurückkam, seine Nase war verdächtig rot angelaufen. „Was eigentlich glauben Sie, junger Mann?", fuhr er Rolf wütend an. „Glauben Sie tatsächlich, ich lasse mich von Ihnen betrügen und belügen, wie es bei Außendienstlern so Gang und Gäbe ist? Ihr bescheißt doch mit euren Abrechnungen, wo ihr nur könnt! Aber nicht mit mir, junger Mann! Nicht mit mir!"

Er verließ das Büro, wie er gekommen war, wie ein Spuk. Rolf und Frau Burger tauschten einen vielsagenden Blick, Rolf hob resigniert die Schultern, verzog verächtlich die Mundwinkeln und verließ dann ebenfalls ohne ein weiteres Wort das Büro.

Am nächsten Morgen hatte Herr Stämmer anscheinend seinen gestrigen Auftritt vergessen, er verhielt sich wie immer. Als er gegangen war, schob Frau Burger Rolf wortlos einen Zettel zu. „Vorsicht, Wanzengefahr. Normal weiterreden", stand darauf.

Rolf nickte, erzählte etwas Belangloses und untersuchte dabei die Aktenschränke, Frau Burger nahm sich die Schreibische und die Lampen vor. Da entdeckte sie hinter der Gardinenleiste etwas, was dort nicht hingehörte, nämlich tatsächlich eine Wanze. Sie entfernte sie behutsam, hielt sie Rolf schweigend und triumphierend unter die Nase, legte den Winzling auf den Linoleumboden und zertrat ihn mit einer leichten Linksdrehung ihres rechten Fußes, es knirscht leise.

„Erledigt", meinte sie dann gelassen und entsorgte das demolierte Teilchen im Papierkorb, so als wäre es ein lästiges Insekt. „Abwarten, ob er sich beschweren wird", murmelte sie noch und befasste sich dann mit ihren Akten.

Rolf aber bat im Essener Hauptwerk schriftlich um seine Versetzung, egal wohin, jede Arbeitsstelle in der Bundesrepublik war ihm recht. Aber leider gab es derzeit nirgendwo eine freie Stelle, vielleicht aber glaubte man im Hauptwerk auch, Rolf Dengler wolle allzu oft sein Arbeitsgebiet wechseln. Also durchforschte Rolf selbst die Zeitungen nach geeigneten Stellenangeboten der Röntgenwerke. Im Herbst fand er eine Anzeige, in Frankfurt suchte eine Röntgengeschäftsstelle bei guter Bezahlung einen erfahrenen Serviceleiter.

„Warum nicht", dachte sich Rolf, „wer nicht wagt, der nicht gewinnt", und schickte seine Bewerbungsunterlagen ab. Als er zu einem Gespräch nach Frankfurt eingeladen wurde, nahm er sich frei und fuhr mit bangem, aber hoffnungsvollem Herzen nach Frankfurt. Mehr wie schief gehen könne es nicht, dachte er sich.

Der Geschäftsstellenleiter des Frankfurter Röntgenwerks, Herr Ing. Herrmann, stimmte nach einem längeren Gespräch Rolfs Bewerbung zu, trotz seiner Jugend. Rolf sollte Anfang Dezember die Arbeit mit einem halben Jahr Probezeit aufnehmen, das Anfangsgehalt sollte deutlich höher sein, wie das jetzige. Rolf unterschrieb erleichtert den Arbeitsvertrag und glaubte nun die brennendsten Sorgen überwunden zu haben.

Als Herr Stämmer am darauffolgenden Morgen wie gewöhnt Rolfs Spesenabrechnungen nach Krümeln absuchte, erfüllte es Rolf mit tiefer Genugtuung ihm seine Kündigung unter die Nase halten zu können. Herr Stämmer betrachtete das Kuvert, stutzte und erkannte, dass er die Kündigung seines Technikers in Händen hielt. Sein Gesicht, vor allem seine Nase röteten sich zusehends.

„Aber wieso denn, Herr Dengler", meinte er sichtlich erschrocken, „weshalb reden Sie nicht mit mir? Haben Sie so wenig Vertrauen zu mir? Warum wollen Sie ausgerechnet jetzt kündigen, wo wir anfangen vertrauensvoll miteinander zu arbeiten. Wollen Sie mehr Gehalt? Das hatte ich sowieso schon geplant."„Tut mir leid, Herr Stämmer." Rolf konnte sich ein schadenfrohes Grinsen nicht verkneifen. „Ich habe den neuen Arbeitsvertrag schon unterschrieben, da ist nichts mehr zu machen. Nach meiner Kündigungszeit im Dezember bin ich weg."

Frau Burger schaute nicht auf, mit unbeweglichem Gesicht schien sie in einer Akte vertieft zu sein, aber ihrer konzentrierten Miene und dem leisen Zucken ihrer Mundwinkel nach erfüllte sie eine unbändige Schadenfreude.

Rolf arbeitete bereits seit Monaten in Frankfurt und verdiente gutes Geld, aber für Fanny wurde die Lage im Haus der Haberles immer unerträglicher, sie war nun, da Rolf nur an den Wochenenden heimkam, er hatte sich in Frankfurt ein kleines Zimmer gemietet, mehr denn je den Launen und der Willkür ihrer Vermieterin ausgesetzt. Rolf tröstete sie und versprach, sobald die Probezeit vorbei sein würde und er sich der neuen Stelle sicher sein konnte, sie und die Kindern nachkommen zu lassen. Anscheinend hatte er keine Ahnung davon, wie unerträglich schon ein einziger Tag für Fanny geworden war.

Es war nun schon der dritte, schneereiche Winter in Kirrlach. Wenn die Kinder schliefen nähte Fanny praktische Latzhosen und Mäntel für die Kinder und für sich Kleider, Röcke, Blusen und Jacken, das half sparen und lenkte sie ein wenig von ihren Alltagssorgen ab. An den Nachmittagen ließ sie die Kinder in der tiefverschneiten Umgebung springen und sich müde stapfen, auf dem Heimweg dann kaufte sie im Gemischtwarenlädchen das Notwendige ein, seit Rolf besser verdiente, war das kein Problem mehr. Zu Hause dann spielten die

Kinder ruhig, Frau Haberle hatte keinen Grund mehr, sich zu beschweren.

Aber Fanny fühlte sich in der fast feindseligen Atmosphäre des Hauses und der immer noch fremden Umgebung entsetzlich allein und schutzlos.

Immer wieder passierten schlimme Dinge, die sie ängstigten, ja geradezu verzweifeln ließen, wie zum Beispiel die Sache mit Flo. Es passierte, als Fanny auf der oberen Treppenstufe versuchte, die Wohnungstür abzuschließen, Bienchen und die Einkaufstasche waren schon unten im winzigen Windfang. Sie klemmte Flo wie immer zwischen ihre Beine, was bei dem Mantel schwierig war, und drehte den Schlüssel im Schlüsselloch um, als ihr Flo entwischte. Sie konnte ihm nur noch entsetzt nachschauen, wie er Holter die Polter, Stufe für Stufe mit dem Köpfchen voran nach unten holperte. Sie schrie auf und eilte ihm nach, was Flo noch mehr erschreckte, er brüllte zum Steinerweichen. Unten, auf der letzten Stufe kauernd, hielt ihn Fanny schützend und tröstend in den Armen, wer weiß wie lange, bis sich Flo und sie sich selbst etwas beruhigt hatten. „Mein armer, armer Flo, hast du dir sehr weh getan, hast du dich erschrocken?", murmelte sie ein ums andere Mal, aber Flo, gut eingemummelt war mit dem Schrecken davongekommen. Und Frau Haberle war zum Glück nicht zuhause, um sich wegen des Lärms zu beschweren.

Der große Schäferhund war zweifellos ein aufmerksamer Wachhund, er saß immer noch vor dem Gartentürchen und Fanny musste nach wie vor an Frau Haberles Tür klingeln, sich wegen der Störung entschuldigen, mit dem Wäschekorb durch ihren Flur, die Kellertreppe hinunter und in die Waschküche hasten, dann wieder zurück, an Frau Haberles vorwurfsvollem Gesicht vorbei zur Treppe, um zu ihrer

Wohnung hinaufzueilen. Eine unausweichliche, tagtägliche Prozedur, ein Martyrium, das an den Nerven zerrte.

Und da Bienchen inzwischen auf Zehenspitzen, sich reckend und streckend die Türen öffnen konnte, wurde es für Fanny noch schwieriger, die Kinder selbst für kurze Zeit alleine zu lassen.

Einmal, als Mama gerade wegen der Wäsche im Keller war, da hatte Bienchen eine prima Idee. „Komm, Flo, Schokolade holen", meinte sie und Flo, der alles toll fand, was die große Schwester vorschlug, war sofort dabei. Bienchen hatte gesehen, wie Mama Schokopudding in den Kühlschrank gestellt hatte, den wollte sie jetzt holen. Flo bewunderte Bienchen, sie konnte schon ohne auf einen Stuhl zu klettern, der dann doch im Wege stand, die Kinderzimmertür öffnen. Im Flur war Mama nicht zu sehen oder sonst wo zu hören, aber sie konnte jederzeit auftauchen, also los in die Küche. Auch die Küchentür überwand Bienchen locker, aber dann wollte und wollte die Kühlschranktür nicht aufgehen. Flo half mit, wenn es um Schokolade oder sowas ging, da war er stark und erfinderisch. Und plötzlich, ganz unerwartet ging sie doch auf, die Kühlschranktür, und was lagen da alles für Sachen drin. Aber die Glasschüssel mit dem Pudding hatte Vorrang. Flo lief das Wasser im Mund zusammen, er griff mit beiden Händchen nach der Schüssel, sie war schwer, unerwartet schwer, sie entglitt ihm und zerschellte mit einem hellen Knall auf dem Fliesenboden, der Pudding breitete sich gemächlich darauf aus. Nach dem ersten Schrecken fanden es die Kinder nicht mehr schlimm, der Schokopudding war ja noch da, sie zogen ihre Händchen durch den Puddingmatsch, in dem sich leider auch die Scherben der Schüssel befanden, und leckten sie ab. Hm, lecker. Aber dann wurde Bienchens Hand auf einmal ganz rot, sie blutete, da wurde aus dem Spaß mit einem Male blutiger Ernst.

Fanny hörte den Knall oben und das angstvolle Schreien ihrer Kinder, sie rannte erschrocken die Kellertreppe hinauf, überhörte im Flur der Hausleute Frau Haberles Beschwerden und sah auf halber Treppe hinauf, durch die Gitterstäbe und die offene Küchentür die Bescherung. Ihre Kinder standen mit ihren Strümpfen im Schokopudding und hatten anscheinend große Angst voreinander. Kein Wunder, sie waren von oben bis unten braun bekleckert, die Augen in ihren braun verschmierten Gesichtern waren ängstlich geweitet, dazu ihr entsetztes Angstgeschrei und Bienchens anklagend erhobene, blutige Hand, das hätte einen Mutigeren in die Flucht schlagen können.

Unter der Dusche dann beruhigte sich zuerst Bienchen, dann auch Flo, und als Bienchen ihren leicht eingeritzten Daumen verbunden bekam, war alles wieder gut.

Nicht so bei Fanny. Wieder einmal musste sie erkennen, dass sie ihren Kindern nicht wirklich gerecht werden konnte. Nicht hier in diesem Haus.

Jedes Mal bedeutete es eine Gewissensentscheidung, wann und ob sie die Kinder alleine lassen konnte, um die Schmutzwäsche in die Waschküche hinunterzubringen oder die saubere Wäsche heraufzuholen. Sollte sie die Wäsche in der Mittagszeit, wenn die Kinder ihren Mittagsschlaf hielten, hinunterbringen? Aber da ging es wegen Frau Haberle nicht, sie fühlte sich dann gestört. Oder sollte sie die Kinder in die Waschküche hinunter mitnehmen? Das war mit einem vollen Wäschekorb auf den Treppen nicht ungefährlich, es sei denn, sie musste nur die Schleuder einstellen und so fort, dann war es, Flo auf dem Arm und Bienchen an der Hand, möglich. Also lief Fanny meist allein in den erlaubten Zeiten hinunter und war erleichtert, wenn sie die Kinder wieder unbeschadet vorfand.

Aber dann kam der Moment, an dem Fanny nicht mehr konnte, wo ihre Nerven endgültig rebellierten.

Sie bemerkte betroffen, wie Herr Haberle, ein unauffälliger, junger Mann, im Frühjahr den gesamten Garten umgrub und mit Kartoffelsetzlingen versah. Fanny vermutete, dass er es auf Geheiß seiner Frau hin tat, der ein Kartoffelacker vor der Terrasse lieber sein dürfte, als spielende Kinder. Zwar war im Mietvertrag ein Stück Garten für die Mieter vorgesehen, groß genug war er ja, aber das wäre natürlich mit Kinderlärm verbunden gewesen.

An dem Tag nun, als beinahe das Unglück geschah, eilte Fanny mit dem Mülleimer hinaus zu den Abfalltonnen, die nahe der Straße hinter einer Holzverkleidung standen, als Susi, die Tochter der Hausleute, aus der offenen Haustür kam und sie hinter sich zuzog.

„Oh, Susi", meinte Fanny freundlich, „ich hab' keinen Hausschlüssel dabei, kannst du mir bitte die Tür wieder aufschließen?"

„Ich hab' auch keinen Schlüssel", meinte Susi patzig, „und Mama ist nicht da!" Sie lief eilig davon.

„Susi, du musst mir helfen!", rief ihr Fanny nach, aber Susi hörte sie nicht mehr oder wollte sie nicht hören. Im Haus gegenüber öffnete sich ein Fenster. „Haben Sie ihren Schlüssel vergessen, junge Frau?", fragte die Nachbarin leutselig. „Das ist blöd, nicht wahr? Das passierte mir auch einmal, neulich, als ein Windstoß die Tür…!"

Fanny glaubte ein zartes „Mama" über sich zu hören, eine ungeheure Angst erfasste sie. Sie schaute zum kleinen Schlafzimmerbalkon hinauf, der sich schräg über dem Hauseingang befand, und sah Flo auf der obersten Latte der Balkonverkleidung stehen, er schaute, wohl über seinen eigenen Mut erschrocken, mit ängstlichen Augen zu seiner Mutter hinunter. Fanny zwang sich zur Ruhe.

„Sei brav, Flo", bat sie ihn eindringlich, „steig' hinunter zu Bienchen, Mama bittet dich ganz fest darum. Bitte, Flo, steig wieder hinunter!" Bienchen lugte zwischen der Balkonverkleidung neugierig zu ihrer Mutter hinunter, während Flo auf der Latte stehen blieb, er getraute sich anscheinend nicht alleine abzusteigen. Dann fing er ängstlich und jämmerlich zu weinen an. „Um Gottes Willen, eine Leiter!", rief Fanny der Frau am Fenster des Nachbarhauses zu, die immer noch interessiert herüberschaute. „Ich flehe Sie an, beeilen Sie sich!"Endlich verschwand die Frau am Fenster, wenig später eilte ein älterer Mann mit einer Leiter herbei.

„Nicht weinen, Flo, Mama kommt jetzt!", versuchte Fanny Flo zu beruhigen, er stand immer noch auf der obersten Balkonverkleidung und weinte ängstlich. Der Mann lehnte die Leiter neben dem Balkon an die Hauswand und Fanny kletterte eilig hinauf.

„So, du kleiner Racker", meinte sie erleichtert, als sie oben ihr Söhnchen unter die Arme fasste und vorsichtig auf den Balkonboden, neben seine Schwester stellte, dann kletterte sie selbst über die Balkonbrüstung. „Danke!", rief sie zu dem Mann hinunter, der ihr zunickte und mit der Leiter zurück zu seinem Haus ging.

Fanny aber war wie traumatisiert, wie gelähmt, sie wusste es jetzt ganz sicher, sie war weder ihren Kindern, noch der Situation, noch überhaupt dem Leben gewachsen.

Und Rolf erkannte endlich, dass Fanny nervlich zermürbt war, es musste schnell eine bezahlbare Wohnung im Frankfurter Raum gefunden werden. Fanny wollte dieses Mal mitentscheiden, sie hatte eine ganz bestimmte Vorstellung von der Wohnung, die in Frage kommen würde. Sie brauchte nicht schön zu sein und auch nicht groß, Fanny würde sie schön und gemütlich machen. Sie musste ebenerdig sein, mit einem Gärtchen, das von einer nicht zu hohen Mauer umgeben war. Vor allem wollte Fanny allein im Haus wohnen, damit niemand durch sie gestört werden würde, wenn es nicht allzu leise zuging. Und, ganz wichtig, es musste eine Waschküche im Haus sein

.

Auch wenn die Angst ich kaum ertrug,
bewunderte ich doch deinen Mut.
Du spürst, alleine bist du nicht,
in deinem Schatten zieh'n wir mit.

Fanny bewunderte im Stillen ihren Mann, der den VW Käfer geschickt durch den Frankfurter Berufsverkehr lenkte. Sie hatten bereits einige der in der Frankfurter Rundschau inserierten Adressen abgeklappert, aber die in Frage kommenden, bezahlbaren Wohnungen waren natürlich schon vergeben gewesen. Die Kinder waren, vom Schauen und Plappern müde geworden, in ihren Kindersitzen eingenickt.

Beeindruckt betrachtete Fanny die imposanten Fassaden der Bank- und Kaufhäuser zu beiden Seiten der breiten Geschäftsstraße und fühlte sich dabei klein und unbedeutend. Die schweren Limousinen, die sich an ihrem kleinen Wagen vorbeischoben, vermittelten den Eindruck von unermesslichem Reichtum, der in dieser Stadt herrschen musste. Wie stolz und froh waren sie über ihr erstes, eigenes Auto gewesen, das sie in vierundzwanzig Monatsraten abstotterten, aber jetzt erschien es Fanny armselig und mickrig.

„Hier müssen die Leute ungeheuer reich sein, Rolf, nicht wahr?", fragte sie verzagt, Rolf aber musste sich auf den Verkehr konzentrieren.

„Ja, sicher", meinte er und stoppte vor einer roten Ampel. „Aber es leben nicht nur Banker und Manager hier, das kannst du mir glauben. Wo es viel Geld gibt, da blüht auch das Verbrechen. Du müsstest mal nachts durch das Bahnhofsviertel laufen, dann würdest du Frankfurts anderes Gesicht sehen, ein sehr hässliches, elendes Gesicht. Warum eigentlich fährt der Bonze da vorne nicht zu, meint er die Straße für sich gepachtet zu habe", schimpfte er und versuchte links an einer schwarzen Limousine vorbeizukommen.

„Fahren wir auch durch das Bahnhofsviertel?", erkundigte sich Fanny.

„Nein", lachte Rolf, „das ist kein Wohngebiet, in das du mit Kindern ziehen willst, das ist ein Kneipenviertel, wo Prostituierte, Süchtige und Dialer rumhängen."

Sie fuhren über einen Fluss, den Main. Fanny reckte sich, um ihn besser sehen zu können. Im ruhig dahinfließendem Wasser spiegelte sich der graue Himmel, ein kohlebeladener Lastkahn tuckerte flussaufwärts, andere ankerten rechts an einem Kai, auf dem Kräne standen.

„Der Westhafen", erklärte Rolf. „Dort drüben siehst du den Turm der Paulskirche, er steht in der wiederaufgebauten Altstadt, dem Römer, den muss man gesehen haben. Frankfurt ist grün, es gibt einen Palmengarten, einen Zoo und viele Parks und natürlich den Taunus vor der Tür. Dort können wir mit den Kindern schöne Ausflüge machen."

„Schau nur", staunte Fanny, „wie klein der Kirchturm gegenüber den Hochhäusern ist."

Sie fuhren auf einer Uferstraße an Museen, Restaurants, Feinkost- und Möbelgeschäften vorbei, deren Auslagen vor Luxusgütern nur so strotzten.

„Wie weit ist es noch?", fragte Fanny und wusste doch, es würde nichts bringen. Selbst wenn die nächste Wohnungsbesichtigung erfolgreich sein sollte, hier wollte sie nicht wohnen, hier sollten ihre Kinder nicht groß werden. In dieser Stadt musste man reich sein oder man würde vor die Hunde gehen, war ihr Eindruck.

Nach stundenlangem Herumfahren, treppauf, treppab durch enge Treppenhäuser steigen und verrußte, zugemüllte oder verdreckte Buden besichtigen, hatten sie genug davon. Einmal hatte es Rolf nicht behagt, dass die Wohnung zu dicht an einer Kaserne oder einer belebten Straße lag oder sie war zu teuer oder die Vermieter hatten sie wegen ihres jugendlichen Alters und den zwei kleinen Kindern rundweg abgelehnt. Die Kinder schliefen in ihren Kindersitzen, ihre Köpfchen waren seitlich auf die Lehnen gesunken und schaukelten mit jeder Bewegungen des Autos hin und her. Mehr und mehr waren sie nach Süden, Richtung Odenwald ausgewichen.

Sie waren durch ebenes Weide- und Ackerland und durch Wälder gefahren und schließlich gegen Abend in dem kleinen Ort Gerbach gelandet, es sollte die letzte Anlaufstelle für heute sein, hatten sie sich vorgenommen. In der Anzeige stand, Gerbach sei ein achttausend Seelenort, hatte ein Hallenbad und eine Gesamtschule, immerhin. Jetzt aber, als sie in den Ort hineinfuhren, sah er kein bisschen anders aus wie die Dörfer, durch die sie heute schon gekommen waren, stellte Fanny fest. Die schlichten, einstöckigen Häuschen mit den steilen Giebeldächern und den Holztoren dazwischen lagen direkt an den abgetretenen, engen Bürgersteigen. Hinter einigen Häusern, ganz in der Nähe erhob sich ein viereckiger Kirchturm mit einer runden Doppelkuppel, auf der ein Eisenkreuz thronte.

„Schön", dachte Fanny im Vorbeifahren.

Die rundliche, ältere Frau, die sie bei der angegebenen Adresse antrafen, radelte am Straßenrand vor ihrem Auto her, um ihnen den Weg zu weisen. Nach einigen Straßen und Abzweigungen erreichten sie ein Neubauviertel. Rolf folgte ihr langsam in eine Straße hinein, vor der ein großes Straßenschild mit stilistisch dargestellten, spielenden Kindern angebracht war.

„Eine Spielstraße", stellte Fanny fest. „Nicht schlecht, hier scheint es viele Kinder zu geben."

Die Frau stellte ihr Fahrrad vor einem unverputzten Häuschen ab. Es war das kleinste Haus in der Straße, erdgeschossig mit einem steilen, knappen Dach und ohne Einzäunung.

„Wie eine zu klein geratene Zipfelmütze", meinte Rolf zu Fanny und bemerkte einige Kinder, die auf dem Bürgersteig herumlungerten und neugierig zu ihnen herschauten.

Die Frau wartete, bis Rolf den VW Käfer neben dem brachen Grundstück gegenüber abgestellt hatte und mit Fanny über die Straße kam.

„Das ist es", erklärte sie. „Mein Mann und ich haben es für unseren Ruhestand gebaut. Aber das hat noch ein bisschen Zeit."

„Aha", brummte Rolf. Sie stiegen hinter der Frau eine Art Hühnerleiter mit Marmorplatten und beidseitigem, dünnem Handlauf zu einer metallumfassten Glastür hinauf, das Glasbaufenster rechts daneben gehörte augenscheinlich zu einem Treppenhaus, was sich auch gleich bestätigte. Fanny warf einen prüfenden Blick zurück zum Auto und als sich dort nichts regte, folgte sie der Frau und ihrem Mann in ein Treppenhaus und dann in den Flur einer Wohnung. Sie blickte links in ein kleines, hellblau gefliestes Bad, daneben in eine kleine Küche, in der sich eine Spüle und ein Elektroherd mit drei Platten befanden, die beiden kleinen Räume gegenüber, eins davon noch kleiner wie das andere, mussten die Schlafräume sein. „Für Zwerge", dachte Fanny und betrat am Ende des schmalen Flurs einen die ganze Breite des Hauses einnehmenden Raum.

„Der Wohnraum mit dem Essplatz", erklärte die Frau.

„Aha", murmelte Rolf und begutachtete das große Fenster, dann den Essbereich mit dem kleineren Fenster und der schmalen Terrassentür.

„Es ist die Südseite", erklärte die Frau. Sie öffnete die schmale Glastür und ließ Fanny und Rolf auf eine knapp drei Meter breite, mit grobem Beton versehene Terrasse treten, die zum Garten hin abrupt eineinhalb Meter abfiel. Garten war allerdings zu viel gesagt.

„Hm", murmelte Rolf und betrachtete argwöhnisch den Abgrund, dann ließ er seinen Blick über das verwilderte Gelände streifen, das sich schmal und lang bis zur Parallelstraße hinzog. Einige an Pfosten genagelte Bretter sollten es dort wohl als Privatgrundstück kennzeichnen, aber das hatte seit Menschengedenken niemanden gehindert, seinen Bauschutt dort abzuladen, soweit das Auge reichte Geröllhalden, meterhoch von Unkraut überwuchert, dazwischen willkürlich abgeladene, modernde Kalksteine und Bretter, in denen unzählige Kriech- und Nagetiere beheimatet sein mochten. Die einsetzende Dämmerung konnte den wüsten Eindruck, den es bot, kaum mildern.

„Das Grundstück dürfen Sie nach Belieben nutzen, Herr Dengler", meinte die Frau großzügig und fügte hinzu: „Natürlich können Sie auch das Dachgeschoss mieten, wenn ihnen die Erdgeschosswohnung wegen der Kinder zu klein werden sollte."

„Natürlich", murmelte Rolf.

„Entschuldigung, ich muss nach den Kindern schauen", meinte Fanny und lief hinaus auf die Straße.

„Nun, Herr Dengler", meinte die Frau ein wenig ungeduldig, „was halten sie davon?"

„Hm. Sie sagten doch, Frau Spät", meinte Rolf verlegen und wäre am liebsten seiner Frau gefolgt, „Sie hätten das Haus für ihren Ruhestand geplant. Nun, wir suchen etwas Dauerhaftes."

„Das trifft sich gut, Herr Dengler." Die Frau fixierte Rolf mit schlauen Augen hinter ihren dicken Brillengläsern. „Unsere Gemeinde bietet nämlich mittellosen Einwohnern oder Zugezogenen subventionierte Bauplätze an. Unsere Gemeinde ist reich, müssen Sie wissen, wir haben hier mehrere Fabriken und Unternehmungen. Am besten Sie erkundigen sich selbst darüber in unserem Rathaus."

Rolf kratzte sich unschlüssig hinterm Ohr. „Danke, Frau Spät, aber…!"

Fanny kam mit dem schlaftrunkenen Flo auf dem Arm zurück, Bienchen tapste hinter ihr her.

„Können wir noch den Keller sehen?", fragte sie.

Sie stiegen hinter der Frau eine Marmortreppe hinunter. Neben einigen kleinen Kellerräumen, durch deren winzige Fenster spärliches Dämmerlicht einfiel, gab es auch eine Waschküche, eine ganz pas-

80

sable sogar, in der man gut Leinen zum Wäschetrocknen spannen konnte. Und sie hatte einen Treppenaufgang ins Freie.

„Gut", meinte Fanny, „die Wohnung passt. So eine haben wir gesucht."

Sie lief hinauf zu ihren Kindern, die anfingen das Treppenhaus unsicher zu machen.

„Das Treppenhaus ist kein Kinderspielplatz!", tadelte die Frau bei dem widerhallenden Kinderlärm. Fanny war froh, dass sie nicht mit im Haus wohnen würde.

Als Rolf am frühen Montagsmorgen in der Reuterweg-Straße den mehrstöckigen, schichten Häuserblock betrat, brauste gerade ein Flugzeug darüber hinweg, die Röntgen-Geschäftsstelle lag in einer Einflugschneise des Frankfurter Flughafens. Im Flur der im Erdgeschoss befindlichen Geschäftsräume warf er gewohnheitsgemäß einen kurzen Blick auf die Tafel mit den Bekanntmachungen, hängte seine Lederjacke in die Garderobe und ging mit seinem Aktenkoffer in sein Büro. Er schaute die Ablagen durch, als das Telefon läutete.

„Guten Morgen! Röntgengeschäftsstelle Frankfurt\Main, Dengler am Telefon!", meldete er sich.

„Guten Morgen, Herr Dengler!" hörte er eine aufgeregte Frauenstimme, „Praxis Dr. Schäfer, Frau Katzenberger hier! Gut, dass ich Sie schon antreffe. Als ich heute Morgen die Anlage einschalten wollte, kam kein Mucks. Kann bitte gleich ein Techniker vorbeikommen? Wir haben heute Morgen volles Haus!"„Haben Sie schon den Notaus überprüft, Frau Katzenberger?", versuchte sie Rolf zu beruhigen. „Bei vollkommener Funkstille kann es eigentlich nur der Notaus sein. Rufen Sie noch einmal an, wenn Sie es überprüft haben und sich die Anlage immer noch nicht anstellen lässt. Auf Wiederhören, Frau Katzenberger."

Rolf legte den Hörer auf und nickte Herrn Weingärtner zu, der gerade eintrat, er wohnte im Frankfurter Stadtteil Bockenheim. Kurz darauf erschienen die anderen Techniker, Herr Zimmer aus der Rödermark und Herr Zehnpfennig aus Stadtallendorf, er hatte den weitesten Weg zur Geschäftsstelle.

Sie nahmen auf den Stühlen vor Rolfs Schreibtisch geräuschvoll Platz.

„Gut", meinte Rolf, „fangen wir an, auch wenn Herr Gutmann noch nicht da ist."

„Die Schlafmütze", bemerkte Weingärtner respektlos, „kriegt doch an keinem Montagsmorgen rechtzeitig den Arsch aus dem Bett."

Leider hatte Kollege Weingärtner in diesem Fall nicht unrecht, Gutmann trank zu viel. Aber weil es bisher keine Beschwerden seitens der Kunden gegeben hatte, soweit durfte es auch nicht kommen, hatte Rolf bei ihm immer ein Auge zugedrückt. Er wusste aber, das hatte Grenzen, denn der Erfolg einer Geschäftsstelle, überhaupt der Firma hing von den Verkaufszahlen und von einem zuverlässigen Service ab. Sollte durch die Nachlässigkeit eines Technikers ein Unglück passieren, wäre der Ruf der Firma schwer beschädigt, ganz abgesehen von der persönlichen Verantwortung des Technikers. Rolf nahm sich vor, Gutmann, ein ansonsten herzensguter Kerl mit einem zu weichen Kern, im Auge zu behalten und ihn Notfalls in der Werkstatt zu beschäftigen, die sich in den Kellerräumen des Geschäftshauses befand.

„Also", meinte Rolf, legte seine Hände auf den Tisch und schaute die Techniker an.

„Herr Zimmer, wie weit sind Sie mit der Anlage bei Doktor Berger? Wie lange werden Sie mit der Montage voraussichtlich noch brauchen?"

„Heute werden wir die Kabel verlegen", berichtete Zimmer und lehnte sich, die Beine übereinanderschlagend, auf seinem Stuhl zurück. „Mal sehen, wie weit ich mit den elektrischen Anschlüssen komme. Beim Eichen der Röhre und bei der Einweisung der Assistentinnen könnte ich Hilfe gebrauchen, dann sollte ich diese Woche fertig werden. Vorausgesetzt natürlich, es kommt nichts Wesentliches dazwischen.

„Schon klar", nickte Rolf. Wieder läutete das Telefon.

„Zehnpfennig, Sie fahren in die Praxis von Dr. Köhler und bringen ihm die bestellten Bleischürzen vorbei. Dann fahren Sie nach Schlüchtern und helfen Herrn Zimmer beim Eichen der Röhre. Ach so, fahren Sie vorher bei Dr. Schäfer in Wiesbaden vorbei, Frau Katzenberger hat heute Morgen angerufen, die Anlage steht still. Es könnte am Notaus liegen."

Er griff zum Hörer und gab Weingärtner und dem inzwischen eingetroffenen Gutmann einen Wink zu warten. Zimmer und Zehnpfennig verließen mit einem flüchtigen Gruß das Büro.

„Guten Morgen, Röntgengeschäftsstelle Frankfurt\Main! Dengler am Telefon!" Rolf lauschte mit angespanntem Gesicht. „Hm, Frau Dr.

Kronemayer, das müssen wir uns genauer anschauen. Ich würde sagen", er blätterte in seinem Terminbuch, „am Mittwochmorgen gegen halb neun kommt unser Herr Weingärtner bei Ihnen vorbei. Ist Ihnen das recht?"

Kurze Pause. „Gut, Frau Dr. Kronemayer, auf Wiederhören!" Rolf legte den Hörer auf, machte eine Notiz in seinen Planer und wandte sich dann den zwei wartenden Kollegen zu.

„Guten Morgen, Herr Gutmann, ich habe Sie schon vermisst." Gutmann grinste verlegen, er schaute unsicher zu Boden. Rolf bedachte ihn mit einem langen Blick und seufzte.

„Herr Gutmann", meinte er dann, „in der Werkstatt unten stehen zwei defekte Generatoren und einige Platinen. Bitte befassen Sie sich damit, wir brauchen sie in nächster Zeit. Und Sie, Herr Weingärtner, laden schon mal das Dosimeter und das Werkzeug in mein Auto, Sie fahren heute mit mir rüber nach Offenbach, ins Stadtkrankenhaus. Ich muss vorher noch kurz zum Chef rein."

Die zwei Techniker murmelten eine Art Zustimmung und verließen gleichfalls das Büro. Rolf klappte den Terminkalender zu, nahm seine Aktentasche und ging hinüber zum Büro des Chefs, Herrn Winkler. Er klopfte an die Tür und, nachdem er dazu aufgefordert wurde, trat er ein.

„Guten Morgen! Sie wollten mich sprechen, Herr Winkler?" Rolf blieb abwartend an der Tür stehen.

„Einen guten Morgen stelle ich mir anders vor, Herr Dengler!" Herr Winkler war wie jeden Montagmorgen schlecht gelaunt, er schaute seinen Serviceleiter tadelnd an. „Montagmorgen und was liegt nicht auf meinem Tisch, Herr Dengler? Die von ihnen unterzeichneten

84

Abrechnungen. Verflucht noch mal, sind wir hier im Kindergarten, dass ich Sie jeden Montagmorgen daran erinnern muss! Nun holen Sie sie schon, oder haben Sie heute nichts mehr zu tun?"

„Entschuldigung, Herr Winkler. Ich wollt sie eben bringen."

Rolf war verärgert. Sein Chef fand nie ein Wort der Anerkennung, für ihn war es ganz selbstverständlich, dass er am Wochenende über Praxispläne saß, anstatt sich um seine Familie zu kümmern. Er holte die verlangten Abrechnungen und legte sie Herrn Winkler wortlos auf den Schreibtisch. Dann wollte er mit einem knappen Gruß gehen.

„Irgendwelche Auffälligkeiten oder Vorkommnisse, Herr Dengler?", wollte Herr Winkler noch wissen und fixierte Rolf mit schmalen Augen.

„Nein, alles soweit OK. Wir sind zwar im Moment schwach besetzt, aber wir schaffen es schon." Draußen hätte er sich ohrfeigen können, sie waren eindeutig unterbesetzt, warum sagte er es verdammt noch mal nicht. Rolf eilte, immer noch auf sich wütend zum Parkplatz hinunter, der sich hinter dem Geschäftsgebäude befand. Weingärtner wartete bereits im VW Käfer auf ihn.

„Fahren Sie los, Weingärtner", brummte Rolf, nachdem er neben ihm auf dem Beifahrersitz Platz genommen hatte. Weingärtner fuhr los.

„Haben Sie dieses Mal nichts vergessen, Weingärtner?", fragte Rolf mürrisch. „Ich habe keine Lust wieder ohne Dosimeter und Werkzeug dazustehen, wie das letzte Mal, das sieht verdammt schlecht aus beim Kunden. Haben Sie die Platinen dabei und die Messgeräte? Dauernd vergessen Sie was, Weingärtner, so geht das einfach nicht" In Weingärtner begann es zu brodeln. „Verflucht, Dengler!", fuhr er plötzlich auf, „was wollen Sie eigentlich? Glauben Sie, nur weil man

Sie mir vor die Nase gesetzt hat, lasse ich mich wie einen Anfänger herumkommandieren und drangsalieren? Keiner hat dazu das Recht, Sie schon gar nicht!"

Rolf schaute seinen erregten, älteren Kollegen betroffen an, Weingärtner war normalerweise die Ruhe selbst, jetzt aber ließ er seinen Unmut offensichtlich am Wagen aus und lenkte ihn ruckartig durch den Frankfurter Verkehr, Rolf musste sich an den Seitengriffen festhalten. Natürlich hatte er sich, als er vor zwei Jahren in die Firma gekommen war, gefragt, warum nicht er zum Serviceleiter bestimmt worden war, immerhin war Weingärtner zwölf Jahre älter wie er, ein zuverlässiger, gewiefter Techniker und schon viele Jahre in der Firma. Unter der Hand hatte Rolf dann erfahren, dass Führungskräfte grundsätzlich von außen angeworben werden, weil es sonst erfahrungsgemäß unter den Technikern zu viel Kompetenzgerangel gäbe. Nun, Rolf war damit zufrieden gewesen.

„Entschuldigen Sie, Weingärtner", murmelte er jetzt, „das war nicht meine Absicht. Sie wissen doch, wie sehr ich Sie schätze." Ja, das stimmte, Rolf schätzte ihn wirklich sehr.

Am Nachmittag arbeitete Rolf in seinem Büro am Zeichenbrett. Eine hochmoderne Röntgenanlage mit allem Pipapo, die der Vertreter Riemenschneider nach zähen Verhandlungen und nachgebesserten Angeboten endlich im Marburger Klinikum hatte verkaufen können, musste nun mit den nötigen Umbauten in die Röntgenabteilung eingegliedert werden. Rolf vergaß die Zeit, kurz vor Mitternacht rief er seine Frau an. „Hab' mir schon Sorgen gemacht", hörte er Fannys verschlafene Stimme. „Sei vorsichtig, wenn du jetzt heimfährst."

Seit dem Urlaub im Bayrischen Wald, der wunderschön war, hinkte Flo, vor allem nach dem er eine Weile gesessen hatte.

„Tut dir das Bein weh, Flo?", fragte Fanny dann, aber Flo hatte keine Zeit darauf zu achten, er wollte mit seiner großen Schwester Bienchen hinaus auf die Spielstraße, zu den anderen Kindern. Bienchen war ihm Wegbereiter, Beschützer, Freundin und ein großes Vorbild.

Die Straße war in ihrer ganzen Länge als Spielstraße ausgewiesen, mit Recht, denn an den Nachmittagen erfüllte sie voll und ganz diesen Anspruch. Kinder jeden Alters, vom Kleinkind bis zum Teenager fuhren mit ihren Rollern, Dreirädern, Fahrrädern und Rollschuhen auf ihr hin und her, es wurde Fußball, im Sommer Federball gespielt und vieles mehr. Im Nachbarhaus wohnten Markus und Dagmar Sander, sie waren spezielle Freunde von Bienchen und Flo und gingen ebenfalls noch nicht in die Schule. Daneben wohnten Lamperts, deren neun Kinder wie die Orgelpfeifen heranwuchsen, hinter ihrem Haus erstreckte sich ein ebenso langer Garten, wie der der Denglers, nur dass die fleißige Frau Lampert Gemüse darauf zog, was ihrer großen Familie sehr zugute kam. Nah am Haus der Lamperts befanden sich ein Holzschuppen und ein Hasenstall, deren putzige Bewohner es Bienchen und Flo ganz besonders angetan hatten, manchmal durften sie die Hasen sogar füttern. Überhaupt war Lamperts Haus und die Art, wie sich seine Bewohner mit den beengten Verhältnissen arrangierten, faszinierend für Bienchen und Flo. Maria und Dietmar, zwei der neun Lampert Geschwister und auch spezielle Freunde von Bienchen und Flo, besaßen ein Dreirad und ein Kinderfahrrad, was sie freimütig mit den Freunden auf der Spielstraße teilten, wenigstens solange die größeren Lampert Geschwister keinen

Anspruch darauf erhoben. Aber insgesamt waren die Lampert Kinder friedfertig und freigiebig und teilten gern, sie waren es nicht anders gewöhnt. Damit wäre die Spielstraße eigentlich schon genug belebt gewesen, aber da gab es noch Beate, Holger, Anton, Cornelia und Elisabeth, sie gingen aber schon in die erste und zweite Klasse der Grundschule von Gerbach. Auf der Spielstraße gaben sie und die größeren Lampert Kinder den Ton an.

Zwar hatte Fanny bald im Kindergarten, der sich sinnigerweise am Ende der Spielstraße befand, nachgefragt, ob sie zumindest Bienchen, die nun schon vier Jahre alt geworden war, bringen dürfe, aber es hieß, der Kindergarten sei bereits überfüllt. Bienchen freilich fand das nicht schlimm, sie fand es so wie es war völlig in Ordnung.

Denn auf dem verwilderten Geländer hinter ihrem Haus gab es viel zu entdecken, es gab wilde Tiere dort, streunende, jagende Katzen, Mäuse, Schnecken, Eidechsen, sogar Nattern und Insekten und so weiter, und der Bauschutt und die Bretter boten hervorragendes Material für den Bau von Wohnhöhlen. Ganz ungefährlich war dieser Abenteuerspielplatz allerdings nicht, Fanny musste öfters Schnittwunden und schmerzhafte Schürfkratzer bei ihren und den anderen Kindern verarzten. Ihre Ermahnungen, vorsichtig zu sein, vergaß man beim Spielen, Bauen und Entdecken allzu leicht.

Schlimm wurde es, als Bienchen trotz striktem Verbot von der Terrasse aus die steile, schmale Betonmauer, die zur Kellertreppe abfiel, hinunter zum Garten balancierte und wieder zurück, dabei das Gleichgewicht verlor und ungefähr zwei Meter tief in den Kellerabgang stürzte. Fanny saß gerade an der Nähmaschine, Flo zu ihren Füßen belud Plastiklaster mit Stoffabfällen, leeren Zwirnrollen und so weiter, und warf gelegentlich einen Blick durch die offene Balkontür zu den spielenden Kindern auf die Terrasse, als sie Bienchen plötzlich nicht mehr sah. Beunruhigt ging sie nachschauen, ihr experimentierfreudiges Kind wird doch nicht etwa…? Doch, sie hat und saß zusammengekauert und stumm im Kellerabgang vor der Kellertür. Fanny eilte über die steile, schmale Betonmauer, dann die Kellertreppe hinunter, hob Bienchen, die vor Schreck ganz still und starr war, auf ihre Arme und trug sie auf dem gleichen, gefährlichen Weg zurück ins Wohnzimmer, wo sie sie auf die Couch bettete. „Geht jetzt besser nach Hause", meinte sie zu den Nachbarkindern, die mit erschrockenen Gesichtern herumstanden, sie verdrückten sich zögernd. Fanny befürchtete, Bienchen könnte eine Gehirnerschütterung erlitten haben, jedenfalls war ihr Unterkiefer blutig aufgeschlagen und sie hatte sich in die Zunge gebissen.

Von nun an karrte Rolf jedes Wochenende Schubkarren für Schubkarren Erde und Bauschutt vom Grundstück heran, um die Unebenheit zwischen Terrasse und Garten auszugleichen und wenigstens die größte Gefahrenquelle zu beseitigen. Neben der Kellertreppe rammte er kräftige Rundstäbe in die frisch aufgeworfene Erde und nagelte Querbalken daran. Ein schönes, schweißtreibendes Stück Arbeit, trotz oder erst recht wegen der gutmeinenden Hilfe seiner Familie, vor allem seiner Kinder, die Papa helfen wollten und ihm ständig im Weg waren.

Bis zum Herbst war der vordere Teil des Geländes soweit geebnet, Rolf konnte aus stabilen Rundhölzern eine Schaukel bauen, daneben einen Sandkasten, den er mit kräftigen Balken einrahmte und mit gesiebtem, billigem Bausand füllte. Vorläufig aber konnte der Spielplatz wegen der bloßen, feuchten Erde ringsum nur mit Gummistiefeln und Schmutzbekleidung genutzt werden.„Wir säen einen Rasen ein", meinte Rolf zuversichtlich und wischte sich den Schweiß von der Stirn. „Nächstes Frühjahr werden die Kinder darauf spielen können. Für ein paar Beete findet sich auch noch ein Plätzchen." Im Geiste sah er prächtige Zwiebeln mit würzigem Lauchgrün, Spinat und knackige Radieschen darauf wachsen. „Und an der Mauer entlang pflanzen wir Johannis- und Stachelbeerstauden, das war schon als Kind ein Traum von mir, Johannisbeeren und Stachelbeeren. Fannys Phantasie reichte allerdings nicht aus, um sich auf den mit Unkraut überwucherten Schuttbergen Gemüsebeete vorzustellen. Überhaupt war es ein Rätsel für sie, wie man aus Grünzeug ein genießbares Essen zubereiten konnte. Ihr bewährter Speiseplan stammte noch aus ihrer Internatszeit, nämlich Spagetti mit Tomatensoße, abwechselnd mit leicht gesalzenen Makkaroni mit Rührei und Schinkenstreifen vermischt, Schinkennudeln genannt, auch Grießpudding mit Apfelkompott war beliebt, noch mehr aber die Bechamehl-Kartoffeln, das absolute Leibgericht der ganzen Familie. Dabei bräunt man in einem Topf, mit etwas Margarine Mehl an, fügt dünn geschnittene Fleischwurstscheiben und Zwiebelwürfelchen hinzu, gießt dann mit Konstanz-Gemüsebrühe und Milch auf, lässt es etwas einköcheln und rührt zuletzt die gekochten Kartoffelscheiben unter. Das schmeckte den Kindern und Rolf ganz wunderbar und machte satt. Und jetzt stand ihm auf einmal der Sinn nach Gemüse? Noch dazu nach Selbstangebautem.

Flo hinkte wieder stärker. Er klagte nicht, dazu hatte er keine Zeit und keine Lust, aber Fanny ging dennoch mit ihm zu dem am Ort praktizierenden und von den Nachbarn empfohlenen Arzt. Er hieß Dr. Kaufmann.

Doktor Kaufmann war ein freundlicher Mann in den mittleren Jahren. „Wo tut's denn weh?", fragte er Flo freundlich, als er nur noch mit der Unterhose angetan, in seinem Behandlungsraum auf der Liege saß. Flo deutete auf sein linkes Knie und schaute den Doktor mit seinen großen, dunklen Augen aufmerksam an. Doktor Kaufmann tastete seine dünnen Beinchen ab, dann stellte er Flo auf den Boden und forderte ihn auf, ein wenig herumzulaufen, er selbst ging in die Hocke und beobachtete Flo dabei. Flo hinkte kein bisschen.

„Wachstumsschmerzen", kam Doktor Kaufmann zu dem Schluss und verschrieb zehn Massagen mit anschließender Gymnastik, sie sollten im benachbarten Heuberger Krankenhaus Sankt Michael durchgeführt werden. „Sie können mit dem Bus bis vor das Krankenhaus fahren, Frau Dengler, dort gibt es eine Haltestelle. Vergessen Sie bitte die Überweisung nicht."

Fanny half Flo beim Anziehen, dann fragte sie Doktor Kaufmann leise und bekam dabei rote Wangen: „Da wäre noch etwas, Herr Doktor Kaufmann., Flo macht noch ins Bett, könnte das an einer Blasenschwäche liegen?"

Flo kämpfte indessen mit seiner Jacke, er konnte die Eingänge der Ärmeltunnels nicht finden und überhörte deshalb die indiskrete Frage seiner Mutter.

Doktor Kaufmann setzte noch einen Zusatz auf das Rezept und reichte es Fanny.

„Halb so schlimm, Frau Dengler", meinte er lächelnd. „Ihr Sohn ist ja noch klein, er macht einen sehr guten Eindruck. Nur weiter so."

Zweimal in der Woche, am Mittwoch und Freitag, fuhren sie nun mit dem Bus nach Heuberg ins Krankenhaus Sankt Michael, wo eine sportlich aussehende Masseurin Flo's Beinchen und Füßchen mit starker Hand zart knetete und massierte. Bienchen durfte anschließend mit Flo auf der Turnstange herumturnen und über feste, kunstlederbezogene Kissen balancieren und springen. Das machte Spaß. Es schien so, als würde es helfen, Flo hinkte nun nicht mehr sehr stark.

Fanny lernte allmählich ihre Nachbarn kennen. Im Nachbarhaus wohnte das Ehepaar Sanders mit ihren Kindern, Markus und Dagmar. Herr Sanders war Architekt, unter seinem Dach, in der Mansarde wohnten sein Bruder und dessen hübsche Freundin, beides Studenten. Das Haus daneben gehörte, wie schon erwähnt, der kinderreichen Familie Lampert, die irgendwie mit den Sanders verwandt zu sein schienen, aber das waren fast alle Gerbacher Bürger, irgendwie miteinander verbandelt. Das jedenfalls behauptete Frau Liebknecht, die mit ihrem im Rollstuhl sitzenden Mann im Haus gegenüber den Sanders, im einzigen zweistöckigen Haus in der der Straße wohnte. Frau Liebknecht war Mitte fünfzig, sie hinkte ein wenig, eine Kinderlähmung, wie sie erklärte, sie war stets freundlich zu den Kindern, obwohl sie selbst keine Kinder zu haben schien, wenigstens keine kleinen. Sie erzählte Fanny, dass Herr Lampert ein katholischer Priesteranwärter gewesen sei, der in seiner Studienzeit ein Mädchen aus dem heimischen Kirchenchor geschwängert und dann geheiratet habe, nämlich seine Frau. „Nun hat er auch eine gottgefällige Aufgabe gefunden", meinte sie und zwinkerte Fanny verschmitzt zu. Dann fegte sie ihren Bürgersteig und den Bordstein weiter, denn Frau Liebknecht pflegt ihr Anwesen vorbildlich, was man von den Lamperts schräg gegenüber nicht unbedingt behaupten konnte.

Fannys Angstzustände verschwanden bald nach dem Einzug in das kleine Haus in der Spielstraße.

In der Zeit vor Weihnachten machte es Fanny und Rolf riesige Freude, im dicken Quellekatalog Geschenke für ihre Kinder auszusuchen. Für Flo fanden sie einen großen Holzbaukasten und für Bienchen eine Weichpuppe mit roten Zöpfen und einem frechen Sommersprossengesicht, für beide Kinder eine Standtafel mit bunter Kreide, damit sie schon einmal für die Schule üben konnten. Sie nahmen eine Teilzahlung von sechs Monatsraten in Anspruch, was sehr angenehm war, denn sie mussten für die neue Wohnung einiges anschaffen. Die Fensterstores im Wohnzimmer zum Beispiel, für die Küche Hängeschränke aus pflegeleichtem Resopal und für Bienchen und Flo ein Metalletagenbett, einen dreitürigen Schrank und einen Tisch mit zwei Stühlen, damit war das winzige Kinderzimmerchen auch schon zugestellt. Außerdem hatte sich Rolf auf der Gemeinde einen subventionierten Bauplatz gesichert, wobei er sich schriftlich verpflichten musste, bis spätestens sechs Jahren das Haus einzugsfertig gebaut zu haben und es nicht gewerblich zu nutzen. Bei Denglers war also weiterhin sparsames Wirtschaften angesagt, was aber keinen sonderlich störte.

In diesem Winter schneite es früh und heftig. Die Kinder in der Spielstraße wanderten zur längsten und tollsten Rodelbahn weit und breit, nämlich zum gut drei Meter hohen, künstlich aufgeworfenen Erdwall, der sich auf dem brachen Geländer hinter dem Kindergarten befand. Es war der höchste Berg in Gerbach und deshalb immer gut besucht.

Flo aber hinkte heftiger denn je. Im Frühjahr besuchten sie in Mannheim Frau Burger und ihre Eltern. Bei der Heimfahrt fuhr Rolf bei einem Arzt vorbei, den er von seiner Mannheimer Zeit her kannte, er war Spezialist für kindliche, meist von Geburt an bestehende Bein- und Hüftfehlstellungen. Es war Sonntagabend, trotzdem hatte sich der Arzt bereit erklärt, sich den Jungen einmal anzuschauen. Er ließ die junge Familie ein und führte sie durch die leeren Praxisräume in sein Behandlungszimmer. Dort musste sich Flo ausziehen, dann wurde er von seinem Vater auf eine Liege gesetzt. „Nun wollen wir doch mal sehen, Flo, warum du humpeln musst", meinte Rolf und lächelte seinen Sohn aufmunternd an.

Sonderlich beunruhigt war Flo aber nicht, er beobachtete aufmerksam den Arzt, der ihn mit konzentriertem Gesicht zuerst das rechte Bein anwinkelte und zur Seite bog, bis es weh tat, dann das linke, wobei Flo auf dem Rücken liegen bleiben musste. Dann drückte ihm der Arzt abwechselnd die Knie in den Bauch und streckte sie wieder, dazwischen wollte er wissen, ob Flo etwas spüre und wo und wann es ihm am meisten weh tun würde, beim Laufen, Liegen, Sitzen oder eher beim Aufstehen? So genau vermochte es Flo nicht zu sagen. „Beim Laufen tut mir mein Knie weh", antwortete er brav. Dann durfte er sich wieder anziehen.

„Liebe Familie Dengler", meinte der Arzt abschließend mit ernster Miene, „mit der linken Hüfte ihres Sohnes stimmt etwas nicht. Ich rate Ihnen dringend ihn baldmöglichst einem Röntgenologen vorzustellen."

Fanny und Rolf bedankten sich für seine Bemühung und fuhren nach Hause. Sie waren sehr beunruhigt.

Aber dann hinkte Flo nicht mehr oder kaum noch und seine Eltern glaubten, es wären also doch Wachstumsschmerzen gewesen, die hoffentlich nun überstanden sein würden. Im Sommer fuhren sie für zwei Wochen in den Bayrischen Wald, unternahmen mit einem anderen Paar und deren zwei Kinder ausgedehnte Wanderungen und badeten im nahen See. Alles war wunderbar, bis auf die Bremsen, die besonders an schwülen Tagen zu blutrünstigen Monstern wurden, gegen die es kein Mittel zu geben schien. Und Flo traf es besonders schlimm. Einmal wurde er von einem brummenden Bremsenschwarm regelrecht ins seichte Wasser des Sees getrieben, wo er bis zum Hals untertauchte und zum Gotterbarmen schrie. Seine Eltern eilten ihm zu Hilfe, Bienchen schrie aus Angst um den Bruder mit ihm um die Wette, während andere Badegäste mit Badetüchern und lautem Kampfgeschrei die Bremsen zu verjagen versuchten. Flo hatte außer dem Schrecken einige schmerzhafte Stiche abgekriegt, die mit Wundsalbe behandelt werden mussten. Das Baden allerdings war in diesem Urlaub keine Option mehr.

Aber danach humpelte Flo wieder. Kein Jammern, kein Klagen, nur eben Humpeln, schlimmer als je zuvor.

Und so suchten sie bald nach dem Urlaub in Offenbach die Praxis eines Orthopäden auf, dessen Röntgenanlage von den Technikern der Frankfurter Röntgengeschäftsstelle betreut wurde.

Flo wurde geröntgt. Nach geraumer Zeit wurde er vom Arzt selbstpersönlich zu seinen Eltern, die im Sprechzimmer warteten, zurückgetragen, was nichts Gutes bedeuten konnte. Fanny nahm Flo entgegen und als der Arzt sagte, er dürfe keinen einzigen Schritt mehr tun, setzte sie sich mit ihm auf einen Stuhl. Sie schaute zu, wie der Arzt Flo's Röntgenaufnahmen an einem Leuchtkasten befestigte und mit seinem Zeigefinger auf den linken Hüftknochen deutete, jedenfalls dorthin, wo einer sein sollte. Fanny starrte darauf, sie hörte kaum die

Ausführungen des Arztes. „Eine sehr seltene Hüftgelenkserkran-kung", hörte sie ihn wie durch einen Wattebausch sagen. „Eine Wachstumsstörung, die meines Wissens hauptsächlich in osteuropäi-schen Ländern vorkommt."

Der Arzt bat eine Assistentin um ein Glas Wasser, das er Fanny in die Hand drückte.

„Schauen Sie", erklärte er dann, „der Hüftkopf hat sich fast aufge-löst", er zeigte auf einen sichelförmigen Schatten. „Die Hüftpfanne hingegen ist völlig intakt. Sie müssen mit ihrem Sohn und mit diesen Aufnahmen unverzüglich in die Frankfurter Uni-Klinik fahren. Um einen endgültigen Verfall zu verhindern, darf das Bein unter keinen Umständen mehr belastet werden."

In der Frankfurter Uniklinik wurden sie in die Röntgenstation ver-wiesen. Der Warteraum dort war mit weinenden, schreienden oder phlegmatisch auf dem Schoß ihrer Mütter sitzenden Kindern und deren Väter überfüllt. Nach einer Weile konnte sich Fanny setzen, Rolf setzte ihr Flo auf den Schoß und blieb neben ihr stehen. Bien-chen holte sich von einem Tisch ein Bilderbuch und setzte sich neben dem Stuhl ihrer Mutter auf den Boden. Sie warteten. Rolf holte für Flo auch ein Bilderbuch. Es erschien ihnen wie eine Ewigkeit, bis sie aufgerufen wurden und in ein Sprechzimmer gehen durften. Ein älte-rer, großer Mann mit energischen Gesichtszügen und dichtem, leicht ergrautem Haar begrüßte sie, er bat sie Platz zu nehmen.

„Ich bin Professor Dr. Eigner", stellte er sich vor. Fanny und Rolf setzten sich, Flo saß auf dem Schoß seines Vaters und Bienchen blieb neben ihrer Mutter stehen und umfasste ängstlich ihren Arm, beide spürten die Anspannung und verhielten sich ganz still. Der

Professor hatte Flo's Röntgenbilder vor sich auf dem Schreibtisch liegen.

„Ja, Familie Dengler", meinte er und räusperte sich, „Ihr Junge hat eine fortgeschrittene Morbus Perthes, das ist eine sehr seltene Durchblutungsstörung, die primär in osteuropäischen Ländern auftritt. Haben Sie, Herr oder Frau Dengler, osteuropäische Wurzeln?"

„Meine Mutter ist 1945 mit meinen Geschwistern und mir aus Niederschlesien geflohen", meinte Rolf

„Aha", Professor Eigner notierte es. „Ich muss Ihnen sagen, bislang haben wir in unserem Haus keine Perthesfälle behandelt, aber die Kollegen in Halle können uns beraten und unterstützen. Perthes ist eine Störung des Wachstumsprozesses, sie tritt in der Regel bei Jungs im Alter von vier bis sechs Jahren auf, so wie bei Ihrem Jungen. Die Ursache ist nicht bekannt, aber es betrifft, soweit die Erkenntnis, immer nur eine Hüftseite und könnte sich, je nach Fortschritt des Knochenschwundes, in diesem Alter bei völliger Ruhestellung in zwei bis vier Jahren wieder aufbauen."

Rolf und Fanny starrten den Professor entsetzt an. „Zwei bis vier Jahre", stammelte Rolf endlich. „Versteh ich Sie richtig, Herr Professor, solange wird unser Junge nicht laufen können?"

Fanny schaute ihre Kinder an, im Geiste sieht sie, wie sie lachend einen Hang herabkommen und durch eine blühende Wiese auf sie zukommen, Bienchen das Handgelenk ihres Bruders fest umfassend, der sich von ihr fröhlich und vertrauensvoll leiten lässt. Ihre Gesichter sind vom milden Licht der Abendsonne verklärt.

Die Stimme des Professors drang in ihre Gedanken hinein, sie schaute ihn verwirrt an.

„Die Alternative wäre eine Operation", erklärte er gerade und schaute Fanny prüfend an. „Dabei würde aus dem mittleren Bereich des Schenkelhalses ein kleines Dreieck entfernt werden, so dass er etwas angehoben wird und der verbleibende Hüftkopf in der Pfanne entlastet und besser durchblutet werden könnte."

Er skizzierte es auf ein Blatt Papier einen Schenkelhals in natürlicher Lage und einer mit entferntem Dreieck und beinahe waagrecht. „Sehen Sie", fuhr der Professor erklärend fort, „der natürliche Wiederaufbau des Hüftknochens wird dabei angeregt und beschleunigt, es muss also zu keiner nachhaltigen Störung des Gelenkmechanismus kommen. Sie müssen sich nicht gleich entscheiden", meinte er abschließend, „ob wir den Jungen operieren oder für voraussichtlich einige Jahre stilllegen sollen. Ich persönlich würde zu einer Operation raten."

„Wird unser Sohn wieder gesund, wird er wieder laufen können?", fragte Fanny tonlos, sie hatte den Ausführungen des Arztes kaum folgen können.

„Das kann man unmöglich mit Sicherheit sagen, Frau Dengler", antwortete der Professor bedauernd.

„Wird er behindert bleiben?", wollte auch Rolf wissen. Flo saß ruhig, aber bedrückt auf seinem Schoß und schaute hin und wieder forschend zu ihm auf, Bienchen schmiegte sich an ihre Mutter und blickte beunruhigt von einem zum andern.

„Bei einer Schenkelhopfanhebung wird der Fuß zirka drei Zentimeter verkürzt werden", erklärte der Professor ruhig, „was durch nachfolgende Operationen langsam behoben werden kann. Ansonsten muss ihr Sohn zeitlebens orthopädische Schuhe und Einlagen tragen.

Rolf erfasste plötzlich eine hilflose Wut gegen den Arzt, der ohne sichtliche Gefühlsregung von seinem Kind sprach, so als wäre es eine interessante, medizinische Erfahrung. Er sagte nichts Genaues, wollte nur unverbindlich seinen wissenschaftlichen Erfahrungsschatz erweitern. Aber Flo war ein Kind. Flo war sein Junge.

„Danke, Professor." Er stand mit Flo auf und sagte, an Fanny und Bienchen gewandt: „Kommt, wir gehen."

Die beiden schauten ihn erschrocken an, der Professor erhob sich hinter seinem Schreibtisch.

„Herr Dengler", meinte er im ruhigen Ton und trat auf Rolf zu, „glauben Sie mir, ich verstehe Sie. Noch hat ihr Junge eine reelle Chance, der Hüftkopf ist noch nicht restlos verschwunden, aber wir müssen sofort handeln. Wenn Sie Ihren Sohn jetzt mit nach Hause nehmen, wird er sehr bald ein künstliches Gelenk brauchen, dann wird er für immer behindert sein. Bitte lassen Sie ihr Kind in unserer Obhut, Herr Dengler, und lassen Sie sich mit ihrer Entscheidung über die Behandlungsmethode Zeit.

Danach saßen sie in einem abgeschiedenen, kahlen Flur des Krankenhauses, der hektische Betrieb schien weit entfernt zu sein, man hörte ihn nur noch verhalten. Flo saß auf den Knien seines Vaters und Bienchen auf Mamas Schoß.

„Du bist krank geworden, Flo", ergriff schließlich Fanny das Wort, „du kannst schon lange nicht mehr schön laufen, nicht wahr? Diese Leute hier sind Doktoren und Krankenschwestern, sie können dir helfen, sie können dich wieder gesund machen. Du willst doch wieder richtig laufen können, Flo?" Flo schaute bekümmert zu ihr auf. Fanny aber schaute ihren Mann an, ernst und fragend.

„Wir müssen den Doktoren hier vertrauen, Flo, verstehst du das?", erklärte sie. „Du bleibst eine Weile hier, denn hier können sie dich ganz gesund machen."

„Nein", sagte Flo bestimmt, „ich will nach Hause."

„Hast du die vielen Kinder gesehen, Flo?", fuhr Fanny leise und eindringlich fort und ergriff Flo's Hände. „Auch sie sind krank, auch sie wollen wieder gesund werden. Deshalb sind sie hier und werden eine Weile hier bleiben."

Flo schüttelte heftig den Kopf, so dass seine dichten, dunklen Haare nur so flogen. „Ich will aber nicht hier bleiben, Mama! Ich will heim!" Er verzog sein Gesicht zum Weinen. Bienchen umklammert das Handgelenk ihres Bruders und jammerte mit. Eine Weile verharrten sie so, dann standen sie auf, gingen in die Kinderstation und übergaben Flo einer Schwester, seine ungläubigen Augen begleiteten sie hinaus. Im Auto fragte Bienchen andauernd, warum Flo nicht mitgekommen sei, was mit ihm jetzt passiere, ob er sich nicht fürchtet allein unter so vielen, fremden Menschen.

Am nächsten Tag unterschrieb Rolf im Sprechzimmer des Professors das Einverständnis zur Operation. Alles war besser, als dass Flo, der an Morbus Perthes erkrankt war, zwei oder mehr Jahre unbeweglich in einem Gipsbett ausharren musste. Wirklich, alles war besser als das.

Fanny stand mit Bienchen, warm in Jacken und Schals verpackt, auf dem zugigen Besucherbalkon, der im zweiten Stockwerk des Krankenhauses an den bis zum Boden reichenden Fenstern der Kinderstation verlief. Sie schauten mit den anderen Besuchern in eins der hel-

lerleuchtetes Krankenzimmer, zu den Kindern in den sechs Kranken-
betten, einigen wurden gerade Päckchen überreicht, auch Flo.

Flo lag in einem leicht schräg gestellten Bett und betrachtete das Bild
auf der Schachtel vor sich auf der Zudecke, es war ein Ergänzungsset
für seinen Stabil-Baukasten. Dann öffnete er die Schachtel hastig,
lächelte kurz und anerkennend seiner Mutter und der Schwester hinter dem Fenster zu und betrachtete dann selbstvergessen die unterschiedlichen Räder, Achsen und Lenkräder in den verschieden großen Kästchen. Wieder lächelte er zur Mutter und zur Schwester hinüber, faltete dann den Bauplan auseinander und vertiefte sich darin.

Eine echte Kommunikation mit den kranken Kindern kam bei dem
Rufen und Schnattern der vielen Besucher auf dem Balkon nicht zustande, höchstens mit Körpersprache und Handzeichen.

Nachdem Bienchen mit den anderen Kindern auf dem Balkon zumindest Blickkontakt aufgenommen hatte, wollte sie heim, sie fror.
Es wurde sowieso Zeit, die Heimfahrt würde gut eineinhalb Stunden
dauern und es wurde früh dunkel. Flo schien den Abschied zu spüren, er zog seinen Stoffhund Lassie unter seiner Bettdecke hervor
und drückte sein Gesicht in sein abgeknutschtes Fell, er versuchte
tapfer zu sein. Flo war tapfer, er weinte nie, wenn die Eltern und die
Schwester verschwanden, dann war er inmitten der verzweifelt und
zornig schreienden Kinder ein Held. Es war schrecklich.

„So wein' doch, Flo", flehte Fanny dann, „schrei dir den Kummer
von der Seele, so wie die andern Kinder auch. Wehr dich gegen das
ungerechte, grausame Schicksal."

Flo's trauriges Gesicht verließ Fanny nicht, bis sie einige Tage später, zur gewohnten Besuchszeit wieder mit Bienchen auf dem zugi-

gen Balkon vor der Fensterfront der Kinderstation stand und Flo's kleines Lächeln herbeisehnte. Flo freute sich, wenn er sein Päckchen von der Krankenschwester entgegennahm, dann lächelte er seiner Mutter und der Schwester zu. Aber nach einer Weile gingen sie ohne ihn. Jedes Mal.

An den Sonntagen kam Rolf mit, dann waren die Mitbringsel ein wenig größer. Flo zeigte dann seiner Familie, was er schon alles mit dem Stabil-Baukasten gebaut hatte, seine Eltern waren begeistert davon und applaudierten ihm. Ehe sie gingen, formte Rolf mit dem Mund die Worte: „Weihnachten bist du daheim", aber Flo verstand ihn nicht. Wieder sein trauriges Gesicht beim Abschied, das Fanny ins Herz schnitt. Die heimtückischen, lähmenden Angstzustände kamen zurück, nicht nur in der Nacht.

Über Weihnachten durfte Flo heim. Er war nicht eingegipst, als Rolf ihn holte, denn, so hieß es, die Wundstellen müssen erst verheilt sein, bevor er ein neues, größeres Gipsbett bekommen kann, Flo wuchs ja beständig. Rolf bekam genaue Instruktionen, zum Beispiel darf sich Flo nicht aufsetzen, seine Nahrung muss leicht sein, gekochtes Obst und Gemüse, Grieß- Reis- und Haferbreie, Knochenbrühen mit eingeschlagenem Ei und so etwas. Rolf versprach es und trug seinen Sohn, der seinen Stoffhund fest an sich gedrückt hielt, hinunter in den VW Käfer. Das Mitleid übermannte ihn, aber er riss sich zusammen und erzählte, wie sehr sich alle auf Weihnachten und auf ihn, Flo, freuen.

Zu Hause war für Flo schon alles gerichtet. Fanny und Bienchen hatten im Wohnraum Kissen auf der Couch zurechtgelegt, auf die sie ihn gleich, als Rolf ihn hereinbrachte betteten. Er wurde gestreichelt und gedrückt, bis Rolf fragte, ob es denn gar nichts zu essen gäbe. Es rieche so köstlich aus der Küche und Flo habe bestimmt schon großen Hunger.

„Pfannkuchen und Apfelmus", hieß es.

„Mm", machte Flo und war selig.

Von nun an wurde gemeinsam im Wohnzimmer gegessen, bei Flo. Die Couch war tagsüber sein Domizil, von Kissen gestützt konnte er am Tagesgeschehen teilnehmen. Er konnte hinter dem großen Fenster den tanzenden oder wirbelnden Schneeflocken zusehen und den Spatzen und Meisen, die auf der Fensterbank herum hopsten und Sonnenblumenkörner pickten. Mama las Geschichten vor oder sie spielten zusammen ‚Mensch ärgere dich nicht'. Das spielte Flo am liebsten.

Das Christkind hatte es dieses Jahr eilig, es legte nur ein schmuckloses Tannenbäumchen auf der Terrasse ab.

„Macht nichts", meinte Papa, „wir schmücken es selber."

Im Wohnzimmer befestigte er das Tannenbäumchen in einen Christbaumständer, Mama brachte Christbaumkugeln, eine Christbaumspitze, Metallkerzenhalter und Kerzen, mit denen sie den Baum schön schmückten. Als er fertig war, waren sich die Kinder einig, er war genauso schön wie der Christbaum im vorigen Jahr, welchen das Christkind geschmückt hatte. Vielleicht sogar noch ein klein wenig schöner. Genau wie im letzten Jahr lagen auch dieses Mal wie durch Zauberhand schön verpackte Päckchen darunter. Bienchen fand in ihrem Packet ein Nachthemd und eine Doktortasche mit viel Verbandszeug, einem Fieberthermometer, einer Spritze und einer Schwesternschürze, jetzt konnte sie die Kranken in der Familie, die

Puppen und Kuscheltiere und natürlich Flo bestens verarzten. Flo fand in seinem Päckchen einen mollig warmen Schlafanzug und einen knuffigen Schneehasen mit schwarzen, lustigen Knopfaugen. Er freute sich darüber, zog aber dann seinen zerschlissenen, abgeschmusten Stoffhund Lassie unter der Decke hervor und drückte ihn fest an sich. Zweifellos, er war der Wichtigste, er war ein zuverlässiger Tröster, wenn sonst keiner da war.

„Den Schneehasen nimmst du natürlich auch mit ins Krankenhaus, so wie deinen Lassie meinte Fanny und bereute es im selben Moment, denn Flo's gelöstes Gesichtchen wurde bei ihren Worten traurig.

„Aber das dauert noch", lenkte Rolf rasch ein und warf seiner Frau einen warnenden Blick zu, „daran brauchen wir jetzt noch gar nicht zu denken. Wie wäre es, wenn wir hernach noch das Leiterspiel spielen würden, das ich unlängst mitgebracht habe?"

„Au, ja", freuten sich Bienchen und Flo und vergaßen den Hauch von Kummer, der sich einen Moment lang einschleichen wollte.

Aber zuvor holte Fanny aus der Küche für jeden eine große Tasse Hühnerbrühe mit feinen Möhrchen. Die Möhren waren aus der Dose, im Winter gab es nun mal kein frisches Gemüse, aber auch Dosengemüse war gesund, wusste Fanny inzwischen. Zur Brühe gab es lecker aufgebackene Käsebrötchen, es schmeckte köstlich. Sicher, sie hätten auch einen Weihnachtshasenbraten haben können, Frau Lampert hatte schon gestern Abend einen vorbeigebracht und ein frohes Weihnachtsfest gewünscht, aber der Hase war nackt, ganz und gar ohne Fell und ausgenommen gewesen, praktisch bratfertig, wie Frau Lampert meinte. Die Gute konnte nicht verstehen, dass er mit Bedauern, fast mit Entsetzen dankend abgelehnt wurde, weil man angeblich Häschen, die man vorher gefüttert und lieb gehabt hat, nicht essen könne, schon gar nicht am Weihnachtstag. Nun, Frau Lampert war etwas pikiert mit ihrem Hasenbraten wieder abgezogen. „Dann eben nicht", hatte sie gedacht. „Sie haben's wohl nicht nötig.

Dann musste Rolf seinen Sohn wieder in die Frankfurter Uniklinik bringen, Flo's Druckstellen waren geheilt, so dass er wieder eingegipst werden konnte. Diesmal allerdings nur das Bein, so dass Flo transportfähig blieb und ihn Rolf schon nach einer Woche wieder mit nach Hause holen konnte.

Wenn Flo tagsüber in Decken und Kissen gepackt auf der Couch lag, konnte er der Sonne hinter dem Fenster zuschauen, wie sie über den Himmel wanderte und am Nachmittag aus seinem Blickfeld verschwand. Er schaute den weißen, grauen oder dunklen Wolken zu, die ständig lustige oder seltsame Formen annahmen, sich auflösten und dahinzogen, oder er lauschte einem Regenschauer, der an das große Wohnzimmerfenster trommelte, so als wolle er hereinkommen, oder den Frühjahrsstürmen, die die Büsche und Baumkronen im Nachbargarten schüttelten, sie schienen ihn rauschend und brausend aufzufordern herauszukommen und mitzutanzen und zu toben. Flo brauchte eine Unmenge Papier und Malstifte, um alles zu malen.

Oft spielten sie Schule und Bienchen malte auf die Stehtafel Buchstaben, die sie schon wusste, es waren viele. Manchmal kamen auch die Nachbarskinder, dann spielten sie eine ganze Schulklasse und konnten sich nicht einig werden, wer die Lehrerin oder der Lehrer sein darf. Mama besorgte ausreichend Malmaterial und Lesestoff, sie war begeistert von Flo's Zeichenkünsten, aber sie sah es nicht gern, wenn er die „falsche" Hand zum Malen benutzte.

„Nimm doch lieber die gute Hand, Flo", versuchte sie ihn dann zu korrigieren. „Und warum malst du alles verkehrtherum?" Aber Flo blieb dabei, so gefiel es ihm am besten.

An Bienchen's erstem Schultag war Flo nicht da, er war in der Uniklinik, wo sein krankes Bein neu eingegipst werden musste. Das war von Zeit zu Zeit nötig, denn Flo wuchs ja beständig.

Bienchen war deshalb nicht mehr besorgt, sie wusste, wenn Flo weggebracht wird, dann kommt er auch wieder. Als sie an ihrem ersten Schultag mit einer großen Schultüte im Arm neben ihren Freunden Maria und Markus, die auch eine Schultüten hatten und das erste Mal in die Grundschule von Gerbach gingen, einher marschierte, war sie mächtig stolz auf ihr neues Strickkleidchen. Es bestand aus feiner, dunkelblauer Wolle, war kurzärmlig und hatte einen schönen, knielangen Glockenrock, das langärmelige, blau-weißgestreifte Jäckchen, das sie darüber trug, war recht praktisch und wärmte jetzt im kühler werdenden September. Ihr dunkelblondes Haar hatte Mama ein wenig gekürzt und der Ranzen auf ihrem Rücken war mit selbstausgesuchten, tollen Schulmaterial ausgestattet. Fanny und Rolf, die die Kinder an ihrem ersten Schultag zur Schule begleiteten, waren sehr stolz auf ihr kleines Mädchen, das so selbstbewusst vor ihnen einherging. Sie wussten, Bienchen musste in den letzten Monaten ihre eigenen Bedürfnisse selbstlos hinter die des kranken Bruders stellen, sie hatte wie die Großen um ihn bangen und leiden müssen. Sie war so tapfer gewesen und musste es voraussichtlich noch lange sein.

Dann kam Flo ohne Gips vom Krankenhaus nach Hause, der Gips war weg. Schon als ihn Rolf aus dem VW Käfer hob, kamen die Kinder von der Spielstraße angelaufen und bewunderten ihn und seine Schiene. Er stand aufrecht neben seinem Vater und lächelte verlegen und stolz seine Spielfreunde an. Sein linkes Hosenbein war bis zum Schritt aufgetrennt, so dass man das runde Metallgestell sehen konnte, das von Flo's Leiste bis hinunter zum Schnürstiefel reichte und unter der Schuhsohle mit einem Bügel verbunden war. Der rechte Schuh hatte eine dicke Sohle bekommen und war dadurch der Schiene angepasst worden. Frau Sander kam, beäugte die Schiene misstrauisch und fragte, wie lange der Bub das Ding wohl tragen müsse, Rolf wusste es nicht. Dann kamen auch Frau Lampert und die hinkende Frau Liebknecht von gegenüber, sie fachsimpelten über mögliche Vor- und Nachteile eines Gehgerätes, bis Fanny und Bienchen endlich die Hühnerleiter herunter geeilt kamen und Flo in Empfang nahmen.

Gut, die Schiene war nicht schön und sie war lästig, aber immerhin, Flo konnte damit laufen, mit der Zeit immer besser. In der Wohnung erwies sie sich eher als störend, denn Flo hockte beim Spielen gern auf dem Fußboden und rutschte darauf herum, wobei die Schiene ziemlich im Weg war. Außerdem zerkratzte der Metallbügel unter der Schuhsohle das Linoleum und die Türrahmen. Fanny trug Flo lieber, wenn es nötig war, und so blieb die Schiene oft gegen alle Vernunft in der Ecke stehen. Flo's krankes Bein war so dünn wie ein Faden, die Operationsnarbe verlief über seinen halben Oberschenkel, aber er hatte einen gesunden Appetit, war meist gut gelaunt und würde wieder gesund werden, daran zweifelte nun keiner mehr. Fanny nähte in Flo's linkes Hosenbein einen langen Reißverschluss, so dass er die Schiene bald allein an- und ablegen konnte.

Bienchen brachte Flo alles, sagen wir, vieles bei, was sie in der Schule gelernt hatte. Flo war ein gelehriger Schüler, aber er konnte es sich nicht abgewöhnen, die Buchstaben, die Häuser, die Bäume und so weiter, verkehrtherum und mit der linken Hand zu malen, was schon sehr eigenartig anmutete.

Bald wollte er zu den Kindern auf die Straße und vergaß beim Fangen- und Versteckspielen fast seine Schiene. Bienchens anfängliche Fürsorge erübrigte sich mit der Zeit, ihr Bruder konnte bald mit seiner Schiene fast genauso schnell sausen, wie seine Freunde, was allerdings ein wenig eigenartig aussah, aber niemand störte. Nur über Zäune und andere Barrieren klettern konnte Flo nicht gut, da musste er den Kindern hinterherschauen.

So verging ein Jahr. Im Geröllgarten hatte Rolf ein weiteres Stück Garten kultiviert und Beete angelegt, auf denen Spinat, Zwiebeln und

Radieschen gediehen, Fanny goss, jätete und erntete sie. Der erste Spinat misslang ihr leider völlig, er wurde eine Art fader, grüngefärbter Brühe, ungenießbar, musste sie zugeben. Aber dann, mit viel weniger Wasser und mit etwas Salz und einer Spur Pfeffer abgeschmeckt, dazu Spiegeleier und Salzkartoffeln, da schmeckte er sogar den Kindern. „Wunderbar", freute sich Frau Sander von nebenan, als es ihr Fanny erzählte. Frau Sander beriet Fanny gern in Kochangelegenheiten und auch sonst. „Spinat", meinte sie belehrend, „ist sehr eisenhaltig und für das Knochenwachstum der Kinder, ins besonders für Flo enorm wichtig.

Flo's Schiene war größenverstellbar und konnte mit ihm wachsen, aber sein krankes Bein war im Vergleich zu dem gesunden immer noch sehr, sehr dünn. Wenn Rolf zu Hause war, wachte er mit Argusaugen darauf, dass Flo die Schiene auch in der Wohnung trug und er sein krankes Bein schonte, aber Fanny's Ängstlichkeit legte sich allmählich. Mitunter gab sie Flo's Bewegungsdrang nach, wenn er zum Beispiel vom oberen Etagenbett, von Bienchens Bett also, auf den danebenstehenden Kleiderschrank robbte und sich von dort mit Bienchen auf das knapp darunter liegende Etagenbett fallen ließ, da griff sie nicht sofort ein, stoppte nicht sofort das ausgelassene Jauchzen und Toben der Kinder, dann dachte sie, vielleicht nützt es Flo sogar, zumindest seinem Gemüt. Dann aber, wenn Flo nach Frankfurt in die Uniklinik musste, um seinen Genesungsfortschritt überprüfen zu lassen, hatte sie ein banges, schlechtes Gewissen; und war jedes Mal erleichtert, wenn Flo berichten konnte, dass der Doktor zufrieden mit ihm war. „Wenn ich so weiter mache, sagte der Doktor, dann kann ich die Schiene bald vergessen", meinte er jedes Mal stolz. Auch wenn Flo eigentlich schon Lesen und Schreiben konnte, wie er meinte, wenn auch seitenverkehrt und mit der linken Hand, so beschritt er doch im Spätsommer, ein wenig hinkend und Hand in

Hand mit seiner Freundin Dagmar, voll froher Erwartung zum ersten Mal den Weg zur Schule, übungsweise war er ihn ab und zu schon mit seiner Mutter gegangen. Flo hatte eine neue Hose und einen neuen Pulli an, das erste Mal heute, und hatte genau wie Dagmar eine riesige Schultüte in den Armen. Die beiden Elternpaare begleiteten ihre Kinder an ihrem ersten Schultag.

Der Klassenraum der Erstklässler befand sich im Erdgeschoss, so dass Flo ohne Mühe im langen Flur, an einen der vielen Haken seine Jacke aufhängen konnte. Im Klassenraum wurden die Kinder von einer hübschen, blutjungen Lehrerin begrüßt, verflixt jung und unerfahren, dachte sich Rolf. Als sie Flo ansichtig wurde, beugte sie sich zu ihm hinunter und gab ihm die Hand.

„Hallo. Du bist sicher der Florian Dengler, nicht wahr?", fragte sie freundlich. „Freut mich, dass du in meiner Klasse bist. Schau, dort steht dein Stuhl, du kannst schon einmal deine Sachen dort ablegen und dich hinsetzen."

Flo lächelte sie mit seiner Zahnlücke aufgeregt an. Die Zahnlücke war ein Zeichen der Schulreife, wurde ihm erklärt und darauf war er stolz. Die bläulich-rote Beule auf seiner Stirn und die tiefe Schürfwunde auf seiner Wange, die vom gestrigen Unfall herstammten, hätten allerdings um ein Haar seinen ersten Schultag vereitelt. Flo hatte einem Kind, das mit einem Fahrrad angeprescht kam, nicht rechtzeitig ausweichen können.

Jedenfalls stelzte er jetzt zu seinem Stuhl, der leicht zu erkennen war, denn Rolf hatte an der linken Sitzfläche die Ecke herausgeschnitten, so dass Flo beim Sitzen sein geschientes Bein bequem ausstrecken konnte. Dagmar folgte Flo, hängte ihre Schultasche ordentlich an den seitlichen Haken der Schulbank und legte ihre Schultüte neben Fo's

Tüte auf die Schreibfläche. Flo indessen versuchte seine Schultasche, so wie die anderen Kinder an den seitlichen Haken seiner Schulbank zu hängen, was nicht gleich gelingen wollte. Fanny sah seine vergeblichen Bemühungen und wollte ihm zu Hilfe eilen, aber Rolf hielt sie zurück. „Keine Sorge", meinte er, „er macht das schon. Morgen bist du ja auch nicht da." Dagmar stützte ihr Köpfchen in ihre Handfläche und schaute ihrem Freund mit gerunzelter Stirn zu, aber auch sie brauchte ihm nicht zu helfen, Flo schaffte es allein und setzte sich auf seinen präparierten Stuhl. Achtundzwanzig Mädchen und Buben suchten und fanden in den drei Bankreihen einen Platz, ihre Eltern drängten sich daneben und dahinter.

„Guten Morgen, liebe Kinder und liebe Eltern", begrüßte die junge Lehrerin ihre erste Schulklasse. „Ich sehe es euch an, ihr freut euch genauso auf die Schule wie ich. Ihr wollt lesen und schreiben lernen und viel Spannendes erfahren und ich darf euch voraussichtlich drei Jahre lang dabei begleiten. Ihr seid übrigens meine allererste Klasse. Ich wünsche euch und mir viel Freude und Erfolg!"

Alle Kinder hörten der jungen Lehrerin mit großen Augen andächtig zu, aber Dagmar hatte eine Frage an ihren Banknachbarn.

„Aber du kennst doch schon so viele Buchstaben, Flo", flüsterte sie ihm zu, „wozu brauchst du drei Jahre, um…"

„Sei still, Dagmar, du musst zuhören", flüsterte Flo gut vernehmlich zurück. „Oder willst du, dass wir die Dümmsten sind in der Klasse?"

Danach führte die hübsche Lehrerin ihre Erstklässler und deren Eltern in die Turnhalle, wo sie von den Grundschulkindern mit Singen und Spielen und von den Lehrern begrüßt wurden. Der Schulleiter hielt eine schöne, allzu lange Willkommensrede.

Der neue Frankfurter Geschäftsstellenleiter war jung, dynamisch und liebenswürdig, er hieß Ing. Marko Kaiser. Anlässlich seiner Amtseinführung lud er die Belegschaft mitsamt Ehepartnern zum lockeren Kennenlernen, wie er es nannte, in sein Haus ein. Rolf liebte solche feuchtfröhlichen Feiern nicht besonders, aber was half's, da musste man wohl hingehen. Er besaß eine Kombination, bestehend aus einer grauen Hose und einem dazu passendes, dunkelblaues Sakko aus gutem Stoff, dazu ein weißes Hemd, das sollte für diesen Anlass reichen. Fanny wollte nicht mitgehen, wegen der Kinder, meinte sie, aber eigentlich scheute sie sich davor, Rolfs Kollegen, sogar seinem Chef zu begegnen, sie hatte keinen Schimmer, wie man mit solchen Leuten umgehen und schon gar nicht, über was man mit ihnen quatschen sollte. Außerdem hatte sie nichts Passendes anzuziehen.

Rolf verstand seine Frau, sicher, aber ohne Frau aufzutauchen, das würde bei den Kollegen ein Gerede geben, er kannte sie. Er lächelte seine Frau lieb an. „Wir bitten Frau Sanders ab und zu nach den Kindern zu schauen", meinte er. „Und wenn du willst, holen wir einen hübschen Stoff und du nähst dir etwas Nettes. Wir sollten sowieso öfters mal ausgehen, Fanny, findest du nicht auch?"

Nun, leider sah es nicht danach aus, als ob sie sich das leisten könnten, auch wenn Rolf gut verdiente mussten sie nach wie vor ihr Geld zusammenhalten. Es musste ein Bausparvertrag angespart werden, denn schon in einem Jahr waren die sechstausend D-Mark für den Bauplatz fällig, die sie an die Gemeinde zu zahlen hatten. Rolf hatte sich auf der Bank und der Gemeinde nach zinsgünstigen Fördergeldern und Zuschüssen erkundigt, welche ihm als Vertriebener und junger Familienvater zustanden, es waren beachtliche. Der Plan für ihr Haus stand schon fest, klein und fein sollte es sein, jedes Kind sollte ein Zimmerchen bekommen, vielleicht auch ein drittes Kind,

Fanny war sich noch nicht ganz sicher. Vorsorglich hatte sie bei ihren Kindern schon einmal nachgefragt, was sie von einem Geschwisterchen halten würden.

„Prima", hatten sie in seltener Eintracht zugestimmt. „Wir wollten sowieso einen kleinen Hund haben, aber ein kleiner Bruder wär auch gut."

„Aha! Aber ein Geschwisterchen ist schon etwas anderes, wie ein kleiner Hund", musste Fanny richtigstellen. „Darf es denn auch eine kleine Schwester sein?"

„Freilich", meinten die Kinder. „Wann kriegen wir es?"

„Mal sehen, was sich machen lässt. So einfach ist das mit dem Babybestellen nicht."

„Schön", meinte Rolf, als seine Frau aus dem Schlafraum trat. Sie hatte lange vor dem Spiegel des kleinen Frisiertisches gestanden, sie wollte Rolf nicht blamieren und zu altbacken daherkommen. Fanny fand ihre neue Frisur schön, sie streckte ein wenig ihr kindlichrundes Gesicht und machte es reifer. Das volle, braune Haar war bis zum Kinn gekürzt, seitlich gescheitelt, hinter die Ohren gebürstet und die Haarspitzen mit etwas Haarspray nach vorne gekämmt, ein langer Pony fiel schräg und locker über ihre Stirn. Sie hatte ihre Lippen ein wenig mit einem Stift nachgezogen und die dichten, dunklen Brauen in Form gezupft. Ein letzter prüfender Blick auf das aus leichtem, dunkelblauem Samtleinen gearbeitete Kleid. Es hatte ein anliegendes Oberteil mit einem halsfernen, runden Kragen, im Rücken eine Reihe perlweißer Knöpfchen, halblange, enge Ärmel und einen beschwingten, bis zu den Waden reichenden Bahnen-Rock. Der dünne, beige

Ledergürtel, die Perlonstrümpfe und die halbhohen, beige Pumps, die sicher furchtbar drücken werden, peppten das Kleid ungemein auf. So konnte sie sich sehen lassen, fand Fanny, zumal Rolf sie anerkennend musterte. Plötzlich bekam sie Lust auf den Abend und war neugierig darauf. Ja, es stimmte schon, sie gingen viel zu wenig aus.

Nachdem die Kinder noch einmal ermahnt wurden ja recht brav zu sein und schön in ihren Betten zu bleiben, Frau Sanders würde es gelegentlich überprüfen, und sie die neuen Micky-Maus-Heftchen, nach denen sie verrückt waren, bekommen hatten, fuhren Fanny und Rolf, wegen der Kinder immer noch mit ungutem Bauchgrummeln, gegen acht Uhr endlich los.

Der Bungalow des Ehepaars Ing. Mirco Kaiser lag auf einer Anhöhe des Taunus, mit einem fantastischen Blick auf Frankfurt. Er hatte ein Walmdach mit einer breitgeschwungenen Dachgaube und erstreckte sich großzügig über eine angebaute Doppelgarage. Das Tor des schmiedeeisernen Zauns stand weit offen und Mirco Kaiser, ungewohnt lässig in Jeans und einem leichten, dunkelgrünen Pulli über einem karierten Hemd, erwartete seine Gäste neben seiner hübschen Frau an der schönen, aus dunklem Eichenholz gearbeiteten Haustüre. Frau Kaiser war sehr blond, nachgeholfen blond, nahm Fanny an, das schulterlange Haar hatte sie zu einer Außenrolle toupiert, das enganliegende, blaugrüne Strickkleid, das sie trug, betonte ihre schmale, gut proportionierte Figur, der breite Ledergürtel mit der auffallenden Metallschnalle verhalf ihr zu einer Wespentaille. Die Gäste trafen nun kurz hintereinander ein, das Ehepaars Ing. Mirco Kaiser half ihnen aus ihren Jacken und Mänteln und hängte sie in der Garderobe auf Kleiderbügel.

Sie wurden in einen Wohnraum geführt, in dem aus unsichtbaren Lautsprechern diskrete Tanzmusik zu hören war. Jedem Gast wurde in breiten, hauchdünnen Gläsern ein Aperitif angeboten, der nach Wunsch von den Gastgebern aus den auf einem Glastischchen bereitstehenden Flaschen, Scotch, Whisky, Coca Cola, zubereitet wurde. In silbernen Kübeln befanden sich in Eiswürfeln versenkte Sektflaschen. Als Fanny ein Glas Wasser haben wollte, lächelte sie die schöne Frau Kaiser liebenswürdig an und drückte ihr ein Glas Sekt in die Hand.

„Ein Begrüßungsdrink, Frau Dengler", meinte sie lächelnd, „zum Aufwärmen. „Cheerio."

Die Vertreter mit ihren Gattinnen waren da und die Techniker Weingärtner mit seiner etwas molligen, sympathisch aussehenden Frau, das junge Ehepaar Zimmer aus Oberroden und Zehnpfennig, der allerdings alleine gekommen war. Seine Frau lässt sich entschuldigen, meinte er etwas verlegen, sie wäre unpässlich. Als alle mit dem Begrüßungsdrink bedacht worden waren, prostete man sich zu.

Gutmann fehlte noch, aber der kam ja immer zu spät.

Man lachte und scherzte und Fanny schaute sich beeindruckt um, die kühle Eleganz des Wohnraums schüchterte sie ein wenig ein.

Durch die große Fensterfront sah sie in einen dunklen Garten hinaus, kleine Lampions an den herbstlich kahlen Büschen und halbhohen Bäumen beschienen sanft eine kleine Rasenfläche. Seitlich auf der großen, gefliesten Terrasse befand sich ein gemauerter Grill, auf der anderen Seite mit Planen abgedeckte Gartenmöbel und über dem Fenster entdeckte Fanny eine eingezogene Markise. Der Raum selbst wirkte kühl ästhetisch, nur der helle Langflorteppich lockerte diesen

Eindruck ein klein wenig auf. Es standen ungewöhnlich geformte Schalensesseln darauf, körpergerecht, dachte Fanny und getraute sich nicht, sich in einen zu setzen. Ein Glastisch mit Stahlrohrfüßen stand dazwischen und in einer Ecke, ebenfalls auf Stahlrohrfüßen ein Fernseher. An den weiß getünchten Wänden hingen große Bilder mit abstrakten, grellen Malereien, sie bildeten einen seltsamen Kontrast zum klar strukturierten Raum. Die edel geschliffenen Glasschalen und Vasen und die exotischen Figuren aus Bronze und schwarzem Holz in den weißlackierten Regalen und Vitrinen wirkten so, als wären sie nur für diesen Raum erdacht und geschaffen worden.

„Mitbringsel aus Indien und Thailand." Frau Kaiser war neben Fanny getreten. „Ich bin freie Journalistin und fotografiere und schreibe für Reisejournale und Zeitungen. Dieser Buddha hier ist mein ganzer Stolz." Sie zeigte auf eine auf dem Fliesenboden sitzende, etwa vierzig Zentimeter große, fette und selbstgefällig grinsende Figur." „Lächerlich", dachte Fanny. „Toll", schwärmte Frau Zimmer, die hinzugetreten war und vor Bewunderung beinahe in die Knie ging, wie Fanny befürchtete. „Ein Buddha. Der muss ja unerhört wertvoll sein."

„Oh, ja", antwortete die Journalistin und Ehefrau des Herrn Ing. Kaiser ein wenig herablassend. „In Delhi hat mich ein Händlers auf ihn aufmerksam gemacht, es war ein Geheimtipp. Sie ist aus Bergmammut gearbeitet und rund tausend Jahre alt. Das haben wir überprüfen lassen."

„Wenn sich das herumspricht", bemerkte Herr Weingärtner, der die letzten Worte mitgehört hatte, „wären Sie ihres Lebens nicht sicher, Frau Kaiser. Immerhin liegt Ihr Haus etwas abseits." „Nun, unser Haus ist gut gesichert", meinte Frau Kaiser lächelnd. „Außerdem sind unsere Doggen speziell auf Einbrecher abgerichtet."

Fanny war beeindruckt, aber auch froh, keinen derartigen Schutz nötig zu haben.

Die Gastgeber baten ihre Gäste in einen im Souterrain befindlichen Partyraum. Er war nicht sehr groß, aber sehr behaglich. Über einer Theke sorgte eine indirekte Beleuchtung für ein sanftes Licht, dahinter schenkten die Gastgeber aus grauen, mit blauen Mustern bemalten Krügen Apfelwein in gerippte Gläser ein, „Ebbelwoi", wurde Fanny belehrt, „das Frankfurter Nationalgetränk." Frau Kaiser, anmutig lächelnd, stellte Tabletts mit Lachs- und Fischfilets, Schinken und dünnen Fleischscheiben belegte Schnittchen auf die Theke, dazu Cocktailtomaten und Essiggürkchen. „Unglaublich", dachte Fanny und kostete davon. Auf einem Plattenspieler ertönte die einschmeichelnde Stimme eines Sängers.

Die Häppchen verschwanden zügig und auch dem Ebbelwoi wurde tüchtig zugesprochen, die Stimmung stieg. Gutmann war immer noch nicht da.

„Wahrscheinlich ist er wieder versackt", vermutete Zehnpfennig respektlos und ließ sein Glas zum wiederholten Male mit dem Stöffchen auffüllen. „Oder seine Thai-Frau gibt ihm keinen Ausgang."

Alle lachten und prosteten sich zu. Die Frauen wollten mit lachen und fragten, warum das gar so komisch sei.

„Nun", Herr Zimmer wischte sich einige Lachtränen aus den Augen und bequemte sich, es zu erklären. „Wir haben halt bei der Zusammenführung der Beiden ein wenig nachgeholfen. Gutmann tat uns leid, ehrlich, er traute sich an keine Frau ran und da haben wir ihn, ganz uneigennützig versteht sich, am Wäldchestag -Frankfurts Traditionsfeiertag- mit einer Thailänderin zusammengebracht. Sie ist

Krankenschwester im Nord-West-Krankenhaus und ziemlich resolut."

Herr Zimmer war offensichtlich sehr stolz und zufrieden auf diese Leistung.

„Na, ja", fügte Zehnpfennig geringschätzig lächelnd hinzu, „seitdem sind sie ein Paar. Allerdings ist die nette Thailänderin, was Gutmanns Freizeitgestaltung anbelangt sehr konsequent. Außerdem hatte sie vergessen zu erwähnen, dass sie drei Kinder hat. Die präsentierte sie ihm erst nach der Hochzeit." Wieder ein Prusten und verhaltenes Gelächter.

Bei den Frauen löste die Geschichte offensichtlich nicht die gleiche Belustigung aus, deshalb lenkte Weingärtner ein. „Immerhin", meinte er und versuchte ernst zu bleiben, „er säuft seither nicht mehr gar so viel. Sie zeigt ihm schon, wo's lang geht."

„Blöde Bagage", dachte Rolf. „Aber wenn es stimmt, dass Gutmann nun weniger soff, dann immerhin."

Bald verabschiedeten sich Fanny und Rolf, wegen der Kinder, wie sie entschuldigend meinten, sie wären allein zu Hause. Tatsächlich aber taten Fanny die Füße wegen der ungewohnt hohen Absätze weh. Zudem stimmte es ja auch, die Kinder waren wirklich schon viel zu lange allein.

Noch vor Weihnachten wurde Gutmann fristlos gekündigt. Es hieß, Doktor Stegmann hätte sich bei Herrn Kaiser beschwert, er hätte wegen der angekündigten Reparatur seine Patienten auf andere Termine verlegt und dann sei kein Techniker gekommen. Und als dann doch einer kam, da sei er angetrunken gewesen und sicherlich nicht in der Lage, eine Reparatur durchzuführen. Man hatte ihn wegschicken müssen.

„Wer kommt jetzt für den Schaden auf?", hatte der Arzt aufgebracht gefragt. „Zumindest ein voller Arbeitstag ist mir verlorengegangen, von den laufenden Kosten ganz zu schweigen."

Das war schlimm. Rolf fuhr noch am gleichen Tag zur Praxis von Doktor Stegmann, einen ansonsten sehr umgänglichen Arzt, und entschuldigte sich. Die Reparatur war ein Klacks gewesen, aber der Imageschaden war umso größer.

Gutmann musste gehen, statt seiner kam ein angehender Ingenieur, der ein Praktikum in Medizintechnik absolvieren wollte. Nicht gerade ein Ersatz für einen erfahrenen Medizintechniker, selbst wenn der nicht immer ganz nüchtern gewesen war.

Das erste was Fanny am Freitagnachmittag im großen, verlassenen Flur des Schulgebäudes sah, waren der vermisste Schal und die Mütze von Flo, sie hingen einsam auf der langen Garderobeleiste, ansonsten weit und breit kein einziges Kleidungsstück. Fanny war betroffen, jeden Tag dringender hatte sie Flo gebeten, beim Schulhausmeister nachzufragen, ob sie dort abgegeben wurden, Mütze und Schal gab man nicht einfach verloren, sie waren teuer und der Winter war noch lang. Sie überlegte kurz, ob sie die Sachen mitnehmen oder lieber aus erzieherischen Gründen hängen lassen sollte, so dass Flo noch einmal Gelegenheit bekam, sie selbst mit nach Hause zu bringen. Und wenn nicht, ja, was dann? Hausarrest und Schimpfen brachten nichts. Fanny seufzte, ließ Schal und Mütze erst einmal wo sie waren und klopfte an die Tür der ersten Klasse. Als sie innen Frau Sängers helle Stimme zum Eintreten aufforderte, trat Fanny ein. Es war ihr unbehaglich zumute, denn Flo ging nach nunmehr einem halben Jahr nicht mehr gern in die Schule, Frau Sänger würde ihr gleich aus ihrer Sicht erklären warum.

„Guten Tag, Frau Dengler", erwiderte die junge Lehrerin Fannys Gruß. „Schön, dass Sie meiner Einladung folgen konnten."

Sie deutete auf einen Stuhl neben ihrem Pult, auf den sich Fanny, ohne ihren Mantel auszuziehen setzte. „Das Gespräch wird nicht lange dauern", dachte sie und schaute die hübsche Lehrerin fragend an.

„Ja, liebe Frau Dengler", begann Frau Sänger und machte ein besorgtes Gesicht. „Ehrlich gesagt, ich werde aus ihrem Jungen nicht klug. Florian ist ein heller Kopf, zweifellos, mündlich ist er einer der eifrigsten in der Klasse, er ist beliebt und trägt seine Behinderung tapfer. Aber damit allein wird er das Klassenziel nicht erreichen, Frau Dengler. Sie wissen es selbst, Florians Hefte sind eine einzige Katastrophe, er bekommt kaum einen richtigen Buchstaben, geschweige ein Wort ordentlich zustande. Außerdem ist er ein heilloser Schlampus. Schauen Sie sich nur einmal seinen Platz an. Die Reinemachefrau war heute noch nicht da!"

Ja, es stimmte, in der mittleren Bankreihe, hinter der zweiten Bank stand Flo's präparierter Stuhl, darauf und auf der Schulbank und darunter lagen verstreut Papierknäuel- und Schnitzel, nur dort. Fanny erschrak, am liebsten hätte sie jetzt geweint, aber sie nahm sich vor der jungen Lehrerin zusammen. „Er hat es nicht leicht", versuchte sie sich zu verteidigen, „er wird oft nach der Schule von größeren Kindern gehänselt. Flo geht nicht mehr gern in die Schule, manchmal hat er sogar Angst davor. Dabei ist er anfangs mit Begeisterung in die Schule gegangen und wollte unbedingt das Schreiben und Lesen lernen."

„Lernen heißt aber auch Disziplin, Frau Dengler", erwiderte die Lehrerin streng. „Bei allem Verständnis, Sie müssen mit Florian die Buchstaben und Zahlen üben. Und bringen Sie ihm vor allen Dingen Ordnung bei, sonst wird er es nicht schaffen." Frau Sänger stand auf und reichte Fanny mit einem leicht überheblichen Lächeln die Hand. „Manche Eltern sind einfach unfähig, ihre Kinder zu erziehen", dachte sie. „Lehrer sollten Bildung vermitteln und die kostbare Lehrzeit nicht mit der Erziehung einzelner Kinder vergeuden müssen."

Florian aber wollte in die Schule gehen, er wollte lernen, genauso wie seine Schwester und seine Freunde. Er schrieb und las und doch war alles falsch, was er schrieb, alles war rot durchgestrichen, nie war Frau Sänger zufrieden mit ihm. Er merkte es, es war die Schule, die ihn nicht mochte. Schon wenn er morgens in die Klasse kam, schaute ihn Frau Sänger tadelnd an. „Florian, deine Schnürsenkel sind offen", hieß es dann, „Florian, dein Platz, Florian, deine Hefte, Florian, deine Bücher, deine Stifte", praktisch ohne Unterlass. Dabei bemühte er sich redlich, aber alles musste so schnell gehen, alles musste so ordentlich sein, das war nicht zu schaffen. Nicht einmal in den Pausen war es mehr schön, die größeren Jungs ärgerten ihn oft, er kannte sie kaum, aber er fürchtete sich vor ihnen. Sie waren so gemein und nannten ihn Rumpelstilzchen. Er sah es ein, die Schule mochte Florian Dengler nicht. Mama war traurig wegen ihm, er spürte es genau. Dann wollte er es gut machen, aber dann schmerzte ihm vor Anstrengung die Hand so sehr, dass er kaum noch den Stift halten konnte. Die linke Hand war ja die falsche Hand, sie war ja nicht erlaubt. Wenn es mit den Buchstaben und Zahlen nicht klappen wollte, konnte Mama wütend werden, dann schimpfte sie, manchmal weinte sie auch. Er aber war dann müde, wollte nur noch seine Ruhe haben oder hinauslaufen auf die Spielstraße, wo Bienchen und die Freunde waren. Bienchen machte alles richtig, sie verstand ihn auch nicht, aber er wollte wirklich das Lesen und Schreiben lernen, so wie die anderen Kinder auch. Aber die Schule mochte Florian Dengler nicht, da war er sich ganz sicher.

Nach den Osterferien lag ein Brief im Briefkasten, er kam von der Gerbacher Grundschule. Fanny hatte nicht den Mut ihn zu öffnen und legte ihn vorerst in eine Schublade des Wohnzimmerschranks. Erst als abends die Kinder in ihren Betten lagen und Rolf den neuen Fernseher -ein schwarzweiß Gerät- einschalten wollte, um die Nachrichten zu sehen, legte sie ihm den Brief samt Flo's Schulhefte auf den Tisch.

„Aha", meinte Rolf und betrachtete den Absender des Briefes, dann die abgegriffenen Hefte mit Florians Namen darauf. Er schaute Fanny fragend an, sie hatte sich neben ihn gesetzt, dann öffnete er den Brief und las:

„Gerbach, den 28. April 1969, Friedrich Hölderlin-Grundschule. "

Sehr geehrte Frau, sehr geehrter Herr Dengler!

Ihr Sohn Florian hat erhebliche Schwierigkeiten in der Rechtschrei-bung, es wäre zu empfehlen, ihn die erste Klasse wiederholt zu las-sen, auch der Besuch einer Sonderschule ist zu erwägen. Für ein Gespräch stehe ich am Freitag, den 6. Mai ab 14 Uhr zur Verfügung.

Mit freundlichem Gruß,

Klassenlehrerin, Edith Sänger."

Rolf legte den Brief auf den Tisch, er richtete sich gerade auf und blätterte dann in Flo's Hefte. Was er sah, war nicht schön. Fast jede Seite hatte große und kleine Eselsohren und war mit unleserlichen, großen Schriftzeichen, die sich an keine Hilfslinien halten wollten, bekrakelt. Rotstriche durchzogen mahnend, fast drohend das Chaos, Gekrakel gegen Rotstift, Seite um Seite, ein Krieg im Schulheft sozusagen, eindeutig wer ihn verlieren würde. Fanny kannte Florians Hefte zur Genüge, sie beobachtete besorgt ihren Mann.

„Warum zeigst du mir das erst jetzt, Fanny?", fragte er auch gleich und legte die Hefte auf den Tisch zurück.

„Was hättest du denn anderes machen können, als mit ihm zu üben, Rolf", verteidigte sich Fanny. „Flo will ja lernen, er will es wirklich. Er ist nicht faul, aber das Schreiben mit der rechten Hand fällt ihm so schwer, und eben das Ordnung halten."

„Flo ist clever." Rolf blieb seltsam ruhig, er holte ein von Flo aus Stabil-Bausteinen gebautes Fahrzeug, drehte an dem winzigen Lenkrad, so dass winzige Pleuel, Zahnräder und ein winziges Getriebe in Gang gesetzt wurden. „Es kann mir keiner erzählen", meinte er, „dass das ein dummer Junge gebaut hat. Schau dir nur das Fahrgestell an, es ist sogar lenkbar. Außerdem redet Flo wie ein Großer daher. Nein, es kann mir keiner weiß machen, dass er dumm ist."

Fanny schaute ihn traurig, aber auch erleichtert an.

„Sicher, unser Bub hat zwei linke Hände", meinte Rolf und lächelte bitter, „er kann nicht gut schreiben, aber das ist kein Grund ihn nicht in die zweite Klasse zu versetzten. Wir müssen mit Frau Sänger reden." Flo, der gerade von der Toilette zurückkam, hörte die letzten Worte seines Vaters. „Ich habe zwei linke Hände", dachte er betroffen, „zwei falsche Hände also." Er studierte seine Hände, erst die Handrücken mit den nicht ganz sauberen Fingernägeln, er konnte nichts Auffälliges daran sehen. Dann die Innenflächen, über der linken Hand verlief eine feine Narbe, aber die war schon immer da, sonst auch nichts Besonderes. Wenn er nun zwei linke Hände hat, obwohl man es nicht sehen konnte, dann war es doch eigentlich egal mit welcher linken Hand er schrieb. Vielleicht sollte er es dann doch lieber mit der richtigen linken Hand versuchen, wenn Frau Sänger es erlauben würde.

Frau Sänger erlaubte es nicht. Als ihr Fanny und Rolf ein paar Tage später im Klassenraum gegenübersaßen, vertrauten und glaubten sie der Pädagogin und studierten Fachfrau.

„Was immer mit Florian ist", erklärte sie, „in einer normalen Klasse wird er nicht zurechtkommen." Rolf versuchte ihr deutlich zu machen, dass es für seinen Sohn eine unerträgliche Niederlage bedeuten würde, wenn er nicht mit den ihm vertrauten Kindern in die zweite Klasse aufrücken könnte, wenn er sitzenbleiben oder gar in eine Sonderschule gehen müsste. Das war ganz ausgeschlossen, sein Junge war viel zu schlau dazu und ist zumindest mündlich ein guter Schüler, wie ihm seiner Frau sagte.

„Vielleicht gibt es eine Lösung", überlegte Frau Sänger. „Eine engagierte Kollegin hat letztes Jahr eigens für lese- und rechtschreibschwache Kinder eine Klasse ins Leben gerufen. Es ist ein Versuch und soll Kinder, jedenfalls die meisten in absehbarer Zeit in den normalen Unterricht zurückverhelfen, sie sind ja nicht alle grundsätzlich dumm. Im Übrigen ist unsere Schule meines Wissens die erste und einzige, die ein solches Angebot hat, wenn auch noch im Experimentstadium."

„Sie ist ehrgeizig", dachte Rolf bedrückt. „Ein Junge wie Flo würde den Notendurchschnitt ihrer Klasse empfindlich drücken und damit ihren Erfolg schmälern."

„Danke, Frau Sänger", meinte er und stand mit Fanny auf. „Wir werden mit Florian darüber reden. Es ist nur so, er hängt sehr an unserem Nachbarkind Dagmar, sie gehen jeden Morgen zusammen in die Schule und sitzen auch in einer Bank."

„Ich weiß, Dagmar Sander, nicht wahr? Das braucht sich ja nicht zu ändern. Der Klassenraum von Frau Rebstock, der erwähnten Lehrerin, ist direkt gegenüber."

Frau Sänger begleitete Florians Eltern zur Tür. „Wie lange muss Florian eigentlich noch diese Schiene tragen?", wollte sie noch wissen.

Als Flo kurz vor den Ferien mit seinem Vater von der Uniklinik Frankfurt zurückkam, stürmte er ohne Schiene zum Wohnzimmer herein. „Keine Schiene mehr!", frohlockte er. Seine Mutter bekam einen freudigen Schrecken. „Ist der Hüftknochen denn nun vollends nachgewachsen?", fragte sie ungläubig und doch hoffnungsvoll.

„Fast", lachte Rolf, der hinter Flo hereinkam, „er braucht noch ein wenig Festigkeit. Aber wir haben es fast geschafft."

Dann mussten sich Fanny und Bienchen den besonderen linken Schuh anschauen, der wegen Flo's verkürztem Fuß eine etwa drei Zentimeter dicke Ausgleichsohle bekommen hatte. Die Schuhe müssen, erklärte Rolf, halbjährig neu angepasst und angefertigt werden, was einen kontinuierlichen Besuch beim Orthopäden und einer orthopädischen Schuhwerkstatt erfordern wird. Aber das war egal, das störte jetzt keinen.

„Die Ärzte sagen", berichtete Rolf, „der Hüftknochen ist zwar noch licht wie eine Koralle, aber er ist schön nachgewachsen und stabil. Nur das Fußballspielen, das sollte Flo tunlichst meiden. Sonst aber darf er fast alles."

Gut, wenn schon. Flo hatte mit Fußballspielen sowieso nichts am Hut.

Wegen des kleinen Geschwisterchens, das nun unübersehbar jeden Tag kommen musste, fuhren sie diesen Sommer nicht in den Ferien in den Bayrischen Wald. Das war auch gut so, denn das Baby kam pünktlich Mitte Juli. Es war ein Brüderchen, wirklich allerliebst und das pure Glück. Es war gesund und schlief viel, aber spielen konnte man leider nicht mit ihm, dazu war es zu klein. Bienchen und Flo waren deshalb der Meinung, man könnte doch zusätzlich einen jungen Hund anschaffen, aber davon hielten ihre Eltern nichts.

Steffen, so hieß das Baby, hatte feine Härchen auf dem Köpfchen und liebe, braune Augen, er badete gern und strampelte danach jauchzend auf dem Badetuch. Papa machte viele Fotos von ihm und Mama war ganz selig mit ihm. Die großen Geschwister durften ihn im Arm halten, mehr nicht, denn er sei noch so klein, hieß es.

Am Morgen des nun beginnenden zweiten Schuljahres begleitete Fanny ihre Großen und deren Freunde, Klein-Steffen im Kinderwagen, in die Schule. Gelegentlich warf eines der Schulkinder einen zärtlichen Blick auf das schlafende Kindchen im Wagen und Bienchen und Flo waren mächtig stolz, denn es war ihr kleiner Bruder und nicht ein neues Geschwisterchen der Lampert-Kinder. Bei ihnen war es dieses Mal ein Schwesterchen, es hieß Cecilie und war das zehnte Kind in der Orgelpfeifenparade.

Der neue Klassenraum befand sich gegenüber dem alten, Flo freute es, denn Mama hatte gesagt, er würde Dagmar, von der er sich jetzt verabschieden musste, schon in der Pause wiedersehen. Fanny betrat mit ihm und dem Baby den Klassenraum und ging gleich zu der sportlich aussehenden, großgewachsenen Frau, die auf dem Lehrertisch saß und einen Zigarrenstummel in einem Aschenbecher ausdrückte. Einige Kinder hatten sich schon Plätze gesucht, ihre Mütter standen in Gruppen zusammen, manche diskutierten.

„Guten Morgen", grüßte Fanny und musste wegen des Zigarettenqualms ein wenig husten. „Ich bin Frau Dengler und das ist mein Sohn Florian. Er soll ab heute in Ihre Klasse gehen."

„Ja, ich weiß, Frau Dengler, guten Morgen." Die Stimme der Lehrerin klang kehlig und rau, aber freundlich. „Guten Morgen, Florian", wandte sie sich an Flo. „Schön, dass du da bist. Ich bin Frau Rebstock, deine Lehrerin."

Flo schaute sich im Klassenraum um, seine neuen Mitschüler waren unterschiedlich alt, er kannte sie nicht besonders, höchstens vom Sehen auf dem Schulhof.

„Kommt bitte nach vorne, Kinder", bat die Lehrerin, „dann sitzt ihr näher zusammen und ich muss nicht gar so laut reden." Als die Kinder sich mit ihren Schultaschen in die vorderen Bänke bequemt hatten, zählte Frau Rebstock ihre Schüler, es waren insgesamt elf Mädchen und Jungs, also eine gemischte Miniklasse.

Die Eltern wurden verabschiedet. „Gut, Flo", meinte Fanny, „ich geh' jetzt. Du arbeitest doch immer fleißig mit, gell?"

„Ja, Mama", versprach Flo geistesabwesend. Fanny ging, sie war froh mit dem Baby wieder draußen in der frischen Morgenluft zu sein. Die Schulkinder mussten bleiben, sie mussten sogar froh sein, bleiben zu dürfen, dachte sie. Die neue Lehrerin machte einen netten, kompetenten, aber auch energischen Eindruck. Leider rauchte sie, aber man muss ihr trotzdem dankbar sein."

Von nun an ging Flo gern in die Schule. Seine Hefte waren nicht mehr mit roten Kampfzeichen versehen, sondern mit Sternchen. Für jedes richtige Wort ein kleines Sternchen, jeden Tag mehr. Aber dann gingen Frau Rebstock anscheinend die Sternchen aus, denn es klebten nur noch bunte Punkte im Heft, je nach Schwierigkeit des Wortes eine andere Farbe, rot war nicht dabei. Bei zehn richtig geschriebenen Wörtern gab es immer noch ein Sternchen, es war unglaublich. Flo blühte auf, er ging gern zu Frau Rebstock, sie war ein Glücksfall für ihn. Er liebte sie.

„Wenn sie nur nicht so viel rauchen würde", dachte Fanny, aber einer Lehrerin wie dieser sah man einiges nach.

Im Herbst begannen sie auf dem Eckgrundstück, das Rolf gegen sein zugeteiltes Grundstück eingetauscht hatte, die Hausumrisse ihres zukünftigen Hauses abzustecken. Auf den Nachbargrundstücken standen schon vereinzelt halbfertige oder fertige Rohbauten, auf deren Firstbalken auf Bäumchen angebrachte Bänder traurig im Nieselregen herabhingen. Es nieselte und sie stapften wie Wichtelmännchen in Kapuzenjacken und Stiefeln auf dem aufgeweichten Acker herum. Rolf maß mit einem Zollstock zukünftige Grundmauern ab, Fanny folgte ihm mit dicken Holzpfosten, die Rolf an den abgemessenen Stellen mit einem Vorschlaghammer tief in den aufgeweichten Ackerboden trieb. Für das Wochenende war der Bagger bestellt, der den Keller ausheben sollte, ein guter Gedanke, ein erhebendes Gefühl, denn schon in einem Jahr sollte das Haus einzugsfertig sein. Die Finanzierung des Hauses bekümmerte Fanny wenig, dafür sorgte Rolf, sie war eher darauf bedacht, dass jedes Kind sein Zimmerchen bekam. Das derzeitige Kinderzimmer platzte, seit Klein Steffen mit seinem Gitterbettchen und der Wickelkommode dazugekommen war, aus allen Nähten.

Rolf ließ aus Kostengründen den Rohbau an den Wochenenden von einer Maurergruppe hochgeziehen, sie war ihn empfohlen worden. Wochenende für Wochenende wuchs der Rohbau, zuerst die Kellersohle mit den Abwasserrohren, dann die Kellerwände und die Kellerdecke. Im Erdgeschoss konnten Bienchen und Flo schon bald aus den Fensterlöchern ihrer zukünftigen Zimmer auf die Straße schauen, wo Laster mit Baumaterialien vorbeibrummten. Trotz des orthopädischen Schuhs bewältigte Flo mühelos die Rohbautreppen und überwand das herumliegende Baumaterial fast so gut wie Bienchen, im Rennen und Klettern stand er ihr kaum nach. In den Rohbauzimmern bauten sie aus Steinen und Brettern Bänke, Tische und Betten, gelegentlich halfen sie auch den Eltern Kalkbausteine für die Maurer bereitzulegen, so dass sie am Wochenende umso flotter bauen konnten. Klein Steffen war immer dabei, in seinem Wagen befand sich alles, was er brauchte, Windeln, Fläschchen, Spielzeug und so weiter. Warm eingepackt störte ihn der zugige, ungemütliche Rohbau nicht, im Gegenteil, er fand das Treiben um ihn herum interessant. Noch vor dem Winter wurde ein kräftiger Zweig auf dem Dachstuhl befestigt, die Bauherren schauten stolz zu ihm auf und freuten sich über die im kalten Novemberwind lustig flatterten, bunten Bänder. Dann begann Rolf, warm in mehreren Pullis gepackt, zügig mit dem Innenausbau. Während der Wintermonate wollte er die Stromleitungen, auch die für eine Elekro-Heizung verlegen. Für die Wasserleitungen suchte er sich einen Wasserinstallateur und für das Bad und die Küche einen tüchtigen Fliesenleger-Gesellen, der sich gern etwas dazuverdienen wollte.

Aber Rolf merkte, dass ihm die Wochenenden alleine nicht reichten, um das Haus zur festgesetzten Zeit einzugsfertig zu haben, trotz des Trocken-Innenausbaus mit Gipsplatten und Fannys tatkräftiger Mithilfe kam er nur mühsam voran. Er begann, so es die Arbeit in der Firma es erlaubte, seine Überstunden abzubauen. Es waren sehr viele Überstunden, die von der Firma gar nicht oder nur mangelhaft ausbezahlt wurden.

Die Fenster und Türen wurden eingebaut, Bodenfließen verlegt, in den Schlafräumen Teppichböden, dabei schmolzen die Kredite gefährlich dahin. Rolf konnte nicht umhin, auch wenn es ihm noch so schwer fiel musste er bei seiner Bank um eine Aufstockung derselben bitten.

„Tut mir sehr leid, Herr Dengler", meinte der ansonsten sehr zuvorkommende, freundliche Bankangestellte, „aber Sie sind am Limit. Wenn wir aufstocken würden, dann könnten Sie schwerlich ihren monatlichen Verpflichtungen nachkommen. Das wollen Sie doch nicht?" Rolf suchte nach einem Ausweg. „Wenn ich den Dachstuhl ausbauen und vermieten würde", überlegte er laut, „dann könnte ich doch mit der Miete den höheren Kredit abbezahlen."

„Schön, Herr Dengler, aber dazu bräuchten Sie die Genehmigung der Gemeinde. Sie wissen sicher, dass die Grundstücke subventioniert sind und Sie sich verpflichtet haben, ihr Haus innerhalb von zwanzig Jahren weder gewerblich zu nutzen, noch zu verkaufen oder zu vermieten."

Ja, richtig, das hatte Rolf ganz vergessen.

Auch kein großes Problem, glaubte er, dann musste man sich halt von der Gemeinde die Genehmigung holen. Fanny sollte das erledigen, denn er musste jede Minute am Haus arbeiten.

Im Rathaus wurde Fanny mit ihrem Anliegen direkt in das Amtszimmer des Bürgermeisters verwiesen. Als sie schüchtern eintrat und grüßte, hatte sie das Gefühl, dass der Mann hinter dem großen Schreibtisch seine Machtposition hinreichend genoss. Der Bürgermeister war ein feister, kleiner Mann, bei Fannys Eintreten legte er bedächtig einen edlen Kugelschreiber in eine Stiftablage, klappte einen Ordner zu und legte ihn beiseite, dann legte er seine runden Hände auf die ledernen Schreibunterlage und musterte sie abschätzend von Kopf bis zu den Füßen. Fanny reichte ihm die Bankunterlagen und den Brief von Rolf, in dem er bat, das Dachgeschoss des Neubaus, Flur Nr. 110, zum Zwecke einer Vermietung ausbauen zu dürfen. Auch wenn der Ausbau eine Kreditaufstockung nötig machen wird, so würde die Mieteinnahme die Abzahlung doch wesentlich erleichtern und so fort. Der Bürgermeister las es mit strenger, abweisender Miene.

„Tja, Frau Dengler", meinte er dann langgezogen und trommelte mit seinen dicken Fingern auf die Schreibunterlage. „Das also soll ich jetzt unterschreiben, wie? Wie stellen Sie sich das bitte vor, wo soll ich da anfangen und wo aufhören? Der eine will ein Büro für ein

Kleingewerbe anmelden, der andere will vermieten, weil er sich finanziell übernommen hat, der dritte aufstocken, weil er inzwischen Nachwuchs bekommen hat oder aber der Nachwuchs will heiraten und braucht einen Unterschlupf und wer weiß, was noch alles. Wenn ich mir so ihre Bankunterlagen anschaue, gute Frau", er verzog missbilligend die Mundwinkeln und wackelte mit dem Kopf, „dann muss ich mich schon fragen, wie sie nachts noch ruhig schlafen können. Wenn ihr Dachstuhl ausgebaut sein wird, haben Sie rund zweihundertzwanzigtausend Mark Schulden am Bein, deutlich mehr, wie geplant! Meine Herren, können Sie eigentlich nicht rechnen? Haben Sie sich überhaupt überlegt, wie Sie das jemals mit Zins und Zinseszins zurückbezahlen wollen?"

Fanny stand da wie ein begossener Pudel und wusste nichts zu ihrer Verteidigung zu sagen. Es stimmte, der Mann hatte recht, aber dann unterschrieb er zum Glück doch noch.

„Aber posaunen Sie es nicht in der Weltgeschichte herum", mahnte er noch, „nicht dass das Schule macht." Fanny verließ mit hochrotem Kopf und mit der Einwilligung in der Tasche eilig das Büro des Bürgermeisters.

Der zusätzliche Kredit wurde von der Bank bewilligt und der Dachstuhl zügig ausgebaut, er sollte möglichst rasch vermietet werden. Während Rolf im Dachgeschoss Gipsplatten anklebte, dabei seine Überstunden aufbrauchte, tapezierte Fanny mit einer Malerfrau die Zimmer im Erdgeschoss. Es kam vor, wenn Bienchen und Flo von der Schule heimkamen, dass Mama nicht da war. Dann warteten sie, denn sie wussten, sie war mit Klein-Steffen noch im neuen Haus und würde bald heimkommen.

Es war Oktober geworden, als Rolf an einem Montagmorgen besonders pünktlich die Geschäftsräume der Röntgenstelle Frankfurt betrat. Er war in den vergangenen Wochen selten dagewesen, er hatte seine Überstunden nun fast alle abgebaut. Sein erster Blick fiel gewohnheitsmäßig auf die Tafel im Flur, um zu sehen, ob sich ein Kollege krank gemeldet hatte, als er stutzte. Unter dem heutigen Datum, wo sonst sein Name stand, stand kurz und prägnant: „Ing. Helmut Bäumler, Technischer Leiter, Büro 3".

Seinen Namen fand er unter den seiner Kollegen.

„Hoppla", dachte Rolf bass erstaunt, das Büro Nr. 3 war erstens sein Büro, zudem hatte er noch nie etwas von einem Helmut Bäumler gehört.

Frau Habermann, die mütterliche Sekretärin, war schon da. Er klopfte an ihre Bürotür und öffnete sie, ohne einzutreten.

„Guten Morgen, Frau Habermann", grüßte er. „Wenn der Chef kommt, lassen Sie es mich bitte wissen, dann bringe ich ihm die Spesenabrechnungen. Ich muss gleich nach der Besprechung mit den Technikern rüber nach Darmstadt, zu einer TÜV Prüfung. Übrigens, Sie haben sich an der Tafel verschrieben, das müssen Sie gleich korrigieren. Wer eigentlich ist Herr Ing. Helmut Bäumler?"

„Das weiß ich auch nicht, er soll heute bei uns anfangen." Frau Habermann bekam einen roten Kopf und wusste nicht wohin mit ihren Augen.

„Was ist los?" Rolf trat vollends ins Büro und schloss hinter sich die Tür. Sein Herz begann unruhig zu schlagen.

„Das können Sie nicht wissen, Herr Dengler", flüsterte Frau Habermann verlegen, „Sie waren in letzter Zeit nicht sehr oft da. Herr Bäumler soll, soviel ich weiß, ab heute die Technische-Leitung übernehmen Aber besprechen Sie das bitte mit Herrn Kaiser selbst. Übrigens, Herrn Zehnpfennig wurde gekündigt."

Rolf ging in sein Büro. Dort hatte man an die Rückseite seines Schreibtisches einen zweiten Schreibtisch gestellt, auf dem ein Telefon, eine Schreibunterlage und einiges an Schreibmaterial lag.

„Was zum Teufel bedeutet das?", fragte er sich beunruhigt. Die Techniker Zimmer und Zehnpfennig kamen herein und setzten sich. Herr Zimmer meinte, Weingärtner käme heute Morgen nicht, er sei noch mit dem Praktikanten Moser bei der Montage in Bad Homburg zu Gange. Moser stelle sich bei der Arbeit gar nicht so schlecht an, hieß es, nur arg pingelig sei er, vor allem mit seinem Werkzeug.

Wenig später kam der neue Kollege, Herr Ing. Bäumler.

„Ein Schreibtischtäter", urteilte Rolf gleich, als er seinen herben Aftershave-Duft wahrnahm. „Der macht sich an keinem Röntgengerät die Hände dreckig."

Herr Ing. Bäumler trug einen gut sitzenden Anzug mit Schlips und ein weißes Hemd, sein dünnes, dunkles Haar war sorgsam zurückgekämmt.

„Guten Morgen, zusammen", grüßte er und reichte Rolf seine etwas feuchte Hand. „Sie sind sicher Herr Dengler, nicht wahr? Mein Name ist Helmut Bäumler, ich übernehme ab heute die Technische Leitung." Er wich Rolfs direktem Blick aus, grüßte die anderen Anwesenden mit einem Händedruck und setzte sich, seine Aktentasche neben seinem Drehstuhl abstellend, ohne weiteres Wort an dem

Schreibtisch mit der Schreibunterlage und dem Schreibmaterial. Rolf fand ihn auf Anhieb unsympathisch, er wartete, was nun passieren würde. Diesem Mann, ob er nun Ingenieur war oder nicht, traute er nicht viel zu. Während Herr Ing. Bäumler sein Revier in Augenschein nahm, hüstelte er ständig nervös und strich sich mit der Hand über das runde, etwas fleckige Gesicht. Wohl eine Allergie, vermutete Rolf.

„Aha", meinte er schließlich, denn allzu viel Zeit hatten er und die Kollegen nicht zu verlieren. „Interessant, Sie übernehmen also ab heute die Technische Leitung. Meines Wissens aber bin ich hier der Technische Leiter und solange keine geordnete Übergabe stattgefunden hat, wird das auch so bleiben!" Er suchte auf seinem Schreibtisch seinen Terminplaner und entdeckte ihn mit anderen Unterlagen auf dem Nachbartisch.

„Wenn Herr Kaiser kommt, werden wir das klären", meinte Herr Bäumler und kümmerte sich nicht weiter um Rolf und die anderen Techniker. Er fühlte sich sichtlich unwohl und hüstelte andauernd nervös. Da klingelte sein Telefon. Er hob den Hörer ab.

„Guten Morgen, Röntgengeschäftsstelle Frankfurt\Main, Ing. Bäumler am Apparat", meldete er sich, „mit wem spreche ich?" Er lauschte einen Augenblick. „Nein, Herr Dengler ist heute nicht da!" Rolf zog bei dieser Lüge unmutig die Brauen hoch. „Nun, wenn Sie mir Ihre Adresse verraten", meinte Bäumler noch relativ freundlich, „dann schicke ich ihnen so schnell es geht einen Techniker vorbei!" Wieder lauschte er mit gerunzelter Stirn, dann, bereits ungeduldig und mit erhobener Stimme: „Verstehe, der TÜV-Beamte muss sich eben noch ein wenig gedulden. Glauben Sie mir, Frau Katzenberger, jeder unserer Techniker ist in der Lage, eine TÜV-Übergabe durchzuführen.

Sobald ein Techniker frei ist, kommt einer vorbei. Auf Wiederhören, Frau Katzenberger. Ich melde mich!" Er legte auf.

„Sollten nicht Herr Dengler heute zur TÜV-Übergabe rüberfahren?", glaubte Herr Zimmer mild lächelnd hinweisen zu müssen. „Die Katzenberger ist sehr eigen, wenn es um Termine geht."

„Was ist das hier eigentlich, ein Wunschkonzert?", brummte der angeblich neue Technische Leiter gereizt. „Dieser Techniker soll es sein, möglichst gleich soll er kommen, ohne Verzug!"

Die Techniker grinsten verstohlen und warfen sich belustigte Blicke zu. Na ja, der Neue wird sich noch wundern. Bei der resoluten Chefassistentin Katzenberger jedenfalls hat er es sich schon versiebt, bei der wird er so leicht keinen Fuß in die Praxis setzen können.

Herr Ing. Kaiser kam und bat die Herren Bäumler und Dengler in sein Büro.

Nachdem er sich hinter seinen Schreibtisch, auf den drehbaren Ledersessel niedergelassen hatte, musterte er die zwei Technischen Leiter, die ihm gefolgt waren, und wusste, dass er die richtige Wahl getroffen hatte. Dengler, wie üblich in Jeans, Polohemd, Lederjacke und festem Schuhwerk, nicht einmal seine Socken passten farblich zu seiner Hose, sah wie ein gewöhnlicher Techniker aus, Herr Bäumler hingegen, im korrekt sitzenden, dunklen Anzug, weißem Hemd und mit Schlips, wirkte wie eine Führungskraft. Gut, er musste sein Organisationtalent und seinen Führungsstil noch unter Beweis stellen, aber Coolness und eine gewisse Beflissenheit im Umgang mit Kunden und Angestellten kann man schließlich lernen.

„Guten Morgen, die Herren", grüßte er geflissentlich. „Herr Bäumler, Sie können ihre Arbeit aufnehmen, schicken Sie mir zuvor Frau

Habermann mit den Abrechnungen und einer Tasse Kaffee herein."
Bäumler nuschelte etwas wie, „sehr gern, Herr Kaiser", deutete eine
Verbeugung an und verdrückte sich. „Passt", dachte Rolf gering-
schätzig, „ein Lügner und Schleimer."

Er wartete. Herr Kaiser hatte ihn anscheinend vergessen, er widmete
sich dem Papierkram auf seinem Schreibtisch. Frau Habermann kam
mit der Abrechnungsmappe und einer Tasse Kaffee herein, legte beides auf den Schreibtisch des Chefs ab und ging dann, einen bedau-
ernden Blick auf Rolf werfend, wieder hinaus.

„Entschuldigung, Herr Kaiser", machte sich Rolf bemerkbar, „ich
habe bei Dr. Baasch einen Termin für eine TÜV- Abnahme. Dieser
Bäumler, was genau für eine Funktion hat er bei uns?"

Herr Kaiser schaute überrascht auf. „Herr Ingenieur Bäumler ist ab
heute unser Technischer Leiter, Herr Dengler. Können Sie nicht lesen? Es steht doch groß und breit draußen auf der Tafel."

Rolf schluckte. „Und was bitte bin ich?"

„Nun, ein ganz gewöhnlicher Techniker, mit dem Gehalt eines Technikers natürlich", meinte Herr Kaiser gelassen, „weiter nichts, Herr
Dengler. Unsere Kunden erwarten von unserem Führungspersonal
zumindest eine gepflegte Erscheinung und einen kultivierten Umgang, außerdem einen akademischen Titel, das ist heutzutage selbstverständlich. Ja, und dann, Herr Dengler, erwarte ich von einer Führungskraft, dass sie nicht jede Überstunde akribisch abrechnet oder
abfeiert. Aber bitte, natürlich können Sie sich nach einem anderen
Betätigungsfeld umschauen, wir werden Sie ganz sicher nicht aufhalten. Noch Fragen? Übrigens, zu Dr. Baasch fährt ein anderer Techniker!"

Rolf biss die Zähne zusammen und ging.

An diesem Vormittag und allen weiteren in der Woche musste er seinen neuen Vorgesetzten in die laufenden und geplanten Montagen und Reparaturen einweisen, musste ihm die Bestellungen, die wichtigsten Lieferanten und die Besonderheiten der einzelnen Kunden, den Sitz ihrer Praxen und Abteilungen erklären und zeigen. Er übergab ihm die Abrechnungen der Kollegen und ihre speziellen Einsatzgebiete.

„Zehnpfennig ist nur noch diesen Monat da", meinte Herr Bäumler nebenbei und legte Zehnpfennigs Akte beiseite.

„Was ist passiert?", wollte Rolf erschrocken wissen. „Er ist ein sehr wertvoller Techniker."

„Das geht Sie zwar nichts mehr an", brummte der neue Technische Leiter abweisend „aber wenn Sie es genau wissen wollen, er hat die Firma bei seinen Abrechnungen betrogen! Ab nächster Woche kommt statt ihm Herr Ing. Müller, den Sie auch einarbeiten werden."

„Dann waren's mit mir nur noch drei", dachte Rolf bitter.

Es war eindeutig eine Provokation, dass er am Nachmittag in der Werkstatt defekte Platinen aufarbeiten musste, eine Strafarbeit. Sein Stolz bäumte sich auf, er zitterte vor Empörung, nie hätte er gedacht, dass er einmal so gedemütigt werden würde. Er hatte sich nichts zuschulden kommen lassen, er liebte seinen Beruf, er war ihm Berufung.

Aber Rolf war klar, mit Auflehnen konnte er nichts erreichen, er würde damit nur sich selbst schaden. Er musste an seine Familie denken und an seinen Schuldenberg. Lieber verdiente er weniger, als dass er ohne Job auf der Straße stehen würde, die hauchdünne Finanzierung des Hauses war jetzt schon gefährdet. Er musste sich zusammenreißen, musste abwarten, die Firma brauchte ihn doch. Für Zehnpfennig konnte er nichts mehr tun. Abrechnungsbetrug, hieß es lapidar, mein Gott, da konnte man jeden bequem rauswerfen, kein Techniker rechnete zu seinen Ungunsten ab. Will der Chef alle Techniker durch Ingenieure ersetzen? Ach, Quatsch, ohne Techniker, kein Service. Ingenieure sind Theoretiker, keine Praktiker.

Rolf wollte, bevor er abends ging, im Büro seine Akte holen, um sie zu Hause vorsichtshalber noch einmal durchzusehen. Er wollte die aufgeführten Überstunden, es waren im vergangenen Jahr hunderte gewesen, noch einmal gründlich überprüfen, es durfte ihm kein einziger Fehler unterlaufen. Aber sein Büro war verschlossen, es war nicht mehr sein Büro, auf dem Türschild stand der Name des neuen Technischen Leiters:

„Ing. Helmut Bäumler."

Zwar war Flo klein und schmächtig, aber sein Lerneifer war, seit er die Klasse von Frau Rebstock besuchte, umso größer. Manchmal kam Frau Rebstock nach dem Unterricht auf einen Sprung bei Fanny vorbei und berichtete ihr von Flo's enormen Fortschritten. Tatsächlich wimmelte es in Flo's Heften nur so von bunten Punkten und Sternen.

Auch dieses Mal sprang Flo seiner Lehrerin voraus, Fanny entdeckte ihn schon vom Küchenfenster aus, als er die Einfahrt hereinrannte, einen Augenblick später kam er über die Terrasse zur Küche herein, gefolgt von Frau Rebstock. Flo wusste, wenn sie mitkam, dann freute sich Mama, weil Frau Rebstock nur Gutes zu berichten wusste. Fanny setzte gleich eine große Tasse Tee für die Lehrerin an.

„Florian macht mir wirklich viel Freude", schwärmte Frau Rebstock, nachdem sie sich in der Essecke niedergelassen hatte. Sie schlug ihre langen Beine übereinander, zündet sich eine Zigarette an und inhalierte tief und genüsslich. Dann schlürfte sie Fannys Tee.

„Der Junge ist mit keinem anderen Schüler in der Klasse zu vergleichen", fuhr sie mit ihrer rauchigen Stimme fort. „Den meisten bleibt tatsächlich nur die Sonderschule, aber Florian geht ab wie eine Rakete."

Es war ihr anzusehen, dass sie dies als ihren persönlichen Erfolg verbuchte. Fanny war selig.

„Aber ehrlich", Frau Rebstock massierte sich ihre Stirn, „auf Dauer rentiert sich dieses Klassenmodell nicht, es bringt nicht den erhofften Erfolg, zu wenig Kinder schaffen es zurück in den normalen Unterricht. Das heißt, das Experiment hat sein Ziel verfehlt und ist gescheitert. Für Florian leider zu früh, er hätte wesentlich mehr Zeit gebraucht."

„Das ist schade", meinte Fanny betroffen, „wirklich schade. Wie lange bleibt die Klasse noch bestehen?"

„Dieses Jahr noch, denke ich." Frau Rebstock atmete gedankenverloren eine weiße Rauchfahne aus. „Deshalb habe ich mir überlegt, dass ich Florian und Bertram Bogenreiter privat unterrichten werde, eine Zeitlang wenigstens. Es tut mir einfach in der Seele leid um die beiden. Florian ist Linkshänder, ehrlich gesagt war es völlig unnötig ihn auf Rechts zu trimmen. Das ist sicher ursächlich eins seiner Probleme, aber was soll's, es ist nicht mehr zu ändern. Dumm gelaufen, sozusagen."

Fanny schaute Frau Rebstock schuldbewusst an.

„Das ist sehr freundlich, Frau Rebstock", meinte sie kleinlaut, „aber ich fürchte, wir werden uns keine Nachhilfestunden leisten können."

„Davon ist auch nicht die Rede, Frau Dengler", lächelte Frau Rebstock. Sie drückte ihren Stummel im Aschenbecher aus, erhob sich und gab Fanny die Hand. „Florian ist ein cleveres Kerlchen, er wird seinen Weg machen, da bin ich mir ganz sicher. Was ich dazu beitragen kann, Frau Dengler, das werde ich tun."

Fanny war unendlich dankbar, Frau Rebstock war so engagiert und interessiert, aber die Sorge um Flo blieb trotzdem. Sie zweifelte nicht daran, dass er clever war, das nicht, aber wird er seine Schwierigkeiten jemals überwinden können? Immerhin hatte Frau Sänger, seine vorhergehende und erste Lehrerin, Flo weniger positiv gesehen. Wenn Frau Rebstock seine Lehrerin hätte bleiben können, ja dann. Leider rauchte sie wirklich viel zu viel, trotzdem war sie ein Glücksfall für Flo.

Immer öfter kam Flo weinend nach Hause und erzählte, dass ihn größere Jungs wegen seines orthopädischen Schuhs geärgert hätten. Sie würden ihn auflauern, verfolgen und verspotten, Flo konnte eben nicht so schnell weglaufen, wie er es gern getan hätte. Fanny erzählte es Frau Rebstock, aber weil es immer außerhalb der Schulzeit und des Schulgeländers passierte, konnte auch sie nichts Grundlegendes daran ändern.

Aber einmal war es zu viel, als nämlich kurz vor den Sommerferien Flo laut weinend die Einfahrt hereinkam, als Fanny ihn hörte, lief sie ihm erschrocken über die Terrasse entgegen. Flo bot ein Bild des Jammers, er schluchzte laut, Tränen rannen über seine verschmutzten

Wangen und hinterließen helle Spuren, sein dunkles Haar war zerzaust, das T Shirt und die Hose verdreckt, die Schuhbänder hingen lose an den zwei unterschiedlichen Schuhen herunter. Fanny nahm ihn sogleich tröstend in die Arme und merkte erst gar nicht, dass Flo keine Schultasche bei sich hatte.

„Was ist passiert, Flo?", fragte sie erschrocken und Flo erzählte stockend und immer wieder aufschluchzend, dass ihn drei große Jungs überfallen hätten. Sie hätten ihm johlend die Schultasche entrissen und dessen Inhalt in der Gegend verstreut.

„Ich geh' nicht mehr in die Schule, Mama.", weinte er und wollte sich kaum beruhigen. „Ich hab' auch keine Schulsachen mehr. Bist du mir böse, Mama?"

„Ungeheuer böse, Flo", grollte Fanny erbost, „nämlich auf die, die dir das angetan haben. Komm, bringen wir uns in Ordnung und wenn Bienchen kommt und wir gegessen haben, dann bringen wir die Burschen auf Trapp. Ich verspreche dir, die werden dir bestimmt nichts mehr tun."

Flo war halbwegs getröstet, wenn seine Mutter so erbost war, dann war mit ihr nicht gut Kirschen essen. Er wusch sich mit einem Waschlappen die Spuren der schlimmen Tragödie vom Gesicht und von den Händen und seine Mutter putzte seine Schuhe und legte ihm frische Wäsche und Kleider zurecht. Als Bienchen kam erzählte Flo noch einmal was passiert ist, dabei musste er immer noch weinen, aber längst nicht mehr so heftig wie vorher.

„Die kenn ich, Mama!", rief Bienchen aufgebracht. „Ich weiß auch, wo sie wohnen. Sie sind die größten Raufbolde der ganzen Schule. Alle Kinder fürchten sich vor ihnen."

Fanny holte den Eintopf aus der Küche und lächelte ihre Kinder an. „Jetzt essen wir erst einmal", meinte sie, „dann werden *wir* ihnen das Fürchten lehren!"

Später notierten sie auf einem Blatt Papier die Namen der Raufbolde und ihre Adressen, Bienchen wusste sie ungefähr. Flo musste haarklein aufzählen, was sich in seiner Schultasche befunden hatte und Fanny und Bienchen schrieben es sorgsam und akribisch genau auf, jede auf ein Blatt Papier. Das sei wichtig, meinte Fanny.

„Ein Matheheft", diktierte Flo mit nachdenklich gerunzelter Stirn, „ein Schreibheft mit vielen Punkten und Sternen drin.

„Okay. Was noch?"

„Ein DIN-A4-Zeichenblock mit zwanzig Blättern, nein, es sind nur noch achtzehn, zwei oder drei Blätter habe ich schon bemalt", zählte Flo weiter auf.

„Umso schlimmer. Was noch?"

„Ein Federmäppchen mit zwei Bleistiften, einem Radiergummi und zehn Farbstiften, die meisten bis zur Hälfte abgespitzt", überlegte Flo.

„Das macht nix. Weiter."

„Ein Rechen-, ein Noten- und ein Deutschbuch, die gehören, glaube ich der Schule", fiel Flo noch ein. „Dann schöne Blätter und Blumen, sie liegen im Zeichenblock. Ich wollte sie für dich pressen, Mama."

Flo wollte wieder zu weinen anfangen, aber seine Mutter meinte: „Du findest andere Blumen und Blätter, Flo. Waren sonst noch Schulsachen in deinem Ranzen?"

Flo schüttelte nachdenklich den Kopf. „Ne, eigentlich nix mehr. Ach, so, ein fast neuer Lutscher und ein dreißig Zentimeter langes Lineal noch."

Weil es drei Übeltäter waren, musste Fanny alles noch einmal auf ein drittes Blatt Papier schreiben.

Dann gingen sie, Klein Steffen im Sportwagen, zuerst zum Elternhaus von Matthias Buchner, einem der Übeltäter, er wohnte am nächsten. Die Buchners waren zu Hause und auch ihr Sohn Matthias, ein kräftiger Viertklässler. Seine Eltern waren peinlich berührt, aber nicht überrascht, als die junge, fremde Frau mit ihren Kindern vor ihrer Haustür stand. Sohn Matthias wollte sich, als er den schmächtigen Jungen mit dem dicken Schuhabsatz sah, gleich verdrücken, aber Fanny sprach ihn direkt an.

„Schön, dass du da bist, Matthias. Genau mit dir müssen wir reden."

Die Buchners baten die etwas aufgebracht wirkende, junge Frau und ihre Kinder herein in den Flur. Sie ahnten, was kommen würde, sie kannten ihren Sohn und hatten Erfahrung mit diversen Beschwerden. Fanny erklärte kurz und bündig, was sich heute nach der Schule, nicht zum ersten Mal zugetragen hatte. Flo und Bienchen hörten schweigend und mit sichtlicher Genugtuung zu. Sie wussten, Flo's Peiniger würden in der nächsten Zeit nichts zu lachen haben.

„Und so muss ich sie bitten", meinte Fanny abschließend und es klang so gar nicht nach einer Bitte, „die Schulsachen meines Sohnes, neu oder sauber in Ordnung gebracht, komplett in seinem ebenfalls gesäuberten Ranzen morgen Früh vor Schulbeginn im Klassenraum von Frau Rebstock abzugeben!"

Bienchen händigte eine der Listen mit den abhanden gekommenen Schulsachen aus, dann verabschiedeten sie sich knapp und marschierten mit Klein Steffen, dem die zügige Holperfahrt nichts auszumachen schien, im Gegenteil, zu der zweiten Anlaufstelle. Danach zur dritten, so dass alle drei Raufbolde und ihre Eltern Bescheid wussten.

Flo und Bienchen waren ziemlich einverstanden mit ihrer Mutter.

Aber Fanny reichte diese Aktion, obgleich erfolgreich nicht, sie suchte nach einer Möglichkeit, wie sich Flo trotz seiner Beeinträchtigung gegen diverse Raufbolde behaupten konnte. Im Herbst, als sie die Winterschuhe anpassen ließen, fragte sie die Orthopädin, welche Sportart für Flo wohl geeignet wäre.

„Schwer zu sagen", meinte die Ärztin, die Flo nun schon einige Jahre betreute, „aber wenn, dann könnte ich mir Judo für dich vorstellen, Flori, wenn du es nicht übertreibst damit." Sie nannte ihn Flori und Fanny fand das angemessen für ihren großen Buben. „Fußballspielen ist nicht angesagt", warnte die Ärztin. Aber okay, Fußballspielen war sowieso keine Option für Flo.

Im Rathaus von Gerbach fragte Fanny nach einem Judoverein in der Nähe. „In Heuberg ist einer", meinte das freundliche Mädchen an der Anmeldung. „Und zwar in der Oskar-Schindler-Realschule. Dort werden auch Kinder trainierte." Sie konnte Fanny sogar die Trainingszeiten sagen. Bald darauf fuhren sie mit dem Bus nach Heuberg, zur Oskar-Schindler-Realschule. Auf dem Schulhof stellte Fanny den Kinderwagen neben der Freitreppe ab und stieg mit Klein Steffen im Arm und Bienchen und Fori im Schlepptau zur Eingangstür hinauf. Die Tür war jetzt am Nachmittag zwar unverschlossen, die Eingangshalle jedoch war menschenleer, ihre Schritte und leisen Stimmen hallten etwas darin. Zum Glück lief ihnen eine Reinemachfrau über den Weg, die Fanny nach dem Judoverein fragen konnte.

„Die Judokas trainieren in der Halle 3, den Gang dort entlang und die letzte Tür rechts", hieß es freundlich. Also los, nur Mut.

In der Sporthalle setzte sich Fanny mit den Kindern still auf eine der niederen Bänke, die neben der Tür an der Wand entlang standen, auf einigen lagen Kleidungsstücke und darunter waren Kinderschuhe abgestellt. Sie schauten dem Treiben auf den dicken Matten zu.

Ein kräftiger, barfüßiger, junger Mann im weißen Kittelanzug, um die Taille einen schwarzen, festen Leinengurt doppelt geschlungen und verknotet, kommandierte im knappem Befehlston oder nur mit einem harten, kurzen Schrei eine Gruppe von Jungs und Mädels im Alter von ungefähr neun bis zwölf Jahren. Auch die Kinder waren barfüßig und trugen weiße Kittelanzüge mit weißen oder gelben Gürteln. Der junge Mann, es war der Trainer, besaß durch sein bloßes, ruhiges Auftreten eine wohltuende Autorität, die Kinder befolgten aufmerksam seine kurzen Anweisungen und waren bemüht, alles richtig zu machen. Zuletzt wurde ein Ballspiel veranstaltet, das den Kindern, dem Lärm nach zu urteilen viel Spaß machte. Danach gingen sie zu den Bänken und zogen sich plaudernd und lachend um.

Fanny beobachtete ihren Sohn, ihm schien nichts zu entgehen, er machte den Eindruck, als wollte er am liebsten mit den Kindern auf den Matten mit balgen und mitspielen. Fanny wartete einen Moment ab, dann ging sie mit ihren Kindern zum Trainer, der mit den Bällen zu einem Tisch nahe der Tür gegangen war.

„Guten Tag", grüßte sie, „ich bin Frau Dengler. Ich will meine Kinder Florian und Sabine zum Judotraining anmelden."

Der junge Trainer nickte. „Gerne, einen Moment noch, Frau Dengler."

Einige seiner Judokas waren eben im Begriff, die Halle zu verlassen. „Bitte denkt daran", erinnerte er sie mit Nachdruck, „wer im nächsten Monat beim Freundschaftskampf mit den Kirchhausner Judokas dabei sein will, darf die kommenden Trainingsstunden nicht verpassen. Tschüss also, bis dahin. Macht's gut."

Die Kinder verließen nach und nach plaudernd die Halle.

„Wenn ihr eure Schuhe auszieht, Kinder", wandte sich der Trainer an Bienchen und Flori, „dann dürft ihr kurz auf die Matten." Bienchen und Flo taten es sofort. Klein Steffen versuchte seinen Geschwistern, die auf den Matten Purzelbäume schlugen, nachzueifern.

„Wir dürfen die Matten liegenlassen", erklärte der Trainer, „denn nach uns trainiert noch eine andere Gruppe. Mein Name ist Krämer", stellte er sich vor, „ich trainiere Kinder ab neun Jahre. Möchten Sie ihre Kinder anmelden?"

„Ja", erwiderte Fanny, „vorerst auf Probe. Ich erhoffe mir, dass sie sich dadurch besser durchsetzen und verteidigen können."

„Judo ist kein Kampfsport", klärte sie Herr Krämer auf, „Judo ist Selbstverteidigung und Abwehr. Den meisten Kindern wird es bei uns schon nach kurzer Zeit langweilig, weil unser Training anfangs hauptsächlich aus Disziplin, Respekt vor dem Gegner und Muskelaufbau besteht."

Er reichte Fanny ein Formular. „Wenn Sie dennoch meinen, dass es für ihre Kinder das Richtige ist", er schaute zu den hüpfenden, jauchzenden Kindern hinüber, „dann bringen Sie das ausgefüllte Anmeldeformular einfach beim nächsten Training mit. Ich würde mich freuen."

„Vielen Dank, Herr Krämer." Fanny verstaute das Formular in ihrer Tasche und rief ihre Kinder herbei. Der Judolehrer verließ mit einem Gruß die Halle. Die Kinder zogen sich die Schuhe an und tranken die Wasserflasche leer, die sie dabei hatten. Jeder bekam ein Apfelstück, dann machten sie sich auf den Heimweg. Fanny war sehr zuversichtlich.

Es stellte sich heraus, dass Bienchen keine Lust auf Judo hatte, sie fand die weißen Kittel hässlich, aber Flori wollte es damit versuchen, unbedingt.

Es war Frühjahr geworden, die vorgegebene Frist für den Hauseinzug war längst überschritten, als die Familie Dengler endlich in ihr Haus einziehen konnte. Gut, es war noch ein halber Rohbau, aber danach fragte keiner. Der Ausbau der Dachwohnung hatte viel Zeit und Kraft gekostet, auch weil Rolf nur noch abends und an den Wochenenden darin arbeiten konnte, obendrein kostete er deutlich mehr wie geplant. Es mussten schnellstens Mieter gefunden werden, sonst war das Haus, das mit so viel Mühe gebaut worden war, schon von vornherein verloren. Es meldeten sich nicht viele Leute, die in die Mansarde des unfertigen Hauses einziehen wollten, die Eingangstreppe war noch roher Beton und auf der Durchgangsstraße ratterten tagsüber immer noch viele Laster vorbei und wirbelten eine Menge Staub auf. Deshalb waren Fanny und Rolf erleichtert, als sich schließlich doch ein kinderloses, älteres Ehepaar für die relativ günstige Wohnung interessierte und den Mietvertrag unterschrieb. Trotzdem musste Fanny eine Verdienstmöglichkeit finden, denn die Mieteinnahme und Rolfs Gehalt, das drastisch gekürzt worden war, reichten nicht für die immens hohen monatlichen Abzahlungen.

Als auch dem Kollegen Weingärtner gekündigt wurde, war es sonnenklar, die Techniker sollten durch Ingenieure ersetzt werden.

„Nicht mit mir", hatte Weingärtner gewettert, als er es in der Werkstatt Rolf erzählte. Rolf war nun schon seit gut einem Jahr zum Ersatzlagerverwalter und Reparateur von defekten Platinen und Relais degradiert.

„Ich habe mich erkundigt", polterte Weingärtner, „ich habe mir einen Anwalt genommen, ich werde vor Gericht ziehen, nach zwanzig Jahren können die mich nicht so einfach vor die Tür setzen."

Rolf legte seinen Lötkolben in die Halterung zurück und blies vorsichtig auf die frische Lötstelle, damit das Zinn schnell und sauber abkühlen konnte.

„Und was versprichst du dir davon?", meinte er gelassen. „Es ein Kinderspiel uns einen Kündigungsgrund anzuhängen. Du weißt doch, was die Devise des Chefs ist, jeder hat Dreck am Stecken, worüber er stolpern kann. Wenn ich dir einen Rat geben darf, Weingärtner, such' dir beizeiten eine neue Arbeit." „Und du, Dengler", erwiderte Weingärtner aufgebracht, „du willst hier versauern? Ich versteh dich nicht, wie hältst du das bloß aus! Selbst wenn du dich noch so klein machst, kannst du nicht sicher sein, dass sie dich eines Tages auch feuern!"

Verärgert verließ er die Werkstatt.

Aber Rolf hatte sich längst von dieser Firma losgesagt, ihn störte es nicht mehr, wenn die Kollegen sich beklagten, weil sie auf Schritt und Tritt kontrolliert wurden oder wenn er hörte, dass oben in den Geschäftsräumen alles drunter und drüber ging, es kümmerte ihn schon lange nicht mehr. Die Ärzte riefen ihn zu Hause an, privat, weil er in der Firma verleugnet wurde, sie fragten, ob er nicht kommen könne. Die Herren Ingenieure reparieren nicht gern, sie wollen modernisieren, sie waren schnell mit sündhaft teuren Angeboten von hochmodernen Geräten zur Hand, die sich ein privater Arzt kaum leisten kann. Rolf freute es, er reparierte ihre Geräte gern, natürlich unter dem Siegel der Verschwiegenheit. Er brauchte das Geld.

Und Rolf brauchte Zeit. Er war nicht bereit aufzugeben, auch wenn es nach außen hin so scheinen mochte. Neben den Bauarbeiten, die im Haus noch reichlich anfielen, besuchte er seit Monaten jede Woche die Handwerker-Meisterschule in Frankfurt, er büffelte halbe Nächte über Buchführung, Steuerwesen und dergleichen. Bisher hatte noch kein Röntgentechniker den Schritt in die Selbstständigkeit gewagt, denn kein Röntgenwerk würde einen Alleinunternehmer beliefern, kein einzelner Techniker konnte letztlich die Garantien und den Service bieten, wie eine große, renommierte Firma. Aber Rolf wollte es dennoch wagen, und dazu brauchte er den Meisterbrief.

An der Tür der kleinen Schneiderei klebte ein unscheinbares DIN-A4-Blatt. „*Erfahrene Näherin gesucht*", stand mit Druckbuchstaben darauf, und auf einem Firmenschild darüber mit schwungvoller Schrift: *„Schneiderei, Margot Weber & Team"*.

Im kleinen Schaufenster stand eine Schneiderpuppe mit einem verrückten, phantasievollen Faschingskostüm, Fanny fand es originell. Neben dem Schaufenster führten drei abgetretene Steintreppen zur Eingangstür hinauf.

Sie betrat einen kleinen, vom Morgenlicht, das durch das Schaufenster einfiel, hell durchfluteten Raum. Ein kleiner Sekretär, der wohl als Schreibtisch diente, war mit allerlei Krimskram beladen, daneben eine Schneiderpuppe, über der ein Indianerkleid hing. Aber was für eins, es war aufwendig mit Federn und bunten Perlen verziert und bestickt. Alles von Hand, stellte Fanny bewundernd fest.

„Es ist gelungen, nicht wahr?" Eine Frau mittleren Alters trat hinter einem dichten Perlenvorhang hervor, ihr dunkles, volles Haar war im Nacken locker zusammengefasst.

„Die Kundin holt es heute noch ab. Ich denke, es wird ihr gefallen."

„Guten Tag", lächelte Fanny zurück, die Freundlichkeit und spürbare Begeisterung der Frau machten ihr Mut. „Draußen an der Tür steht, dass Sie eine Näherin suchen?"

„Dringend", antwortete die Frau, „sehr dringend. Wüssten Sie jemanden, der mir aushelfen könnte?"

„Ich könnte stundenweise aushelfen, ich bin gelernte Näherin."

„Nun, wenn das so ist, dann hat Sie mir der Himmel geschickt." Die Frau strahlte Fanny an und gab ihr die Hand. „Ich bin nämlich derzeit mit meinem Zuschneider allein, wissen Sie, meine Näherin ist ausgefallen, wieder einmal. Wir arbeiten jetzt, vor Fastnacht quasi rund

um die Uhr, um vor den Sitzungen und Umzügen die Kostüme rechtzeitig fertigzubekommen. Die Aufträge der Vereine kamen wieder
einmal viel zu spät! Ich bin Frau Weber, wann könnten Sie anfangen,
Frau...?"

„Dengler", stellte sich Fanny erfreut vor. „Allerdings könnte ich nur
an den Nachmittagen arbeiten, wenn meine Tochter auf ihren kleinen
Bruder aufpassen kann. Mittwochs kann ich gar nicht, da begleite ich
meinen Großen nach Heuberg ins Judotraining!"

Die beiden Frauen wurden sich schnell über Arbeitszeit und Stunden-
lohn einig. Zufrieden eilte Fanny zum Gemeindekindergarten, wo
Klein Steffen zur Zeit auf Probe eine Stunde ohne Mama mit den
Kindergartenkindern spielen durfte. Ab dem Sommer dann war er
selbst ein Kindergartenkind.

Florian schob sein Fahrrad durch die noch sonntäglich stillen Straßen des Neubauviertels. Die nächste Adresse war die Hausnummer
29, dort wohnte die Familie Rösch, auch sie hatte einen Sonntagsan-
zeiger abonniert. Die Rollläden und Fensterläden der Häuser gingen
nun allmählich hoch oder wurden zurückgeschlagen. Florian musste
einer schwarzen Katze, die dicht vor seinem Rad über die Straße lief,
ausweichen, er kannte sie, sie trieb sich hier öfters herum. Das Glo-
ckengeläut der evangelischen Kirche wehte herüber, Florian schob
eine Zeitung in ein metallenes Zeitungsrohr, zum Glück musste er
heute nicht kassieren, er brauchte nicht abzuwarten, bis verschlafene
Leute an die Haustüren kamen. Wenn kassiert werden musste, jeden
ersten Sonntag im Monat, kam Sabine mit. Allerdings wollte sie
dann ihren Anteil haben, obwohl es an diesem Tag immer gut Trink-
gelder gab, für Mädchen mehr wie für Jungs, das war schon komisch.

Florian legte die kurzen Strecken von Haus zu Haus, von Postkasten zu Postkasten und Zeitungsrohr rollend, mit dem linken Bein auf dem rechten Pedal stehend, zurück. Allmählich leerte sich sein Korb auf dem Gebäckträger.

Als er heimkam war er müde und hungrig. Niemand war zu sehen, Papa war bestimmt schon in seinem Büro und Sabine lag garantiert noch wie jeden Sonntagmorgen im Bett, Mama war auch nicht zu sehen. Florian ging in die Küche, holte das Brot aus dem Kasten, schnitt sich eine ordentliche Stulle ab und beschmierte sie dick mit Nutella, hm, gut. Als der Magen einigermaßen beruhigt war, genehmigte er sich noch ein großes Glas Milch, wobei er die Arbeitsfläche ein wenig verkleckerte, jetzt fühlte er sich schon viel besser. Er ging in sein Zimmer, um den Schlaf von heute Morgen nachzuholen. Aber daraus wurde nichts.

Denn Mama war in seinem Zimmer zugange, und Mama war wütend.

„Wie alt bist du eigentlich, Florian!", überfiel sie ihn gleich ohne Vorwarnung. „Bist du ein Kleinkind oder zwölf Jahre alt?"

Auweia, sie wird doch nicht…? Aber schon flogen ihm die zerknitterten Rechen- und Deutscharbeiten um die Ohren, die er letzte Woche zurückbekommen hatte, lauter Fünfer natürlich. Eigentlich wollte er sie ins Klo spülen, aber erstens hatte er sie kurzfristig vergessen und zum anderen sollten die Eltern möglichst nicht in der Nähe sein, wenn er wer weiß wie lange spülen musste, bis der letzte Schnipsel im Kloschlund verschwunden ist. Das musste auffallen.

„Und dann, Florian, dein Bett!", wetterte Mama weiter, „du schaffst es beinahe jede Nacht es zu verkleckern!"

Papa schaute herein. „Was ist denn los?", fragte er.

„Hier, Florians Arbeiten!" Mama sammelte die zerknüllten Blätter auf und drückte sie Papa in die Hand. „Ich hab' sie unter seinem Bett gefunden", schimpfte sie, „so wie das zerknüllte, verkleckerte Lacken. Anscheinend ist das für deinen Sohn ein Entsorgungsort für unangenehme Dinge!"

Papa schaute Florian mit zusammengezogenen Brauen mitfühlend tadelnd an. Dann setzte er sich an Florians Schreibtisch, strich darauf die Blätter mit der flachen Hand glatt und begann sie, den Kopf in eine Handfläche gestützt, zu studieren.

Florian setzte sich auf sein frisch bezogenes Bett, er war müde und beschämt. Er schaute trotzig seinen Vater an, der sich in seine Fünfer vertiefte. Genau das wollte er vermeiden, Mamas Vorwürfe und die Enttäuschung und den Ärger, den er den Eltern damit bereitete. Sie glaubten immer, er strenge sich nicht genug an. Und nachts wurde er meistens erst wach, wenn das Bett schon bekleckert war, er konnte es beim besten Willen nicht verhindern. Ehrlich gesagt, er gab sich auch keine große Mühe mehr, weil es nichts brachte und nicht zu ändern war.

Florian ging. Er klopfte an Sabines Zimmertür und öffnete sie einen Spalt. Sabine lag wie erwartet mit Steffen, dem kleinen Bruder, auf ihrem Bett, sie schmökerten in einem Micky-Maus-Heftchen.

„Gibt's was?" Sabine hob den Kopf und schaute ihn an. Florian wollte etwas sagen und wusste nicht recht was. Er schüttelte den Kopf und schloss wieder die Tür.

„Flori, was hast du denn? Was ist denn los?", rief ihm die Schwester nach, aber Florian hörte sie nicht mehr.

Er schlüpfte in seine Jacke und ging. Er war traurig und verzagt und auch wütend, er fühlte sich missverstanden und gedemütigt. Er wollte weg von den Fragen, warum und wieso, er konnte sie nicht beantworten. Zuerst schlenderte er planlos durch die stillen Straßen, vereinzelt begegneten ihm Kirchgänger, ein Mann führte seinen Dackel Gassi, dann gelangte er schließlich aufs freie Feld. Entlang eines breiten, grasbewachsenen Feldweges wuchsen verkrüppelte, halbhohe Weiden mit kräftigem, ausladendem Geäst, auf einer hatten er und sein Freund Thomas aus Brettern, die sie von überall herbei geschleift hatten, mit viel Mühe ein Baumhaus gebaut, na, ja, es war eigentlich nur eine Plattform, aber immerhin. Florian kletterte hinauf und legte sich rücklings auf die rohen Bretter. Nur ein bisschen ausruhen, dachte er, er war so müde. Gedanken schwirrten durch seinen Kopf, er dachte daran, wie es wohl wäre, wenn er nicht mehr heimginge, wie würden die Eltern und die Geschwister reagieren? Wären sie besorgt, würde Mama ihn vermissen und um ihn weinen? Florian konnte es sich vorstellen, es tat ihm gut. Für immer wollte er die Eltern und die Geschwister nicht verlassen, nein, er würde sie vermissen und seinen Freund Thomas auch, er ging mit ihm in eine Klasse. Aber es ihnen zeigen, wie es wäre ohne ihn, das wollte er schon. Ja, das war wohl jetzt notwendig. Sie sollten Angst um ihn haben.

Es wurde milder, Sonnenstrahlen durchbrachen das schwarze, wirre Geäst der Weide, Florian blinzelte sinnierend in das gleißende Glitzern hinein.

Ja, er wollte weg, aber sicherheitshalber würde er Thomas einweihen. Thomas wohnte im alten Neubaugebiet, ganz in der Nähe.

Als Florian kurz darauf an der Haustür des Freundes klingelte, öffnete Thomas selbst. Sie gingen gleich in sein Zimmer hinauf.

Thomas fand Florians Idee gewagt, aber interessant. „Ich komme mit", flüsterte er verschwörerisch. „Wir bauen ein Versteck für dich, vielleicht drüben im Heuberger Wald. Da findet dich bestimmt keiner."

Als Florian am Abend immer noch nicht zu Hause war, suchte die Familie Dengler die ganze Umgebung nach ihm ab. Sie klingelten auch bei den Buchners, ihr Sohn Thomas war Florians bester Freund. Aber auch er hatte Florian angeblich nicht gesehen. Auch wenn keiner sonderlich Hunger hatte, richtete Fanny danach zu Hause ein Abendbrot. Sabine musste ja morgen früh in die Schule und Steffen in den Kindergarten.

Als die Kinder in den Betten lagen, fuhren Fanny und Rolf rüber nach Heuberg, um dort in der Polizeistation ihren Sohn Florian als vermisst zu melden.

„Hat es Krach gegeben?", wollte ein Beamter wissen.

„Ja, schon", gestand Fanny bekümmert.

„Also, allzu großen Sorgen brauchen Sie sich nicht zu machen", beruhigte sie der Polizist. „Jetzt im Frühjahr laufen die Jungs scharenweise von zu Hause weg. Nach ein paar Tagen treibt sie der Hunger von ganz alleine wieder heim."

„Ab wann genau sollten wir uns Sorgen machen, wenn ein Kind wegläuft?", fragte Rolf gereizt. Fanny schwieg, sie drückten Schuldgefühle, weil sie immer so ungeduldig und verständnislos Flori gegenüber war, der arme Bub, er konnte doch nichts dafür. Ausgerechnet heute am Sonntag, wo er den ganzen Morgen Zeitungen ausgetragen hatte und todmüde gewesen sein musste, ausgerechnet da jagte sie ihn mit sinnlosen, unnötigen Vorwürfen weg." Sie sah Floris traurige, dunkle Augen vor sich und musste weinen. Wo mag er nur sein, mitten in der Nacht?

Auf der Heimfahrt fiel ihr der Froschweiher im Naturschutzgebiet ein, daneben steht ein alter, etwas morscher Jägersteig. Es war Florians Lieblingsort.

Sie fuhren auf der Landstraße Richtung Kirchhausen. Bei der Trauerweide, die ihr dichtes, grünes Zweigwerk über ein schlichtes Steinkreuz, das auf einem Steinsockel stand, herabsenkte, parkte Rolf das Auto. Ein Feldweg führte hinüber zu einem Naturschutzgebiet, Fanny kannte es, sie war schon einmal mit den Kindern hier gewesen. Sie hatten ihr die Frösche gezeigt, die sich auf Ufersteinen oder auf Wasserpflanzen hockend sonnten. Florian liebte diesen Weiher, er fand es faszinierend auf den wackeligen Hochsitz zu klettern, über die Wiesen und Felder zu schauen und die Tiere, Vögel, Störche, manchmal auch Hasen oder Rehe zu beobachten.

Der Schein einer fast kreisrunden, leuchtenden Mondscheibe tauchte einen Weg und die umliegenden Äcker und Wiesen in ein mattes, gespenstisches Licht, der Nachthimmel darüber war über und über mit blinkenden Sternen übersät. Fanny hakte sich bei Rolf unter und sie marschierten mit vorsichtigen, jedoch ausholenden Schritten los, es war nicht weit. Am Weiher mussten sie sich durch ein dichtes Schilf arbeiten, dann standen sie vor dem stillen, dunklen Wasser, auf dem sich der Vollmond spiegelte.

„Florian!", riefen sie, „Florian, bist du da! Bitte melde dich doch, Flori!"

Sie lauschten angespannt, aber in der leeren Stille ringsum war nur das einsame Zirpen von Grillen zu hören. Fanny überfiel plötzlich eine lähmende Angst, vielleicht lag ihr armer Sohn auf dem Grund dieses stillen, abgelegenen Gewässers.

In dieser Nacht fanden sie kaum Schlaf, und wenn doch, dann war es ein kurzer, unruhiger Dämmerzustand. Irgendwann stand Rolf auf und schaute sich noch einmal Florians Arbeiten an. Den Eindruck, den er schon beim ersten Durchblättern gehabt hatte, bestätigte sich jetzt.

Er legte die Arbeiten in eine Mappe, er wollte sie baldmöglichst Flori's Mathelehrer zeigen.

Florian kam nicht heim in dieser Nacht.

Am nächsten Morgen suchten sie in der Schule zuerst Frau Janke, Florians Klassenlehrerin auf und gaben Bescheid, dass Florian seit Sonntagmittag verschwunden sei und heute wohl nicht zum Unterricht kommen wird. Die Nachfrage bei Flori's Mitschülern, ob einer seit Sonntagmittag Florian gesprochen oder gesehen habe, blieb erfolglos.

In der großen Pause hatte Herr Krug, Florians Mathelehrer, die Aufsicht, Rolf zeigte ihm Florians Fünferarbeiten. „Sehen Sie, Herr Krug, wenn man Florians Rechengang verfolgt", erklärte er ruhig, „dann hat Florian alles richtig gemacht, nur eben die Zahlen der Ergebnisse verdreht und mit den verdrehten Zahlen weitergerechnet. Die Endergebnisse müssen demnach falsch sein, aber der Rechengang an sich ist richtig."

Lehrer Krug überflog es kurz und versprach, der Sache auf den Grund zu gehen.

Florian machte es sich im Himbeergestrüpp, in dem er mit Thomas und dessen Klappmesser eine passable Höhle gehauen hatte, gemütlich. Die Kratzer auf seinen nackten Armen, die er sich beim Hauen und Säbeln zugezogen hatte, manche ziemlich tief und schmerzhaft, rieb er mit Spucke ein, das linderte erfahrungsgemäß den Schmerz ein bisschen. Florian konnte von seinem Versteck aus jenseits der Bahnstrecke und der Äcker die Lichter der Neubausiedlung von Gerbach sehen, er könnte jederzeit, wenn er nur wollte hinüberlaufen und war dann zu Hause, das gab ihm ein gutes Gefühl. Am Abend brachte ihm Thomas ein Wurstbrot und eine Flasche Wasser, er erzählte, dass seine Familie dagewesen sei und nach ihm gefragt habe, aber er habe dicht gehalten, versteht sich.

„Eigentlich könntest du jetzt wieder heimgehen, Flori", meinte er, „ich glaub', deine Eltern machen sich wirklich Sorgen."

Florian fand das zu früh, noch sollten sich die Eltern Sorgen machen, das war ja der Sinn des Unternehmens.

„Morgen", meinte er. „Ja, morgen werde ich heimgehen!"

Dann war er allein. Es war ganz dunkel geworden im Gebüsch, einmal leuchteten ihm kurz zwei runde Augen wie Miniaturscheinwerfer entgegen und verloschen wieder. Die Geräusche des Waldes nahmen zu, wurden deutlicher, das Huschen von Tieren, manchmal ganz nah, und das Rascheln und Knacken der Bäume, die sich sacht

159

im Wind bewegten. Florian lauschte auf den wehmütigen Ruf eines Kauzes, er rollte sich fröstelnd zusammen und versuchte zu schlafen.

Was dich nicht tötet, macht dich stark.
Fällst du, versuchst du einen neuen Start.
Im Aufwind kannst du Kräfte sammeln.
Doch Freiheit, die hat keine Balken.

.

Das Judo brachte für Florian die Wende. Jeden Dienstagnachmittag radelte er nun mit dem vom Sperrmühl geholten und vom Vater überholten Fahrrad die drei Kilometer nach Heuberg, in die Oskar-Schindler- Realschule. Die anderen Termine, einschließlich der mit der Orthopädin, die ihm jedes halbe Jahr neue Schuhe anpassen musste, waren untergeordnet. Nichts war für Florian so wichtig wie das Judotraining.

Das war auch nicht verwunderlich, denn Florian Dengler war kein Schwächling mehr, den man nach Lust und Laune herumstoßen und ärgern konnte. Florian Dengler war ein Judoka, er konnte sich wehren, das sprach sich schnell wie ein Lauffeuer auf dem Schulhof herum.

Gut, sein Deutsch und seine Schrift waren immer noch sehr eigenwillig, aber seine Lehrerin, Frau Janke, erkannte, dass Florians Rechtschreibschwäche nichts, aber auch gar nichts mit seiner Intelligenz zu tun hatte. Der Junge erstaunte und erfreute sie jeden Tag mit seinem Wissensdurst und seiner Auffassungsgabe, das Lesen war für Florian sowieso nie ein Problem gewesen. Und seit sein Mathelehrer, Herr Krug, Florians spezielle Schwäche erkannt hatte, bewertete er auch seine Arbeiten anders. Die besseren Noten brachten Florian einen enormen Leistungsschub, er hatte Spaß am Lernen, er wurde sogar ein guter Schüler.

Für Florians Geschmack war die Kindergruppe, die von Judolehrer Kramer trainiert wurde, viel zu groß, selbst für einen so erfahrenen Trainer wie ihn waren die ca. zwanzig undisziplinierten Jungs und Mädels nur mit Mühe in Zaun zu halten. Aber schon in den ersten zwei Monaten, in denen weder Werftechniken, noch Kunstgriffe geübt wurden, sondern immer nur Kniebeugen, Klimmzüge, Springen und Laufen angesagt waren, danach ein Fußball- oder ein Volleymatch, da wurde es den meisten Kindern zu fad, das konnten sie auch zu Hause tun, maulten sie. Es lag nicht an Herrn Kramer, er vergaß nie vor jeder Trainingsstunde auf den Sinn des japanischen Kampfsports Judo hinzuweisen, der auf Siegen durch Nachgeben beruht, bedacht zu sein auf das Wohlergehen und den Fortschritt des Gegners und ihm Respekt zollen. Judo bedeutet den bestmöglichen Einsatz von Körper und Geist, was die Persönlichkeit des Menschen, ins besonders der Kinder fördert und stärkt.

Florian verstand das von Anfang an und es gefiel ihm gut. Aber so dachten eben nicht alle, die Judogruppe der Elf- bis Vierzehnjährigen lichtete sich zusehends, bis ein Häufchen von sechs standhaften Jungs und einem Mädel übrigblieb.

„Ganz normal", meinte Trainer Kramer ungerührt, „aus euch werden nun echte Judokas."

Florian war stolz darauf, er fühlte sich auserwählt. Er wusste, nun konnte das eigentliche Judotraining beginnen.

Herr Ing. Kaiser betrat an diesem Montagmorgen wie immer pünktlich die Räume der Frankfurter Geschäftsstelle in der Reuterweg-Straße 52. Er schaute kurz im Büro seines Serviceleiters, Herrn Ing. Bäumler vorbei, der mit den Ingenieuren gerade eine Arbeitsbesprechung abhielt.

„Guten Morgen", grüßte er ohne jede Freundlichkeit. „Sind die Abrechnungen auf meinem Tisch, Herr Bäumler?"

„Guten Morgen, Herr Kaiser", erwiderte Herr Bäumler betont aufgeräumt, auch die Ingenieure murmelten einen Gruß. „Selbstverständlich, auch die unterschriebenen Aufträge der letzten Woche. Recht ordentliche Aufträge, wie ich meine."

Dann bestellte Herr Kaiser bei Frau Habermann einen Kaffee und ging in sein Büro.

Als Frau Habermann den Kaffee brachte, ließ er durch sie Herrn Dengler in sein Büro bitten.

Er sah flüchtig die Aufträge der vergangenen Woche durch, Bäumler hatte recht, sie waren sehr beachtlich. Herr Riemenschneider, sein erfolgreichster Vertreter, hatte endlich die Geschäftsleitung eines Offenbacher Krankenhauses davon überzeugen können, den Millionenauftrag zu unterschreiben. Riemenschneider hatte monatelang dafür gebraucht, er hatte mit List und unerschütterlicher Beharrlichkeit die Konkurrenz mit Werbegeschenken ausgebremst oder durch geschicktes Weglassen von Zusatzteilen, was das Angebot vorerst günstig scheinen ließ, später jedoch umso teurer nachgerüstet werden musste. Jedes Mittel war erlaubt im harten Wettbewerb und Riemenschneider war gut, er knackte beinahe jede Nuss. Seine Geschäftsmethoden waren rigoros, ja, rücksichtslos, an der Grenze der Legalität, das mussten sie in diesem hart umkämpften Geschäft auch sein. Ja, und nun war wieder einmal für seinen Vertreter Riemenschneider, vor allem für ihn eine dicke Provision fällig. Er würde seiner Frau zum Geburtstag die ägyptische Osiris Büste schenken können, sündhaft teuer zwar, aber derzeit ihr größter Herzenswunsch.

Als Rolf eintrat, grüßte und abwartend an der Tür stehenblieb, gab er ihm mit einem Wink zu verstehen, sich auf den Stuhl vor seinem

Schreibtisch zu setzen. Rolf setzte sich. Herr Ing. Kaiser registrierte missbilligend den Drei-Tage-Bart des Technikers und den ölverschmierten Arbeitsoverall, seine Hände waren vom vielen Bürsten mit Spezialseife rissig und rau und vom Maschinenöl fleckig, die Nägel rissig und schwarzumrandet.

„Der geborene Arbeiter", dachte er geringschätzig. Wie lange arbeitete er eigentlich jetzt schon in der Werkstatt? Vier Jahre? Hätte er nur einmal rebelliert, nur einmal die Arbeit verweigert, die weit unter seinem Niveau lag, dann hätte er ihn wegen Arbeitsverweigerung rausschmeißen können. Aber Dengler tat nichts dergleichen, er erledigte stets gewissenhaft und, wie es schien gleichmütig die ihm aufgetragenen Reparaturen. Gut, wenn er es nicht selbst wahrhaben wollte, dass er hier nicht mehr gebraucht wurde, dann musste man halt nachhelfen.

Herr Kaiser überreichte Rolf ein Kuvert.

„Das ist ihre Kündigung, Herr Dengler", erklärte er. Als Rolf das Kuvert unbeeindruckt entgegennahm, fuhr er leicht irritiert fort. „Wissen Sie, Herr Dengler, die Medizintechnik hat sich in den letzten Jahren rasant entwickelt, der Kundendienst ist praktisch überflüssig geworden. Ich habe Ihnen ein gutes Zeugnis ausgestellt, Herr Dengler, Sie haben nach Ihren Möglichkeiten stets gute Arbeit geleistet. Ein Techniker wie Sie wird sicher schnell wieder eine Anstellung finden."

Er lächelte Rolf wohlwollend an. „Sie haben ein viertel Jahr Kündigungszeit, Zeit genug, um eine neue Arbeit zu finden. Ja, das wär's schon, Herr Dengler. Einen guten Tag noch."

Rolf stand mit dem Kuvert in der Hand auf. „Ich muss die Kündigung von meinem Anwalt überprüfen lassen, Herr Kaiser", meinte er ruhig. „Es ist meine erste Kündigung, ich kenn' mich mit solchen

Dingen zu wenig aus. Danach melde ich mich noch einmal bei Ihnen. Guten Tag.

Rolf ging die Treppe hinunter, in die Werkstatt. Auf einer Werkbank lag ein in seinen Einzelteilen zerlegter Leuchtbildschirm, er war für einen jungen Arzt bestimmt, der die Praxis eines Kollegen, der in Ruhestand gegangen war, übernommen hatte. Rolf war nicht überrascht gewesen, als ihm Frau Habermann ausrichtete, dass er zum Chef kommen solle, er hatte schon damit gerechnet.

Während der vier Jahre, die er nun in der Werkstatt arbeitete, hatte er in Frankfurt mit Bravur die Handwerks-Meisterprüfung abgelegt, im technischen Teil sogar mit Auszeichnung. Die Steuer- und Wirtschaftslehre allerdings lag ihm nicht, da hatte er mit argen Prüfungsängsten zu kämpfen gehabt.

Rolf wusste inzwischen, viele Ärzte, die von seiner Degradierung wussten und die er sozusagen außerdienstlich betreute, würden seinen Servicedienst auch als selbstständiger Medizintechniker in Anspruch nehmen, selbst wenn er als Einzelunternehmer nicht die Sicherheiten und Garantien würde bieten können, wie eine große Firma. Natürlich hatte Rolf Bauchgrummeln, er war sich des Risikos sehr bewusst, bislang hatte noch kein Techniker den Schritt in die Selbstständigkeit gewagt, noch dazu mit Familie und einem Berg Schulden am Bein. Wenn es schief ging, nun, daran mochte Rolf gar nicht denken.

Aber er hatte sich gut vorbereitet, die Firma hatte ihm genug Zeit dafür gegeben. Wenn die Kündigung jetzt nicht gekommen wäre, hätte er selbst gekündigt, die Zeit dafür war reif. Schon damals, vor vier Jahren, als er in die Werkstatt verbannt wurde, hatte ihn sein Anwalt, bei dem er um Rat nachgefragt hatte, vor vorschnellen und unüberlegten Schritten gewarnt.

„Nein, Herr Dengler", hatte er lächelnd gemeint, „den Gefallen tun Sie denen nicht. Ab einer zehnjährigen Betriebszugehörigkeit steht Ihnen eine kräftige Abfindung zu. Die Burschen spielen auf Zeit, das können sie haben.

Rolf war sich sicher, das Geld für den Anwalt war gut angelegt. Eine nette Abfindung käme ihm jetzt gerade recht.

Florian bekam von den Sorgen seiner Eltern wenig mit. Nur wenn wegen Steffen, dem kleinen Bruder, es Ärger in der Schule gab, warum sollte es bei ihm anders sein wie bei ihm, oder wenn wegen Sabine der Haussegen schiefhing, weil irgendein Bursche vor allem an den Wochenenden hartnäckig das Haus belagerte, da knallten schon mal die Türen. Sabine fühlte sich, wenn Papa sich in ihre Angelegenheiten mischte, wie sie es nannte, bevormundet, klar. Auch ihre Diskussionen mit den Eltern, weil sie sich partout zu keiner Ausbildung entscheiden konnte, angeblich wollte sie keinem anderen Jugendlichen den Ausbildungsplatz wegnehmen, bekam Florian nur am Rande mit. Nur als Papa der Geduldsfaden riss, war das nicht zu überhören gewesen, er nötigte Sabine kurzerhand sich im Offenbacher Klinikum um einen Ausbildungsplatz zur MTRA (Medizinisch-Technischen-Radiologie-Assistentin) zu bewerben. Als zu Sabines Überraschung ihre Bewerbung positiv beantwortet wurde, meinte Papa, es wäre ein großes Glück für sie und nur durch seine gute Beziehung zu den Leuten in der Röntgenabteilung möglich gewesen. Ihre Noten jedenfalls hätten nicht unbedingt dazu beigetragen, diesen besonderen Ausbildungsplatz zu bekommen. Nun, Sabine hatte es naturgemäß anders gesehen.

Nachdem Florian die fünfte Realschulklasse wegen seiner Rechtschreibschwäche ehrenhalber wiederholen durfte, wie es ihm seine

Eltern einfühlsam nahelegten, wurde der Unterricht langweilig für ihn. Zwar pflegte er nach wie vor einen sehr eigenwilligen Schreibstiel, aber zum Glück hatte er wohlwollende, nachsichtige Lehrer, die bei seinen Deutsch- und Englischarbeiten gleich mehrere Augen zudrückten und ihn trotzdem förderten. Mit einem Mädchen in seiner Klasse, die sich in den naturwissenschaftlichen Fächern mit ihm messen konnte, lieferte er sich einen regelrechten kameradschaftlichen Wettkampf um die besten Noten, was ihn ungemein motivierte. Sie verließen beide als die Jahrgangsbesten die Realschule von Gerbach.

Florian wollte Chemie studieren, das wusste er, seit er mit zwölf Jahren einen Chemiebaukasten unter dem Weihnachtsbaum vorfand. Er experimentierte die in den Anleitungen beschriebenen Versuche gewissenhaft durch, was allerdings manches Mal zur Folge hatte, dass er mit seinem Graupapagei Bubi, den er von seinem Zeitungsgeld gekauft hatte, vor dem an faule Eier erinnernden Gestank die Flucht ergreifen musste. Und weil sich der Gestank nicht nur auf sein Zimmer beschränkte, sondern sich im ganzen Haus ausbreitete, wurden die Toleranz und das Verständnis seiner Familie auf eine harte Probe gestellt. Seine Mutter wusste sich dann nicht anders zu helfen, als im ganzen Haus die Fenster aufzureißen, auch bei Minusgraten, ja, und dabei entwischte ihr eines Tages Florians geliebter Graupapagei Bubi durchs Fenster. Florian glaubte eigentlich nicht, dass es Mama absichtlich getan hatte, aber er grollte ihr deswegen noch sehr, sehr lange.

Er bestand die Aufnahmetests des Friedrich-Hölderlin-Gymnasiums in Heuberg ohne nennenswerte Schwierigkeiten.

Disziplin und Teamgeist aber lernte Florian nicht im Friedrich-Hölderlin-Gymnasium, dort herrschte ein kühles, gleichgültiges Klima. Die Gymnasiumlehrer waren anders, wie die Lehrer in der Realschule, sie waren in der Regel nicht sonderlich an ihren Schülern interessiert. Das irritierte Florian anfangs.

Disziplin und Teamgeist lernte Florian im Judotraining. Bald schon durfte er diese Tugenden an Jüngere weitergeben, was ihn mit Freude und Stolz erfüllte. Schon mit sechzehn Jahren lehrte er einer kleinen, ausdauernden und lernwilligen Kindergruppe die Philosophie und Grundprinzipien des gegenseitigen Helfens und Verstehens, er versuchte ihnen nahezubringen, dass Leibesertüchtigung dem Wohlergehen von Körper und Geist diente. Er wollte ihnen auf der Judomatte durch Haltung und Bewegung ein gutes Vorbild sein und war stolz, wenn sie es bei den Übungs- und Wettkämpfen, zu denen er sie regelmäßig führte, zum Ausdruck brachten. Florians Welt war das Judo, dort bekam er alles, worauf er hatte solange verzichten müssen, Anerkennung und Bewunderung. Stolz trug er nach dem Orangegurt den Blaugurt, dann den Braungurt. Mit achtzehn Jahren bestand er aufgeregt, aber souverän den schwarzen Meistergürtel, den ersten Dan.

Im letzten Gymnasialjahr bereiteten sich Florian und seine Mitschüler auf das Abitur vor. Freunde halfen ihm bei seinen Deutsch- und Englischreferaten und ermutigten ihn, wenn er wegen seiner Schreibfehler verzagen wollte. Das Judotraining jeden Dienstagabend und das Kindertraining an den Donnerstagnachmittagen waren ihm ein willkommener Ausgleich.

Die jugendlichen Judokas waren nach jahrelangem gemeinsamem Training zu einer freundschaftlichen Gemeinschaft zusammengewachsen. Nach jedem Training ging es gewöhnlich auf ein Glas Bier in den Jugendtreff „Sankt Urban", ein gemütliches Kellergewölbe in einem Johanniter-Kloster ganz in der Nähe. Nur Juliane, das einzige Mädchen in der Gruppe, musste nach dem Training, von Ausnahmen abgesehen gleich nach Hause. Ihr Vater war Mathelehrer am Friedrich Hölderlin Gymnasium und ziemlich streng.

Juliane Wagner war der Star der Gruppe, wenn sie gut drauf war, zwang sie mühelos, möchte man sagen, die Jungs reihenweise durch ihre Wendigkeit und Flinkheit auf die Matte, ihr blonder Zopf flog dabei um ihre schmalen, muskulösen Schultern. Bei jeder gelungenen Fall- und Werftechnik, wenn der Partner sich mit einer kontrollierten Rolle wieder in den Stand versetzte oder liegend mit der flachen Hand abklopfte, um sein Aufgeben zu signalisieren, stieß sie einen gellenden Triumphschrei aus, dem ein verlegenes Lächeln folgte. Dann verbeugte sie sich wie entschuldigend vor dem besiegten Freund und reichte ihm die Hand, um ihm aufzuhelfen. Die Jungs nahmen es sportlich, Juliane war schließlich nicht zimperlich, sie konnte viel wegstecken und war ein ebenbürtiger, anerkannter Judoka. Nur, das war wohl nicht zu vermeiden, waren alle wegen ihrer tiefblauen, klaren Augen und ihres natürlichen Charmes verknallt in sie.

Am Ende eines jeden Trainings ließ Trainer Kramer gern zur allgemeinen Entspannung seine beiden besten Judokas, Juliane und Florian, gegeneinander antreten. Sie waren sich ebenbürtig, trugen beide den Schwarzgurt, nur war Florian durch seine Linkshändigkeit schwer einschätzbar und deshalb meist im Vorteil. Er überraschte seine Gegner oft durch eine blitzschnelle Rückwärtsrolle, wobei er sie mitriss, auf den Rücken warf und mit einem kontrollierten Würgegriff fixierte, in der Regel war dann nach zehn Sekunden Abzählens der Kampf entschieden. Das gelang ihm fast immer, nur eben bei Juliane nicht, sie kannte ihn zu gut. Zwar gelang es Florian meistens sie bei seinem Rückwärtssturz mitzureißen, aber sie nutzte den Schwung, um sich blitzschnell aus Florians Griff zu winden und ihm erneut kampfbereit gegenüberzustehen.

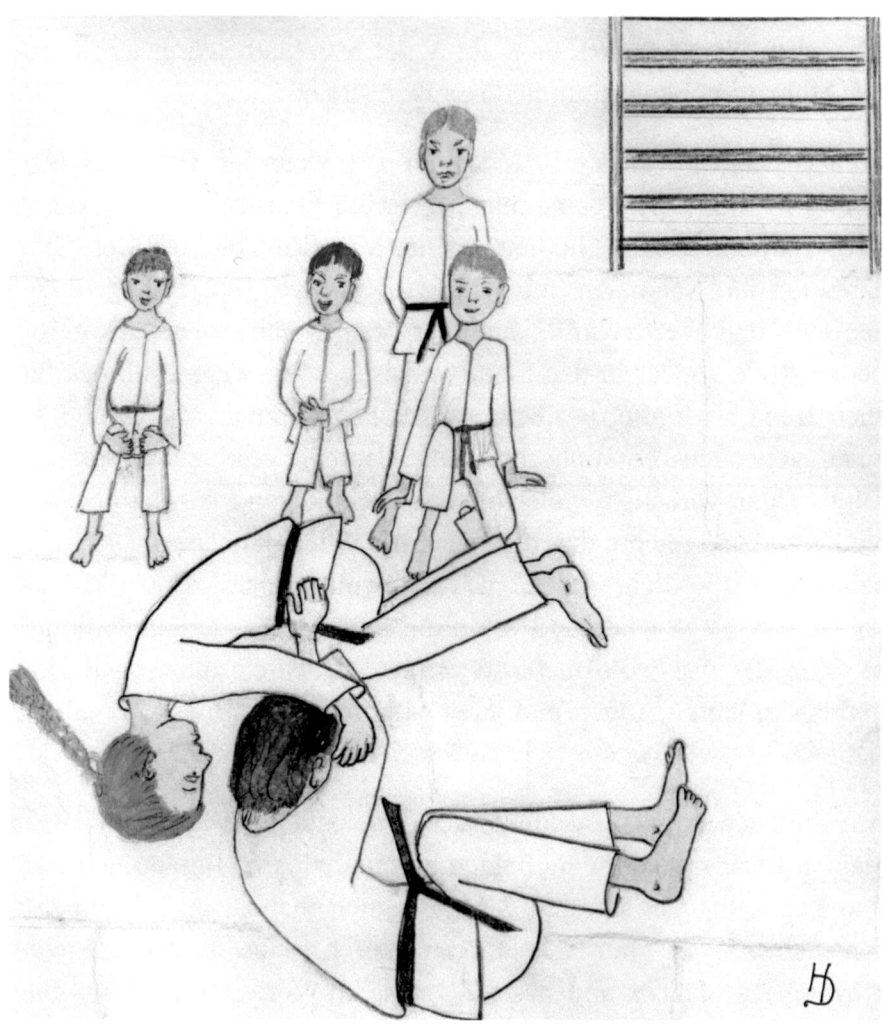

Wirklich, den beiden zuzuschauen machte Spaß, man bedauerte es so jedes Mal, wenn nach fünf Minuten Trainer Kramer den Kampf meist unentschieden abbrach. Nachdem sich die beiden Gegner schwer atmend und verschwitzt die Judokittel zurechtgerückt, sich die Gürtel neu gebunden und sich flüchtig voreinander verneigt hatten, lagen sie sich lachend in den Armen.

Juliane war Florians erste Liebe. Das wusste er erst richtig, als das furchtbare Unglück passierte.

Es war an einem Samstagabend, die Judokas hatten sich vor dem Heuberger Kino verabredet. Das taten sie gelegentlich, wenn ein besonderer Film gezeigt wurde, dieses Mal war es „Saturday-Night-Fever" mit John Travolta. Lachend und scherzend standen sie mit anderen, meist jugendlichen Kinobesuchern an der Kasse an, als Juliane jemand auf die Schulter tippte, sie sich umwandte und eine Faust mitten in ihrem Gesicht landete. Es ging so schnell, Juliane schrie auf und hielt sich beide Hände vor das Gesicht, Blut quoll zwischen ihren Fingern hervor. Die Freunde liefen geistesgegenwärtig einem Burschen nach, der durch das Foyer zum Ausgang flüchtete, er stieß dabei grob die Leute beiseite. Florian blieb bei Juliane, die vor Schmerz und Entsetzen ganz starr war, er reichte ihr sein Taschentuch und führte sie zur Kasse, wo er die Kassiererin bat, ein Taxi zu rufen. Die Kassiererin tat es erschrocken, Juliane bot mit ihrem blutverschmierten Gesicht und den blutigen Händen ein Bild des Jammers. Florian führte sie unter den neugierigen Blicken der Kinobesucher hinaus, er war so hilflos, so wütend und aufgewühlt, wie er es noch nie in seinem Leben war. Bald hielt ein Taxi vor dem Lichtspielhaus, Florian half Juliane auf den Rücksitz und setzte sich neben sie. „Ins Krankenhaus, bitte", meinte er.

Fünf Minuten später waren sie im Heuberger Krankenhaus, Florian bezahlte den Taxifahrer mit seinem Kinogeld, es reichte gerade so. Im Krankenhaus musste Juliane an der Anmeldung ihre Personalien angeben, dann durften sie mit Florian in einem Warteraum Platz nehmen. Endlich kam eine Krankenschwester und bat Juliane in einen Behandlungsraum, Florian musste warten. Er hörte Schritte auf dem Flur und Türen gehen und schwor sich, das Schwein zu finden, das Juliane das angetan hat. Dann würde er alle Regeln der Humanität vergessen und den Kerl kunstgerecht auseinandernehmen. Nach einer Weile kam eine Ärztin in den Warteraum.

„Guten Abend. Sind Sie ein Verwandter der jungen Dame?", fragte sie.

„Ein Freund", erwiderte Florian. „Ich war dabei, als das Schwein meine Freundin geschlagen hat, mit der Faust mitten ins Gesicht, ich konnte es nicht verhindern, niemand konnte es verhindern, es kam so plötzlich, so unerwartet." Florian wischte sich mit dem Handrücken über die feuchten Augen.

„Okay, Herr…?"

„Dengler", murmelte Florian, „mein Name ist Florian Dengler."

„Gut, Herr Dengler, wir müssen ihre Freundin hier behalten. Ist es ihnen möglich, ihre Familie zu benachrichtigen? Es möge morgen Früh jemand wegen der Formalitäten vorbeikommen."

„Ja", sicher." Florian schnüffelte, er hatte sein Taschentuch Juliane gegeben. „Wie geht es Juliane, ist sie sehr verletzt?"

„Vor allem ist sie sehr geschockt und verwirrt. Geben Sie also ihrer Familie Bescheid?"

„Ja, natürlich!"

172

Florian wusste so ungefähr, wo Juliane wohnte. Er richtete es so ein, dass er auf dem Weg dorthin am Kino vorbeikam, um dort eventuell die Freunde anzutreffen und von ihnen etwas von diesem Attentäter zu erfahren. Sie standen tatsächlich wartend und aufgeregt diskutierend vor den grell beleuchteten Schaukästen des Kinos.

„Wie geht es Juliane?", wollten sie gleich wissen, „ist sie sehr verletzt?"

„Ja, sie ist im Krankenhaus", antwortete Florian bedrückt. „Habt ihr das Schwein erwischt?"

„Ja, und tüchtig rangenommen", erwiderten die Freunde erbittert. „Dann haben wir ihn bei der Polizei abgeliefert. Ein Beamter hat unsere Personalien aufgenommen, damit wir, wenn Julianes Eltern Anzeige erstatten, was anzunehmen ist, als Zeugen aussagen können."

„Sehr gut! kommt ihr mit? Ich muss Julianes Eltern Bescheid geben."

Sie marschierten zu dem gepflegten Wohnviertel am Ortsrand und fanden das schmucke Einfamilienhaus, in dem die Lehrerfamilie Wagner wohnte. Wagners, als sie vom Anschlag auf ihre Tochter hörten, fuhren sogleich ins Krankenhaus, um nach ihrer verletzten Tochter zu sehen.

Als Florian am nächsten Tag Juliane im Krankenhaus besuchte, war ihr Gesicht fast vollständig unter einem dicken Mullverband verdeckt, nur ihre blanken, blauen Augen lugten hervor und ihr blasser, lächelnder Mund.

„Hallo, Florian", flüsterte sie, „danke, dass du mich gleich ins Krankenhaus gebracht hast, ich war in dem Moment viel zu konfus, um alleine zurechtzukommen."

„Ja, Juliane, das glaub ich dir gern. Jedenfalls haben die anderen den Schläger erwischt und zur Polizei geschleppt. Wenn deine Eltern den Kerl anzeigen, werden wir natürlich als Zeugen aussagen. Aber wie geht es dir, Juliane, tut dir noch was weh?"

„Die Nase ist futsch, Florian, was ihr nicht geschafft habt, das hat dieser Verrückte hingekriegt."

„Kennst du ihn, Juliane? Wer ist er?"

„Ein Spinner", flüsterte Juliane, „er geht in meine Klasse. Ein armer, verwirrter Narr. Ich weiß nicht, warum er das gemacht hat, vielleicht weil er meint, dass ich durch meinen Vater bei den Prüfungen im Vorteil wäre. Ich weiß es nicht, Florian."

„Vor Gericht wird er es erklären müssen, Juliane."

Florian besuchte sie jeden Tag. Er erklärte ihr komplizierte Matheaufgaben und physikalische Zusammenhänge, sie hingegen verriet ihm nützliche Tricks, wie man sich verflixte Rechtschreibregeln in Deutsch und Englisch am besten einprägen kann.

Als Juliane, nur noch ein großes Pflaster auf der wunden Nase, nach ein paar Tagen nach Hause entlassen wurde, wollten beide diese nützliche Kooperation weiterführen, sie trafen sich regelmäßig in Julianes geräumigem Jugendzimmer und lernten zusammen. Julianes nette Mutter versorgte sie dabei mit Säften und Keksen, ihren jüngeren, naseweisen Bruder aber, der gern um seine Schwester und ihren Freund herumscharwenzelte, musste Juliane öfters verscheuchen. Julianes Vater ließ sich selten blicken, Florian empfand großen Respekt vor dem freundlichen, trotz des graumelierten, dichten Haars jugendlich wirkenden Mann.

Nicht zuletzt wegen der Umsicht, die er bei dem Unglück gezeigt hatte, gewann Florian schnell das Vertrauen der Lehrerfamilie, bald ging er in ihrem Haus ein und aus.

Juliane und Florian galten als sehr befreundet, wenn nicht als Paar, als im Frühjahr ein fremder Judoka in ihre Gruppe kam, ein Mädchen, das kürzlich mit ihren Eltern von Darmstadt nach Kirchhausen, einem Nachbardorf von Gerbach, gezogen war. Sie trug einen Gelbgurt und müsse, wie Trainer Kramer erklärte, voraussichtlich bis zu den Sommerferien bei ihnen trainieren, bis dahin gibt es für sie sicher eine geeignete Gruppe. „Seid also geduldig und nachsichtig mit ihr", mahnte Herr Kramer augenzwinkernd. „Die paar Wochen bis zu den Ferien werdet ihr schon mit ihr auskommen."

Das Mädchen hieß Isabell Baumann und war sechzehn Jahr alt. Es war offensichtlich, dass sie sich in dieser Gruppe von Schwarzgurten nicht sehr wohl fühlte, sich nicht wohlfühlen konnte, denn sie musste immer nur Krafttraining und Fallübungen machen und zwar allein, etwas abseits, um die anderen nicht zu stören, Isabell fühlte sich vernachlässigt und überflüssig, die Jungs hier waren viel zu alt für sie, junge Männer schon, kurz vor dem Abitur. Das Mädchen mit dem Pflaster auf der Nase war eigentlich recht hübsch, aber hochnäsig, sie sonnte sich ganz offensichtlich in der Bewunderung ihrer männlichen Judopartner. Natürlich war sie, was das Training anbelangte, ihr haushoch überlegen, was für Isabell das Training nicht gerade attraktiver machte.

Aber Isabell fand sich mit der Zeit ein, besonders seit einer der Schwarzgurte, ein dunkelhaariger, geschmeidiger Typ namens Florian, sich verstärkt um sie kümmerte und versuchte, ihr neue Falltechniken beizubringen. Er schaute sie dabei mit seinen dunklen Augen prüfend an, ließ sie wiederholen und zeigte ihr, worauf sie achten muss, um Verletzungen zu vermeiden. Sie spürte seine Fürsorge, roch seinen frischen Schweiß, wenn er sie umfasste und vorsichtig auf die Matte warf, auf der sie sich vorschriftsmäßig abrollen musste. Ja, Isabell genoss seine Unterweisungen, sie freute sich schon darauf. Sie absolvierte sogar ohne Murren das Krafttraining, um danach ein paar Minuten mit ihm üben zu dürfen.

Isabells Freund Gerd bemerkte sehr wohl, dass sich seine Freundin anderweitig verliebt haben musste, höchstwahrscheinlich in einen dieser Judokas. Er fühlte sich ihnen mit seinem Hauptschulabschluss und der derzeitigen Automechaniker-Lehre nicht gewachsen, auch wenn er im Gegensatz zu ihnen schon ordentlich Geld verdiente und ein zurechtgebasteltes, aber TÜV geprüftes Auto sein eigen nannte. Damit hatte er bei Isabell bisher tüchtig punkten können. Isabell hatte auch das Gymnasium besucht, kurz nur, dann war sie schnell darauf gekommen, dass intensives Lernen nicht ihre Sache ist, sie wollte leben, jetzt und sofort und Spaß haben, man war ja schließlich nur einmal jung. Auf einem Kirchhausner Brunnenfest hatte er sie kennengelernt, sie war ausgelassen und fröhlich gewesen inmitten der Stimmungsmusik und dem Trubel. Später dann, nach ein paar Colas mit Schuss, hatten sie sich in die Schrebergärten verdrückt, in ein Gartenhaus, in dem sie sich in der Folgezeit immer mal trafen und

stürmische Stunden verlebten. Und jetzt war Isabell auf einmal so abweisend und kühl, Gerd sah seine Liebe ernsthaft gefährdet.

Auch Isabells Mutter, Frau Baumann, bemerkte das veränderte Verhalten ihrer Tochter.

„Sie hat sich wieder verliebt", mutmaßte sie nachsichtig. „Isabell ist eben jung und unreif, auch ein wenig heißblütig, ein Erbe ihres Vaters. Da verliebt man sich eben nicht nur einmal im Leben.

Natürlich entging auch Florian Isabells Schwärmerei nicht, es war ihm peinlich. Schließlich versuchte er sie den anderen Judokas zuzuschieben.

„Das würde dir so passen, Florian", lehnten sie es ein wenig boshaft lachend ab. „Du bist unser Champion, du schaffst das schon." Als Juliane sich erbarmen wollte, winkte Florian ab. Die paar Wochen bis zum Abitur würde er schon schaffen, glaubte er, und nach den Ferien waren sie die Plage ja wieder los.

Isabell Baumann war nicht wirklich hübsch, alles an ihr war einen Hauch zu üppig. Aber ihr langes, dunkles, volles Haar und ihre großen, dunkelbraunen Augen waren bemerkenswert und verrieten ein gehöriges Maß an Temperament. Obwohl schlank, war ihre Figur doch schon reif, ihre Beine kräftig, ihre rundes Gesichts mit den vollen Lippen wirkte stets herausfordernd, manchmal bockig, ihr Gang erinnerte an den eines Storchs, stolz und überheblich. Nein, wirklich hübsch und sympathisch war Isabell Baumann nicht, aber sie war fest entschlossen, Florian Dengler für sich zu gewinnen.

Fanny Dengler saß an diesem Nachmittag in der kleinen Werkstatt von Schneidermeisterin Weber und nähte auf einer Spezialnähmaschine Handschuhe für eine Kampfsportgruppe, Fanny konnte sich ihren asiatischen Namen nicht merken. Jedenfalls mussten die Sportler mit Stöcken aufeinander einschlagen und deshalb dick wattierte, streng vorgeschriebene Schutzbekleidung tragen, die speziell angefertigt werden musste, fertig zu kaufen gab es sie nicht. Nächsten Monat fand im Elsas ein Wettkampf in dieser Sportart statt, also musste die Schutzbekleidung bis spätestens nächste Woche abgeschickt sein. Fanny arbeitete konzentriert, die wattierten Zuschnitte der acht Handschuhpaare bestanden nur aus Handrücken, an deren Unterseiten Schlupfgummis für die Finger und an den Handgelenken breite Klettverschlüsse angenäht werden mussten. Frau Webers Nähatelier war für präzises und pünktliches Arbeiten und für moderate Preise bekannt und beliebt.

Gegen sechs Uhr war Fanny fertig. Sie stapelte die genähten Handschuhe paarweise übereinander und überprüfte und durchzählte sie noch einmal. Dann zog sie ihre Jacke an, nahm ihre Handtasche und verabschiedete sich von Frau Weber, die in einem kleinen Nebenraum Maß an einer Kundin nahm. Frau Weber bedankte sich für die schnelle Erledigung der Arbeit und wünschte Fanny einen schönen Feierabend. Morgen Nachmittag würde Fanny wieder da sein müssen, denn derzeit waren sie mit Aufträgen gut eingedeckt.

Fanny schob ihr Fahrrad aus der Einfahrt auf die Straße hinaus, stieg auf und radelte los, ihre Familie wartete bestimmt schon auf sie. Manchmal wünschte sie sich, Rolf hätte schon das Abendessen gemacht und sie könnte sich gleich an den gedeckten Tisch setzten, wenn sie heimkam, aber dazu kam es kaum, Rolf war zu beschäftigt. Er saß oft bis spät in die Nacht hinein über Rechnungen, Angebote oder der Buchführung, dabei konnte sie ihm ja auch nicht helfen. Auch wäre es schön gewesen, wenn er sich mehr um die Kinder hätte kümmern können, vor allem um Steffen, dem manchmal die väterliche Autorität fehlte. Steffen war übermütig und verspielt, er war halt ein Kind, das vieles ausprobiert, was bei seinen Lehrern beileibe nicht immer gut ankam. Fanny seufzte, erst gestern war sie wieder in der Schule gewesen und musste sich von einem Lehrer einiges anhören, zum Beispiel, dass er im Übermut den Turnschuh eines Mitschülers in die Dachrinne der Turnhalle geworfen habe.

„Ein Dummejungenstreich eines Zwölfjährigen", hatte sie entschuldigend gemurmelt."

„Schon", hatte der Turnlehrer eingewendet, „aber es ist die Häufigkeit, Frau Dengler. Sie können davon ausgehen, wo immer auf dem Schulhof ein Tumult entsteht, ist ihr Sohn Steffen dicke dabei."

Nun, das hatte Fanny schon erschreckt, ihr Steffen ein auffälliger Tunichtgut? Das konnte sie nicht recht glauben.

Ihren Großen, Florian, bekam sie kaum noch zu Gesicht, entweder war er bei seinem Training oder er büffelte mit anderen Schülern fürs Abitur. Klar, sie und Rolf waren stolz auf ihn, er schien seine Schwierigkeiten überwunden zu haben, bis eben auf die liebe Ordnung, die war immer noch ein Problem bei ihm. Zum Beispiel hatte er, schon das zweite Mal glaubte sich Fanny zu erinnern, seinen Hausschlüssel verschlampt, Rolf musste deswegen die Zentralschlösser im ganzen Haus erneuern lassen. Jedenfalls wurde Flori daraufhin mit Nachdruck gebeten, spätestens um elf Uhr nachts zu Hause zu sein, denn dann sei Nachtruhe angesagt und die Hausglocke werde abgestellt. Fanny fand das großzügig, denn morgens um sechs Uhr war gewöhnlich die Nacht vorbei, auch für Florian. Der aber glaubte allzu oft, sich die erste Unterrichtsstunde schenken zu können, was natürlich nicht akzeptabel war. Fanny seufzte und trat kräftig in die Pedale. Sie fuhr auf einem Kiesweg durch den neu angelegten Park mit den noch jungen Bäumchen, auf einem kleinen Hügel rotierte eine imposante Betonkugel in einem kleinen Wasserbassin´. Sie fuhr an einem kleinen, betonierten Weiher und einem Turngerüst vorbei und achtete nicht auf die wenigen Parkbesucher, meist Mütter mit ihren Kindern, die sich vor dem Zubettgehen noch austoben sollten. Fanny hing ihren Gedanken nach, sie dachte an Florian, mit ihm war es nicht leicht, er war stur und uneinsichtig und ließ sich selten blicken. Natürlich stand er nachts oft vor verschlossener Haustür, aber

Fanny konnte nicht umhin, ihm ein Schlupfloch offen zu lassen, ein angelehntes Fenster zum Beispiel oder sie vergaß die Balkon- oder Kellertür abzuschließen. Manchmal hatten sie und Rolf das zweifelhafte Vergnügen, von ihrem Bett aus Flori`s diversen nächtlichen „Einbrüche" zu belauschen, wenn er sich annähernd geräuschlos wie eine Schlange durch den fast heruntergelassenen Rollladen zwängte und durch das offene Fenster, beim leisesten Geräusch lauschend verharrend, ins Elternschlafzimmer robbte. Okay, das war gemein, gestand sich Fanny ein, und Strafe genug für das Zuspätkommen, aber Rolf war der Ansicht, eine ungemütliche Nacht auf der Terrasse würde Florian keineswegs schaden.

Als Fanny jetzt heimkam, bemerkte sie schon im Flur den Bratkartoffelduft, also hatte Rolf heute ein Einsehen gehabt und schon gekocht, dachte sie. Aber es war nicht Rolf, der in der Küche zugange war und ein Chaos anrichtete, es waren ihre Kinder. Fanny ignorierte den verkleckerten Herd, den Öldunst und das Durcheinander von Pfannen, Schüsseln, Kartoffel- und Zwiebelschalen, Öl- und Essigflaschen, Salz- und Pfefferstreuer, hernach würde sie die doppelte Zeit brauchen, um das wieder in Ordnung zu bringen, aber egal, der gute Wille zählte. Sie drückte Sabine einen Kuss auf die Wange, die mit erhitztem Gesicht im Dunst einer Pfanne stand und Kartoffelscheiben wendete, die in reichlich Öl brutzelten und schon gut Farbe angenommen hatten. Dann auch Steffen, der Radieschen schnipselte und unter den Blattsalat in einer großen Schüssel mischte.

„Hm, riecht gut", freute sich Fanny. „Gibt's denn was zu feiern?"

„Wieso?", Sabine tat erstaunt, so als wäre Kochen alltäglich für sie. „Wir dachten, du freust dich darüber, Mama?"

„Das tut es auch, Bienchen, ich bin nur ein wenig überrascht", lächelte Fanny und meinte beiläufig: „Mach doch bitte den Dunstabzug an, Liebes. Ist Papa schon da?"

180

„Er ist im Büro", gab Steffen Bescheid und deckte den Tisch. „Du kannst ihn holen, das Essen ist fertig.

Es war ein wunderbares Essen, aber dann erfuhren Fanny und Rolf den Grund für den Fleiß ihrer Kinder. Sabine erklärte nämlich, dass sie mit ihrer Freundin am Samstag in die neu eröffnete Superdisko gehen will. Ein absolutes Muss für jeden Jugendlichen, behauptete sie.

„Du musst mich auch nicht von dort abholen, Papa." Sabine verschluckte sich beinahe an ihrem Apfelsaft und musste husten. „Weißt du", erklärte sie dann, „Beatrice Freund hat ein Auto, er kann uns nach Hause bringen. Er ist übrigens schon volljährig und sehr umsichtig. Sybille kommt auch mit." Das sollte die möglichen Bedenken des Vaters endgültig zerstreuen.

„Hm", meinte der nur.

Dann rückte auch Steffen mit seinem Anliegen heraus. „Es hat heute in der Schule Ärger gegeben", meinte er kauend, „richtig Ärger, meine ich. Einige Schüler waren so doof und haben sich auf dem Schulhof beim Rauchen erwischt lassen, die Dummköpfe, jeder weiß doch, dass das streng verboten ist. Und weil ich dabeigestanden habe, glaubten die Lehrer ich habe auch geraucht. Wäre ich dann stehengeblieben und nicht wie die anderen wie die Hasen abgehauen?" Weil die Eltern skeptisch dreinschauten, fügte er vorsichtshalber hinzu: „Ich rauche nicht, erst recht nicht auf dem Schulhof, das könnt ihr mir ruhig glauben." Immerhin hatten die Eltern gedroht, wenn sie ihn beim Rauchen ertappen sollten, sein ohnehin karges Taschengeld zu streichen. Von dem Ausprobieren und Experimentieren in verschwiegenen Ecken brauchten sie nun wirklich nichts zu wissen, fand Steffen.

„Schon gut, Steffen, wir hoffen es für dich." Fanni lächelte ihren Jüngsten an, sie kannte ihn, Lügen war nicht seine Stärke. Rolf lud sich seelenruhig den Rest der Bratkartoffeln und des Salats auf seinen Teller und schenkte sich Apfelsaftschorle in sein Glas, die Kinder glaubten schon, er hätte ihnen gar nicht richtig zugehört. Rolf ließ sie zappeln, vor allem sein Töchterchen. Sabine war achtzehn Jahre, er wusste, lange wird er nicht mehr seine schützende Hand über sie halten können, aber solange es möglich war, würde er sie nicht von irgendeinem angetrunkenen, jungen Menschen mit dessen Auto fahren lassen, auch wenn der schon volljährig war.

„Also, Papa, was ist nun." Sabines Geduld schien sich langsam zu erschöpfen. „Ist es also in Ordnung, dass uns Beatrice Freund nach der Disko nach Hause bringt?"

„Wo ist denn diese tolle Disko?", fragte Rolf und wischte sich mit einer Serviette den Mund ab.

„In Heuberg, gegenüber dem Bahnhof." „Aha. Na gut", meinte Rolf und erhob sich, „um elf Uhr hol ich dich dort ab. Wenn deine Freundinnen mitkommen wollen, ist es okay. Der Freund deiner Freundin kann dann in aller Ruhe sein Bierchen trinken, aber mit dem Auto sollte er dann lieber nicht mehr fahren."

Sabine stand abrupt auf. „Musst du mir jede Freude verderben, Papa?", schrie sie empört. „Du bist so gemein, der gemeinste Papa, den es gibt!" Sie lief hinaus und schlug unsanft die Tür hinter sich zu.

Rolf graulte sich schmunzelnd sein Oberlippenbärtchen, das er sich seit Kurzem stehen ließ. „Ein Auto", murmelte er amüsiert, „kaum dass man trocken hinter den Ohren ist, wo gibt's denn sowas? Was glaubst du, Fanny", wandte er sich an seine Frau und half ihr beim Tischabräumen, „kannst du wegen der Rauchergeschichte einmal in die Schule gehen und mit Steffens Lehrer reden?"

„Wartet noch", meinte Steffen, „ich sag es euch schon, wenn es notwendig werden sollte."

Dann flüchtete er lieber aus der Küche, dem Chaos dort war am besten Mama gewachsen und zwar allein.

Später kam sie noch einmal in sein Zimmer, um mit ihm zu reden, beispielsweise über die Beschwerde des Sportlehrers.

„Das war keine Absicht, Mama", verteidigte sich Steffen, „der Schuh von Karsten flog aus Versehen in die Dachrinne. Vorher hat er übrigens meinen Schuh über die Schulmauer geworfen. Ich jedenfalls habe seinen Schuh freundlicher Weise von der Dachrinne heruntergeholt, aber das erwähnt keiner."

„Doch, Steffen", meinte Fanny und versuchte ernst zu bleiben, „denn leider hast du es getan, als andere Klassen über Mathe-Arbeiten saßen. Sie mussten von ihren Fenstern aus zuschauen, wie du die Dachrinne hoch- und wieder heruntergeklettert bist, wie mir dein Sportlehrer sagte. Mensch, Steffen, kannst du dir nicht denken, dass das bei den Lehrern nicht gut ankommt? Und wie ist es mit den Raufereien, in die du ständig verwickelt sein sollst?"

Steffen setzte sein treuherzigstes Gesicht auf. „Ach, Mama, meinst du wirklich, dass ich gern raufe?", meinte er ein wenig schmollend. „Aber weißt du, wenn einer von einer Meute gehänselt, gegängelt und geschlagen wird, dann überleg' ich nicht lange und hau ihn raus, egal, wer er ist und wo es ist. Oder soll ich da vielleicht wegschauen?"

Fanny nahm ihren Buben in die Arme, ihren Helden, das konnte sie ihm wirklich nicht verbieten.

Es kam der Abend, an dem Isabell Baumann nach dem Training Florian mit weinerlicher Stimme bat, sie nach Hause zu bringen, weil sie Angst vor ihrem früheren Freund habe, der gewalttätig sei und ihr auflauere. „Bitte Florian, bring' mich nach Hause, es ist für dich nur ein ganz kleiner Umweg."

Es war schon dunkel, als sie ihre Fahrradlichter einschalteten und sich auf den Weg machten, von einer Bedrohung war vorerst weit und breit nichts zu sehen. Zu dieser späten Stunde war die Landstraße wenig befahren, sie lag dunkel und still vor ihnen, hin und wieder gaben dunkle Wolkenfetzten eine zunehmende Mondsichel frei. Ohne sich weiter um seine Begleiterin zu kümmern, gab Florian ein ordentliches Tempo vor. Im Schein der Fahrradlichter tauchten bald schattengleich Baumkronen und Büsche aus dem Dunkel der angrenzenden Wiesen und Äcker auf, jenseits der Bahnstrecke begleiteten sie Gerbachs Lichter, dann erschienen die ersten Vorgärten von Kirchhausen.

Kirchhausen war ein hübsches, bäuerliches Örtchen, umgeben von Wiesen und Obsthainen, südlich davon erstreckte sich ein Mischwald bis hin zu den Hängen des Odenwaldes. Viele wohlhabende Bürger, unter ihnen auch Isabells Eltern, hatten den ländlich beschaulichen Reiz dieses Örtchens erkannt und sich hier niedergelassen, zumal er schnelle Verkehrsanbindungen in die Rhein-Main Metropolen bot.

Plötzlich bog Isabell links in einen geteerten Weg ein. „Eine Abkürzung durch die Schrebergärten!" rief sie Florian schnaufend zu. Die Fahrradlichter huschten flüchtig an Jägerzäune und graue Mauern vorbei, hinter denen das blattlose Astwerk von niedrigen Bäumen und Büschen auftauchte. Isabell hielt unvermittelt an und stieg vom Fahrrad. Florian, der vorangerollt war, bremste ab und stieg auch vom Rad.

„Wohnst du hier", fragte er verwundert, sich nach ihr umwendend.

„Hier ist unser Schrebergarten, Florian." Isabell lehnte ihr Fahrrad an den Jägerzaun und schloss ein Gartentürchen auf. „Ich muss was holen. Kannst du mir mit deinem Fahrradlicht zum Gartenhaus leuchten, Florian?"

Florian gefiel die Verzögerung nicht besonders, aber was soll's, zu Hause musste er sich sowieso wieder ein Schlupfloch suchen. Er tat ihr also ein wenig missmutig den Gefallen und schob sein Fahrrad auf einem gepflasterten, schmalen Weg hinter ihr her, an einem gemauerten Gartengrill vorbei zur Hütte. „Komm doch einen Moment mit herein, ", meinte Isabell und schloss die Hüttentür auf. „ Es könnte einen Moment dauern."

In der Hütte war es überraschend geräumig und behaglich, die Wände und die Decke waren mit hellen Holzpaneelen verkleidet und der Dielenboden mit hübschen Flickenteppichen ausgelegt. Isabell knipste eine kleine Glasschalenleuchte an, die von der Decke herabhing und ein Kieferntischchen, eine behagliche Sesselgruppe und eine Couch in ein warmes Licht tauchte. In offenen Holzregalen lagen Grillgeräte und Pfannen, zwei hübsche Schränkchen aus Fichtenholz vervollständigten die Einrichtung.

„Gefällt es dir hier?", fragte Isabell, die es seltsamerweise nicht mehr sehr eilig hatte. „Hier verbringen meine gestressten Eltern oft die Wochenenden und grillen mit Freunden. Aber unter der Woche ist es mein Domizil. Hier bin ich ungestört und habe meine Ruhe."

„Sehr schön", gab Florian zu, „hier kann man es aushalten. Was wolltest du gleich holen?"

Isabells dunkle, schöne Augen bekamen einen eigentümlichen Glanz, sie wanderten prüfend durch die Hütte und blieben an Florian hängen. Im warmen Schein der kleinen Glaslampe fing sie an, sich auszuziehen. Florian war überrascht, wollte sagen, dass er gehen muss, er wollte gehen und konnte es nicht. Er schaute ihr gebannt zu, bis sie nackt wie Aphrodite vor ihm stand. Isabell löste ihre Haare, es flutete wie ein dunkler, welliger Strom über ihre runden Schultern und über ihren Rücken. Florian, atemlos und verzaubert, ließ es zu, dass sie lächelnd ihre weißen Arme um ihn legte, er spürte ihre weiche, betörende Wärme und gab sich dem Moment hin.

Nun trafen sie sich fast täglich in der Hütte und fielen wie berauscht übereinander her. Es war ein Fieber, Isabells fordernde Leidenschaft hielt Florian in ihren Bann, Training, Abitur und Zukunftsvisionen traten weit in den Hintergrund zurück.

Er distanzierte sich merklich von seinen Freunden, den Judokas. Nach dem Training entschuldigte er sich meist mit fadenscheinigen Ausflüchen, er habe es eilig und keine Zeit für das obligatorische Bier oder für andere Gemeinsamkeiten. Das Kindertraining erledigte er ohne die gewohnte Begeisterung und Sorgfalt, er beschränkte es auf das Notwenige. Er plante keine Freundschaftskämpfe mit benachbarten Judovereinen mehr, was bei den Kindern zuerst Ratlosigkeit, schließlich Lustlosigkeit hervorrief. Zuerst konnten sich seine Freunde diese radikale Veränderung nicht erklären, Florian war ihnen stets ein guter Kamerad, ein Vorbild gewesen, und als er wieder einmal nach dem Training sang- und klanglos verschwinden wollte, da hielten sie ihn auf und wollten wissen, was verdammt noch mal los sei. Florian bekannte verlegen, dass er mit Isabell zusammen war, dass sie ein Paar seien. Das schlug wie eine Bombe ein und löste bei den Judokas erstauntes Befremden aus. Florian und dieses Mädchen? Darauf wäre keiner gekommen.

Juliane aber war im Stillen entsetzt, sie fand Isabell plump und primitiv, wie sie sich mit diesem Anmachgrinsen an Florian heranmachte, direkt widerlich. Auf sowas konnte er doch unmöglich hereinfallen. Juliane tat es fast körperlich weh, zu wissen, dass dieses Mädchen und Florian, nun, dass sie ein Paar sein sollen. Sie fröstelte bei dem Gedanken und hoffte inständig, dass Florian bald wieder zur Vernunft kommen würde.

Immerhin brachte Florian ein einigermaßen brauchbares Abitur zustande. Weder sein Fleiß noch seine Begabung in Deutsch und in Fremdsprachen, noch die Unterstützung und Gewogenheit seiner Lehrer waren dazu angebracht gewesen, einen besseren Abschluss zu erzielen. Aber schlechte Leistungen und Nachlässigkeiten rächen sich im Leben, vor allem, wenn man Legastheniker und Linkshänder ist. Das sollte auch Florian Dengler noch bitter erfahren.

Jedenfalls war er froh, die lästige Schule mit ihren desinteressierten Lehrern, für die die meisten Schüler nur potentielle Ruhestörer waren, die man mit überdrüssiger Verachtung bestrafen müsse, hinter sich gebracht zu haben. Aber gut, lenkte Florian ein, nicht alle waren so. Mathelehrer Wagner zum Beispiel, Julianes Vater, war menschlich gewesen oder die ein wenig naive Geschichtslehrerin Weiß, die noch an das Gute im Menschen glaubte und es persönlich nahm, wenn einer ihrer Schüler schlechte Leistungen brachte oder sich daneben benahm. Andere Lehrer hingegen hielten nicht damit hinterm Berg, dass sie wenig Lust verspürten, morgens vor kahlen Wänden und leeren Stühlen zu unterrichten. Sie warteten lieber im Café Strobel, das praktischerweise gegenüber dem Gymnasium lag, bei einer gemütlichen Tasse Cappuccino ab, bis ihre Schüler voraussichtlich eingetrudelt sein würden. Die meisten Schüler seien heutzutage unmotiviert und provozierend gelangweilt und kamen nur, wenn ihnen danach ist, schimpften sie, Florian Dengler war auch so einer. Jedenfalls hatte sich dieser Zustand schlagartig geändert, als eines Tages pünktlich vor Unterrichtsbeginn einige Eltern im fast leeren Klassenraum aufgetaucht waren, die wenigen Schüler darin hatten auf ihren Stühlen lümmelnd und mit hochgelegten Beinen dem Unterricht entgegen gedöst oder in irgendwelchen Büchern, nur nicht in Schulbüchern geschmökert. Ob die Veränderung dauerhaft oder nur vorrübergehend war, wusste Florian nicht zu sagen, denn für ihn war die Schule Vergangenheit. Er hatte ein Chemiestudium an der Technischen Hochschule Darmstadt in der Tasche, allein das zählte.

Dieses Mal waren die Eltern echt großzügig, sie schenkten ihrem Sohn zum bestandenen Abitur ein Fahrrad, die beste Idee, die sie jemals hatten, fand Florian. Denn jetzt konnte er seiner großen Liebe, Isabell Baumann nachradeln, die mit ihren Eltern an der Costa del Sol Urlaub machen wollte.

Es waren über zweitausend Kilometer bis dahin, aber das neue Fahrrad gab es her. Es war mit einer einundzwanzig Gangschaltung und einem stabilen Aluminiumrahmen ausgestattet, die Qualitätsreifen hatten doppelt verdichtete Schläuche, die Eltern hatten sich dieses Mal wahrhaftig nicht lumpen lassen. Durch das nun tägliche Radfahren zur Uni und wieder zurück und auch sonst, fühlte sich Florian ausreichend fit für diese Tour. Es drängte ihn geradezu nach großen Herausforderungen, außerdem verleiht die Liebe Flügel, wie man weiß. Als Lothar Kessler, ein ehemaliger Schulfreund, mit radeln wollte, war Florian froh darüber. Obwohl sich Lothar seines Wissens nie als Sportsfreund hervorgetan hatte, so war er doch ein netter Kumpel. Um ihn auf die Tour vorzubereiten, nahm ihn Florian jeden Tag mit auf eine zweistündige Odenwaldtour. Lothar schwitzte und keuchte zwar wie ein Walross die Hügel hinauf, aber er hielt sich tapfer.

Fanny machte sich Sorgen und versuchte Florian von dieser Wahnsinnstour, wie sie es nannte, abzubringen, natürlich ohne Erfolg. Florian kramte voll Vorfreude alles Notwendige dafür zusammen.

Es war der letzte Abend, schon am nächsten Morgen sollte Isabell mit ihren Eltern abreisen. Sie lagen in der Gartenhütte eng zusammengekuschelt und ermattet auf der Couch.

„Versprich mir, Flori", flüsterte Isabell zum wievielten Male, „dass du nachkommen wirst, gleich morgen. Kannst du verstehen, dass ich dich jetzt schon vermisse? Ich liebe dich so sehr, Florian. Liebst du mich auch? Sag' es mir, Florian, sag' mir, dass du mich auch liebst."

„Ja, Isabell, ich liebe dich auch." Florian streichelte zärtlich über ihr fülliges, dunkles Haar. Es stimmte, er liebte Isabell, er war über die Maßen glücklich. Noch nie hatte ihn ein Mensch so heiß geliebt, so schrankenlos angenommen, so eifersüchtig vereinnahmt und so grenzenlos bewundert wie sie, das tat seiner empfindsamen Seele gut.

Erst als der Morgen graute, trennten sie sich und wussten nicht, wie sie die Zeit bis zum Wiedersehen überstehen sollten.

Schon am folgenden Wochenende, an einem wunderschönen Sommermorgen, brachen Florian und Lothar mit großem Gepäck auf. Fanny schaute ihnen besorgt nach, durch die großen Rucksäcke auf ihren Rücken, den Schlafmatten und dem herabbaumelnden Blechgeschirr an beiden Seiten konnte sie die Burschen kaum sehen, nur ihre kräftigen, besockten Beine in den festen Schnürschuhen, die kräftig in die Pedale traten. Sie winkten noch einmal zurück und verschwanden dann zügig in der nächsten Kurve.

„Kommt gesund wieder!", rief sie ihnen nach. „Verrückte Kerle", murmelte sie dann in grimmiger Besorgnis. „Total verrückter Kerl."

Bekümmert ging sie ins Haus. „Mein Gott", dachte sie, „wenn das nur gut geht. Aber sie konnte ihn ja nicht festbinden, er musste eben immer seine Grenzen ausloten. Was für ein verrückter Kerl, mein Gott, wenn das nur gut geht! Immer sucht er die Extreme, immer bewegt er sich auf Messers Schneide, immer musste man um ihn zittern und bangen. Ausgerechnet diesem Mädchen musste er nachfahren, ausgerechnet ihr. Toll, wie sie sich unlängst bei ihnen eingeführt hatte."

Es hatte keiner bemerkt, als Florian mit ihr in sein Zimmer geschlüpft war, aber als Fanny durch den Flur in die Küche ging, hörte sie in Florians Zimmer das Bett im gleichmäßigem Rhythmus schnarren und, zu ihrem Schrecken, das lustvolle Stöhnen eines Mädchens. Fanny war erschrocken und beschämt, ohne etwas davon zu erwähnen war sie zu Rolf und dem befreundeten Ehepaar an den Kaffeetisch zurückgekehrt. Ja, dann waren die zwei ins Esszimmer gekommen und Florian hatte das Mädchen völlig unbefangen vorgestellt, Isabell hieß sie wohl, den Nachnamen hatte Fanny nicht verstanden oder bei der Aufregung überhört. Jedenfalls hatte sich diese Isabell frech und ungeniert an den Kaffeetisch gesetzt und Florian hatte ihr und sich Kaffee eingeschenkt, auch er war kein bisschen verlegen gewesen. Das Mädchen hatte herausfordernd in die Runde geschaut und war dann mit Florian hinaus stolziert, selbstsicher, fast triumphierend, wie es Fanny vorgekommen war. Warum brachte Florian ein solches Mädchen mit? Eigentlich war zu vermuten und zu erwarten gewesen, dass er ein Judomädchen mitbringen würde, er hatte oft von einer Juliane geschwärmt. Jammerschade, daraus wurde jetzt wohl nichts. Diese Juliane kam wohl aus einer Akademiker-Familie, das hätte vielleicht dann doch nicht so recht gepasst. Aber warum ausgerechnet dieses Mädchen?

Fanny seufzte, sie musste sich ablenken, musste das Kraut hinsetzen, die Wäsche zusammenlegen und Staubwischen, sie musste sich beschäftigen. „Ach, wenn ihm nur nichts passiert", dachte sie wieder und wieder. „Warum musste es denn gleich bis nach Spanien sein, was konnte auf einer so langen, schwierigen Strecke nicht alles passieren. Er wird nur fremden Menschen begegnen, mit denen er sich nicht verständigen kann, er fand es ja nie der Mühe wert, ernsthaft Englisch zu lernen. Niemand würde ihm helfen können, falls was passieren sollte, alles nur wegen diesem, diesem ekelhaften Mädchen. Mensch, Flori, wann wirst du vernünftig. Ach, das Kraut, es ist angebrannt. Mein Gott, wenn er nur gesund wiederkäme."

Fanni sollte ihren Sohn erst nach fünf Wochen wiedersehen. Die letzten fünfhundert Kilometer nach Hause wird er fast am Stück zurückgelegt haben, allein und mit allerletzter Kraft, denn sein Freund Lothar wird lange vor ihm mit dem Zug heimgefahren sein. Florian wird vor Überanstrengung und Entbehrungen ausgezerrt und von einer schlimmen Magenverstimmung geschwächt sein, er wird schlafen, schlafen, eine ganze Woche lang, bis er sich mit Hilfe von Hühnerbrühen, Reis- und Grießbreien, die ihm Fanny bringen wird, langsam erholt haben wird. Auch Florians Fahrrad wird dann nur noch ein Wrack sein. Florian wird seine Grenzen nicht nur ausgelotet, er wird sie gründlich überschritten haben.

Nun, es würde nicht das letzte Mal gewesen sein.

Das erste Semester in Chemie an der Techn. Hochschule Darmstadt erwies sich für die Studienanfänger als knallharte Auslese. Die Ränge des großen Hörsaals waren schon am frühen Morgen, wenn Florian eintraf, mit Studierenden überfüllt, sogar auf den Treppen zwischen den Rängen saßen sie mit ihren Büchern und Mappen. Florian, der mit einem nicht ganz so guten Fahrrad, wie es sein Abiturfahrrad gewesen war, abgehetzt bei der Hochschule ankam, -bis Darmstadt waren es circa fünfundzwanzig Kilometer- versuchte möglichst vorne auf den Treppen, nah beim dozierenden Professor einen Sitzplatz zu ergattern, um ihn verstehen zu können. Das war wichtig, denn die Professoren hatten keine Lust ihre Stimmbänder über Gebühr zu strapazieren. Wenn sich ein Student beschwerte, dass er nichts verstehen könne, verwies ihn der Dozent auf die Bibliothek, wo man mittels der Fachbücher alles noch einmal nachlesen könne. Nur wurde auch die Bibliothek von Studierenden übervölkert und das begehrteste Lehrmaterial war schnell vergriffen. Nicht jeder Student konnte sich die sündhaft teuren Lehrbücher kaufen, auch Florian nicht.

Manchmal, wenn er mitten in der Nacht erschöpft und verstört heimkam, setzen er sich, wenn die Eltern noch halbwegs ansprechbar waren, auf ihre Bettkante und redete sich seinen Ärger und Kummer von der Seele. Das war schön, das entlastet ihn, so dass er danach friedlich und ruhig einschlafen konnte, bis ihn am frühen Morgen der Wecker aus dem Tiefschlaf riss. Seine Eltern ließen es sich gerne gefallen, und wenn ihr Großer endlich eingeschlafen war, grübelten sie noch lange flüsternd über die unzumutbaren Missstände an der Technischen Hochschule Darmstadt nach. Sie bangten um Florian, bis auch sie endlich einschlafen konnten.

Schon in den ersten Monaten lichteten sich die Ränge im großen Hörsaal erheblich, viele Studierende wechselten in ein, wie sie glaubten leichteres Studienfach über. Florian aber blieb, für ihn kam nur das Chemiestudium in Frage. Die Prüfungen nach dem ersten Semester schaffte er zwar, aber er kam nicht unter die zwanzig Besten, und nur die kamen weiter. Das hieß, das erste Semester wiederholen, was im Grunde kein Problem war, wenn nicht wieder die überfüllten Hörsäle gewesen wären.

Das Kindertraining jeden Donnerstagnachmittag behielt Florian bei, es machte ihm wieder Freude und brachte auch ein wenig Taschengeld ein. Das Erwachsenentraining jedoch gab er vorläufig auf, weil Isabell das Judo nicht mochte und sie die wenige Zeit, die ihnen Studium und Ausbildung ließen, mit ihm zusammen sein wollte. Isabell führte Florian in ihren Freundeskreis ein, mit dem sie sich jedes Wochenende traf. Sie zeigte ihm die schönsten Diskotheken, in denen es die tollsten Diskjockeys und die besten Drinks gab und wo man unter blitzeschleudernden, bunten Diskokugeln ekstatisch tanzen und flirten konnte. Florian begleitete Isabell in diese grelle, schrille Welt, er belächelte nachsichtig ihre Verrücktheiten und liebte sie deswegen. Bereitwillig lernte er ihre ebenso verrückten Freunde kennen, scherzte und trank mit ihnen, er und Isabell galten bei ihnen als Traumpaar. Das Leben konnte so einfach sein, so unbeschwert und fröhlich, vielleicht, dachte Florian, hatte er es bisher viel zu ernst genommen. Als Isabell ihn mit zu sich nach Hause nahm, zu ihren Eltern, da war Florian von deren herzlicher Gastfreundschaft beeindruckt, von der ungezwungenen Selbstverständlichkeit, mit der jedermann in ihrem Hause ein und aus ging. So etwas kannte er von Zuhause nicht.

Florian hatte seinerzeit durch seine Zartheit, vor allem bei den weiblichen Lehrkräften stets Beschützerinstinkte geweckt, diesen Vorteil genoss Steffen nicht, er war groß und kräftig und wurde deshalb oft überschätzt, auch von seinen Eltern. Er war fünf Jahre alt, als die Erzieherinnen im Kindergarten der Meinung waren, sie könnten Steffen nichts mehr bieten, er langweile sich und müsse eingeschult werden, was dann auch geschah. Seine junge Lehrerin musste aber schnell feststellen, dass Steffen noch zu verspielt für den Unterricht war, er benütze sein Schreibmaterial lieber zum Spielen als zum Schreiben, ein Wunder, dass er überhaupt vom Lehrstoff etwas mitbekommt. Fanny quälte sich und ihren Buben jeden Nachmittag mit tcils unsinnigen Hausaufgaben, wie zum Beispiel eine ganze Heftseite mit großen A's vollschreiben, nur mit A's, Zeile um Zeile, das wollte Steffen nicht gelingen. Schon nach der dritten Zeile schlugen seine A's Kapriolen, bekamen Ohren, Augen, Hände, Füße, Flügel, was nett aussah, aber absolut nicht gefragt war. Da half kein Schimpfen oder Versprechen, Steffen schaffte es nicht, er fand die Schule doof, tödlich öde. Er versuchte die Langeweile mit allerlei Unsinn zu bewältigen, was Lehrer und Eltern nicht selten an den Rand der Verzweiflung brachte. Ja, das war wohl Steffens Problem und blieb es bis zur neunten Realschulklasse. Dass Steffen das Gymnasium besuchen könnte, daran dachte keiner, er selbst am allerwenigsten.

Als er heute von der Schule heimkam, sah es ihm Fanny gleich an, dass er ein Problem hatte, ein noch größeres als sonst. Mit abwesendem, nachdenklichem Gesicht stocherte er in seinem Lieblingsessen herum, Kartoffelbrei mit Fleischpflanzerln und Tomatensoße. Sie waren allein in der Küche, Sabine hatte, seit sie im Darmstädter Kliniken als Röntgenassistentin arbeitete, Wechseldienst, Florian kam heim, wann es ihm passte und Rolf bereiste als selbstständiger Röntgentechniker ganz Hessen.

„Nun sag' schon, Steffen", meinte Fanny und betrachtete besorgt das ansonsten so aufgeweckte Bubengesicht ihres Jüngsten. „Was hat's denn gegeben? Hast du eine schlechte Arbeit geschrieben?"

„Das auch", meinte Steffen. Sie räumten zusammen die Spülmaschine ein, dann graulte sich Steffen unentschlossen sein dunkelblondes, kurzes Haar und schaute seine Mutter verlegen grinsend an. „Vielleicht brauche ich dich, Mama."

Bei Fanny klingelten alle Alarmglocken, wenn Steffen wegen der Schule um Hilfe bat, dann musste es ernst sein. Sie band sich die Schürze ab, hing sie an einen Haken und setzte sich zu ihrem Sohn an den Küchentisch. „Was ist los", fragte sie.

„Ach, Lehrer Dubener", Steffen kaute an seiner Unterlippe, „heute ist er restlos ausgeflippt, weißt du. Er sagte, mit den Zensuren, die er mir verpassen wird, würde ich keinen Fuß in irgendeinen Lehrbetrieb setzen können."

„Aber wie kann er sowas sagen?", fragte Fanny bestürzt. „Was ist denn passiert?"

„Ach, es war ja nur ein Spaß, eine kleine Wette", meinte Steffen und musste grinsen. „Weißt du, ich habe mit Berta Koch, meiner Banknachbarin gewettet, dass, wenn wir unserer Zeichnungen vertauschen würden, sie also meine Zeichnung mit ihrem Namen und ich die ihre mit meinen Namen abgeben würde, dann, da bin ich mir fast sicher, würde meine Zeichnung mit einer Eins und die ihre mit einer Vier bewertet werden. Das glaubte sie nicht und so wetteten wir, wenn es nicht so sein sollte, sollte ich bei Bertas Eltern einmal die Straße fegen, und wenn ja, dann sollte sie bei uns einmal die Straße fegen. Fairer Deal, oder? Ja, und so machten wir es, es war ein Experiment, weißt du, außerdem können Arbeiten durchaus mal verwechselt werden, oder? Was soll ich dir sagen, Mama, ich habe gewonnen, aber dass Berta bei uns die Straße fegt, darauf bestehe ich nicht, schließlich hat sie mir einen Gefallen getan. Jedenfalls mussten wir Herr Dubener über seinen Irrtum aufklären und, was soll ich dir sagen, Mama, er ist derart ausgeflippt, dass wir dachten, den Notarzt rufen zu müssen." Steffen grinste verlegen, aber Fanny fand das nicht lustig, sie atmete tief durch. Eigentlich verstand sie Steffen, der Junge musste ja auf solche Ideen kommen, wenn es stimmte, was er erzählte, und warum sollte er lügen. Nur leider verschlimmerte er damit seine sowieso schon schwierige Lage.

„Was sollen wir jetzt tun, Steffen? Soll ich mit Herrn Dubener reden?"

„Noch nicht, Mama, ich sag' dir schon, wenn es notwendig werden sollte.

Das sollte schneller sein, als er dachte.

Denn dieses Jahr wollte Lehrer Dubener mit seiner Klasse im Dezember fünf Tage in den Schwarzwald fahren, sie wollten auf den Feldberg Rodeln und Skifahren und in Freiburg den berühmten Christkindlmarkt besuchen. Es sollte die Abschlussfahrt der Klasse und die Krönung der Schulzeit sein; aber nicht für Steffen Dengler.

Lehrer Dubener suchte nach einem Grund, um den ungeliebten Schüler nicht mitnehmen zu müssen und fand ihn kurz nach den Herbstferien. Die Aufsicht, dieses Mal hatte sie Lehrerin Müller in der großen Pause, hatte wieder einmal rauchende Schüler auf dem Schulhof erwischt, allesamt aus der 9a von Lehrer Kaufmann, nur Steffen Dengler ging in die Klasse von Lehrer Dubener. Und als sie diese Übertretung pflichtgemäß den beiden zuständigen Lehrern meldete, ergriff Lehrer Dubener die Gelegenheit, diesen unverschämten Bengel empfindlich in seine Schranken zu verweisen und gleichzeitig seiner Klasse zu demonstrieren, was bei ungebührendem Verhalten herauskam. Ein Präzedenzfall, sozusagen.

Lehrer Dubener bestrafte seinen frechen Schüler damit, dass er von der Abschlussfahrt ausgeschlossen wird und stattdessen in eine Parallelklasse gehen muss, auch wenn dieser Stein und Bein schwor, niemals jemals auf dem Schulhof geraucht zu haben. Aber Ausflüche und Ausreden ließ Lehrer Dubener nicht gelten, es blieb dabei.

Aber Steffen war sich in diesem Fall absolut keiner Schuld bewusst und wollte unbedingt in den Schwarzwald mitfahren. Er erklärte es aufgeregt seiner Mutter. „Ich habe Frau Müller sofort gesagt, dass ich nicht geraucht habe, aber das interessierte sie nicht und Herrn Dubener schon gar nicht."

„Okay, Steffen", mahnte ihn Fanny, „aber wenn ich in die Schule gehe, muss ich ganz sicher sein, dass du nicht geraucht hast."

„Ich hab' wirklich nicht geraucht, Mama! Du kannst dich darauf verlassen."

„Gut, Steffen, dann lass uns sehen, was sich machen lässt."

Und so tigerte Fanny an einem der nächsten Vormittage in die Schule, um mit Lehrer Dubener über die Sache zu reden, und auch wegen Steffens schlechter Zensuren, die ihrer und Rolfs Meinung nach nicht immer gerechtfertigt waren. Sie kam unangemeldet, möglicherweise würde sie gar kein Gespräch mit Lehrer Dubener bekommen. Aber vielleicht, da sie schon einmal hier war, mit einem anderen von Steffens Lehrern. Es wäre interessant zu wissen, dachte sie, ob Steffen auch bei ihnen durch ein rüpelhaftes Benehmen auffiel.

Lehrer Dubener habe gerade Unterricht, wurde Fanny im Sekretariat ausgerichtet, aber viele der anderen Lehrer hätten gerade eine Freistunde und überprüften gewöhnlich in ihren Klassenräumen die Arbeiten ihrer Schüler.

„Na gut", dachte sich Fanny und machte sich auf den Weg, die Sekretärin hatte beschrieben, wo sie eventuell Steffens Lehrer antreffen konnte. Zuerst klopfte sie an die Tür der Chemielehrerin, Frau Angermann. Bei Fannys Nachfrage erklärte sie ein wenig ungeduldig, dass der Junge aufs Gymnasium gehöre, er wäre hier, in der Realschule fehl am Platz, er langweile sich. Fanny verschlug es die Sprache, sie dachte, es müsse sich um eine Verwechslung handeln.

Danach suchte sie Steffens Englischlehrerin, Frau Mägdele auf, die einige Zeit brauchte, um sie dem richtigen Schüler zuzuordnen.

„Ach, Steffen!", meinte sie schließlich erleichtert. „Steffen, ja, er ist ein Phänomen, er kommt immer zu spät." Sie lächelte nachsichtig. „Aber wenn ich seine Abwesenheit eintragen will, sitzt er doch auf seinem Platz und tut so, als säße er wer weiß wie lange schon dort. Der Schlingel kann sich anscheinend unsichtbar und unhörbar machen."

„Und sonst", fragte Fanny bang, „benimmt er sich sonst ordentlich?"

„Steffen ist ein netter Bursche", nickte die Lehrerin, „nicht gerade fleißig, aber intelligent und nett." Fanny verabschiedete sich erleichtert. Vielleicht konnte sie noch Steffens Mathelehrer, Herrn Kaufmann antreffen. Sie fragte sich zu seinem Klassenzimmer durch und hatte Glück, Lehrer Kaufmann, ein schon älterer Lehrer mit lichtem Haupthaar und strenger Miene war da. Er blickte erstaunt auf, als Fanny, nachdem sie angeklopft hatte, eintrat. Fanny stellte sich vor und bat um eine kurze Auskunft über ihren Sohn Steffen.

„Ich habe wenig Zeit, Frau Dengler. Was genau wollen Sie denn wissen?"

„Nur ob Sie zufrieden mit ihm sind, mit seiner Leistung und auch sonst, Herr Kaufmann."

„Nun", erwiderte Herr Kaufmann, „Steffen ist ein Saisonarbeiter, das heißt, er arbeitet nur, wenn ihm danach ist, das kann ich nicht leiden, Frau Dengler. Der Junge langweilt sich bei uns, warum geht er eigentlich nicht aufs Gymnasium?"

Als die ersten Schüler in den Klassenraum kamen, bedankte sich Fanny bei Lehrer Kaufmann und ging. Sie war verwirrt, natürlich hätten sie Steffen aufs Gymnasium geschickt, liebend gern sogar, wenn es seine Noten zugelassen hätten. Fanny bahnte sich einen Weg durch die lärmenden Schüler, die vom Pausenhof zurückkamen und durch die breiten Gänge in ihre Klassenräume drängten, Steffen konnte sie nicht darunter entdecken. Sie musste die nächste Schulstunde abwarten, bis sie bei Lehrer Dubener vorsprechen konnte. Um die Zeit zu nützen suchte sie das Rektor-Zimmer auf, es lag neben dem Sekretariat.

Rektor Ritter saß an seinem Schreibtisch, als Fanny eintrat und sich vorstellte. Er bat sie, Platz zu nehmen.

„Nun, Frau Dengler, was soll ich dazu sagen?", meinte er und klappte Steffens Ordner, den ihn Fanny ausgehändigt hatte, zu. Fanny fühlte sich dem gewichtigen, gebildeten Mann gegenüber ein wenig befangen, würde er ihre Bedenken nicht kurzerhand vom Tisch fegen? Hielten Lehrer nicht grundsätzlich zusammen, weil keine Krähe einer anderen ein Auge aushackt, wie es so schön heißt.

Sie versuchte ihrer Stimme Festigkeit zu geben. „Diese Zensuren", meinte sie tapfer und schlug Steffens Geographie- Ordner auf, „also mein Mann und ich glauben, sie sind nicht gerechtfertigt. Steffen hat alle Fragen richtig beantwortet, wir haben es überprüft. Warum also bekommt er eine so schlechte Note?"

Lektor Ritter studierte kurz die Arbeiten, dann klappte er auch diesen Ordner mit einer ungeduldigen Bewegung zu.

„Auf die Schnelle kann ich das nicht beurteilen", meinte er. „Wissen Sie, Frau Dengler, Noten hängen von verschiedenen Faktoren ab, beispielsweise vom Klassendurchschnitt."

„Heißt", dachte Fanny bedrückt, „Noten liegen im Ermessen des Lehrers. Dass mit den Krähen stimmte also."

„Wenn sich beispielsweise ein Schüler große Mühe gibt", fuhr Rektor Ritter erklärend fort, „und die Fragen umfassend richtig beantwortet, rückt der Notenspiegel automatisch nach oben. Wie sonst sollte man fleißigen Schülern gerecht werden? Ich werde mit Herrn Dubener darüber reden, Frau Dengler", versprach er und stand auf. Er reichte Fanny die Hand, dann ging sie.

Sie fühlte sich plötzlich sehr klein und hilflos. Konnte sie hier überhaupt etwas ausrichten? Was sollte es schon bringen, gegen Mühlräder anzukämpfen.

Aber dann dachte Fanny an ihren Sohn, er musste sich hier behaupten. Steffen fiel nicht durch ein flegelhaftes Benehmen auf, wie befürchtet, im Gegenteil, er war ein guter Schüler. Er war unpünktlich, faul und nachlässig, sicher, aber das würde er noch in den Griff bekommen. Rolf wird es freuen, wenn sie es ihm heute Abend erzählen wird.

Fanny fasste neuen Mut, jedenfalls fühlte sie sich für das anstehende Gespräch mit Herrn Dubener gerüstet. Sie wartete vor seinem Klassenraum, bis die Schüler lärmend herausdrängten, unter ihnen Steffen. Er lächelte seiner Mutter im Vorbeilaufen kurz zu. Dann trat Fanny in den Klassenraum.

Lehrer Dubener, ein großer, knochiger Mann mit schmalem, durchfurchtem Gesicht, hörte sich Fannys Anliegen mit abweisender Miene an. Fanny wusste von Steffen, dass er zur alten Riege gehörte und großen Wert auf militärische Disziplin legte, wie zum Beispiel am Morgen von den Schülern strammstehend mit einem zackigem „Guten Morgen, Herr Lehrer Dubener!" begrüßt zu werden. Das musste Steffen als unzeitgemäß empfinden, es war wohl das erste, wobei er sich verweigerte. Fanny hatte es insgeheim gutgeheißen, als sie es erfuhr, denn normalerweise ging Steffen unnötigen Konflikten mit Respektspersonen gern aus dem Weg, er verhandelte lieber, statt mit dem Kopf durch die Wand zu gehen, so wie sein Bruder beispielsweise. Ehrlich gesagt fand es Fanny amüsant, wenn Steffen bei einem aufgebrummten Hausarrest versuchte, einen für ihn günstigen

Zeitpunkt für den Arrest zu verhandeln, das tat er so liebenswert und unaufgeregt, dass sich Fanny gewöhnlich darauf einließ. Bei Lehrer Dubener aber kam so etwas nicht an, bei ihm waren Winkelzüge oder vorlautes Hinterfragen nicht erwünscht und nicht erlaubt, Lehrer Dubener bestand auf absoluten Gehorsam und Disziplin, und weil dies offenbar mit Ungerechtigkeiten verbunden war, musste es Steffen, nahm Fanny an, zuerst zu einem sanften Widerstand veranlasst haben, der sich allmählich zu einem unterschwelligen, dann offenen Krieg entwickelte, dem weder Steffen, noch seine Eltern auf Dauer gewachsen sein konnten. Wie sich herausstellen sollte, auch Lehrer Dubener nicht.

Lehrer Dubener waren Schüler wie Steffen Dengler ein Gräuel, sie untergruben die Moral der ganzen Klasse, schlimmer noch, sie untergruben die Autorität des Lehrers, in diesem Fall die seine. Jugendlichen wie Steffen Dengler konnte man keine Disziplin beibringen, sie waren arrogant und unfähig, sich ein- und unterzuordnen. Lehrer Dubener verachtete solche Individuen, sie mussten gedrückt und möglichst mundtot gemacht werden.

Als Fanny nun fast hastig ihr Anliegen vorbrachte, beobachtete sie beunruhigt, wie sich Lehrer Dubeners Gesicht verfinsterte und sich eine steile Falte zwischen seiner Nasenwurzel bildete. Fanny wurde es ein wenig bang zumute.

„Glauben Sie mir, Herr Dubener", beteuerte sie schüchtern, „Steffen raucht nicht, schon gar nicht auf dem Schulhof. Ich glaube ihm, wenn er das sagt, ich kenne ihn. Deshalb bitte ich Sie, Steffen mitzunehmen auf die Klassenfahrt, er freut sich schon so lange darauf. Wir haben sie auch schon bezahlt."

Lehrer Dubeners Stirnadern quollen beängstigend an. „Sie behaupten also", meinte er mühsam beherrscht, „dass ich, der Lehrer, lüge? Ihr Sohn Steffen wurde wiederholt auf dem Schulhof beim Rauchen erwischt, dieses Mal von Frau Müller. Deshalb fährt er nicht mit! Schlusspunkt und aus!

Fanny begriff, mit diesem Lehrer konnte man nicht vernünftig reden, sie beschloss noch einmal bei Rektor Ritter vorzusprechen. Er war im Gespräch, Fanny musste warten. Sie setzte sich im Eingangsbereich auf eine Bank, es musste bereits auf Mittag zugehen, schätzte sie. Sie war aufgewühlt und unsicher, war es richtig, sich ganz allein mit einem Lehrer anzulegen? Kein Lehrer würde einem Kollegen in den Rücken fallen, auch diese Frau Müller nicht, die Steffen beim Rauchen erwischt haben wollte. Am liebsten wäre Fanny gegangen und hätte die Sache auf sich beruhen lassen, aber dann dachte sie an Steffen. Konnte, durfte sie ihn im Stich lassen? Nein, da musste sie jetzt durch, jedenfalls musste sie es probieren. Sie hörte die Eingangstür gehen, hörte Schritte durch den breiten, leeren Eingangsflur hallen und sah erleichtert Rolf auf sich zukommen. Er lächelte seine Frau an und setzte sich neben sie auf die Bank. Seine Unbefangenheit und Sicherheit beruhigte Fanny sofort, sie war über die Maßen erleichtert, am liebsten wäre sie ihrem Mann um den Hals gefallen, aber das geziemte sich nicht, so in aller Öffentlichkeit.

„Ach, Rolf", seufzte sie nur, „gut, dass du da bist. Hast du also den Zettel gelesen, den ich dir hingelegt habe?"

„Ja, deshalb weiß ich ja, dass du hier bist. Konntest du schon mit Steffens Lehrer reden?"

Fanny erzählte ihm von dem unerfreulichen Gespräch mit Lehrer Dubener.

„Aber Steffens andere Lehrer sind mit ihm zufrieden, Rolf, sein Mathelehrer und die Chemielehrerin meinten sogar, Steffen müsse aufs Gymnasium. Aber", wandte sie nachsichtig lächelnd ein, „du weißt es ja selbst, Steffen ist ein Schlurri, er ist unpünktlich, da muss er

202

sich noch bessern. Vielleicht sollten wir ihn doch im Heuberger Gymnasium anmelden?"

Sie wurden in das Zimmer des Rektors gerufen.

„Ach, Frau Dengler", meinte Rektor Ritter etwas ungeduldig und schüttelte ungläubig den Kopf, als ihm Fanny von Lehrer Dubeners polemischem Auftritt erzählte und dass sie beinahe Angst vor ihm bekommen habe. „So schlimm wird es nicht gewesen sein!"

„Wie auch immer, Herr Ritter", meinte Rolf mit Nachdruck, „Steffen kann nicht länger in der Klasse dieses Lehrers bleiben, er muss in eine andere Klasse versetzt werden."

„Ausgeschlossen", lehnte Rektor Ritter entschieden ab, „absolut ausgeschlossen! Was glauben Sie denn, wenn wir das erlauben würden, was das für eine ständige Völkerwanderung zwischen den Klassen mit sich brächte. Jedes Mal, wenn ein Lehrer nicht genehm wäre, könnte ein Schüler von einer Klasse in die andere wandern, von einem Lehrer zum nächsten. Wie stellen Sie sich das vor, Herr Dengler?"

„Warum?", fragte Rolf zurück, „sollte ein Schüler die Klasse wechseln wollen, wenn er sich von seinem Lehrer gefördert weiß? Steffen fühlt sich bei Herrn Dubener nicht gut, warum nicht, dass steht auf einem anderen Blatt. Auch wir, seine Eltern, haben kein Vertrauen mehr zu diesem Lehrer. Ab nächstem Halbjahr geht Steffen in eine andere Klasse oder er wechselt die Schule. Schließlich müssen wir an sein Abschlusszeugnis denken, an seine Zukunft. Von diesem Lehrer kann er keine Förderung oder zumindest ein gerechtes Abschlusszeugnis erwarten." Rolf redete sich in eine kleine Erregung hinein.

Rektor Ritter stand auf, er blieb ruhig. „Daran kann ich Sie nicht hindern, Herr Dengler. Aber lassen Sie uns noch einmal mit Herrn

Dubener reden. Ich muss wissen, was er zu der Geschichte zu sagen hat."

Sie trafen Lehrer Dubener, als er gerade mit seiner Mappe unterm Arm seinen Klassenraum verließ.

„Dieser Junge ist aufmuckend, widerspenstig und frech", erklärte er, als ihn Rektor Ritter nach seinem Schüler Steffen Dengler fragte, Fanny und Rolf übersah er geflissentlich. „Er hat schon mehrmals auf dem Schulhof geraucht, das letzte Mal hat ihn Frau Müller dabei erwischt. Er bekommt genau dass, was er verdient, er wird die Klassenfahrt nicht mitmachen." Damit war für Lehrer Dubener das Gespräch beendet, er wollte gehen. Da eilte just eine kleine, etwas füllige Frau mittleren Alters vorbei. „Ah, Frau Müller", sprach sie Rektor Ritter an, „gut, dass wir Sie treffen. Sie haben doch neulich während der großen Pause auf dem Schulhof einige Jungs beim Rauchen erwischt, nicht wahr?"

Frau Müller nickte etwas erstaunt.

„War Steffen Dengler auch dabei, Frau Müller, hat er auch geraucht?"

„Ja", erwiderte Frau Müller verwundert, „sicher."

„Überlegen Sie bitte genau, Frau Müller", bat Rektor Ritter sie. „Haben Sie gesehen, wie er geraucht hat?"

Frau Müller überlegte. „Nicht direkt", gab sie zu, „aber Steffen Dengler war dabei. Gewundert hat mich nur, dass er nicht wie die anderen Jungs weggerannt ist. Nun, eine Zigarette hatte er nicht oder nicht mehr in der Hand. Ob er tatsächlich geraucht hat, kann ich nicht mit absoluter Bestimmtheit sagen, aber es ist anzunehmen. Ist es denn wichtig?"

„Scheint so, Frau Müller. Danke, Sie haben uns sehr geholfen."

Frau Müller grüßte und eilte weiter.

„Was heißt das schon?" Herr Dubener war bei Frau Müllers Ausführungen blass geworden, sein Blick unstet. „Der Junge ist kaltschnäuzig und raffiniert!", stieß er hervor, „der lässt sich nicht einfach beim Rauchen erwischen, natürlich hat er die Kippe rechtzeitig weggeschmissen. Glauben Sie mir, Herr Ritter, ich kenne den Kerl. Er kommt auf keinen Fall mit auf die Klassenfahrt, wie stände ich sonst vor meiner Klasse da." Er drehte sich abrupt um und ließ die anderen grußlos stehen, sie schauten ihm verblüfft nach.

Steffen machte die Klassenfahrt in den Schwarzwald nicht mit, stattdessen sollte er in eine Parallelklasse gehen, was er nicht tat, weil es ihm zu dieser Zeit nicht gut ging, so jedenfalls stand es in seinem Entschuldigungsschreiben. Rektor Ritter bezweifelte es zwar, aber weil er nichts Gegenteiliges beweisen konnte oder wollte, sah er großzügig darüber hinweg.

Steffen hatte sowieso zu tun, er musste in das größere, hellere Zimmer seiner großen Schwester umziehen, die zum Leidwesen der Eltern seit Kurzem bei ihrem Freund wohnte.

Nach den Weihnachtsferien bekam Steffen die schriftliche Sondererlaubnis, in eine Parallelklasse wechseln zu dürfen, die meisten seiner Mitschüler beneideten ihn darum. Er kam in die Klasse von Frau Riemann, eine allgemein beliebte Lehrerin, bei der sich Steffens Noten sprunghaft verbesserten.

Und Florian unterbreitete seinen Eltern einen Plan, der ihnen gar nicht schmecken wollte.

Er kam an diesem Sonnabend ungewöhnlich früh nach Hause und setzte sich zu seinen Eltern in die Wohnstube. Die unterhielten sich gerade bei einer Tasse Tee über einen Röntgenologen, der vergessen hatte, seine letzte Rechnung zu bezahlen, eine sehr hohe Rechnung. Rolf hatte ihm einen Generator geliefert und installiert und zögerte, dem langjährigen Kunden, der bislang immer zuverlässig seine Rechnungen bezahlt hatte, eine Erinnerung oder gar Mahnung zu schicken. Florian setzte sich still zu seinen Eltern, er unterbrach ihr Gespräch nicht. „Nanu, Florian, heute nicht on Tour?", wandte sich Rolf schließlich an seinen Sohn. Florian überhörte den Hauch von Ironie und überlegte, wie er sein Anliegen am besten vorbringen könnte. „Doch, doch", erwiderte er geistesabwesend, „aber vorher muss ich mit euch reden."

Fanny holte für ihn eine Tasse und schenkte ihm Tee ein, dabei studierte sie ihren Sohn unauffällig, viel Gelegenheit hatte sie derzeit nicht dazu, Florian ließ sich selten zu Hause sehen. Sie streichelte über seinen dichten, dunklen Scheitel, er müsste mal zum Friseur, dachte sie. Natürlich war Fanny stolz auf ihren Ältesten, Florian war zu einem selbstsicheren, jungen Mann herangereift, gertenschlank, muskulös, mit lässigem Auftreten. Jedenfalls erinnerte nichts mehr an ihm an den zarten Jungen von einst, den man wegen seines kranken Beins gehänselt und drangsaliert und der unter seiner Schreibschwäche gelitten hatte. Im Moment allerdings wirkte er nervös, stellte Fanny fest, irgendetwas trieb ihn um. Rolf lehnte sich in seinem Sessel zurück, verschränkte die Arme und schaute seinen Sohn abwartend an. Florian schien um Worte verlegen zu sein, was ihm selten passierte. „Nun spuck's schon aus, Florian", ermunterte Rolf ihn, „was gibt's? Musst du das Semester wiederholen oder geht dir das Taschengeld aus?"

„Doch, doch, das Semester schaffe ich schon", winkte Florian ab. Als ob sein Vater nicht wüsste, dass das Taschengeld bislang kein

Problem für ihn gewesen ist, seine Jeans, überhaupt seine Klamotten trug er bis zur Selbstauflösung. Aber nun galt es die Eltern von etwas zu überzeugen, was für ihn und erst recht für Isabell von existenzieller Wichtigkeit ist. Florian eröffnete seinen Eltern, dass er gerne die zwei ungenützten Kellerräume für sich ausbauen würde.

„Aha", meinte Rolf belustigt, „dein Zimmer reicht dir also nicht mehr, obwohl du höchstens noch zum Schlafen heimkommst."

„Dann habt ihr sicher nichts dagegen, wenn meine Verlobte mit einzieht", schloss Florian daraus und fiel damit mit der Tür ins Haus, ein Stratege wie sein kleiner Bruder war er nun einmal nicht. „Eine Wohnung für uns zu mieten, nehme ich an, wäre euch zu teuer." Peng, das saß, Fanny und Rolf verschlug es förmlich die Sprache, sie starrten ihren Sohn entgeistert an.

„Moment mal", Rolf fasste sich zuerst. „Wie in aller Welt kommst du darauf, dass wir für dich eine Wohnung mieten könnten?"

Florian winkte ab. „Nein, Papa, das brauchst du natürlich nicht, ich will nur die Kellerräume für mich und Isabell ausbauen", erklärte er. „Isabell hat Stress zu Hause und will weg. Wo soll sie denn hin, sie ist fremd hier und kennt außer mir keinen. Die zwei Kellerräume braucht ihr doch nicht, die können wir doch ausbauen und nutzen. Da ist genug Platz für uns beide."

Florian schaute seine Eltern, die ihn immer noch verdattert anschauten, abwartend prüfend an.

„Gut, gut", lenkte Rolf schließlich ein. Er stand auf und lief, die Hände auf dem Rücken verschränkt, zwischen Tür und Musikschrank hin und her. „Ich verstehe, wenn du dein eigenes Reich haben willst, du brauchst Ruhe zum Lernen, über den Ausbau der Kellerräume können wir reden, aber ein Mädchen wird sicherlich nicht darin einziehen. Einmal sind die Kellerräume zu niedrig, ein Fremder dürfte sie gar nicht bewohnen, außerdem sind sie für zwei Personen zu klein. Liegt sonst noch was an, Florian?"

Florian stand bei den Worten seines Vaters auch auf, er überragte ihn um Haupteslänge.

„Isabell ist keine Fremde, Papa", stellte er richtig, „wir haben uns nämlich verlobt. Im Übrigen grämt es sie und auch mich, dass ihr sie offensichtlich ablehnt, ihr kennt sie doch gar nicht. Wenn ihr nicht einverstanden seid, dass sie bei mir wohnt, dann zwingt ihr mich mein Studium aufzugeben und mir eine Arbeit zu suchen, um mir eine Wohnung leisten zu können."

Er schaute seine abweisend schauenden Eltern noch einmal prüfend an und war zufrieden über die Wirkung seiner Worte. Dass sie spontan zustimmen würden, damit hatte er nicht gerechnet, aber sie würden einlenken, da war er sich sicher, sie würden sein Studium auf keinen Fall gefährden wollen. Natürlich hatte er keine Sekunde daran gedacht, sein Studium aufzugeben, es war sein Leben, genauso wie Isabell und das Judo.

Er verließ das Haus, eilte die Eingangstreppe hinunter zu Isabell, die mit missmutigem Gesicht an der Gartenmauer lehnte und auf ihn wartete. Sie war zum Ausgehen zurechtgemacht, ihr etwas pausbackigen Gesicht war stark geschminkt, was es etwas vulgär erscheinen ließ, das dunkle, wundervolle Haar war im Nacken mit einer großen, braunschillernden Schildpattspange zusammengehalten und flutete geordnet über den Rücken des kurzen, gegürtelten Mantels. Die modernen Schnürstiefel mit den halbhohen Absätzen betonten unvorteilhaft ihre kräftigen Beine.

„Nun, was haben sie gesagt?", wollte sie gleich wissen. „Sind sie einverstanden?"

„Ich denke schon, mein Schatz", meinte Florian und legte seinen Arm fürsorglich um ihre Schultern. „Komm, die anderen warten sicher schon auf uns." Sie schlenderten auf dem vom Schnee geräumten Bürgersteig an eingeschneiten Autos vorbei, in Richtung Ortskern.

Rolf und Fanny war es nie recht gewesen, dass Sabine zu ihrem Freund Sebastian zog und bei ihm im ausgebauten Dachgeschoss seines Elternhauses wohnte, nun schon seit einem Jahr. Von den Lamperts wussten sie nur, dass sie vor einigen Jahren nach Gerbach gezogen waren. Wenn Sabine gelegentlich vorbeischaute, schwärmte sie von ihrer Herzensgüte, was Fanny wehtat, sie aber zu verbergen suchte.

Nun lag eine Einladung auf dem Tisch, eine Einladung zur Verlobung ihrer Tochter mit Sebastian Lampert. Auf der Rückseite des Kuverts stand die Adresse der Gastgeber:

„*Familie Lampert, Akazienweg 39, Gerbach.*

„Wozu eine Verlobung?" wunderte Rolf. „Ist das üblich, wenn man schon ein Jahr lang zusammenlebt?"

Fanny las die Einladung vor. „*Liebe Familie Dengler!*" stand mit Schreibmaschine geschrieben auf edlem Papier. „*Wir laden Sie herzlich zur Verlobungsfeier unserer Kinder ein. Sie findet am Samstag, den 22. 3., um 18.00 Uhr in unserem Haus, im engsten Familienkreis statt. Mit freundlichem Gruß, Annegret und Siegmund Lampert.*"

Und so fuhren Fanny und Rolf an diesem kühlen Frühlingsabend in den Akazienweg, zum Haus mit der Nummer 39, um an der Verlobungsfeier ihrer Tochter teilzunehmen. Im geräumigen Stauraum des Renaults 6 lag noch Rolfs komplettes Services-Werkzeug, er hatte keine Zeit mehr gefunden, es wie jedes Wochenende in die Garage zu räumen.

Herr Lampert, ein schmächtiger, kleiner Mann mit dünnem Haupthaar, und seine Frau, eine hübsche, mollige Mittvierzigerin mit kurzem, blondgefärbtem Haar, begrüßten sie. Auch das Verlobungspaar begrüßte sie und die Geschwister des fast Verlobten, danach wurden sie einem Onkel, einer Tante und den Freunden der Familie vorgestellt. „Aha", dachte Rolf, „im engstem Familienkreis also."

Herrn Lampert hatte eine verblüffend helle Stimme, Fanny hörte ihn sagen, dass er Betriebsratsvorsitzender eines Offenbacher Zeitungsverlages sei. Dann wurden sie durchs Haus geführt, wobei auffiel, dass beinahe in jedem Raum ein Fernseher stand.

„Toll", lobte Fanny höflich."

Auch die kleine Wohnung unterm Dach, in der Sabine und Sebastian nun schon seit einem Jahr wohnten, durften sie bewundern, sie hatte ein winziges Duschbad, eine winzige Küche und war vollends eingerichtet. „Mein Mann und Sebastian haben sie ausgebaut und eingerichtet, die Kinder sollen es doch schön haben, nicht wahr?", erklärte Frau Lampert selbstlos. „Ich würde alles für meine Kinder tun, wissen Sie, ich arbeite als Abteilungsleiterin in der Schuhabteilung des Kaufhauses Stegmann." Von einem kleinen Balkon aus durften sie die zwei Autos der Familie und das Motorrad ihres Sohnes Sebastian bewundern, in der Dämmerung waren sie gerade noch in der Einfahrt zu sehen. Während Rolf überlegte, ob ein höfliches, bewunderndes Staunen angebracht sei, vertiefte sich Fanny in die Bilder an der Wand. Es waren hauptsächlich Baby- und Kinderfotos.

„Süß", meinte sie.

„Nicht wahr?", schwärmte Frau Lampert. „Dieses Bild hier zeigt unsern Sebastian mit seinen Geschwistern, Marina und Ulli. Meine Güte, was waren sie da noch klein."

Fanny nickte zustimmend. „Ja, da waren sie noch sehr klein."

„Es sind so wunderbare Kinder", fuhr Frau Lampert sichtlich gerührt fort. „Wenn es darauf ankommt, halten sie zusammen wie Pech und Schwefel."

„Toll", sagte Fanny. Auch das Verlobungsgeschenk für die zukünftige Schwiegertochter wurde ihnen präsentiert. „Ein Nerzjäckchen", erklärte Frau Lampert stolz und fügte, als sie die betretenen Gesichter ihrer Gäste sah, bescheiden hinzu: „Oh, nichts Besonderes, eine Imitation. Es kostete nur dreihundert D-Mark."

„Toll", zwängte Fanny hervor und lächelte mühsam.

„Aha", meinte Rolf, „aber es tut mir sehr leid, wir müssen uns jetzt verabschieden."

„Wie bitte?", Frau Lampert glaubte sich verhört zu haben. „Aber Sie haben doch noch gar nichts gegessen. Wir haben im Partyraum ein Büfett hergerichtet, mit Bier und Sekt."

„Sehr freundlich, Frau Lampert", meinte Rolf und hakte sich bei seiner Frau unter, „aber in letzter Zeit rebelliert oft ganz unkontrolliert mein Magen. Bitte entschuldigen Sie uns, vielleicht ein andermal."

Es sah beinahe wie eine Flucht aus, Lamperts Prahlereien waren wirklich unerträglich, aber es stimmte, Rolf musste tatsächlich in letzter Zeit des Öfteren wegen unerklärlicher Magen- und Darmprobleme einen Arzt aufsuchen. Die Lamperts aber waren brüskiert über den plötzlichen Aufbruch der Gäste, sie wollten doch mit ihnen beim Schmausen und Trinken über einen Hochzeitstermin und die Aus-

richtung derselben reden. Schon komische Leute, die Eltern von Se-
bastians Verlobten.

Ein knappes Jahr später wurde Mitte Februar Hochzeit gefeiert. Sabine wollte sich im Haus der Eltern für die kirchliche Trauung fer-
tigmachen, was Balsam auf Fannys abschiedsschwerer Seele war. Sie
half ihrer aufgeregten Tochter beim Anziehen des Brautkleides, beruhigte sie, als sie plötzlich seltsame Pickelchen auf ihrer Wange
entdeckte. „Ausgerechnet heute, an meinem Hochzeitstag", jammerte
sie. „Aber, Bienchen, das sieht man doch kaum", beschwichtigte sie
Fanny, holte ein Puderdöschen aus dem Bad und betupfte mit der
Quaste die Pickelchen. „Siehst du, schon sind sie weg. Sei unbesorgt,
du bist eine bezaubernde Braut." Obwohl das stimmte, überprüfte
Sabine zum X-ten Mal, ob sich nicht aus der kunstvoll hochgesteck-
ten Frisur ein Strähnchen selbstständig gemacht hat, ob der kurze
Schleier auch richtig saß, ob der knöchellange Bahnenrock richtig
fiel, ob sich auf den weißen Pomps nicht ein Stäubchen verirrt hatte.
Sie wendete sich vor dem großen Schlafzimmerspiegel hin und her,
beäugte ihre Hinteransicht, Fanny musste dies und jenes glätten und
richten, bis es endlich an der Haustür klingelte und der Bräutigam
dem Zweifel und Lampenfieber ein Ende setzte. Er holte seine entzückende, aufgeregte Braut mit einer geschlossenen Kutsche ab, in der
bereits süße Blumenkinder mit ihren Blütenkörbchen saßen. Der
Kutscher auf dem Bock, im Smoking und mit einem Zylinder auf
dem Haupte, führte zwei Schimmel durch den kalten Februarmorgen,
dicke Schneeflocken umtanzten verheißungsvoll die Kutsche. Die
Familie der Braut folgte ihr mit ihrem auf Hochglanz gewienerten
Renault R6, während die Familie des Bräutigams vor dem Portal der
evangelischen Kirche das Brautpaar erwartete.

Auch Isabell Baumann war gekommen, sie nahm in der Kirche wie selbstverständlich neben Florian und seiner Familie Platz, jedermann konnte sehen, dass sie dazugehörte. Isabell war von dem Brautpaar und der feierlichen Zeremonie beeindruckt. „Wenn wir heiraten, Flori", flüsterte sie, „dann machen wir es auch so." „Sicher, Liebling", flüsterte Florian zurück und drückte ihre Hände. Er übersah geflissentlich die missbilligenden Blicke seiner Eltern.

Am Nachmittag wurden sie im Restaurant Reinek, ein von Rolf ausgesuchtes, feines Lokal erwartet. Im ersten Stock war in einem großen, geschmückten Raum die festliche Kaffeetafel gerichtet. Die mehrstöckige Hochzeitstorte wurde unter dem Beifall der Familien hereingebracht und das Brautpaar, flankiert und unterstützt von den stolzen Eltern des Bräutigams, schnitt sie an und verteilte sie. Fanny und Rolf bemerkten erleichtert, dass ihnen die Anwesenheit von Florians Mädchen erspart blieb, aber leider glänzte auch er durch Abwesenheit. Auch abends, als der Gastwirt selbstpersönlich mit viel Engagement und Witz den Discjockey spielte, sogar eine Fastnachtsgruppe mit Hexen und Zauberern überraschend auftauchte und dem frischvermählten Paar Glück, Reichtum und eine große Kinderschar wünschte und heraufbeschwor, auch da blieb Florian dem fröhlichen Treiben fern. Steffen beobachtete bis zum Abend, etwas abseits auf einem Stuhl lümmelnd, nachsichtig gelangweilt die übermütige, ausgelassene Gesellschaft. Nachdem ihn seine Schwester, die Braut, lächelnd zu einem Tänzchen aufgefordert hatte und er mit ihr ein paar Runden herum gestolpert war, verdrückte er sich.

Auch die Lamperts entfernten sich lange bevor Freunde und Kollegen des Brautpaars die Hochzeitfeier zu einer ausgelassenen Party werden ließen, sie fühlten sich überflüssig und fehl am Platz. Dass die Brauteltern, die Denglers, sie während des ganzen Festes praktisch ignoriert hatten, jawohl, ignoriert, das fanden sie nicht in Ordnung. Denglers hatten sich nicht zu ihnen gesetzt, das hätte sich zumindest gehört. Dachten sie etwa, sie wären etwas Besseres? Herr Dengler musste andauernd herum organisieren, musste das Büffet überwachen und die Getränke, musste mit dem Wirt oder mit seinem Bruder und dessen Tochter, die aus Bayern angereist waren, herumalbern oder mit anderen Leuten, nur nicht mit ihnen, ihnen gingen er und seine Frau aus dem Weg. Unerträglich arrogante Wichtigtuer, diese Denglers.

Nachdem die Eltern zugestimmt hatten, dass Florian die leeren Kellerräume für sich und seine Freundin ausbauen durfte, fingen auch bald die Umbauarbeiten an. Herr Baumann, Isabells Vater, der Polier in einem Bauunternehmen war, übernahm persönlich den Ausbau der Kellerräume, was Fanny und Rolf vorerst nicht bemerkten, weil sie tagsüber wenig zu Hause waren. Deshalb staunten sie nicht schlecht, als sie einmal nach dem Rechten schauten und einen kleinen Windfang vorfanden, von dem aus man in eine kleine, fensterlose Küche und eine ebenfalls fensterlose Dusche gelangen konnte, sie wurden mittels Ventilatoren belüftet. Der schmale Raum daneben, der einzige, würde Schlaf- und Wohnraum in einem sein. Unter dem schmalen Fenster stapelten sich auf Holzpaletten Wand- und Bodenfließen.

„Herrje", feixte Rolf, „die haben's aber eilig!"

Schon nach weiteren zwei Wochen war die Puppenstube fertig, wie Rolf die winzige Kellerwohnung nannte. Es wurde darin noch mächtig gehämmert und gebohrt, deshalb sah sich Rolf öfters genötigt nachzuschauen, wer da am Bohren und Hämmern war. Florian jedenfalls traute er kein sonderliches handwerkliches Geschick zu, seines Wissens hatte er bis dato kein Handwerkszeug in Händen gehalten, von Reagenzgläsern, Stethoskopen und dergleichen einmal abgesehen. Wie Recht er damit hatte, stellte sich an dem Nachmittag heraus, als er ungewöhnlich früh nach Hause kam. Kaum aus dem Auto gestiegen, vernahm er schon den schrillen Ton einer Bormaschine aus den Kellerräumen kommen, obwohl müde und kaffeedurstig, entschloss er sich zuerst hinunterzugehen und nachzuschauen. Dort stand Florian gebückt in einer dichten Staubwolke und bohrte eifrig Löcher in den frisch gefliesten Küchenboden. Ein wackelig zusammengebautes Ikea- Regal stand daneben.

„Menschenskind, Florian, was machst du da!", rief Rolf entsetzt. Florian bemerkte seinen Vater und stellte die Bohrmaschine ab. „Was gibt's?", fragte er verunsichert.

„Wieso bohrst du Löcher in den frisch verlegten Fliesenboden? Bist du närrisch?"

„Aber ich muss doch das Regal sichern, Papa", verteidigte sich Florian und musste husten. „Schließlich wollen wir Geschirr darin unterbringen, da muss es doch standfest sein."

In der Tat, das Regal war sicher nicht dazu geeignet, ihm Porzellan anzuvertrauen.

„Komm", meinte Rolf, zog seine Jacke aus, legte sie über die Spüle und schluckte Staub und Schrecken hinunter, „ich helf' dir. Wir müssen zuerst das Regal einigermaßen stabil hinkriegen, dann brauchst du auch nicht den Küchenboden aufzubohren." Sie leimten und klopften und Rolf erklärte seinem Sohn, dass man Fliesen und Bodenplatten grundsätzlich, wenn überhaupt, nur in den Fugen anbohren dürfe und, nachdem er die kleinen Haken im Kunststofffensterrahmen entdeckt hatte, dass man auch dort keine Nägel einschlagen brauche, um Scheibengardinen anzubringen, es gäbe da weitaus elegantere Lösungen. Als das Regal fertig und zufriedenstellend stabil war, kam das Mädchen mit einem vollen Karton die Treppe herunter. Rolf verdrückte sich rasch.

Isabell absolvierte im selben Baubetrieb, in dem ihr Vater als Polier arbeitete, eine Lehre als Bürokauffrau. Als sie und Florian die kleine Kellerwohnung bezogen, musste sich Fanny eingestehen, dass es das Mädchen durchaus verstand, mit einfachen Mitteln aus den kleinen Räumen ein gemütliches, schnuckeliges Heim zu zaubern. Sie nahm sich vor, Florian zuliebe freundlich zu ihr zu sein. Sie war seine Freundin, er musste und wollte mit ihr zurechtkommen und basta.

Dass es bei den beiden untergründig brodelte, bemerken Fanny und Rolf vorerst nicht. Vor allem, wenn Florian in das Kindertraining oder zu seiner Judogruppe fahren wollte, stieß das bei seiner Freundin auf Unverständnis, sogar auf massiven Widerstand. Es sei ihr nicht zuzumuten, lamentierte sie dann, abends allein in einem wildfremden Haus zu hocken und auf ihn zu warten. Florian seinerseits argumentierte zuerst geduldig, dass er Judoka sei, wie sie wisse, und den Ausgleichssport brauche, auch das Geld, welches er beim Kindertraining verdiene. Wenn Florian trotz ihres Schmollens, Bittens und Drohens bei dieser Ansicht blieb, im Gegenteil, Isabell noch ermutigte, auch wieder mit dem Judotraining zu beginnen oder sich anderweitig sportlich zu betätigen, es würde ihr gut tun, dann riss ihr der Geduldsfaden. Isabell bekam dann Weinkrämpfe und Florian musste nicht selten zu Hause bleiben, um sie zu beruhigen und zu trösten.

Aber grundsätzlich hielt Florian am Judotraining fest, es war ihm allzu wichtig. Einmal allerding, an Julianes zwanzigstem Geburtstag, da wurde es spät, denn die Judokas gingen nach dem Training noch für einen kleinen Umtrunk in ihre Stammkneipe, Sankt Urban. Sie tauschten Erfahrungen und Erinnerungen aus, scherzten, tranken ein, zwei Biere, diskutierten über Politik und die derzeitige Studentensituation und vergaßen dabei die Zeit.

Als Florian nach Hause kam, sah er noch einen schwachen Licht-schein hinter dem Fenster ihrer kleinen Kellerwohnung. Er stieg die Treppe hinunter und wollte die Tür aufschließen, sie war verschlossen und der Schlüssel steckte von innen. Er klopfte verhalten an die Tür, aber drinnen rührte sich nichts, Isabell schlief wohl schon. Florian stieg die Kellertreppe wieder hinauf, setzte sich auf die Holz-pflocken, die das schmale Kellerfenster ihres Wohnraums umgaben, und klopfte behutsam daran. „Isabell, bist du noch wach?", rief er leise.

„Verschwinde!", hörte er drinnen ihre gereizte Stimme. „Hau ab! Ich will dich nicht mehr sehen!"

„Ich weiß, es ist spät geworden, Liebling, tut mir leid", rief Florian leise und versuchte einen Blick zwischen dem Vorhang ins Rauminnere zu werfen. „Bitte verzeih'. Wir haben Julianes Geburtstag gefeiert, weißt du, da haben wir wohl die Zeit vergessen."

„Geh zu ihnen zurück!", ihre Stimme klang nun tränenerstickt. „Geh zu ihr zurück, zu dieser, dieser Judoschnepfe und lass mich in Ruh! Ich will dich nie mehr sehn. Verschwinde!"

Florian überlegte, sollte er sich wie früher durch ein offenes Fenster ins Haus stehlen? Die Eltern schliefen immer mit offenem Fenster. Aber dann kam er zu der Überzeugung, dass er sich jetzt und hier mit Isabell versöhnen müsse. „Bitte, Liebling, mach die Tür auf", drängte er, „dann können wir in Ruhe über alles reden."

„Über was willst du mit mir reden?", hörte er Isabell kreischen. „Dass du diese Judoschlampe liebst! Sag es nur, du widerwärtiger Feigling, geb es zu und dann hau ab! Hau doch endlich ab!" Isabells Stimme wurde zum schrillen, unartikuliertem Kreischen, Florian sah durch den Vorhang Gegenstände durch die Luft fliegen und hörte, wie sie krachend und splitternd auf dem gefliesten Boden aufschlugen. Er saß erschrocken und ratlos auf den niederen Holzpfosten vor dem Kellerfenster und wartete, bis es drinnen ruhig wurde.

Fanny wurde von einem abartigen Schreien und Poltern geweckt, ihr erster Gedanke war, ein Tier verendet unter grauenvollen Qualen. Rolf, der senkrecht im Bett saß und lauschte, glaubte, es käme von unten, aus der Kellerwohnung. Als sie dazwischen Florians leise, beruhigende Stimme hörten, wussten sie, wer es war, der diese unmenschlichen Laute verursachte, es musste das Mädchen sein. „Mein Gott, das ist doch nicht normal", flüsterte Fanny. „Wir müssen nachsehen, Rolf, sie hat womöglich grauenhafte Schmerzen."

Rolf zögerte, aber als es dann ruhig wurde, legte er sich wieder zurück auf sein Kissen. „Klang eher nach einem hysterischen Anfall", meinte er gähnend. „Vielleicht tut sie uns den Gefallen und zieht aus." Bald schon hörte Fanny seine tiefen, röchelnden Atemzüge, er war wieder fest eingeschlafen. Sie aber war zu erschrocken, zu schockiert um schlafen zu können. Sie dachte noch lange über dieses Mädchen nach, dass Florian ins Haus gebracht hatte.

Der nächste Morgen dämmerte herauf, als sie Florian vor der Haustür abfing, er wollte sich gerade auf sein Fahrrad schwingen. Er sei spät dran, meinte er, er müsse zur Uni, Fanny kam gleich zur Sache. „Heute Nacht, Flori, war es deine Freundin, die so grauenvoll geschrien hat? Ist sie krank? Hat sie Schmerzen? Braucht sie Hilfe?"

„Du meinst meine Verlobte, Mama", Florian winkte betont locker ab. „Alles Paletti, nichts weiter, nur eine kleine Auseinandersetzung. Ich muss los, Mama, es ist schon spät. Tschüss."

Kopfschüttelnd schaute Fanny ihm nach. „Eine kleine Auseinandersetzung also", dachte sie bitter. „Wenn das eine kleine Auseinandersetzung gewesen ist, lieber Florian, dann möchte ich keine Große erleben." Sie stieg die Haustreppe hinauf und ging ins Haus.

Sie ahnte nicht, dass dies der Auftakt, die Ouvertüre zu einem Drama war, zu einem Drama mit Isabell Baumann.

Auch Steffen war in der Nacht durch ein Poltern und Kreischen halbwegs wach geworden. Seit die Schwester ausgezogen war schlief er in ihrem Zimmer, direkt über den ausgebauten Kellerräumen, in denen jetzt der große Bruder mit seiner Freundin wohnte. Aber er war gleich wieder in einen tiefen, bleiernen Schlaf weggesunken.

Als ihn sein Wecker am frühen Morgen aus dem Tiefschlaf riss, brauchte er eine Weile, bis er sich hochrappelte, das nächtliche Debakel hatte er vergessen. Er ging ins Bad und duschte heiß und ausgiebig, um den schlimmen Muskelkater von gestern ein wenig zu lindern. Mehr als einmal hatte er sich da in die Schule zurückgewünscht, gegen die er sich so erfolgreich gewehrt hatte. Klar, die Eltern hätten es gern gesehen, wenn er das Gymnasium besucht hätte, aber er war fertig mit der Schule, endgültig. Obwohl es tatsächlich Schlimmeres gab, das musste er zugeben, zum Beispiel der gestrige Tag. Gleich in der Frühe hatte er mit Herbert, dem LKW Fahrer des Baustoffhändlers Pauli, bei dem er eine Ausbildung zum Großhandelskaufmann absolvierte, Paletten mit Kellersteinen auf den LKW-Anhänger geladen und dann zu einer Großbaustelle in Heuberg gebracht, schleierhaft, was das mit seiner Ausbildung zu tun hatte. Es war heiß gewesen, sie schwitzten bei der schweren Arbeit wie die Schweine, und als sie gegen Mittag zurückkamen, hatten sie sich nach einer Dusche gesehnt, neben ihrem Aufenthaltsraum befand sich eine. Aber nix da, stattdessen mussten sie Paletten mit Pflastersteinen auf den LKW-Anhänger laden, sie wurden dringend am

Gerbacher Bahnhofsplatz gebraucht, wie ihnen Frau Siegler, die Bürokraft, ausrichtete. Der Bahnhofsplatz musste noch diese Woche fertig gepflastert sein, hieß es, weil nächste Woche andere Aufträge anstanden. Ihre Brote hatten sie während der Fahrt gegessen und als sie die Paletten am Bahnhofsplatz abluden, floss in der Nachmittagshitze der Schweiß in Strömen, es war die reinste Knochenarbeit, Fahrer Herbert, er und die Pflasterer hatten mit bloßen Oberkörpern gearbeitet. Danach war noch eine Fuhre Dachziegeln zu einem Einsiedlerhof fällig gewesen und auf dem Rückweg mussten Eisengitter zu einem Rohbau in Heuberg gebracht werden. Gegen Abend dann, die Temperatur war erträglich geworden, kamen sie ausgepumpt zurück und hatten sich auf eine Dusche und auf eine kühle Bierschorle gefreut, aber Steffen hatte die Rechnung ohne seinen Juniorchef gemacht. Als sie aus dem ofenheißen LKW stiegen, kam er ihnen schon entgegen. „Gut, dass ihr schon zurück seid", hatte er erbarmungslos gemeint. „Bring Frau Siegler die unterschriebenen Kundenbelege, Steffen, und hilf ihr bei der Abrechnung. Wenn ihr fertig seid, bring die Geldschatulle zur Bank. Und du Herbert, mach Schluss für heute! Muss ein harter Tag gewesen sein, nicht wahr?"

Weiß Gott. Steffen hatte dem Juniorchef wortlos und resigniert nachgeschaut, als er in sein Kabrio gestiegen und weggefahren war. „Meinen Feierabend kann ich mir jetzt getrost in den Wind schreiben", hatte er gedacht. „Ade, Hobbys, ade, Freunde. Chef müsste man sein. Er hatte gleich drei davon, den Senior- den Haupt- und den Juniorchef. Außerdem Fahrer Herbert und die Büroangestellte Siegler, die ihn, den Lehrling, auch nach Herzenslust herum scheuchen durften. „Lehrjahre sind keine Herrenjahre", meinte Fahrer Herbert überflüssigerweise immer, wenn Steffen einen Durchhänger hatte.

„Gott sei's gedankt", hatte sich Steffen getröstet, „morgen ist Berufsschule, danach geht's ab ins Heuberger Freibad. Sich so richtig entspannen und sich mit Freunden treffen, das war jetzt einfach lebensnotwendig."

Als sich Steffen an diesem Morgen nach der Dusche in die Küche schleppte, kam seine Mutter gerade von draußen herein, sie hatte wohl kurz mit seinem Bruder Florian gesprochen. Steffen ließ sich aufstöhnend auf einen Küchenstuhl fallen und rieb sich mit seinen rauen Händen die von Muskelkater geplagten Arme und Schultern.

„Oh Herr", stöhnte er, „noch so ein Tag wie gestern und ich bin erledigt."

Fanny verkniff sich einen gescheiten Spruch, wie, „du wolltest es nicht anders, du hättest es leichter haben können und so weiter", das wusste Steffen längst selbst. Stattdessen kochte sie ihm ein Ei, brühte einen starken Kaffee auf und bestrich Brotscheiben dick mit Leberwurst, das mochte Steffen gern. Dann setzte sie sich kurz zu ihm. „Das geht vorbei, Steffen", meinte sie tröstend. „Schau, von den drei Jahren hast du nun schon zwei überstanden. Du wirst sehen, wenn du erst die Lehrzeit hinter dir hast, wird alles leichter."

„Ja", meinte Steffen mit gequältem Lächeln und biss in sein Brot, „falls ich es überlebe." Fanny schlug das Pausenbrot in ein Butterbrotpapier und verstaute es mit einer Flasche Wasser in seiner Schulmappe. Heute hatte Steffen nach der Berufsschule frei, da konnte er sich erholen, konnte ins Freibad gehen und sich mit Freunden treffen. Oder auch mit einer Freundin? Fanny wusste es nicht.

Sabine arbeitete, seit sie ausgelernt hatte in den Städtischen Kliniken von Darmstadt, nun erwartete sie ihr erstes Kind. Als sie es ihren Eltern mitteilte, wollte sich bei Fanny nicht jenes legendäre Glücksgefühl einstellen, welches werdende Großeltern, ins besonders

Großmütter gewöhnlich haben oder haben sollten. „Vielleicht liegt es daran", dachte Fanny beschämt, „dass ich mich, gerade Mitte vierzig, für die Großmutterrolle nicht reif genug fühle."

Lamperts hingegen freuten sich sehr. Sie unterstützten ihren Sohn Sebastian tatkräftig bei seinen Bauplänen, sie hatten sogar schon ein geeignetes Grundstück für ihn gefunden, glücklicherweise zufällig in ihrer Nähe. Fanny und Rolf argwöhnten zu Recht oder nicht, dass es Lamperts darauf abgesehen hatten, ihren Sohn und seine Familie, vor allem ihre Enkelkinder möglichst in ihrer Nähe zu behalten. Das war im Grunde nichts Verwerfliches, aber es gefiel ihnen nicht sonderlich, sie mussten sich, weil ihnen nichts anderes übrig blieb, um Souveränität bemühen. „Wenn Bienchen nur glücklich ist", versuchte sich Fanny einzureden, „dann ist alles gut."

Aber wenn sie allein war, dann gab sie gelegentlich ihren Gefühlen, ihrer Eifersucht nach, dann ließ sie kurzfristig ihrem Verlustschmerz freien Lauf und weinte verzweifelt um Sabine, um ihr Bienchen, die sie an diese fremden Leute verloren hat. „Ach, Bienchen, warum tust du mir das an."

Dann aber trocknete sie schnell ihre Tränen und schämte sich ihretwegen. Sie war und blieb die Mutter ihrer Kinder und Rolf blieb ihr Vater, das konnte ihnen niemand nehmen. Bei der Arbeit dann vergaß Fanny ihren Kummer, es gab so viel zu tun. Der Rasen war wieder einmal fällig, die Fenster waren von Pollenstaub schon ganz blind und in der Waschküche türmte sich die Schmutzwäsche, hauptsächlich die von Steffen, seine zerrissenen Arbeitshosen mussten auch unbedingt geflickt werden. Außerdem hatte sie Frau Weber, ihre Chefin, gebeten, wegen des Auftrags eines Ausflugslokals so oft wie möglich zu kommen, es waren Vorhänge, Tischdecken und Kissen bestellt worden, die noch vor der Neueröffnung fertig sein mussten. Nie durften ihre Kinder erfahren, was ihre Mutter doch manchmal so ein Quatschkopf war.

Ein Jahr verging, an die meist heftigen Auseinandersetzungen in der Kellerwohnung hatte man sich fast gewöhnt. Einmal fragte Fanny ihren Großen, warum seine Freundin, wenn sie doch so unglücklich bei ihm sei, nicht wieder zu ihrer Familie zurückgehen würde. Florian war es peinlich gewesen, er druckste ein wenig herum, dann fragte er seine Mutter gereizt: „Du meinst also, Mama, wenn ein Mensch Schwächen zeigt, dann soll man sich von ihm trennen? Das fändest du richtig, Mama?"

Fanny zuckte mit den Schultern, darauf wusste sie keine Antwort.

Aber im Januar war es dann soweit, das Mädchen verließ nach einem heftigen Streit wutentbrannt die Kellerwohnung. Noch in derselben Nacht kam sie zurück und trommelte Florian aus dem Schlaf, sie hatte ihren früheren Freund Gerd als Rückendeckung mitgebracht, Florian wusste, dass er Automechaniker war und seine Schrottlaube, wie Isabell seinen verbeulten Citroën abfällig nannte, notdürftig am Laufen hielt. Als Florian die Tür öffnete, schob ihn Isabell beiseite, sammelte schwungvoll ihre persönlichen Klamotten, Wasch- und Schminkkram ein und warf sie in einen Karton, den Gerd mitgebracht hatte. Alles weitere, meinte sie spitz, Geschirr, Bettzeug und so weiter werde sie morgen Nachmittag holen, dann könne er sich neu einrichten, dann sei das Loch hier leer. Er solle dann gefälligst anwesend und nicht wieder beim verdammten Judo sein. Florian ließ es schweigend und ratlos geschehen.

Lange dauerte der Frieden im Hause allerdings nicht, denn schon nach vierzehn Tagen war das Mädchen wieder da. Als sie eines Abends bei Florian auftauchte, erzählte sie ihm weinend, dass sie der Vater geschlagen und, ja, hinausgeworfen habe. Die Eltern seien von einem kurzen Skiurlaub zurückgekehrt, jammerte sie, und hätten das Haus in einem chaotischen Zustand vorgefunden, was nicht ihre Schuld gewesen sei. Die Schwester habe des Öfteren mit Freunden Partys gefeiert und sie, Isabell, sei lediglich, sozusagen notgedrungen dabei gewesen und hätte hernach keine Lust gehabt, das Chaos ihrer Schwester aufzuräumen, schließlich seien es nicht ihre Partys gewesen. Was sie nicht erwähnte, war, dass sie sich mit der jüngeren Schwester Dora wegen der Unordnung erbittert gestritten und geschlagen hatte, wobei sich das Chaos noch vergrößerte. Jedenfalls hätte ihr Vater bei seiner Rückkehr Rot gesehen und seine große Tochter mitsamt ihren Kartons unsanft hinausbefördert. Frau Baumann wollte händeringend schlichten, wollte ihren tobenden Mann besänftigen, was ihr aber nicht gelang. „Geh in den Keller zurück, den ich für dich hergerichtet habe!", hatte er seiner heulenden Tochter nachgerufen.

Dann stand Isabel in der beginnenden Nacht und der Eiseskälte und besann sich auf Florian, ihrem Florian. Er war der Beste, der Stärkste, wie konnte sie ihn nur verlassen?

Wenige Tage darauf, dunkle Schneewolken verdunkelten den Abendhimmel, fing Florian seinen Vater, der gerade erschöpft und todmüde nach Hause kam, vor der Haustür ab.

„Können wir dich und Mama kurz sprechen, Papa", bat er.

„Gut Florian, gib mir eine halbe Stunde." Rolf stieg mit seiner Aktentasche die Treppe zur Haustür hinauf, dort wandte er sich noch einmal um. „Besser eine Stunde, Florian. Ich muss mich ein wenig hinlegen."

Pünktlich nach einer Stunde, es hatte tüchtig angefangen zu schneien, klingelte es an der Haustür, Fanny ließ ihren Sohn und das Mädchen ein, ihr schwante nichts Gutes.

Rolf hatte sich nach dem Essen im Wohnzimmer auf der Couch ausgestreckt, als er die jungen Leute hereinkommen sah, setzte er sich auf und schaute ihnen verschlafen entgegen. Draußen war es Nacht geworden, ein Wind heulte vernehmlich ums Haus und wirbelte dicke Schneeflocken vor dem großen Fenster herum. „Was bin ich froh", murmelte er mit Blick zum Fenster, „dass ich schon daheim bin."

Dann eröffnete Florian seinen Eltern, dass er und Isabell heiraten werden.

„Heiraten?" Rolf war plötzlich hellwach, seine Stimme klang rau. „Aber wieso denn? Du bist doch mitten im Studium, Florian, und ohne eigenes Geld. Von dem bisschen Taschengeld und dem, was du beim Judotraining verdienst kannst du doch nicht leben, geschweige denn studieren und eine Familie ernähren?"

„Doch", meinte Florian locker, „Isabell und ich haben uns das gründlich überlegt. Isabell wird diesen Sommer ausgelernt haben, dann verdient sie gutes Geld. Ihr unterstützt mich ja auch noch und mit dem Geld vom Judotraining kommen wir locker über die Runden."

„Aber, Florian, beim besten Willen", Fanny zwang sich zur Ruhe, „warum musst du jetzt schon heiraten? Gibt es dafür einen Grund?"

Isabell verzog ob dieser vermeintlichen Unterstellung spöttisch das Gesicht. „Natürlich", meinte sie verächtlich, „Florian und ich lieben uns, das ist der Grund."

„Okay." Rolf stand auf und lief, die Hände auf dem Rücken verschränkt, zwischen Musikschrank und Tür hin und her. „Okay, Florian, wir werden es nicht verhindern können, aber wir werden es auch nicht unterstützen. Wenn du jetzt heiratest, dann wirst du auf unsere finanzielle Unterstützung verzichten müssen."

„Weshalb das denn?", fragte Florian entgeistert. „Das gibt doch keinen Sinn?"

„Doch, Florian, denn wenn du heiratest, signalisierst du, dass du eine Familie ernähren kannst, oder?"

Florian schaute seinen Vater trotzig an. „Dann geht es auch ohne euch, ich kann arbeiten und Geld verdienen!"

„Aber, Florian, so sei doch vernünftig", flehte Fanny, „du bist doch noch so jung, was drängt dich denn dazu?"

Dann gingen sie, Isabell, wie es Fanny schien, mit dem gewohnt hochmütig siegesgewissen Lächeln auf den vollen Lippen.

Fanny ging ins Bad, schloss sich ein und weinte. Florian war ihr fremd geworden, er war ihr entglitten, so wie ihr vorher schon Sabine entglitten war.

Im Juni fand die Hochzeit statt. Es war ein strahlender Morgen, der einen heißen Tag versprach, als sich die Familien des Brautpaars vor dem Gerbacher Rathaus, rund um den mosaikummauerten Brunnen versammelten. Sie ließen sich auf die Metallgitterbänke nieder und warteten auf das Brautpaar und auf die Standesbeamtin. Das Brautpaar kam, Isabell sah mit dem weißen, schlichten Leinenblüschen und dem hellblaugemusterten, wadenlangen Leinenrock bezaubernd jungmädchenhaft aus. Ihr prächtiges Haar war zu einem mit weißen

Blüten durchwobenen Zopf geflochten, der über ihren Rücken fiel und ihr pausbackiges Gesicht mit den dunklen, schönen Augen streckte und feiner erscheinen ließ. Der Bräutigam neben ihr, im dunklen Anzug und weißem Hemd, wirkte konzentriert, gesammelt und doch abwesend. Dann kam die Standesbeamtin, begrüßte das Brautpaar, ihre Familien und Angehörigen, dann führte sie die Hochzeitsgesellschaft hinauf in den ersten Stock, in das Hochzeitszimmer. In ihrer kurzen Ansprach ermahnte sie das junge Brautpaar, stets treu und zuverlässig in guten wie in schlechten Zeiten zueinander zu stehen. Längst nicht alle Paare, die sich in diesem Raum die ewige Treue versprochen haben, hätten dieses Versprechen einhalten können. Dann vollzog sie die Trauung.

Am Tag darauf, einem Samstag, es war wieder ein herrlicher Sommermorgen, wurde das Brautpaar in einer offenen, mit Rosen geschmückten Kutsche zu der kleinen Kirche von Kirchhausen gebracht. Die Braut lächelte, sie wurde mit Recht bestaunt und bewundert, mit ihrem weißen Hochzeitskleid, dem kurzen, mit einem Rosenmuster durchwirkten Schleier, der mit einem Blumenband im offengewellten, üppigen Haar befestigt war, sah sie hinreißend aus, der Bräutigam neben ihr ergänzte sie perfekt.

Auch in der kleinen Kirche sprach der Priester vom göttlichen, unlösbaren Band der Ehe, in der sich die Eheleute ehren und achten und in guten wie in schlechten Tagen treu zueinander stehen sollen, bis dass der Tod sie scheide.

Als das Brautpaar durch das Kirchenportal die Kirche verließ, erwartete sie eine Überraschung. Am Fuße der Kirchentreppe standen bis zur Straße hin, im Doppelspalier Judokas, die Kinder und die Jugendlichen in der vorderen Reihe, dahinter Florians Judofreunde, auch Juliane war dabei. Die Kinder versperrten dem Paar mit weißen Judogürteln den Weg, sie lachten und winkten und riefen dem Paar

Glückwünsche zu. Vielleicht hatte der Bräutigam einen Tipp bekommen oder jemand hatte sie ihm zugesteckt, jedenfalls hatte er
plötzlich eine große Schere in der Hand, mit der er sich und seiner
strahlenden Frau mühsam und lachend einen Weg durch die festen
Judogürtel bahnen konnte. Erst dann konnte das Paar die Glückwünsche der vielen anderen Hochzeitsgäste entgegennehmen.

Die Hoffnung lässt uns alles wagen,
der Glaube wird uns aufwärts tragen.
Die Liebe hilft Eiszeiten zu überstehen.
Gemeinsam werden wir überleben.

Die Menschen sind nicht alle gleich. Florian Dengler zum Beispiel war mit seinen ein Meter achtundsiebzig guter Durchschnitt. Er war ein Typ, der sich morgens nicht zweimal im Spiegel anschaute, aus Zeitmangel, denn er verschlief sehr oft. Er probierte garantiert von zwei Schlüsseln zuerst den falschen aus und wenn der Zug nicht zufällig Verspätung hatte, fuhr er ihm generell vor der Nase weg. Florian Dengler war nicht sehr geschickt, er war fast ein wenig tapsig, aber er sah verdammt gut aus. Er hatte eine schmale, muskulöse Gestalt und dichte, dunkelbraune, kurzgeschnittene Haare. Sein schmales Gesicht mit der breiten Stirn und den braunen, ausdrucksstarken Augen mit den dichten, dunklen Brauen darüber, wirkte meist konzentriert und gesammelt. Über ungewollt komische Situationen konnte er herzhaft lachen und witzeln, was nicht immer angebracht war, bei Hinterhältigkeit und bornierter Dummheit jedoch hörte bei ihm der Spaß auf, da konnte er erschreckend zynisch werden. Seine Freunde und Judopartner schätzten ihn als verlässlichen Freund und Kumpel, mit dem man stundenlang über Probleme und Ansichten diskutieren konnte und der bereitwillig half, wenn es nötig war. Florian Dengler war, was sein Chemiestudium und das Judo anbelangte, strebsam und ehrgeizig, er kämpfte bei Judomeisterschaften mit den besten Judokas im Lande. Wenn ein bedeutender Judoverein ihn abwerben wollte, was ihm bessere Trainingsmöglichkeiten und mehr Erfolg bei Turnieren eingebracht hätte, lehnte er ab, es hielt ihn allzu viel im kleinen Heubacher Judoverein. War er im Universitätslabor anwesend und experimentierte dort, dann zerschellten gewöhnlich mehr Reagenzgläser auf dem Steinboden als üblich, auch war sein Arbeitsplatz danach nicht aufgeräumt, sprich chaotisch, was aber nicht aus Mutwillen geschah, Gott bewahre, sondern aus Zerstreutheit und Zeitmangel. Bei seinen Studienkollegen rief das ein stetiges Ärgernis hervor, dennoch war Florian Dengler wegen seiner kollegialen Hilfsbereitschaft und seinem selbstvergessenen Einsatz bei Gruppenarbeiten bei Studenten und Mentoren gleichermaßen beliebt.

Wer ihn näher kannte, wusste, dass Florian Dengler, bedingt durch seine frühen Kindheitserfahrungen, sehr verletzlich war und bei allem, was er liebte unter starken Verlustängsten litt. Dazu aber gab es derzeit wenig Grund, denn Florian Dengler war ein glücklicher, junger Mann, vor allem seit er wusste, dass er Vater werden würde.

Onkel war er bereits, was aber nicht bedeutete, dass er seiner Schwester Sabine nacheifern wollte, sie hatte bereits eine kleine, entzückende Tochter und war bereits wieder in guter Hoffnung. Sabine arbeitete nach wie vor in den Darmstädter Kliniken, während sein Schwager Sebastian bei dem Baby zu Hause blieb und sich auf die Prüfung zum Flugoperator vorbereitete.

Florian jedenfalls wusste, er würde doppelt so viel arbeiten müssen, denn Isabell fiel jetzt schon die Arbeit im Büro schwer, sie fühlte sich von ihren Kollegen gemobbt. Der kleine Haushalt mit der Wäsche, -sie durften die Waschmaschine und den Trockner der Eltern benutzen- dem Bügeln, Kochen und dem Einkaufen überforderte sie und ließ ihr kaum Zeit, sich mit ihren Freunden zu treffen. Der Stress machte sie physisch und psychisch fertig, was sich in regelmäßigen Tobsuchtsausbrüchen entlud. Seit die Eltern ihn nicht mehr finanziell unterstützten, musste Florian neben dem Studium und dem Judotraining jeden Samstag in Frankfurt und Offenbach die Fenster von Geschäftshäusern putzen. Sein Schwiegervater, Herr Baumann, hatte ihm die Arbeit bei einer Gebäudereinigungsfirma vermittelt.

Und dennoch, Florian Dengler war glücklich, er würde bald Vater sein.

An dem Abend, als es ihm Isabell eröffnete, betrat er verwundert den kleinen Raum in der winzigen Kellerwohnung. Überall, auf der Fensterbank, dem Tisch, dem Schränkchen brannten Kerzen, der Tisch war hübsch gedeckt, eine Vase mit Herbstblumen stand darauf. Isabell hatte ihn umarmte und ihm verheißungsvoll ins Ohr geraunt:

„Herzlichen Glückwunsch, Liebster. Du wirst Vater."

Isabell nahm die Pille, deswegen war Florian völlig überrascht gewesen, aber während sie sich gegenseitig liebevoll Brötchen belegten und sich beim Kerzenschein zutranken, freundete er sich schnell mit dem Gedanken, Vater zu werden, an. Nach dem Essen hatte sich Isabell wie ein Kätzchen an ihn gekuschelt und gefragt: „Müssten wir es nicht deinen Eltern sagen, Flori? Wir brauchen die Dachwohnung, sie steht leer. Die Kellerwohnung wird zu klein für uns werden, das müssen sie einsehen."

„Allerdings", Florian sah das auch so. Dann hatte er behutsam seine Hand auf ihren Bauch gelegt, noch war er relative flach, und gefragt: „Wie alt ist unser Baby eigentlich, Liebling?"

„Sechs Wochen, Flori. Meine Eltern wissen es schon. Wann sagen wir es deinen Eltern? Ich meine, wegen der Dachwohnung sollten sie es bald erfahren, oder?"

Florian hatte sich auf der kleinen Couch ausgestreckt, Isabell kuschelte sich neben ihn und legte ihren Kopf in seine Armbeuge, sie schaute erwartungsvoll zu ihm auf.

„Nun", überlegte er laut, „meine Eltern schulden mir noch was, sie haben mir, nur weil wir geheiratet haben den Unterstützung gestrichen. Die Dachwohnung liegt brach, schon über einem Jahr, Mama löst immer noch die Tapeten der Vorgänger von den Wänden ab. Bestimmt wollen sie die Wohnung wieder vermieten, warum also nicht an uns. Gleich morgen werde ich mit meinen Eltern darüber reden!"

Isabell hatte sich über ihren Mann gebeugt und ihn innig geküsst. Die Kerzen flackerten, sie verwandelten mit ihrem zuckenden Schein das bescheidene, kleine Kellergemach in eine aufregende Insel der Zweisamkeit. Florian Dengler liebte seine Frau über die Maßen, er war ein glücklicher, junger Mann.

An dem Abend, als sie Rolfs unverwechselbaren, festen Schritt früher als gewohnt oben in der Wohnung hörten, gingen sie nach einer angemessenen Zeit hinauf, Florian mit einer Flasche Wein in der Hand. Sie klingelten an der Haustür, seine Mutter öffnete ihnen.

„Wir haben etwas mit euch zu besprechen, Mama!"

Fanni ging ihnen voraus ins Wohnzimmer. Wenn Flori mit einer Flasche Wein ankam, hatte das nicht unbedingt etwas Gutes zu bedeuten, befürchtete sie.

Florian bemerkte gleich, dass sein Vater nicht nur müde, sondern auch elend aussah. Obwohl erst Mitte vierzig, schimmerte sein dichtes Haar bereits silbern, auf seiner Stirn und den Mundwinkeln verliefen deutliche Furchen und seine Gesichtsfarbe war ungesund fahl.

232

„Geht's dir nicht gut, Papa?", fragte er besorgt, „du siehst krank und müde aus."

„Ich hab zur Zeit viel zu tun, Florian."

Rolf fühlte sich hauptsächlich durch Isabell, die sich mit gewohnt gelangweilter Miene in einen der Sessel niederließ, in seiner verdienten Feierabendruhe gestört.

„Es sind die verflixten Magenkrämpfe, die mir in letzter Zeit verstärkt zu schaffen machen", meinte er zu Florian und übersah seine Schwiegertochter möglichst. „Die Ärzte meinen, es wäre das vegetative Nervensystem, ich solle öfter Urlaub machen oder in eine Kur gehen. Nur bitte nicht, wenn ihre Anlagen gewartet oder repariert werden müssen."

„Ihr ward doch erst vor zwei Jahren in Menorca", erinnerte sich Florian, „es war eure Silberhochzeitsreise, nicht wahr? Und letzten Sommer habt ihr eine Fahrradtour durch das Altmühltal gemacht."

Rolf schaute seinen Sohn abwartend an, er war sicher nicht nur gekommen, um über vergangene Urlaube zu plaudern. Florian holte vier Weingläser aus dem Gläserschrank und stellte sie auf den Tisch.

„Gibt's was zu feiern?", fragte Rolf und ahnte dunkel, dass es etwas Bedeutsames, jedoch nicht unbedingt etwas Erfreuliches sein musste. Florian entkorkte die mitgebrachte Flasche und goss vorsichtig den zartrosa Wein in die Gläser, seine Hand zitterte dabei ein wenig.

„Mir nicht, Florian", wehrte Rolf ab, „ich vertrag keinen Wein. Aber nun spann uns nicht länger auf die Folter. Sag' schon, was es zu feiern gibt."

Florian setzte sich zu seiner Frau auf die Sessellehne und hob sein Glas. „Ja, Papa und Mama, wir haben in der Tat etwas zu feiern, ihr werdet nämlich nächstes Frühjahr wieder Großeltern. Isabell und ich erwarten ein Baby."

Fanny stellte ihr Glas so abrupt auf den Tisch zurück, dass der Wein überschwappte. Sie schaute Florian erschrocken an, dann stand sie auf, trat ans Fenster und starrte in die Dunkelheit hinaus.

„Was ist los, Mama?", fragte Florian peinlich berührt. Isabells Lippen wurden schmal, die Augen zu dunklen Schlitzen, sie fixierte ihre Schwiegermutter argwöhnisch.

„Nein", meinte Fanny endlich mit rauer Stimme und wandte sich direkt an ihre Schwiegertochter. „Das geht nicht, Isabell! Solange ihr allein seid, sind diese unsäglichen Anfälle, die du hast, eure Sache, ein Kind aber könnte sie nicht ertragen." Fanni rang um Fassung. „Entschuldigt", murmelte sie, zog ein Taschentuch aus ihrer Rocktasche und putzte sich die Nase. Florian trat zu seiner Mutter und legte seinen Arm um ihre Schultern.

„Wir bekommen das hin, Mama", meinte er ruhig, „glaub mir, ein Kind ist für eine Frau die beste Therapie. Aber ihr könnt uns helfen, Mama. Wir brauchen nämlich eine richtige Wohnung und da haben wir an unsere Dachwohnung gedacht. Sie steht doch leer, da können wir doch einziehen, Mama, oder?"

Fanny schaute ihren Großen mit tränenverhangenen Augen an. „Ach, Flori", murmelte sie, „es tut mir leid, aber weißt du, ich wünsche mir eben glückliche Enkel."

„Ich weiß, Mama, ich versteh dich schon. Aber du brauchst dir keine Sorgen zu machen, du bekommst ein glückliches Enkelkind, das verspreche ich dir."

Isabell aber schaute Florian mit einem Blick an, der besagte: „Da siehst du es wieder einmal, deine Eltern mögen mich nicht. Deine Mutter freut sich nicht einmal über ein Enkelkind."

Fanny war in der Tat sehr besorgt. Als sie Doktor Kaufmann wegen eines grippalen Infekts aufsuchen musste, vertraute sie sich ihm an und schilderte ihm von Isabells unbeherrschten Wutausbrüchen, die immerhin so kontrolliert waren, dass sie vorzugsweise Florians persönliche Sachen zertrümmerte.

„Und jetzt ist sie schwanger", meinte sie bekümmert, „wie soll das mit einem Kind nur werden."

„Seit wann hat ihre Schwiegertochter diese Ausbrüche?", erkundigte sich Dr. Kaufmann, während er ein Rezept ausfüllte.

„Eigentlich seit wir sie kennen, Herr Doktor. Seit sie in unserem Haus ist unvermindert heftig."

„Nun, das sieht mir nach einer endogenen Psychose aus, Frau Dengler", meinte Dr. Kaufmann. Er legte seine Unterarme auf den Schreibtisch, die Hände aufeinander und schaute Fanny ernst an. „Ich kenne ihre Schwiegertochter nicht, Frau Dengler, aber generell gesagt weiß man nicht viel über die Ursachen von Nervenerkrankungen wie Schizophrenie, Manie oder endogene Depressionen, nur dass sie erblich bedingt sein können und sich ins besonders in einem stark emotionsbelasteten Familienklima entwickeln, in Familien also, in denen es viel Streit, Kritik, Herabsetzungen und Strafen durch Liebesentzug gibt. Ich kann nur raten, dass Ihre Schwiegertochter einen guten Psychologen aufsuchen sollte, denn erfahrungsgemäß verschlimmert sich während einer Schwangerschaft eine Psychose. Eine

Schwangerschaft stellt ja schon für gesunde Frauen eine enorme Belastung dar."

Dr. Kaufmann stand auf und reichte Fanny ein Rezept. „Morgens und abends eine Tablette, Frau Dengler, dann sollten Ihre Beschwerden in drei Tagen überwunden sein. Ansonsten müssten Sie sich noch einmal einen Termin geben lassen!"

Dr. Kaufmanns eher beiläufige und allgemeine Aussage über Nervenerkrankungen beunruhigten Fanny noch mehr. Sie beobachtete ihre Schwiegertochter aufmerksam und was ihr dabei auffiel, machte ihr die junge Frau nicht unbedingt sympathischer, Isabell war nicht nur überheblich, sie war auch verschwenderisch, stellte sie fest. Sie ließ beispielsweise in der Küche der Dachwohnung, in die sie nun bald einziehen wollten, moderne Wandfliesen verlegen, weil die alten hässlich seien, meinte sie. „Na, gut", dachte sich Fanny, „sie hat ja recht."

Möbel wurden gekauft und von einem Dekorateur maßgeschneiderte Vorhänge angebracht. „Selbstgenäht wären sie wesentlich billiger gewesen", wunderte sich Fanny, aber es ging sie ja nichts an.

Aber dann, als Isabell begann um die Miete zu feilschen -eigentlich wollte sie angesichts der Kosten, die durch das Kind auf sie zukommen würden, gar keine bezahlen- und Rolf auf die Hälfte der ortsüblichen Miete bestand, er habe wegen des Hauses Verpflichtungen an die Bank, meinte er, da wurde sie giftig und behauptete, überall wären die Mieten niedriger als im eigenen Elternhaus. Rolf meinte daraufhin gelassen, wenn dem so ist, dann möge sie doch besser eine dieser billigen Wohnungen nehmen.

Fanny war über die Dreistigkeit ihrer Schwiegertochter empört, aber vielleicht hätten sie sich doch breitschlagen lassen, ganz auf die Miete zu verzichten, wenn nicht die Geschichte mit dem Teppich gewesen wäre, da wollten sie die Verschwendungssucht ihrer Schwiegertochter nicht unterstützen, noch dafür aufkommen. Als Fanny nämlich hörte, dass im Wohnraum ein neuer Teppich verlegt werden sollte, da musste sie ihre Schwiegertochter dahingehend aufklären, dass der vorhandene hellgraue Teppich erst voriges Jahr verlegt wurde und von allerbester Qualität sei. Die unschönen, zahlreichen Flecke darauf stammten vom Vorgänger, sie seien nur oberflächlich und leicht mit einer milden Seifenlauge zu entfernen. Isabell erklärte daraufhin kurz und bündig und Florian stimmte ihr zu, dass sie wegen des Kindes einen schmutz- und bakterienabweisenden Teppich brauchen. Das wiederum kaufte ihr Fanny nicht recht ab, kurzum, dieser Teppich wurde zum Corpus Delicti, der das Fass zum Überlaufen brachte.

Noch schwankten Fanny und Rolf, ob sie von Florian überhaupt Miete verlangen konnten, immerhin hatte er seit seiner Heirat keinen Pfennig Unterstützung mehr von ihnen bekommen und musste deshalb jedes Wochenende zum Fensterputzen gehen. Fanny wollte wissen, ob es Isabell tatsächlich um das Baby ging oder sie nur nach einem Vorwand suchte, um Florian zum Kauf eines gefälligeren Teppichs zu bewegen. Wer weiß, vielleicht war sie schlichtweg zu faul, den Teppich zu reinigen. Also ging sie dem besagten Teppich mit Seifenlauge und Schrubber beherzt zu Leibe, besser gesagt, an den Fluor, und siehe da, die Flecken verschwanden und der Teppich erstrahlte bald wieder im schönsten Silbergrau. Als Florian es sah, war er angenehm überrascht, seine Frau jedoch reagierte ungeduldig und zornig.

„Was erlaubst du dir eigentlich, was geht es dich an!", fauchte sie ihre Schwiegermutter an, und an Florian gewandt. „Ich will den neuen Teppich haben, begreifst du das nicht, Florian?"

Ein Satz, den Florian noch oft hören sollte. Isabell rannte heulend die Treppe hinunter.

Florian zuckte verlegen die Schultern. „Lass es gut sein, Mama. Ich finde ja auch, mit einem Baby sollte es schon ein bakterienabweisender Teppich sein."

Fanny erzählte ihm von ihrem Besuch bei Dr. Kaufmann und dass er geraten hatte, Isabell solle wegen ihrer Tobsuchtsanfälle einen Therapeuten konsultieren.

„Aber nein, Mama", glaubte Florian seine Frau verteidigen zu müssen, „seit Isabell schwanger ist, haben die Ausbrüche doch merklich nachgelassen. Isabell wäre nie bereit, einen Therapeuten aufzusuchen, sie ist doch nicht verrückt"

„Florian!", klang es aggressiv und schrill durchs Treppenhaus herauf. „Kommst du endlich! Florian!"

Ja, Isabell war stocksauer auf diese Frau, die sich so selbstherrlich und arrogant in ihre Angelegenheiten einmischte. „Unverschämt", dachte sie, „wie überheblich sie gegrinst hat, weil sie glaubte, sie bloßstellen zu können. Wie hinterhältig, wie gemein, bitteschön, von mir aus kann sie in einer vergammelten Wohnung leben, die soo Bescheidene und soo Selbstlose, die habgierig und unverschämt genug ist, von ihren eigenen Kindern und Enkeln Miete zu verlangen, echt kotzig, und Florian steht herum und lässt es sich gefallen, verteidigt sich mit keinem Wort. Aber sie wird ihm noch gründlich die Augen über seine ach so saubere Mutter öffnen, oh, die Pest und die Krätze soll sie an den Hals kriegen. Aber warte, das zahl ich ihr heim, sie soll auf Knien darum betteln müssen, ihr Enkelkind zu sehen."

Wieder rief sie nach Florian, nach ihrem Mann, was machte er so lange da oben bei ihr, über was quatschten die beiden so lange. Natürlich über sie, Isabell. Oh, diese Hexe! Florian gehörte ihr, er war ihr Mann, ganz allein der ihre."

Nach zwölf Semestern bekam Florian sein Ingenieurdiplom überreicht, wenn ihn auch sein Mentor, Professor Dietrich, wegen der vielen Deutschfehler nicht bei seiner geplanten Doktorarbeit begleiten wollte.

„Es tut mir leid, Herr Dengler", meinte der Professor während einer Abschlussfeier bedauernd, „ein einwandfreies Deutsch gehört zu einer Diplomarbeit. Dennoch halte ich Ihr Thema, „Verarbeitung von Kunststoffen im Bauwesen", im Zeitalter des Kunststoffs für wichtig und innovativ. Deshalb werde ich Ihrer Bitte, mit ihrer Arbeit an der Ausschreibung für die beste Diplomarbeit in der Kunststofftechnologie teilnehmen zu wollen, gerne nachkommen. Wenngleich Sie sich bitte keine großen Hoffnungen auf den Preis machen sollten. Alles Gute für Sie, Herr Dengler!"

Er dachte nicht daran, diesem sicher sehr begabten und strebsamen Diplomchemiker, der in der Rechtschreibung deutliche Schwächen zeigte, wieder zu begegnen. Aber er unterschätzte dessen Ehrgeiz, denn schon ein halbes Jahr später überreichte er Florian Dengler in einem altehrwürdigen, historischen Darmstädter Gebäude, im festlichem Rahmen den mit zehntausend DM dotierten Preis für die beste Diplomarbeit in der Kunststofftechnologie im Bauwesen. Danach verlor er ihn aus den Augen und aus dem Sinn, denn jedes Jahr kamen neue Studenten und Doktoranden, die er zu begleiten und zu betreuen hatte. Erst zehn Jahre später sollte er ihm ein weiteres Mal begegnen, als er ihm mit anderen Professoren, nach langer Anhörung die urkundlich bestätigte Doktorwürde überreichte.

Es sollte nicht die letzte Begegnung mit ihm gewesen sein.

Viele der frisch von der Uni kommenden Diplomchemiker bewarben sich vergeblich in den großen und kleinen Chemiewerken und Konzernen und landeten nicht selten als Handlanger in Labors oder fanden überhaupt keine Arbeit. Florian Dengler aber hatte bei seinen Bewerbungen ein großes Plus, nämlich den Preis für die beste Diplomarbeit des Jahrgangs in der Kunststofftechnologie im Bauwesen, der ihn als besonders begabten Chemiker auswies. Florian bewarb sich nicht nur im Inland, eine Bewerbung schickte er auch an eine Schweizer Firma. Sie betrieb Kunststofftechnologie und wählte ihre Mitarbeiter sehr sorgfältig aus, wie er erfuhr. Er musste nicht lange auf eine Einladung warten, und zwar mit Frau, wie ausdrücklich erwünscht wurde.

Isabell hatte inzwischen ihre Schwangerschaft gut überstanden und einem Jungen das Leben geschenkt. Als Fanny sie im Heuberger Krankenhaus besuchte, ging es ihr, wie nach einem Kaiserschnitt zu erwarten, nicht gut, die drückende Schwüle des Maitages tat sein Übriges. Isabell litt, sie lag blass und erschöpft in den Kissen, welches ihre Mutter von Zeit zu Zeit aufschüttelte. Frau Baumann war sehr um ihre Tochter bemüht, sie sorgte unentwegt für frischen, kühlen Tee, der in einer Karaffe auf dem Bettkästchen stand. Immer wieder schaute sie besorgt in das fahrbare Gitterbettchen neben Isabells Bett und fuhr dem Kind darin zärtlich über das flaumige, dunkle Köpfchen. Als Fanny wissen wollte, wie es Isabell und dem Kind gehe, meinte Frau Baumann vorwurfsvoll, so als mache sie Fanny dafür verantwortlich. „Mein Gott, Fanny, du siehst es doch selbst, es geht ihr nicht gut. Wer in diesem Krankenhaus keine Angehörigen hat, die sich kümmern, der ist doch aufgeschmissen."

Florian kam, er kam jeden Tag und hielt selig seinen kleinen Jungen im Arm. Er tröstete seine leidende Frau, die sich bitter über die schnippischen Schwestern und die desinteressierten Ärzte beklagte, die sie angeblich nicht mochten.

Als Florian mit ihr und dem Baby heimkam, durfte Fanny das Kind in ihren Armen halten, durfte das erstaunlich wohlgeformte, dunkle Köpfchen und das schlafende, zufriedene Babygesichtchen, das von einem im Nuckeltakt zitternden Schnuller fast verdeckt wurde, betrachten. Sie wurde von einem Glücksgefühl durchflutet, das weder vorhersehbar, noch zu beschreiben ist, das reine, pure Glück eben, das man im Leben nur in ganz seltenen Momenten verspürt. Sie strahlte Florian an, lachte und tanzte mit dem Kind im Kreis.

„Halt, halt, Mama", mahnte Florian belustigt, „dem Kleinen wird's ja ganz schwindelig!"

„Ja, Florian, so wie mir. Du glaubst nicht, wie wunderbar es ist, ein gesundes Enkelkind im Arm zu halten!"

Als Rolf heimkam, gingen sie hinauf in die Dachwohnung, um den jungen Eltern zu gratulieren und das Kind willkommen zu heißen.

Fanny war sich sicher, jetzt konnte alles gut werden.

Im Sommer folgte Florian der Einladung der Schweizer Kunststofffirma und fuhr mit seiner Frau nach Zürich. Das Kind ließen sie in der Obhut von Großmutter Baumann.

Vom Abteilfenster des ICEs aus genoss Florian die überwältigende Gebirgslandschaft der Schweizer Alpen, er meinte zu seiner Frau, dies sei die eindrucksvollste Bahnstrecke überhaupt. Isabell fand das auch, aber sie war müde und wollte nach der stundenlagen Reise endlich ankommen.

In Zürich wurden sie von einem jungen, sympathischen Mann, einem Firmenmitarbeiter, vom Bahnhof abgeholt, das fand Florian sehr aufmerksam. Auch in der Firma wurden sie freundlich begrüßt. Isabell wurde nach einer kleinen Erfrischung und einer Ruhepause von einem charmanten Angestellten durch die Züricher Altstadt begleitet, wo sie in kleinen Geschäften und Boutiquen aufs angenehmste stöbern und einiges für sich entdecken konnte, der zuvorkommende Firmenangestellte legte ihr gern das Geld aus. Zürich, so fühlte Isabell, war eine Weltstadt, da fragte keiner nach den Preisen. Wenn Flori erst einmal die gutbezahlte Anstellung bekommen haben würde, dann spielte Geld keine Rolle mehr. Während sie den Ausflug genoss und sich in einem der gepflegten Lokale mit einem Eisbecher und einer Tasse Kaffee stärkte, führte man Florian durch das Chemiewerk.

Man zeigte ihm die modernen Labors, Florian war von ihrer Größe und Ausstattung, ohne es allzu deutlich zu zeigen, beeindruckt. Die meist promovierten Mitarbeiter erklärten ihm die ungefähren Ziele der Firma, nämlich die effiziente Verbindung von Chemie und Baustoffen, was ja auch Florians Interessengebiet war. Man führte ihn durch die Lager mit den weißen, turmhohen Kunststoffbehältern, in denen die verschiedenen Granulate lagerten, durfte die Mischmaschinen mit den Trichtern und Magneten begutachten und die meterlangen, zylinderförmigen Extruder, in denen durch Metallschnecken das gereinigte, nach Eigenschaften und Farben gemischte Granulat geleitet, erhitzt und schließlich plastifiziert wurde, einige Arbeiter grüßten knapp mit freundlichem Kopfnicken. Florian ging wie im Traum, der Betrieb erschien ihm wie eine unermessliche Spielwiese, in der man nach Herzenslust forschen und arbeiten konnte.

Am Abend wurden er und seine Frau zu einem ungezwungenen Abendessen geladen. Isabell trug ein schickes, neues Kleid, das ihr gut stand, sie war bei allerbester Laune. Die Gastgeber wollten während des Essens einiges über die Wünsche und Ziele ihrer Gäste wissen, warum Herr Dengler zum Beispiel im benachbarten Ausland Arbeit suche und ob sich seine Frau einen dauerhaften Auslandsaufenthalt, soweit von ihren Angehörigen entfernt, vorstellen könne und so weiter. Isabell lächelte und nickte, es war besser, so hatte es ihr Florian nahegelegt, nicht zu viel zu sagen. Die Aufmerksamkeit der bedeutenden Leute aber schmeichelte ihr.

„Wissen Sie, Herr Dengler", meinte der ältere Herr neben Florian, er war der Geschäftsführer, „Sie sind noch unerfahren in der Kunststoffbranche, Sie können weder Erfolge noch Patente vorweisen, aber Sie haben Ehrgeiz, das kann man sehen, Sie wollen den Erfolg. Sie müssen wissen, wir erwarten von unseren Mitarbeitern Firmentreue und Begeisterung, wir brauchen Wissenschaftler, die mit ihren Aufgaben wachsen, in ihnen aufgehen und, last but not least, deren Familien hinter ihnen stehen. Das ist die Grundlage für eine gute, dauerhafte Zusammenarbeit." Florian jubelte innerlich, er glaubte zu spüren, dass er akzeptiert war. Äußerlich aber blieb er vorsichtig gelassen.

„Auch ich", erwiderte er mit fester Stimme, „bin an Aufgaben interessiert, die mich fordern, die ich zum Erfolg bringen und langfristig betreuen kann. Das heißt automatisch Firmentreue, das ist auch für mich wichtig und selbstverständlich."

Isabell war eine stolze Mutter, sie liebte ihr Kind, aber sie war nicht wirklich zufrieden, auch wenn sie nach wie vor einen regelmäßigen Kontakt zu ihrer alten Clique pflegte. Bald fiel ihr die Mansardendecke auf den Kopf und sie beklagte sich darüber, dass sie den Gestank der Windeln nicht mehr aus der Nase bekäme und sich ihre Migräne-Anfälle dadurch häufen und verschlimmern würden. Sie habe es allmählich satt, treu und brav am Herd zu stehen und von Kochtöpfen, Putzeimern und Bergen von Wäsche umgeben zu sein, die Bügelwäsche wachse ihr sowieso ständig über den Kopf.

Solange Florian auf die Antworten der Firmen, speziell auf die der Schweizer Firma wartete, gönnte er Isabell die Zerstreuungen mit ihren Freunden. Er half im Haushalt, nur bügeln wollte er nicht, dazu sei er zu unbegabt, behauptete er nicht zu Unrecht, denn er verbrannte sich dabei nicht nur die Finger, sondern auch manches Hemd und manche Bluse. Am Judo hielt er fest und notgedrungen auch am

Fensterputzen an den Wochenenden, aber vor allem befasste er sich mit seinem kleinen Sohn, der ihm durch sein gutes Gedeihen große Freude machte.

Aber Isabells Unzufriedenheit und Wutausbrüche nahmen wieder zu. Wenn ihr schrilles Kreischen und das Krachen von Gegenständen, die auf dem nagelneuen, bakterienabweisenden Teppich zerbarsten, durchs Haus schallten, dann kämpfte Fanny mit sich, hochzugehen und das Kind, das sie schreien hörte, herunterzuholen? Aber durfte man sich einmischen? Sie hoffte jedes Mal, Florian käme mit dem Kind herunter, aber er tat es nicht.

Ja, wieder schien es, als würden Fannys schlimmsten Befürchtungen voll und ganz eintreffen.

„Noch ein Brief, Mama, dieses Mal von der Schweizer Firma!"

Isabell warf achtlos ein großes, ungeöffnetes Kuvert auf den Küchentisch ihrer Eltern, sie besuchte ihre Mutter in Kirchhausen nun fast täglich. „Sicher wieder einer dieser Arbeitsverträge oder so. Leg ihn erst einmal zu den anderen."

Frau Baumann nahm ein Fläschchen aus dem Wasserbad, setzte sich damit und mit dem Baby auf einen Stuhl und ließ es trinken. „Schon der dritte Brief", bemerkte sie und schaute ihre Tochter besorgt an. „Er wird es irgendwann merken, fürchte ich."

Sie stellte das Fläschchen auf den Tisch und wanderte mit dem schläfrigen Kind, das sein Köpfchen an ihre Brust gelehnt hatte und ein Bäuerchen machen sollte, in der Küche herum. Isabell stellte zwei Tassen mit Kaffee auf den Tisch, die Frauen setzten sich, Frau Baumann mit dem Kind im Arm. „Du musst vorsichtig sein, Isabell", warnte sie, „nicht dass dein Mann den Braten riecht. Wär es nicht das Beste, wir verbrennen die Briefe."

„Gut, Mama, mach das", antwortete Isabell gelassen. „Den Brief von den Farbwerken Höchst habe ich auf unseren Wohnzimmertisch gelegt, so dass er ihn, wenn er heimkommt, gleich sieht. Dann werden sich für ihn die anderen Antwortschreiben sowieso erübrigen."

„Hoffentlich hast du recht, Kind", meinte Frau Baumann. „Nicht auszudenken, wenn er dich und das Baby irgendwohin ins Ausland verschleppen würde."

„Keine Sorge, Mama, dazu gehören zwei." Isabell schlürfte ihren heißen Kaffee, dann stand sie auf und strich sich mit beiden Händen die Haare glatt, die streng zu einem Pferdeschwanz gebunden waren.

„Ich geh' jetzt, so gegen sechs Uhr hole ich Henning wieder ab. Bis dahin macht es gut, ihr zwei." Sie nahm ihre Tasche und ging.

Florian war enttäuscht und verwundert, dass keine der Firmen, bei denen er sich beworben hatte, renommierte Firmen, die meist weltweit operierten, weder mit einer Zusage noch mit einer Absage reagierte. Umso mehr freute er sich über die Zusagen eines bekannten Kunststoffwerks in Duderstadt und einer von den Farbwerken Höchs in Frankfurt. Und weil Isabell wegen Ihrer Eltern und den Freunden ungern von zu Hause weggezogen wäre, entschied er sich für die Farbwerke Höchst.

Wann immer es ihm möglich war, kümmerte er sich um seinen kleinen Sohn Henning. Auch nachts, denn das Kind schlief unruhig und weinte oft, was Isabell anscheinend nicht hörte. Wahrscheinlich hätte sie nicht einmal ein Donnerschlag aus ihrem Tiefschlaf wecken können, nahm Fanny an.

Einmal passierte es, dass Florian seiner Frau mit verzweifelter, hilfloser, voller Kraft mitten in das verzerrte Gesicht schlug. Es war spät abends, der Kleine nebenan, aus dem Schlaf geschreckt, schrie wie am Spieß. Florian hatte ein Metallkerzenständer an der Stirn gestreift, als er impulsiv zuschlug, vielleicht auch um sie zur Besinnung zu bringen. Beide erschraken darüber, Florian wollte einlenken, sich entschuldigen, er habe die Fassung verloren, beteuerte er, aber Isabell, völlig aufgelöst, schlüpfte schluchzend in ihre Stiefeletten und in ihre Jacke, grabschte sich ihre Tasche und den Autoschlüssel und lief heulend die Treppe hinunter. Sein Ruf, er brauche das Auto morgen früh, -sie hatten sich inzwischen einen gebrauchten Renault Clio gekauft- ging im Knall der zuschlagenden Haustür unter. Florian nahm seinen schreienden Sohn aus dem Bettchen und wiegte ihn summend im Arm, bis er sich beruhigte und wieder eingeschlafen war. Dann sammelte er die Scherben in einen Müllsack, der Kerzenhalter, der seine Stirn gestreift hatte, lag in einer Stubenecke auf dem Teppich, er stellte ihn auf das Sideboard zurück und sammelte die zerstreut herumliegenden Kerzen ein. Florian befühlte die blutige Schramme auf seiner Stirn, die Kollegen würden nun wieder etwas zu spötteln haben, würden wieder wissen wollen, woher das Horn auf seiner Stirn kam und er würde wieder eine dämliche Ausrede erfinden müssen, er sei von der Leiter gefallen oder auf der Treppe ausgerutscht und sowas, sie mussten ihn für einen totalen Tölpel halten. Den Eltern brauchte er nichts vorzumachen, Mama würde ihm, wenn sie ihn sah, wieder wortlos eine Flasche Essigsaurer Tonerde geben. Florian ging ins Bad, befeuchtete einen Waschlappen mit der Essigsauren Tonerde seiner Mutter und legte sich mit ihm auf die Couch. Er war sehr bedrückt, er hatte sich vergessen und sie geschlagen. Würde sie wieder zurückkommen? Ja, sicher, nicht reumütig und einsichtig wie sonst, aber wegen Henning. Mein Gott, wann hörte das auf. Sollten sie nicht doch einen Psychologen um Rat fragen? Mama riet es dringend, aber Isabell wäre dazu niemals bereit, sie wollte von einem solchen Unsinn nichts wissen. Sie sei doch nicht verrückt, empörte sie sich jedes Mal, wenn er eine diesbezügliche Andeutung machte.

Auch dieses Mal kam Isabell, nachdem sie sich bei ihren Eltern ausgeheult und sich ausgiebig von ihnen hatte bedauern lassen, zurück. Aber dieses Mal nicht einsichtig und reumütig, sondern wegen ihrer immer noch roten Wange vorwurfsvoll und leidend.

Sabine fiel es zuerst auf. Fast jeden Donnerstagnachmittag kam Isabell, auffallend geschminkt, aufgetakelt und nach einem ganzen Rosengarten duftend, und bat Henning für zwei Stunden bringen zu dürfen, weil sie einen dringenden Arzttermin habe oder Besorgungen machen müsse und so weiter. Sabines Töchterchen Clarissa, inzwischen drei süße Jahre alt und Söhnchen Norbert, muntere zwei Jahre alt, freuten sich, wenn der kleine Cousin sie besuchte, Sabine aber bedauerte ihren ahnungslosen Bruder, wollte ihm aber vorerst nichts von ihrer Befürchtung sagen, vielleicht waren sie ja auch grundlos. Sie arbeitete derzeit jeden Vormittag in den Städtischen Kliniken von Darmstadt, und wenn sie am Nachmittag zu Hause war, fuhr ihr Mann Sebastian nach Frankfurt und absolvierte im Flughafen eine Umschulung zum Operator.

Auch Fanny stellte mit Befremden fest, wie oft Isabell an den Wochenenden alleine, ohne ihren Mann ausging. „Muss sie denn jedes Wochenende an den Abenden weggehen?", fragte sie sich beunruhigt, „Noch dazu allein, schließlich könnten sie ja auch auf Henning aufpassen." Und als sie einmal mit Florian allein im Garten war, der Kleine lag strampelnd und vor Lebensfreude plappernd und jauchzend unter einem Sonnenschirm auf einer Decke, sprach sie ihn deswegen an. Sie erinnerte ihn daran, dass sie gern auf Henning aufpassen würden, wenn er mit seiner Frau gelegentlich ausgehen wolle. „Das ist lieb gemeint, Mama", meinte Florian ein wenig verlegen, „aber es ist nicht nötig. Isabell geht gern allein aus, ein wenig Vertrauen muss schon sein bei Ehepartnern, findest du nicht? Außerdem muss ich nicht jedes Wochenende den Trubel haben."

Fanny war über diese belehrenden, vielleicht auch hilflos naiven Worte betroffen, sie glaubte nicht so recht, dass es Florian wirklich so meinte. Jedenfalls war sie selbst als junge Mutter nie auf die Ideen gekommen, alleine ausgehen zu wollen. Als ihre Kinder noch klein waren, da waren es die unbeschwerten Wochenendausflüge mit der Familie gewesen, auf die sie sich gefreut hatte. Das Entdecken von Burgen und Ruinen auf den bewaldeten Hängen des Odenwalds und das Erklimmen von Aussichtstürmen, es gab deren viele, von denen aus man weit übers geschwungene Land schauen konnte. Im Herbst konnten sie auf den sanft abfallenden Wiesen und brachen Feldern Drachen steigen lassen und in den schneereichen Wintern herrlich rodeln. Erinnerte er sich nicht mehr an diese unwiederbringlich schöne Zeit? Sie jedenfalls hätte um nichts auf der Welt diese Zeit missen wollen. Nein, sie verstand ihre Schwiegertochter nicht und auch nicht ihren Sohn Florian.

Bald schon sollte sich Fannys ungutes Gefühl bestätigen, denn es stellte sich heraus, dass Isabells Vorliebe für das Alleinausgehen Gründe hatte.

Sie erfuhren es ausgerechnet während der Fahrradtour mit den Liebknechts, einem befreundeten Ehepaar, dieses Mal waren sie von Passau nach Wien unterwegs, ihre bisher längste Tour. Der Tag war wolkenverhangen gewesen, hin und wieder waren sie in einen Schauer geraten, der Regenschutz konnte nicht vollends verhindern, dass ihr Gepäck und sie selbst, wenn sie auf durchweichten Waldwegen durch manche Pfütze mussten, feucht und klamm wurden. Außerdem tat Fanni das linke Knie furchtbar weh, bei jedem Tritt in die Pedale mehr. In Dürnstein brach endlich die schon tiefstehende Sonne durch und vertrieb die meisten der dunklen Wolken. Zu spät, haderte Fanni und quälte sich tapfer hinter den anderen den Hang zu einer Pension hinauf, die sie in einer Touristeninformation erfragt und Zimmer hatten reservieren lassen. Als sie in der Gaststube der Pension saßen, machte Herr Liebknecht sie fürsorglich darauf aufmerksam, dass es die Möglichkeit gab, die Reststrecke nach Wien mit dem Zug zurückzulegen. Er und seine Frau, wesentlich älter als die Denglers, waren trainierte Radfahrer und kannten solche Probleme, wie sie Fanny augenblicklich hatte, nicht. Aber noch war Fanny nicht dazu bereit, sie legte stattdessen das Bein mit dem schmerzenden Knie auf einen Stuhl und bat Rolf, es mit der Massagecreme, die sie mitgenommen hatten, zu massieren. Die Wirtin besorgte zudem eine kühlende Kompresse, sodass die Schmerzen im Knie erträglich wurden. Nach dem Abendessen bat Fanny telefonieren zu dürfen, denn heute habe ihr Sohn Geburtstag und sie wolle ihm gratulieren."

„Hallo, Flori!", rief sie munter in den Telefonhörer hinein, als sie Florians Stimme hörte. „Herzlichen Glückwunsch zum Geburtstag, Papa will dir auch noch gratulieren. Wir hätten dir gern persönlich gratuliert, aber du weißt ja, das geht jetzt nicht. Sicher feierst du im Kreis deiner Lieben und mit Freunden, nicht wahr? Geht's dir gut, Flori?"

„Wie geht es euch, Mama, habt ihr gutes Wetter?" Florians Stimme klang heiser, gepresst, so als hätte er Stress.

„Das Wetter ist durchwachsen", antwortete Fanny. „Heute wurden wir ein wenig nass. Aber morgen früh sind unsere Sachen wieder trocknen, dann kann's weitergehen. Ja, und mein Knie tut mir verdammt weh. Ich bin mir noch gar nicht sicher, ob ich weiterradeln kann."

„Das kenn ich, Mama, mach dir deshalb keine Gedanken, dein Knie ist überanstrengt, das gibt sich sicher über Nacht wieder. Aber, Mama, was ich dir sagen muss, Isabell hat einen anderen, ich meine, einen anderen Mann." Florian schwieg, Fanny lauschte erschrocken in den Hörer hinein, obwohl sie so etwas unterschwellig immer befürchtet hatte, traf sie es jetzt wie ein Hammerschlag. Sie hoffte, sich verhört zu haben.

„Bist du noch dran, Florian?"

„Ja, Mama. Ich schlafe derzeit bei Sabine und Sebastian, auf der Couch in ihrem Wohnzimmer, vorläufig. Ich weiß nicht, was werden soll, was mit Henning werden soll."

Der Rest der Fahrradtour verlief Dank Schmerztabletten und einer Unmenge an Massagecremes gut, auch die Heimreise mit dem Schiff nach Passau und dann mit dem klimatisierten Renault Laguna auf der Autobahn, aber die innere Ruhe war dahin. In Fannys und Rolfs Köpfen drehte sich nur noch alles um die Tragödie, die sich zuhause abspielen musste. Liebknechts erwiesen sich als wahre Freunde, sie versuchten verständnisvoll zuzuhören, oder sie erzählten von eigenen, vergleichbaren Erlebnissen und wie sie damit umgegangen waren. „Wir sind im Leben unserer Kinder nur Zuschauer", philosophierte Herr Liebknecht, „zur Not Auffangnetze, in die sie hineinfallen können."

Zuhause aber hatte sich inzwischen alles in Wohlgefallen aufgelöst.Isabell hatte es nicht glauben wollen, als Florian seine Reisetasche packte und ohne ein Wort ging, nicht einmal Henning hatte ihn aufhalten können. „Na gut", hatte sie gedacht, „und wenn schon, sollte er doch gehen, wenn er nicht kapierte, dass das mit Walter nichts weiter als eine kleine Affäre war, zu dumm, dass ein sogenannter Freund es ihm hatte zustecken müssen. Florian hatte nie Zeit für sie, hatte nur seine blöde Arbeit im Kopf. Wenn er jemand einlud, dann Kollegen, mit denen er über chemische Verbindungen und Wirkungen quasselte, wen interessierte das schon, sie jedenfalls brauchte Freunde, normale Freunde, die wie sie Spaß haben wollen und, ja, mit denen man auch einmal flirten und gelegentlich Sex haben konnte, was in aller Welt war schon dabei. Florian brauchte das nicht, er war ein weltfremder, langweiliger Eigenbrötler, aber sie war eine lebendige, junge Frau und wollte leben, wollte etwas erleben, nicht nur Kinder hüten, Wäsche waschen, Socken flicken und nähen, so wie seine ach so tolle, alberne Mutter."

Ja, dass stimmte wohl, Isabell war eine sehr lebenshungrige, junge Frau.

Doch dann hatte es eines Abends bei den jungen Lamperts an der Haustür geklingelt und Isabell stand mit Henning auf dem Arm draußen. Sie fragte nach ihrem Mann, ob er da wäre, sie müsse unbedingt mit ihm reden.

„Ja, er ist da", hatte Sabine einigermaßen verlegen gemeint. „Ich frag' ihn, ob er dich sprechen will." Dann hatte sie ihrem Bruder, der gerade mit ihrem Mann Sebastian Prüfungsbögen durcharbeitete, Bescheid gegeben. Sebastian war die unerwartete Hilfe seines Schwagers durchaus willkommen, denn demnächst musste er die Bögen ausgefüllt abgeben.

Florian war feierlich zu Hause aufgenommen worden, stilvolle Versöhnungsfeiern und dergleichen lagen Isabell, sie waren inzwischen Tradition bei den jungen Eheleuten geworden. Isabell tat Abbitte, verwöhnte ihren Mann mit einem Cancle Light-Dinner, entkorkte

252

einen milden Wein, stieß mit ihm auf einen Neuanfang an, war überaus einsichtig und anschmiegsam. „Glaub' mir, Florian", beteuerte sie, „ich habe aus meinen Fehlern gelernt, ich werde dich nie mehr enttäuschen, dich nie mehr kränken. Ich liebe dich doch, du bist meine wahre und einzige Liebe." Sie kauerte sich zu seinen Füßen, umfasste seine Knie und schaute mit ihren schönen Augen flehentlich, um nicht zu sagen, schmachtend zu ihm auf. „Verzeih mir, Liebster! Ich werde dir nie mehr weh tun."

Sie meinte es ernst, zweifellos, trotzdem wurde Florian unwillkürlich an die Schnulzenfilme erinnert, die sie sich so gern im Fernseher ansah. Er verzieh ihr, wegen Henning, er sollte in einer kompakten Familie groß werden.

Sein Schmerz aber wollte nicht so schnell vergehen.

Ein Jahr verging ohne nennenswerte Vorkommnisse, als Isabell gedachte den Kleinen taufen zu lassen. Sie glaubte, eine Taufe gehörte sich und wurde von Eltern, Freunden und Verwandten erwartet. Florian war skeptisch, dennoch vereinbarte er im evangelischen Pfarramt von Gerbach telefonisch einen Termin für ein Vorgespräch.

Im Pfarrhaus begrüßte sie ein junger, hochgewachsener Pfarrer, der mit seinen dunklen Jeans und dem legeren Sweetshirt angenehm unkonventionell und modern wirkte. Er geleitete sie in sein Büro und bat sie dort Platz zu nehmen. Er selbst setzte sich hinter seinen Schreibtisch und kam ohne Umschweife zur Sache.

„Nun, Herr und Frau Dengler", meinte er lächelnd, „darf ich nach dem Grund fragen, weshalb sie ihr Kind taufen lassen wollen?"

Florian und Isabell schauten ihn erstaunt an, warum wohl ließ man sein Kind taufen? Schließlich antwortete Florian ein wenig verlegen:

„Wenn ich ehrlich sein soll, Herr Pfarrer, es ist der Wunsch meiner Frau. Ich selbst bin der Meinung, dass ein Kind zur gegebenen Zeit selbst entscheiden sollte, ob es getauft werden will oder nicht."

„Gut", nickte der Pfarrer, „verstehe. Und Sie, Frau Dengler? Sie meinen also, dass jetzt für ihren Sohn der richtige Zeitpunkt für eine Taufe ist?"

Isabell wurde unter seinem freundlich fragenden Blick verlegen, sie suchte nach Argumenten, es wollte ihr nichts Plausibles einfallen. Schließlich erwiderte sie trotzig. „Ich verstehe die Frage nicht, Herr Pfarrer. Ist es nicht Brauch und Sitte, dass man sein Kind taufen lässt? Meine Eltern erwarten es, außerdem bezahlen wir Kirchensteuern. Wirklich, ich verstehe ihre Frage nicht, Herr Pfarrer."

Der Pfarrer nickte, er schaute die jungen Eltern nachdenklich, fast bedauernd an.

„Nun", meinte er ruhig, „Sie haben durchaus recht, Frau Dengler, aber Sie und ihr Mann sind doch konfirmiert, nicht wahr?" Isabell und Florian nickten betreten. „Und so hoffe ich, dass sie ihr Kind auch und vor allem taufen lassen wollen, um es der Gnade und der Obhut Gottes anheimzustellen."

In Florian regte sich sein rebellischer Geist. „Dann wäre unser Kind ohne Taufe nicht in Gottes Gnade und Obhut?", wollte er wissen.

Der Pfarrer blieb ruhig. „Die Taufe ist ein Bekenntnis zu Gott", erwiderte er, es klang keineswegs belehrend. „Jesus hat es uns vorgemacht, er wusste, die Menschen brauchen Zeichen, sie brauchen Gebote und Zeremonien, die ihnen Sicherheit und eine Zielrichtung geben. Für Kinder, die noch zu klein sind, übernehmen dieses Bekenntnis die Eltern, sie verpflichten sich damit, ihrem Kind die Werte des christlichen Glaubens nahezubringen. Wenn das Kind groß genug sein wird, gewöhnlich als Konfirmand oder auch als Erwachsener, dann kann es sich selbst zum christlichen Glauben bekennen oder eben nicht."

Der Pfarrer blätterte in seinem dicken Notizheft, dann fragte er: „Wäre Ihnen der 19. Juni als Taufsonntag recht?"

Die Bänke des schlichten, evangelischen Gotteshauses von Gerbach waren gut besetzt, als die zwei Taufpatinnen den mit einem bestickten Taufkleid bekleideten Täufling die zwei Stufen zum Altar hinauftrugen und sich mit dessen Eltern um den Taufstein aufstellten. Der junge, hochgewachsene Priester erwartete sie und blickte Eltern und Taufpatinnen lächelnd an, dann schöpfte er eine Handvoll Wasser aus dem Taufbecken und ließ es dem Kind, das man darüber hielt, über den dunklen Scheitel rieseln. „Henning Dengler", erklang seine kräftige Stimme klar und würdevoll durch die Kirche, „ich taufe dich im Namen des dreieinigen Gottes, des Vaters, des Sohnes und des Heiligen Geistes!"

Henning, nun ein Jahr alt, ließ die Zeremonie verwundert über sich ergehen, noch sah er keinen Grund sich vor dem großen, dunklen Mann zu fürchten und zu rebellieren, mit großen, staunenden Augen verfolgte er die Hand, die ihn mit kühlem Wasser beträufelte. Im Arm seiner Taufpatin Sabine und neben sich die lächelnden Eltern und Tante Dora, fühlte er sich trotz der ungewohnten Umgebung sicher und geborgen. Außerdem saßen die Großeltern, die Cousins und andere ihm bekannte Leute mit freundlichen Gesichtern in den Bankreihen. Henning schaute in das flackernde Flämmchen der großen, hübsch verzierten Kerze, lauschte dem leisen und doch volltönigen Klang der Orgel und der schönen, tragenden Stimme des schwarzen Mannes, der sich so würdevoll bewegte.

„Henning Dengler", sagte die Stimme jetzt, „werde zum Wohle der Menschen ein Werkzeug Gottes. In seinem Weinberg mögest du ein fruchtbarer Rebstock sein, der reiche Frucht an Liebe und Barmherzigkeit trägt! Dies soll dein Taufspruch und Leitfaden sein. Möge Gott dich auf all deinen Wegen beschützen und dir gnädig sein!"

Später dann, auf der Terrasse der Großeltern Dengler, wanderte Henning von Schoß zu Schoß, er wurde gestreichelt, liebkost und geknuddelt und durfte reichlich von den leckeren Sahnekuchen naschen und Kakao schlürfen. Bald schon verspürte er ein Völlegefühl und ein Grummeln im Bauch und während er noch in sich hineinhorchte, erhob sich plötzlich und unerwartet der so genüsslich erworbene Mageninhalt und ergoss sich auf dem festlich gedeckten Tisch und dem weiblichen Schoß, auf dem er gerade saß. Hecktische Überraschungsrufe, hastiges Aufstehen und Herumhasten, Henning aber befreit und wohl, wenngleich auch angenehm müde. Nachdem er frisch gemacht worden war, schlief er selig im weichen Bett der Großeltern.

Henning war zwei Jahre alt, als sich zur Freude seiner Eltern wieder Nachwuchs anmeldete. Florian aber war bewusst geworden, dass die Pharmaindustrie in Frankfurt Höchst auf Dauer nicht seinen Vorstellungen entsprach, seine Klientel war nach wie vor die Kunststofftechnologie im Bauwesen. „Es machte wenig Sinn", dachte er, „sich noch einmal bei Firmen zu bewerben, die es nicht für nötig fanden auf seine Bewerbungen zu antworten, und sei es auch nur mit einer Absage. Er musste eben flexibel sein und Firmen suchen, die ihn brauchen.

Also schickte er eine Bewerbung an das Duderstädter Kunststoffwerk, von dem er vor zwei Jahren eine positive Antwort erhalten hatte. Sie entwickelten, produzierten und vertrieben Prothesen und Rollstühle.

Bei Isabell und ihren Eltern riefen Florians Pläne zunächst schweigendes Unverständnis hervor, und als er zu einem Einstellungsgespräch nach Duderstadt eingeladen wurde und auch hinfuhr, löste das bei ihnen Bestürzung aus.

„Gerade jetzt", schimpfte Isabells Mutter, Frau Baumann, „jetzt, wo Isabell wieder schwanger ist will man sie und das Kind ohne zwingenden Grund aus dem gewohnten Umfeld reißen, will sie entwurzeln. Wie egoistisch und verantwortungslos ist das denn von einem Vater."

Wie auch immer, Florian ließ es sich nicht nehmen, nach Duderstadt zu fahren und sich dort in der Kunststofffirma vorzustellen.

„Wir suchen einen fähigen, möglichst promovierten Entwicklungschemiker, Herr Dengler", erklärte Betriebschef Köhler, als Florian ihm in seinem Büro gegenüber saß, vor ihm auf dem Schreibtisch lagen Florians Bewerbungsunterlagen und ein unterschriftsfertiger Anstellungsvertrag. „Wir unterstützen unsere Mitarbeiter gern bei einer gewünschten Promotion, denn promovierte Mitarbeiter stärken das Vertrauen unserer Kunden."

„Eine Promotion läge auch in meinem Interesse, Herr Köhler", versicherte Florian. „Aber ich habe ein kleines, familiäres Problem." Betriebschef Köhler schaute Florian fragend an.

„Meine Frau", erwiderte Florian ein wenig unsicher, „sie ist schwanger. Ich könnte also frühestens nach der Geburt unseres Kindes die Arbeit in Ihrer Firma aufnehmen."

„Nun, da sehe ich kein großes Problem, Herr Dengler", meinte Herr Köhler nachsichtig. „Wir haben Verständnis für junge Mitarbeiter,

257

die meisten von ihnen sind Familienväter. Wenn wir einen zeitnahen Termin ins Auge fassen können, sagen wir nächstes Frühjahr, dann wäre das für uns in Ordnung. Dr. Herzog, unser Chefchemiker, wird sich sicher mit seinem Ruhestand noch ein wenig gedulden. Wenn Sie es wünschen, Herr Dengler, könnten wir Ihnen bei der Wohnungssuche oder bei der Suche nach einem passenden Haus behilflich sein."

Florian unterschrieb den Arbeitsvertrag, er war sich sicher, bei diese Firma, die offensichtlich sehr kulant gegenüber ihren Angestellten war, würde er viel lernen müssen, sich aber dennoch ausreichend um seine Familie kümmern können. Isabell war schwierig, ja, aber fern vom Einfluss ihrer Eltern und mit zwei kleinen Kindern würde sie vernünftiger und ausgeglichener werden.

Man gab Florian einiges an Material mit, damit er sich im Vorfeld mit der Firmenideologie und den Arbeitsabläufen in der Firma vertraut machen zu könne. Er freute sich auf die neue Aufgabe, Henning würde seinen dritten Geburtstag in Duderstadt erleben.

Duderstadt liegt in Niedersachsen, südlich des Harzes, an der Grenze zu Thüringen. Vom Ohmgebirge herkommend durchfließen unzählige Rinnsale und Bächlein das nördlich gelegene, hügelige Weide- und Ackerland und verhelfen dem Bach Hahte, der nah an Duderstadt vorbeifließt, zu einer beachtlichen Stärke.

Südöstlich von Duderstadt verläuft ein betonierter Grenzweg, der vor ein paar Jahren noch DDR- Grenze gewesen war und jetzt die Grenze zu Thüringen bildet. Einem Wanderer müssen die hölzernen Wachtürme ins Auge fallen, die in Sichtweite voneinander wie Mahnmale in den Himmel ragen. Ihm werden die jungen Soldaten in den Sinn kommen, die darauf mit Fernstechern den sogenannten Todesstreifen nach verdächtigen Bewegungen abgesucht haben, um den sozialistischen Arbeiter- und Bauernstaat vor dem kapitalistischen Staatsfeind jenseits der Grenze zu schützen. Nur richteten sie ihre Gewehrmündungen nicht gegen ihn, den Staatsfeind, sondern gegen die eigenen Mitbürger, den sogenannten Republikflüchtlingen. Der Wanderer wird der Toten gedenken, die es nicht schafften, im Schutze der Nacht durch den verminten, mit Selbstschussanlagen gesicherten Todestreifen und über die mit Stacheldraht gesicherten, hohen Zäune zu entkommen. Und er wird daran denken, wie wertvoll doch die Freiheit ist, wenn man sogar den Tod dafür in Kauf nimmt

Wem solches beim beschaulichen Begehen des betonierten, von Brombeersträuchern gesäumten Grenzweges, der sich so einladend und harmlos durch fruchtbares Weide- und Ackerland, über grüne Hügel dahin schlängelt, in den Sinn kommt, dem wird ein dankbares Gefühl durchströmen, denn die dramatische, wenngleich friedliche Wende ist in den Herzen der Menschen noch allgegenwärtig.

Duderstadt ist trotz seiner nur knapp zwanzigtausend Einwohner ein beliebtes, lohnendes Touristenziel. Gern bummelt man durch die breite, hübsch gepflasterte Einkaufstraße des mittelalterlichen Stadtkerns und lässt sich vom vielfältigen Angebot der kleinen, originellen Geschäfte und Boutiquen verführen. Im Sommer stehen Korbsessel und Tischchen einladend vor gemütlichen Cafés und Restaurants, die von den Einwohnern und den Touristen gleichermaßen fleißig genutzt werden. Die Besucher kommen vor allem wegen des historischen Rathauses, man sagt, es sei das schönste und älteste im deutschsprachigen Raum, und wegen der beiden prächtigen, barocken Kirchen, der katholischen, wie der evangelischen.

Sie stehen sich nur durch die Fußgängerzone getrennt, in Sichtweite gegenüber, man könnte den Eindruck von einer vorbildlichen Ökumene, von Toleranz und Großzügigkeit gewinnen, aber dieser Schein trügt leider. Denn wer hier lebt weiß, sie stehen sich trutzig und konkurrierend gegenüber, wenn auch die katholische Kirche unangefochten das Sagen in diesem wunderschönen Ort hat. Traditionsgemäß wird das Bürgermeisteramt von einem Katholiken bekleidet, auch die Gemeindemitarbeiter sind allesamt katholisch, im katholischen Krankenhaus wird selbstredend auf eine katholische Ärzteschaft, auf katholische Krankenschwestern und auf katholisches Küchen- und Reinigungspersonal Wert gelegt. Im größten und schönsten Schulgebäude unterrichten katholische Lehrer, katholische Kinder. Willkommen im vorigen Jahrhundert, möchte man sagen.

Noch interessierte das die junge Familie Dengler nicht, denn sie war hinreichend mit dem Einräumen des Hauses beschäftigt, in das sie eingezogen waren. Das Haus stand am Rande von Duderstadt, inmitten eines hübschen Wohngebiets und hatte helle, großzügige Räume. Im Erdgeschoss befand sich die Küche mit einer Spülmaschine und einem selbstreinigendem Herd, sie waren gleich nach ihrer Ankunft angeliefert worden, darauf hatte Isabell geachtet. Daneben befand sich ein Arbeitsraum für die Hausfrau und im Flur, neben dem Hauseingang, eine Gästetoilette. Vor allem vom großen Wohnraum mit den an der Südseite befindlichen Glasschiebetüren war Isabell angetan, man konnte durch sie auf eine gefliesste, große Terrasse gelangen und in einen mit Brombeer- und Johannisbeersträuchern umsäumten, etwas verwilderten, kleinen Garten. Anfangs war Isabell so verzückt davon gewesen, dass sie vorübergehend ihren Abschiedsschmerz von den Eltern und den Freunden vergaß. Das Einrichten des Dachgeschosses mit den ab einem Meter leicht schrägen Außenwänden gestaltete sich etwas schwierig. Schön war der kleine Balkon im Elternschlafzimmer und der große Spiegel an der Decke, unter dem sinnigerweise das Ehebett platziert wurde, Isabell fand das raffiniert, Florian weniger. Die Kinderzimmer waren geräumig, das Badezimmer komfortabel, selbst die Kellerräume waren sauber getüncht, mit gefliestem Boden und großen, außen mit hübschen Ziergittern versehenen Fenstern.

Hennings kleine Schwester Clair vereinte in ihrem Aussehen auf das Angenehmste die Vorzüge ihrer Eltern. Das runde Gesichtchen mit den kirschdunklen, dunkelbewimperten Augen und das dunkle, üppige Haar hatte ihr die Mutter vererbt, vielleicht auch den Eigensinn, wie Florian neckend behauptete. Vom Vater hatte sie die feingliedrige Gestalt und, was man in ihrem zarten Alter nur hoffen konnte, den Ehrgeiz und den Durchsetzungswillen. Clair war ein bezauberndes Kind und allen Anschein nach eine geborene Schauspielerin. Schon im Babyalter, wenn sie zum Beispiel nicht alleine einschlafen wollte, eigentlich wollte sie das nie, konnte sie herzzerreißend weinen und schluchzen und dabei durch ihre Fingerchen die Wirkung ihrer Verzweiflung beobachten. Vor allem ihre Mutter konnte sie damit schnell erweichen, sie musste dann das arme Kind hochnehmen und trösten, da nützten auch Papas Einwände nichts. Bei ihm allerdings funktionierte das nicht so gut, er ließ sich nicht so leicht erweichen, er durchschaute sie meistens. Wenn er sie zum Schlafen niederlegte, gab er ihr, unbeeindruckt von allem Protest und Tränen, einen Gutenachtkuss, machte das Schlummerlämpchen an und zog die Tür bis auf einen schmalen Spalt hinter sich zu. Aber Clair gab sich dadurch nicht geschlagen, wenigstens nicht, solange Mama in der Nähe war, dann weinte sie eben solange, bis sie kam, was nie lange dauerte, und sie in ihren Armen einschlafen durfte.

Florian legte Wert darauf, seinen Kindern frühzeitig das Schwimmen und Radfahren beizubringen, um Ihre Zähigkeit und Ausdauer zu stärken. Isabell sorgte sich deswegen, sie meinte, Florian überfordere die Kinder permanent. Clair aber fühlte sich nicht überfordert, sie liebte es, wenn Papa mit ihr und Henning unterwegs war, ohne Mama, die das Wandern, Radfahren und Schwimmen nicht mochte. Clair vergötterte ihren Vater, trotz seiner Strenge, und sie liebte ihre Mutter, wie es wohl alle Kinder der Welt tun. Natürlich liebte sie auch ihren großen Bruder, der ihr im Aussehen ähnelte, aber offenbar nicht ihren Mut und ihren Unternehmerdrang besaß. Henning fürchtete sich leicht, er fürchtete sich davor, mit dem Rad Abhänge hinab zu rollen, obwohl es ihm Clair freudig jauchzend vormachte. Er brauchte Clair, um in den Keller zu gehen, weil er im Dunkeln verdächtige Geräusche hörte und Schatten sah, auch am helllichten Tag, aber mit Clair zusammen traute sich Henning fast alles. Wenn er noch überlegte, ob etwas ratsam sei oder lieber nicht, hatte die kleine Schwester schon Fakten geschaffen, was ihr zwar einen deutlichen Erfahrungsvorsprung einbrachte, aber auch Beulen und andere Blessuren.

Einmal zum Beispiel, Clair war noch keine vier Jahre alt, bekam sie ihren Forscherdrang besonders schmerzlich zu spüren. Sie hatte in einem Bilderbuch ein Insektenhotel entdeckt, das man leicht aus löchrigen Bausteinen nachbauen konnte, ins besonders Bienen würden es gerne nutzen, wie es im Buch eindrucksvoll illustriert war. Und als sie einmal bei ihren Ausflügen bei einem Imker vorbeikamen und Papa erklärte, dass Bienen fleißige Insekten seien, die unermüdlich Nektar sammeln, wobei sie quasi nebenbei Pflanzen bestäuben, die sich dann vermehren können, und dass Bienen zudem leckeren Honig produzieren, der auch noch sehr gesund sei, da war Clair mächtig beeindruckt. Leider vergaß ihr Vater zu erwähnen, dass die nützlichen Tierchen auch angriffslustig werden können und am Hinterteil einen beachtlichen, giftigen Stachel besaßen.

Jedenfalls vergaß Clair das Insektenhotel nicht, immer wenn sie eine Biene sah und brummen hörte, wurde sie daran erinnert. Und als sie in einer Gartenecke das passende Baumaterial dazu entdeckte, nämlich löchrige Bausteine, die für den Bau des Hasenstalls bestimmt waren, den Papa und Henning noch fertigbauen mussten, -bisher hatte nur ein kleiner Igel darin überwintert- da machte sich Clair sogleich an die Arbeit. Im Schweiße ihres Angesichts schleppte sie die Steine vor den Sandkasten und schichtete sie übereinander zu einem stattlichen Turm auf. Zuletzt stopfte sie, wie im Bilderbuch beschrieben, Stroh und Heu in die Löcher, welches sie reichlich im unfertigen Hasenstall fand.

Nach getaner Arbeit legte sie sich ziemlich erschöpft rücklings ins Gras, verschränkte die Arme im Nacken und harrte auf Insekten, vornehmlich auf Bienen, die nun bald ihr Hotel bevölkern würden. Bald fanden sich vereinzelt welche ein und Clair hieß jede einzelne freudig willkommen.

Schon nach zwei Tagen herrschte ein emsiges Treiben und Summen im und um den Turm, Clair beobachtete es aus sicherem Abstand vom Sandkasten aus und war begeistert von den flockig gestreiften Brummtierchen. Nachdem sie vergeblich versucht hatte, Sandkuchen zu formen, stand sie auf, um den umschwärmten Steinturm näher in Augenschein zu nehmen. Sie steckte ein Fingerchen tief in eins der mit Stroh gefüllten Löcher, um zu prüfen, ob die Bienen vielleicht schon Honig gemacht haben. Die Bienen griffen sofort mit aufgeregtem Brummen an, sie verfingen sich in Clairs dichtem Haar, und als sie entsetzt aufschrie, verirrten sich einige in ihrem Mund. Clair floh direkt in die Arme ihrer herbeieilenden Mutter, die sogleich die Gefahr erkannte. Zuerst entfernte sie mit bebenden Fingern die Bienen aus Clairs Mund, dann löste sie mit bloßen Händen eine Biene nach der anderen aus ihrem Haar.

„Halt still, Liebes, gleich haben wir's, halt nur recht still", versuchte sie eins ums andere Mal ihre mordio schreiende Tochter zu beruhigen.

Isabell trug an der rechten Hand einige schmerzhafte Stiche davon, die dank einer Essigsauren Tonerde schnell abheilten. Clair hingegen kam wie durch ein Wunder mit dem Schrecken davon, musste aber ihr Insektenhotel umgehend abbauen, wobei ihr Henning großzügig half.

Clair lernte aus solch schmerzhaften Erfahrungen nicht, immer wieder brachte sie ihre Neugierde und leichtsinnige Unternehmungslust in Schwierigkeiten. Nur wenn die Eltern stritten, dann war sie ängstlich und klein, dann trösteten sich die Geschwister gegenseitig und drückten sich Kissen auf die Ohren, um nichts hören zu müssen. Aber wenn Clair und Henning mit Papa durch Sümpfe und Wälder streiften, dann war alles gut. Wenn sie einsame Jägersitze eroberten oder auf einem Bergrücken, zwischen Steinen, Moosen und Flechten geheimnisvolle, uralte Mauern entdeckten und wie Archäologen erforschten, dann wusste Papa immer spannende Geschichten darüber zu erzählen. Wenn sie auf moorigem Grund im Schilf kauerten und Frösche beobachteten, da bewies Clair mehr Geduld und Ausdauer wie ihr Bruder Henning.

Florian fand sich schnell im Mitarbeiterkreis des Duderstädter Kunststoffwerks ein. Vor allem der Produktmanager Dr. Morgenstern und die Qualitätsprüferin Susanne Hahman, die auch für den Einkauf zuständig war und sieben Sprachen beherrschte, wie sie, wenn immer sich die Gelegenheit bot, betonte, halfen ihm durch ihre Professionalität sich schnell mit der Philosophie und Zielsetzung der Firma vertraut zu machen, nämlich das Erforschen und Entwickeln von immer besseren Verbindungen zwischen dem menschlichem Körper, modernen Kunststoffen und innovativer Technik. Auf Anhieb gefiel Florian dieses Aufgabengebiet, vielleicht deshalb, weil er selbst einmal ein Betroffener gewesen war. Die schwere Erkrankung in seiner frühen Kindheit und die damit verbundenen Beeinträchtigungen und Kränkungen hatte er nicht vergessen.

Er hatte Glück, sein erstes Aufgabengebiet, einen leichten, belastbaren und multifunktionalen Kunststoff für Kinderprothesen zu entwickeln, erforderte seinen ganzen Einsatz und nahm ihn derart in Beschlag, dass er dieses Thema zu seiner Doktorarbeit machte. Professor Dr. Radetz vom Forschungsinstitut Halle, der mit dem Duderstädter Kunststoffwerk eng zusammenarbeitete, erklärte sich bereit, ihn dabei zu unterstützen und zu begleiten.

Da Clair nun wie der große Bruder in den Duderstädter Kindergarten gehen konnte, wollte Isabell wieder arbeiten. Allein zuhause würde sie allmählich versauern, meinte sie.

„Ich weiß nicht, Liebling", gab Florian mit einem Hauch von Spott zu bedenken, „der Haushalt, die Kinder, der Garten, ist das nicht jetzt schon zu viel für dich?"

In der Tat stöhnte Isabell jeden Tag über das große Haus mit den vielen Fenstern, vor allem die Glasschiebetüren im Wohnzimmer mussten mindestens jede Woche geputzt werden. Sie jammerte über die Wäscheberge, schon jetzt musste sie die Bett- und Tischwäsche in eine Wäscherei geben, und sie dachte über eine Haushaltshilfe nach. Florian solle wenigstens seine Oberhemden selbst bügeln, lamentierte sie beharrlich, es würde ihm dabei keine Perle aus der Krone fallen. Aber bügeln wollte Florian partout nicht, er erledigte lieber an den Wochenenden den Einkauf mit den schweren Einkaufskörben und den Wasser- und Saftkisten. An den Wochenenden unternahm er mit seinen Kindern, damit Isabell ein wenig durchatmen konnte, ausgedehnte Ausflüge in die Umgebung, was ihm viel Freude machte.

Und trotzdem kam Isabell auf die glorreiche Idee, arbeiten gehen zu wollen.

„Du könntest mich in deiner Firma unterbringen, Florian, im Büro vielleicht", schlug sie vor.

„Es ist nicht meine Firma, Isabell", stellte Florian richtig. „Ich bin dort nur angestellt, wie du weißt."

„Du meinst, du willst mich dort nicht haben, weil du dich meiner schämst!"

Isabells Laune sank sturzartig, Florian lenkte rasch ein. „Ich kann gerne mit Herrn Köhler darüber reden, er ist unser Betriebschef, nur mach dir keine großen Hoffnungen. Frau Hahman hat da auch noch ein Wörtchen mitzureden, sie ist unsere Qualitätsprüferin und mitverantwortlich für die Ausgaben. Ich glaube, ich habe einen ganz guten Draht zu ihr, mal sehen, was sich machen lässt."

Isabell horchte auf. „Frau Hahman, ist sie jung und hübsch? Wieso hast du einen guten Draht zu ihr?"

Florian schaute seine Frau nachsichtig und traurig lächelnd an. „Lass mich nachdenken, ja, eigentlich ist sie sehr attraktiv und sehr gescheit, aber sie ist verheiratet. Mit einem Araber, soviel ich weiß."

Frau Susanne Hahman war tatsächlich sehr attraktiv und gescheit, sie verschaffte Isabell einen kleinen Job in der Lagerhalle, Kollege Dengler hatte sie darum gebeten. Frau Dengler sollte die von LKWs angelieferte Ware, Kunststoffgranulate in großen, zylinderförmigen Kunststoffbehältern, mit den Lieferscheinen vergleichen und abzeichnen oder Unstimmigkeiten melden. Es war ein Entgegenkommen, Frau Hahman hatte bisher diese Arbeit nebenher erledigt, als

266

Kollege Dengler sich nach einen Job für seine Frau erkundigte, da wollte sie ihm den kleinen Gefallen nicht abschlagen. Schließlich würde sie selbst dabei ein wenig entlastet werden und außerdem, was Frau Dengler in den zwei Stunden am Vormittag verdiente, fiel kaum ins Gewicht.

Isabell gefiel die Arbeit in der Lagerhalle gut, sie dirigierte die Lkw-Fahrer zu den Abladerampen und lotste die Gabelstaplerfahrer durch die Halle zu den nummerierten Plätzen, wo sie ihre Fracht absetzen konnten. Von den Fahrern wurde sie toleriert und anerkannt, schließlich war sie Frau Dengler, die Frau eines der Entwicklungschemiker im Haus, das hatte schon etwas zu sagen.

Isabell war nicht prüde, sie scherzte und flirtete gern mit den durchwegs drahtigen, behänden Fahrern, die immer zu derben Späßen aufgelegt waren. Sie ließ sich ihre frechen Anzüglichkeiten gefallen, sie fühlte sich dadurch als Frau wahrgenommen. Isabell ging gern in die Firma, die Arbeit gefiel ihr gut.

Fanni sah durch das Wohnzimmerfenster die schwarze Wolkenwand heranrücken, sie stapelte die Kunststoffstühle auf der Terrasse übereinander, nahm die Kissen mit ins Wohnzimmer und schloss im Haus alle Fenster und Türen. Der Tag heute war drückend schwül gewesen, das würde sich jetzt wohl in einem kräftigen Sommergewitter entladen. Sie dachte an Rolf, seine Kunden waren in ganz Hessen bis hinein ins Baden-Württembergische. Wahrscheinlich wird er in das Unwetter hineingeraten, es wurde immer spät bei ihm.

Das Unwetter brach plötzlich mit nie gekannter Heftigkeit los. Vom Fenster aus sah Fanni, wie sich die Bäume und Büsche heftig schüttelten und niedergebeugt wurden, es pfiff und heulte derartig ums Haus, dass man hätte meinen können, gleich würde es vom Boden abheben und davongetragen werden. Dann öffneten sich alle Schleusen des Himmels, Fanni konnte durch die graue Regenflut kaum das gegenüberliegende Haus erkennen, die Straße verwandelte sich im Nu in einen Fluss. Ein gewaltiger Blitz durchzuckte die Regenwand, im gleichen Moment ein ohrenbetäubender Knall, das Licht im Wohnzimmer ging aus, es musste in unmittelbarer Nähe eingeschlagen haben. Fanni drückte sich in einen Sessel und lauschte bang auf das unentwegt laute Prasseln des Regens, die Donnerschläge schwächten sich etwas ab, das Gewitter verzog sich, Gott sei's gedankt. Das laute Rauschen draußen aber hielt an, lange Minuten vergingen, wurden zur viertel Stunde und zur halben, es wollte nicht aufhören. „Ob Steffen schon zu Hause ist?", fragte sich Fanni.

Als er seine Großhandelslehre überstanden hatte, wollte er doch lieber wieder die Schulbank drücken. Er meldete sich ganz ohne Zutun der Eltern zu einem Wirtschaftsinformatik- Studium an, das einzige Studium, zu dem man mit seinem guten Realschulabschluss zugelassen wurde. Seit Kurzem bewohnte er mit seiner Freundin Babette, einer siebzehnjährigen Gymnasiastin, die kleine Kellerwohnung, in der vorher schon sein Bruder Florian und seine Freundin gewohnt haben.

Fanni erhob sich aus dem Sessel, das Gewitter war abgezogen, auch der Regen ließ etwas nach. Mit ungutem Gefühl ging sie in den Keller hinunter und erschrak, die Waschmaschine, der Trockner und der Gefrierschrank stand knietief in einer übelriechenden, braunen Brühe, aus den Wasch-und Klobecken, den Gullys und dem Brunnen, den Rolf in der Waschküche gegraben hatte, um den Garten damit zu bewässern, sprudelte und plätscherte es immer noch. Beinahe jedes Haus hatte einen Brunnen im Keller, das war zwar nicht erlaubt, wurde aber von der Gemeinde stillschweigend geduldet.

Fanni fiel die kleine Kellerwohnung nebenan ein, sie musste ja auch unter Wasser stehen. Sie rannte die Kellertreppe hinauf und aus dem Haus. Auf der Haustreppe sah sie zu ihrem Schrecken einen großen Ziegelhaufen auf dem Bürgersteig liegen, daneben das parkende Auto des Nachbarn von gegenüber. Der stand davor und deutete zu ihrem Dach hinauf. Fanni blickte hoch, vor Schreck blieb ihr der Mund offen stehen. Das vordere Ende des Dachfirstes war aufgerissen und das Dach bis zur Dachrinne abgedeckt, einige Ziegel hingen gefährlich über den Abgrund, andere hatten sich übereinander geschoben.

„So etwas habe ich noch nicht gesehen, Frau Dengler", meinte der Nachbar aufgeregt. „Ein Kugelblitz hat auf einmal seine Richtung geändert und ist wie ferngesteuert in ihr Dach gefahren. Sehen Sie nur, die Dachziegeln hätten um ein Haar mein Auto zertrümmert!"

Fanni betrachtete ungläubig den Ziegelhaufen und das unbeschädigte Auto daneben, dann entschuldigte sie sich und lief die Treppe zur Kellerwohnung hinunter. Im Kellerabgang stand knöcheltief das Wasser, Fanni pochte an die Tür. „Hallo!", rief sie. „Ist jemand zuhause?"

Die Tür ging auf und die blonde, blauäugige Babette stand verstört vor ihr, sie schaute fassungslos auf ihr untergegangenes, derzeitiges Reich und fing hilflos zu weinen an.

„Ausgerechnet heute, an meinem Geburtstag", stammelte sie.

„Komm, Babette", Fanni zog sie die Treppen hinauf, es hatte nun fast aufgehört zu regnen. „Komm, wir machen uns frisch und warten auf die Männer, dann feiern wir deinen Geburtstag."

Babette ließ sich willenlos hinaufführen, in das saubere, trockene Bad, wo sie duschen und von Fanny frische Klamotten anziehen konnte. Um sie ein wenig aufzumuntern, wollte Fanny mit ihr Pfannkuchen backen, aber dann stellten sie fest, dass sie keinen Strom hatten, im ganzen Haus nicht, natürlich, der Blitz hatte ja bei ihnen eingeschlagen. Nun blieb ihnen nichts weiter zu tun, als ergeben auf die Männer zu warten.

Rolf kam zuerst. Er erzählte, er habe das gröbste Unwetter auf einer Autobahnraststätte abgewartet. Er krempelte sich die Hosenbeine hoch, schlüpfte in Gummistiefel und stieg in den Keller hinunter, wo er sich die Bescherung anschaute. Er watete zum Stromkasten und drückte einen Sicherungshebel hoch und schon ward Licht im ganzen Haus. Oh, Wunder der Technik.

„Ihr könnt jetzt eure Pfannkuchen backen", gab er den Frauen oben Bescheid, dann ging er in sein Büro und rief seinen Schwiegersohn Sebastian an.

„Wie schaut es aus, Sebastian, alles trocken bei euch? Prima! Aber wir steh'n unter Wasser. Kommst du gleich rüber und bringst deine Pumpe mit?"

Steffen kam nach Hause und beschaute sich kopfschüttelnd das Dilemma. „Was für eine Kacke", grummelte er und nahm seine Freundin tröstend in die Arme. „Mein armer Schatz, und das an deinem Geburtstag. Trotzdem, herzlichen Glückwunsch und alles Gute."

Babette wischte sich mit einem Schürzenzipfel die feuchten Augen trocken und wandte sich wieder ihrer Schüssel zu. „Stör' jetzt nicht, Steffen, wir bereiten ein Geburtstagsessen zu."

Fanni, die in zwei Pfannen Butterschmalz erhitzte, kontrollierte die Konsistenz des Pfannkuchenteigs, den Babette in einer großen Schüssel angerührt hatte. „Geb' noch vier Eier dazu, Babette", schlug sie vor, „und reichlich Milch und Mehl, du wirst heute mit einigen Geburtstagsgästen rechnen müssen."

Schwiegersohn Sebastian kam und brachte eine Pumpe mit. Während im Keller das Dreckwasser mittels eines Schlauchs durch ein Kellerfenster und den Vorgarten auf die Straße gepumpt wurde, das Wasser auf der Straße war bereits fast durch die Gullys abgeflossen, wurde im Esszimmer bei Pfannkuchen und Apfelmus eine Krisenbesprechung abgehalten. Als auch Sabine und ihre Kinder Clarissa und Norbert eintrafen, um beim Ausräumen und Aufwischen des Kellers zu helfen, da hätten es ruhig ein paar Pfannkuchen mehr sein können. Sie tranken schwarzen, heißen Tee und während sie auf das gleichmäßige Brummen der Pumpe im Keller lauschten, besprachen sie den entstandenen Schaden; das Dach, die elektrischen Geräte im Keller, der Keller selbst, vor allem der Wohnkeller waren schwer beschädigt, vieles war wohl reif für den Schrott.

„Gut", meinte Rolf ruhig, „das fühlt sich jetzt wie ein Weltuntergang an, ist es aber nicht. Wir sind einigermaßen gut versichert."

„Aber", wunderte sich Sebastian, Sabines Mann, „du hast doch für den Fall, dass der Kanal überlastet wird, eine elektrische Sperre in euren Kanalanschluss eingebaut. Hat sie nicht funktioniert, Rolf?"

„Du sagst es, Sebastian", erwiderte Rolf lächelnd, „es ist eine elektrische Sperre, sie funktioniert nur mit Strom. Der aber ist vorübergehend wegen eines Blitzschlags ausgefallen. So ist das nun mal mit der Technik, einen hundertprozentigen Verlass gibt es nicht."

„Ja, natürlich", meinte Sebastian ein wenig beschämt, „daran hab ich nicht gedacht. Aber die Pumpe im Keller läuft trocken, wir können mit dem Großreinemachen loslegen."

Im Keller spülten die Männer mit Wasserschläuchen das unangenehm riechende Schlammwasser Richtung der Gullys, wo es zügig abfloss, die Frauen schoben mit Schrubbern das klarer werdende

Wasser nach. Die Kinder halfen mit, indem sie mit ihren Gummistiefeln zwischen den Beinen der Großen herum stapften.

„Was meinst du, Papa", fragte Steffen zwischendurch, „können Babette und ich, bis das hier bereinigt ist, in meinem früheren Zimmer wohnen?"

Babette hörte Steffens Frage nicht, sie beförderte Wassermassen fleißig hin zu Sabine, die sie zum nächsten Gully weiterschob.

„Kann sie nicht solange nach Hause gehen?", schlug Rolf vor, ohne seine Arbeit zu unterbrechen. „Sie hat doch ein Zuhause, oder?"

„Nein, Papa, derzeit jedenfalls will sie nicht nach Hause."

Eine Weile mussten sich Steffen und seine Freundin mit seinem alten Zimmer, in der Elternwohnung zufrieden geben. Es dauerte, bis der Keller trockengelegt, der Boden neu mit Platten verlegt war, in der kleinen Kellerwohnung die winzige Küche und das Bad neu gefliest waren und so weiter.

Nun wäre aber Steffen nicht Rolfs Sohn gewesen, wenn er sich bei der Gelegenheit nicht einen zusätzlichen Vorteil, nämlich einen weiteren Kellerraum einverleibt hätte. Er brach mit Vaters zögerlichem Einverständnis, -genaugenommen wartete er diese erst gar nicht ab- eine Tür zum benachbarten Raum durch, zufällig war es Rolfs Werkstatt und ein ziemlich großer Raum. Und nachdem die Kellerfenster durch ordentliche Fenster ersetzt worden waren, wurde eine kleine Wohnung daraus, in der man es durchaus eine Weile aushalten konnte. wie Steffen zufrieden bemerkte. Vom Versicherungsgeld sprang dann noch eine niedliche Couchgarnitur heraus, so dass bei Lichte betrachtet sich die Angst, die Aufregung und die Mühe, die das Unwetter verursacht hatte, wenigstens für ihn gelohnt hatten.

Eines Tages, es war Anfang August, lag wieder ein Brief aus Duderstadt im Postkasten, Fanny unterhielt mit Isabells Unterstützung
einen lebhaften Briefwechsel mit ihren Enkeln Henning und Clair.
Dieser Brief heute aber enthielt nicht wie üblich einige Zeilen von
Isabell, in denen sie kleine Alltagsbegebenheiten der Kinder beschrieb, und von den Kindern gemalte Bilder oder gepresste Pflanzen, dieses Mal war es eine Einladung nach Duderstadt. Henning
wollte an seinem ersten Schultag, am 21. August, von seinen Großeltern begleitet werden.

Es war ein schöner Sommermorgen, kein Wölkchen trübte den ma-
kellos blauen Himmel, als Henning an der Hand seiner Mutter, mit
der anderen Hand eine große, im Kindergarten selbstgefertigte Schultüte umklammernd, das erste Mal durch die Duderstädter Fußgängerzone zur Schule wanderte. Er schaute zu seinem Papa auf, der ihm
aufmunternd zulächelte, dann über die Schulter zu den Großeltern
Dengler, die mit der kleinen Schwester hinterherliefen. Clair quen-
gelte, sie wollte getragen werden, aber keiner war dazu bereit. Henning streifte mit kurzem, kontrollierendem Blick die anderen Schul-
anfänger, die, gleichfalls mit einer Schultüte im Arm, in Begleitung
ihrer Eltern in Richtung Schule marschierten. Die meisten kannte er
vom Kindergarten her, aber seinen Freund Sigmund konnte er nir-
gends entdecken. Henning wollte unbedingt neben ihm sitzen, das
war mit Sigmund so ausgemacht.

Im Schulhof wurden die Eltern, ihre ABC-Schützen und deren An-
verwandte um Geduld gebeten, die Willkommensfeier der katholischen Kinder sei noch nicht beendet.

„Wie, bitte?", fragte Rolf verblüfft, „heißt das, die katholischen und
evangelischen Kinder werden getrennt eingeschult und unterrichtet?
Wo gibt's denn sowas?"

„Na, in Duderstadt gibt es das, Papa", meinte Florian ironisch. „Das große, neue Schulgebäude dort ist die katholische Schule, da gehen unsere Kinder nicht hinein. Unsere Kinder gehen in das evangelische Schulgebäude, es ist das kleinere, bescheidenere Gebäude daneben. Sie werden von evangelischen Lehrern unterrichtet, versteht sich. An diese urzeitlichen Zustände muss man sich hier schon gewöhnen."

Für Henning spielte das vorerst keine Rolle, ihm waren Gebäude und Klassenräume relativ egal, aber als eine junge Lehrerin ihre neuen Schüler begrüßte, sie war sehr nett, da war Sigmund nicht dabei. „Sigmund ist katholisch", erklärte ihm sein Papa.

Zuhause dann hatte es Henning vergessen. Er fand in seiner Schultüte allerlei Süßigkeiten, eine kleine Legopackung und dicke Malstifte, weil er so toll malen kann, meinte Oma, sie wusste es von seinen Briefen her. Ein Buch mit schönen Bildern und spannenden Geschichten bekam er auch. Opa versprach, es gleich nach dem kleinen Imbiss vorzulesen.

Am Nachmittag, es war nicht mehr ganz so heiß, fuhren sie mit dem Clio zu einem Park mit einem See. Dort gab es einen Abenteuerspielplatz, einen Mini- Golfplatz und Ponys, auf denen man reiten oder sich von ihnen in kleinen Kutschen auf knorrigen, schattigen Waldwegen spazieren fahren lassen konnte. Das war schön. Als die Erwachsenen merkten, dass die Kinder vom Klettern, Rutschen, Toben und Kutsche fahren müde geworden waren, was sie freilich nicht zugaben, begab man sich in das gemütliche Restaurant am Seeufer und ließ den schönen Tag mit einer leckeren Bolognese und einem Fruchteisbecher würdig ausklingen.

Ja, es war ein schöner Tag, aber Fanni spürte die ganze Zeit über eine untergründige, unerklärliche Disharmonie.

Ihr Gefühl täuschte sie nicht, dieser Ausflug sollte der letzte gemeinsame gewesen sein.

Denn schon Ende August gestand Isabell ihrem Mann, dass sie sich ernsthaft verliebt habe. Sie tat es mit der für sie typischen Theatralik, abends auf der Terrasse, als die Kinder schon schliefen. Sie hatte eine Kerze angezündet und Wein in ihre besten Weingläser eingeschenkt, und während sie Florian zuprostete, erwähnte sie es, so als würde sie eine interessante Neuigkeit erzählen, was es letztlich auch war. Florian verschlug es die Sprache, er wollte nicht glauben, was er da hörte, was er nie wieder hören wollte. „Wie bitte?", fragte er und stellte sein Glas auf den Tisch zurück

„Du kennst doch den Gabelstaplerfahrer Gerd Wegener", erklärte Isabell im Plauderton, „er arbeitet mit mir in der Lagerhalle. Nun, wir lieben uns, Florian, wir wollen zusammenbleiben."

„Also doch, also war es doch wieder passiert", dachte Florian. Er war wie betäubt.

„Seit wann", murmelte er endlich, „ich meine, wie lange geht das schon?"

„Das spielt keine Rolle, Florian. Ich habe mir folgendes gedacht", fuhr sie unbekümmert fort, Florian starrte sie nur wortlos an, „du ziehst in den großen Kellerraum neben dem Kellereingang, er ist schön hell und für eine Person durchaus ausreichend. Waschen kannst du dich in der Waschküche. Für die Kinder braucht sich nichts zu ändern, du bleibst ihr Vater und Gerd wird ihr Onkel sein. Sie werden es verstehen, dass Mama und Papa sich nicht mehr lieb haben, sowas passiert alle Tage. Du siehst, ich habe an alles gedacht. Was meinst du dazu?"

Florian stand auf und trat an den Rand der Terrasse, er schaute in den dämmrigen Garten hinein. Er hörte das Zirpen der Grillen, die Haselnussstauden und der Holunder waren schon ordentlich gewachsen in den Jahren, in denen sie nun hier wohnten, es mussten jetzt fast vier Jahre sein. Die Johannisbeer Stauden entlang der hinteren Mauer trugen jeden Sommer mehr Beeren, und wenn er sie mit den Kindern erntete, schmeckten sie mit Milch und Zucker herrlich. Sie waren hier zu Hause, sie hatten Freunde gewonnen, Isabell hatte sich mit anderen Müttern angefreundet, es ging ihnen gut. „Nächstes Jahr werden wir endlich den Hasenstall einweihen", dachte Florian, „die Kinder wünschen sich so sehr Hasen."

„Florian, hast du mich verstanden? Hast du mir zugehört?"

Florian drehte sich langsam zu seiner Frau um. „Nichts, Isabell, nichts habe ich verstanden. Es ist ein Spleen, ein verdammter Spleen! Ich will nichts davon hören!"

Aber Isabell meinte es ernst. Schon am nächsten Sonntag, Florian saß an seinem Schreibtisch und arbeitete an seiner Dissertation, klingelte das Telefon. Kollegin Hahman war am Apparat.

„Hallo, Florian", hörte er ihre aufgeregte Stimme, „weißt du zufällig, wo deine Frau gerade ist?"

In Florian stieg eine böse Ahnung auf. „Sie wollte mit den Kindern auf den Spielplatz gehen und sich dort mit anderen Müttern treffen. Warum?"

„Nun, ich sitze hier in der Fußgängerzone, vorm Cafe Kaiser und genieße meinen Cappuccino, da kommt, ich trau' meinen Augen nicht, deine Frau und deine Kinder vorbeispaziert, Hand in Hand mit unserem Gabelstaplerfahrer Wegener, ganz ungeniert, so als wären sie eine Familie, die eben mal einen Schaufensterbummel macht."

Florians Hände wurden feucht und begannen zu zittern.

„Du wusstest es nicht, Florian, nicht wahr?", hörte er seine Kollegin sagen. „Es tut mir leid, aber irgendjemand muss es dir doch sagen. Wollen wir uns treffen, Florian? Willst du darüber reden?"

„Nein, nein, Susanne, schon gut. Ich komme schon klar."Florian hatte schon das Abendessen gerichtet, als Isabell mit den Kindern heimkam. Die Kinder aßen wenig, sie waren befangen, bemerkte Florian, die Armen hatten ein schlechtes Gewissen. Clair verriet, dass sie heute ein großes Eis bekommen haben, Henning sagte überhaupt nichts, er würgte an seinem Brot, gelegentlich musterte er seinen Vater verstohlen.

Nach dem Essen bat Florian seine Frau, den Abwasch allein zu übernehmen, weil er die Kinder ins Bett bringen möchte. Isabell schaute ihn misstrauisch an.

„Ich will mit ihnen reden, Isabell."

„Brauchst du nicht", meinte Isabell spitz, „es gibt nichts zu reden. Ich hab es ihnen schon gesagt. Übrigens, du musst dir den Kellerraum herrichten, Florian. Diese Woche noch wird Gerd hier einziehen, nur damit du es weißt."

Aus dem gemeinsamen Schlafzimmer hatte Isabell ihren Mann schon ausquartiert, sein Bettzeug lag im Wohnzimmer auf der Couch; und damit er es endgültig kapierte, bummelte sie heute Nachmittag mit Gerd und den Kindern demonstrativ durch die Duderstädter Fußgängerzone, Hand in Hand, irgendeiner würde es ihm schon hinterbringen. Und genau das musste seinem Verhalten nach auch passiert sein.

„Na gut", dachte Isabell, „das Versteckspiel hat damit ein Ende."

Florian drängte seine Kinder nicht zum Reden. Sie putzen sich ungewöhnlich schweigsam und brav die Zähne, rubbelten sich gewissenhaft mit einem Waschlappen ab, sammelten wortlos ihre gebrauchten Kleider ein und warfen sie in den Wäschekorb. In ihren Zimmern schlüpften sie still in ihr Nachtzeug und setzten sich dann auf Hennings Bett, um von Papa die obligatorische Gutenachtgeschichte zu hören. Aber er machte keine Anstalten dazu.

„Du gehst nicht weg, Papa, oder?", fragte Clair schließlich bang.

„Aber nein, warum sollte ich das tun, Clair?", Florian lächelte seine Kinder schmerzlich an. „Ihr wisst es bereits, nicht wahr? Mama und ich haben uns nicht mehr lieb. Das hat aber nichts, rein gar nichts mit euch zu tun. Ihr seid und bleibt meine lieben Kinder."

Die Kinder fingen wie verabredet zu weinen an, Clair fragte schluchzend: „Bist du jetzt traurig, Papa, weil Mama Gerd lieber hat als dich?"

Florian zog die Kinder auf seinen Schoß und drückte sie an sich.

„Ja", meinte er leise, „ein wenig. Ich werde ausziehen, natürlich, aber ich bleibe in eurer Nähe. Alles bleibt, wie es ist, wir werden auch weiterhin unsere Ausflüge machen. Nächste Woche weihen wir den Hasenstall ein und holen uns von Bauer Jakob zwei Häschen. Was meint ihr, wie werden wir sie nennen?"

Henning wischte sich die Tränen vom bekümmerten Gesicht und schniefte, er schaute erleichtert lächelnd zu seinem Vater auf. Clair legte ihre Ärmchen um den Hals ihres Papas und drückte ihn, so fest sie nur konnte.

„Alles ist gut, Kinder", murmelte Florian und vergrub sein Gesicht in die etwas strubbligen Haare seiner Kinder. „Alles bleibt, wie es ist. Das verspreche ich euch."

Später teilte er Isabell mit, dass er nicht in den Kellerraum ziehen, sondern sich in der Nähe ein Zimmer suchen wird. Solange müsse sich ihr Freund gedulden. Isabell war einverstanden.

„Mach aber schnell", meinte sie gleichmütig, „die Kinder brauchen geordnete Verhältnisse."

Florian, der auf seinem Bettzeug auf der Couch saß, ergriff bei ihren Worten eine verzweifelte Wut. „Ach, sieh an, du denkst an die Kinder?", meinte er heiser und stand drohend auf. Isabell wich zurück, sie schaute ängstlich in sein erregtes, zorniges Gesicht. Wollte er sie wieder schlagen, so wie er es schon mal getan hatte?"

„Seit wann denkst du an die Kinder?", schrie Florian außer sich, „du denkst doch nur daran, wie du deine verdammten Triebe befriedigen kannst! Mein Gott, wie konnte ich dich jemals lieben!" Er ließ sich auf die Couch zurückfallen und vergrub sein Gesicht in den Händen.

„Solltest du es wagen, Ärger zu machen, Florian!", giftete Isabell zurück, „oder die Kinder gegen mich aufzuhetzen, glaub mir, dann wirst du sie nicht mehr sehn, dafür werde ich sorgen. Mein Vater ist reich, er kann sich die allerbesten Anwälte leisten. Er macht dich fertig, so dass dich keine Frau mehr ansehen wird!"

Clair schlüpfte, so wie sie es immer tat wenn die Eltern stritten, zum großen Bruder ins Bett. Sie zogen sich die Bettdecke über die Köpfe und ersannen flüsternd verrückte Reime oder Geschichten. Das half, bis sie einschlafen konnten.

Am nächsten Morgen sah es Susanne Hahman dem Kollegen Dengler an, dass ihm die Nachricht, die sie ihm gestern telefonisch hatte zukommen lassen, zu schaffen machte. Mittags in der Kantine, wo sie sich gern während des Essens austauschten, nahm sie sich ein Herz und sprach ihn deswegen an: „Vielleicht war es falsch, Florian, dich mit meiner Beobachtung zu überfallen, es geht mich ja auch nichts an. Aber du kannst mir glauben, harmlos sah das gestern nicht aus."

„Schon gut, Susanne", erwiderte Florian und stocherte in seinem Essen herum. „Du hast mir nichts Neues verraten, eigentlich wusste ich es schon. Ich werde ausziehen. Weißt du zufällig jemand, der ein Zimmer zu vermieten hat, möglichst in unserer Straße? Du kennst dich doch in Duderstadt gut aus, du bist doch hier zu Hause."

Frau Hahman bemerkte, dass die Hände des Kollegen zitterten, um es zu verbergen, angelte er sich ein Taschentuch aus seiner Hosentasche und putzte sich die Nase.

„Das wäre sicher kein Problem, Florian", meinte sie ernst, „aber ich fürchte, das ist keine gute Idee. Bei einer eventuellen Scheidung könnte dir das als mutwilliges Verlassen deiner Familie angelastet werden, was zur Folge hätte, dass du deine Kinder möglicherweise nicht mehr sehen darfst."

Florian erschrak. Hatte Isabell nicht so etwas angedeutet, hatte sie nicht damit gedroht, ihm die Kinder zu entziehen? War das überhaupt möglich, einem Vater seine Kinder zu entziehen?

„Danke, Susanne, daran habe ich nicht gedacht."

Am Nachmittag holte Florian seinen Sohn von der Schule ab, Clair war bei einem Kindergeburtstag und ihre Mutter bei einem Frauenarzt, Isabell litt seit jeher unter Migräne und Unterleibsschmerzen. Es war ein warmer Spätsommertag, Florian beschloss, mit Henning eine kleine Spritztour mit dem Fahrrad zu machen. Sie fuhren durch Duderstadt bis zur Hahte, stiegen dort vom Fahrrad und setzten sich auf die Uferböschung ins Gras. Sie packten die mitgebrachten Brote aus, Henning beschaute sich wie immer, bevor er hineinbiss den Belag, Schinken und löchriger Käse, das war okay. Er musste noch eine vorwitzige Hummel verjagen, dann fragte er kauend: „Werden wir, wenn du ausgezogen bist, auch zusammen Fahrradfahren, Papa?"

„Sicher, Henning, warum nicht." Florian lächelte seinen Sohn an. „Aber ich werde nicht ausziehen, Henning. Ich bleibe Zuhause, bei euch."

Henning nickte, das fand er gut. Richtig gut.

Als Isabell es erfuhr, gefiel ihr das erwartungsgemäß ganz und gar nicht. Florian sagte es ihr am Abend, als die Kinder schon in ihren Betten lagen.

„Das ist gar nicht dumm gedacht", spottete er, „dass dein Liebhaber, während ich das Feld räume, quasi auf meine Kosten hier Quartier bezieht. Treff dich mit ihm von mir aus wo du willst, aber nicht in diesem Haus und bitte nicht mit meinen Kindern. Die haben mit deinen Affären nichts zu tun!"

„Gerd ist keine Affäre", empörte sich Isabell, „Gerd und ich lieben uns und die Kinder mögen ihn. Du bist ganz ordinär eifersüchtig, kannst es einfach nicht ertragen, dass man dich wegen eines anderen verlässt! Ich habe deine arrogante Ironie und deine verdammte Überheblichkeit satt, sie machen mich krank. Geh einfach und lass uns in Ruhe! Geh endlich!"

Florian wusste, gleich wird es krachen, aber dieses Mal stürmte sie nur die Treppe hinauf und knallte die Schlafzimmertür hinter sich zu.

Clair war bei der heftigen Diskussion ihrer Eltern wieder zu Henning ins Bett gekrochen, sie hielten sich mit den Händen die Ohren zu, denn gleich wird es wieder krachen. Aber es knallte nur die Schlafzimmertür nebenan und dann war es still. Clair setzte sich auf und schaute ihren Bruder, der immer noch seine Hände fest auf die Ohren gepresst hielt, flehend an. „Kannst du ihnen nicht sagen, Henning, dass sie nicht streiten, sich lieber wieder vertragen sollen?"

Henning nahm vorsichtig die Hände von seinen Ohren. „Morgen, Clair", flüsterte er, „morgen werden wir es Mama sagen, dass Papa hier bleiben soll, bei uns, und dass sie sich mit ihm vertragen soll."

Clair war zufrieden. Dann flüsterte sie: „ Ich mag Gerd nicht, auch wenn er immer für uns ein Eis kauft, ich mag ihn trotzdem nicht. Magst du ihn, Henning?"

Henning schüttelte den Kopf. „Ne, aber Mama mag ihn und sie will, dass auch wir ihn mögen."

Am nächsten Morgen, einem Freitag, Florian war bereits gegangen, überraschte Isabell ihre Kinder damit, dass sie heute nicht in die Schule und in den Kindergarten gehen brauchen, denn sie würden übers Wochenende zu Oma und Opa nach Kirchhausen fahren. Gerd würde mitkommen.

„Aber ich muss heute in die Schule gehen, Mama", meinte Henning erschrocken, „heute lernen wir neue Buchstaben und Arnold bringt seine Pokémon Sammelkarten mit. Wir wollen unsere Doppelten austauschen."

„Das kann warten, Henning, und Buchstaben kann ich auch mit dir üben. Jetzt schaut noch mal nach, was ihr mitnehmen wollt, eure Reisetaschen habe ich schon gepackt. Gerd holt uns in einer halben Stunde ab."

„Und Papa, kommt er auch mit?", fragte Clair besorgt.

„Euer Vater muss arbeiten. Und jetzt Beeilung bitte."

Die Kinder fanden es seltsam, warum sie so plötzlich die Oma und den Opa in Kirchhausen besuchten, so hektisch, ganz ohne die übliche Planung und Vorbereitung, die einer so großen Reise üblicherweise voranging, aber dann verdrängte die Erwartung auf die Reise das dumme Gefühl. Clair kramste nach ihrem Hoppel, ein Kuschelhase mit Schlappohren, der musste unbedingt mit, und Henning griff sich sein Lieblingsbuch und ein Schwarzes-Peter Spiel, das durfte auf der stundenlangen Fahrt nicht fehlen.

Er saß schon im Auto, festgeschnallt im Kindersitz, als ihm sein Schlenkerhund Zauderl einfiel, den er beim Einschlafen unbedingt brauchte. Isabell musste noch einmal ins Haus laufen und ihn holen.

„Wann fahren wir wieder heim?", fragte Henning, kaum dass sie Duderstadt hinter sich gelassen hatten. Papa war schließlich jetzt ganz alleine zu Hause.

Am späten Freitagabend klingelte das Telefon, Fanny nahm ab. Florian meldete sich mit seltsam brüchiger Stimme, Fanny wusste gleich, dass etwas Schlimmes passiert sein musste.

„Hallo, Mama, kannst du mir einen Gefallen tun?"

„Ja, sicher Florian. Um was geht es denn? Was ist denn los?"

Einen Moment Stille, dann wieder Florians raue Stimme. „Isabell und die Kinder sind nicht zu Hause, Mama", Fanni hatte Mühe, ihn zu verstehen. „Ich habe schon bei Bekannten angerufen und die Gegend und Spielplätze abgesucht, aber es sieht so aus, als wäre Isabell mit den Kindern abgereist, die Kleiderschränke stehen offen, einige Sachen fehlen, auch Waschzeug und die Reisetaschen. Kannst du mal rüber nach Kirchhausen fahren, Mama, und nachschauen, ob vor Baumanns Haus ein dunkelblauer Volkswagen mit einem Göttinger Kennzeichen steht. Es ist das Auto unseres Gabelstaplerfahrers Gerd Wegener, er ist Isabells neuer Freund!"

„Ja, Florian, ich verstehe." Fanni verstand nur, dass Florian große Schwierigkeiten hatte, wegen Isabell, die mit den Kindern verschwunden war. Wenn sie Florian richtig verstanden hatte, mit ihrem neuen Freund? Mein Gott, hörte das denn nie auf.

„Bitte Mama, schau nach, ob Isabell mit den Kindern bei ihren Eltern ist, schau nach einem dunkelblauen Auto mit einem Göttinger Kennzeichen. Hast du mich verstanden, Mama?"

„Ja, Florian, ich hab' dich verstanden. Ich rufe dich zurück."

Als sie zur späten Stunde hinüber nach Kirchhausen fuhren, lenkte Rolf den Wagen, Fanni wäre dazu nicht in der Lage gewesen. Sie mussten in Kirchhausen eine Weile in der Neubausiedlung nach dem Meisenweg Nr. 16 suchen, in der die Familie Baumann ein Zweifamilienhaus besaß. Dort sahen sie im langsamen Vorbeifahren einen dunkelblauen VW in der Einfahrt stehen, sie ersparten es sich, auszusteigen und die Autonummer zu überprüfen. Im Obergeschoss des

Hauses schimmerte noch Licht durch die Lamellen des heruntergelassenen Rollladens.

Als die Eltern seine Befürchtung bestätigten und Florian mit Sicherheit davon ausgehen musste, dass Isabell mit den Kindern und ihrem Geliebten zu ihren Eltern nach Kirchhausen gefahren war, fuhr er sogleich zur Duderstädter Polizei und meldete seine Kinder als entführt. Der behäbige Beamte schien wenig Lust zu verspüren, mitten in der Nacht wegen eines Familienzwistes ein Protokoll aufzunehmen, er versuchte es erst einmal mit Besänftigen.

„Ich schlage vor, Herr Dengler", meinte er seelenruhig, „Sie warten die Nacht ab. Morgen früh wird sich ihre Frau sicher wieder einfinden oder sich melden. Glauben Sie mir, überstürzte Aktionen schaden in solchen Fällen nur."

„Wollen Sie nun meine Anzeige aufnehmen oder nicht", fuhr ihn Florian ungeduldig an. „Verstehen Sie nicht? Meine Frau und ihr Geliebter haben meine Kinder arglistig entführt! Sie haben sie nach Kirchhausen zu ihren Eltern gebracht! Sie müssen veranlassen, dass meine Kinder zurückgebracht werden, noch diese Nacht!"

„Herr Dengler", belehrte ihn der Beamte geduldig, „erstens gelten verschwundene Personen erst am dritten Tag als vermisst oder entführt und zweitens sind ihre Kinder weder vermisst noch entführt, sie sind in der Obhut ihrer Mutter, und eine Mutter kann ihre eigenen Kinder schlecht entführen! Sie werden sehen, es wird sich alles in Wohlgefallen auflösen."

Florian aber wollte keine Zeit verlieren, er fuhr nicht zurück nach Hause, stattdessen ließ er an einer spärlich beleuchteten JET Tankstelle seinen Tank volllaufen, es war kurz nach Mitternacht, im Verkaufsraum hielt sich nur noch ein einsamer Kassierer auf. Dann fuhr er auf der Landstraße die dreißig Kilometer bis nach Göttingen, wo er auf die Autobahn Richtung Kassel fuhr. Er hatte freie Fahrt und konnte das Gaspedal voll durchtreten. In gut drei Stunden würde er in Gerbach sein.

Gegen drei Uhr morgens klingelte er an der Haustür seiner Eltern, seine Mutter öffnete ihm im Morgenrock. Sie kochte Kaffee und während sie ihn tranken, ließen sich Fanny und Rolf erzählen, was vorgefallen war. Sie erfuhren auch, wie kaltschnäuzig der Beamte auf der Duderstädter Polizeiwache Florian abgefertigt hatte.

„Und was willst du jetzt machen, Florian?", fragte Rolf, „was kannst du machen? Isabell wird dir, wenn sie tatsächlich beabsichtigt, bei ihren Eltern zu bleiben, die Kinder nicht ohne Weiteres herausgeben.

„Ich weiß es nicht, Papa, was ich machen soll."

„Versuch ein paar Stunden zu schlafen, Florian", meinte Fanny. „Morgen sehen wir weiter."

Auch Isabell und ihr Freund Gerd Wegener saßen noch im Wohnzimmer ihrer Eltern, den Baumanns.

„Ich habe ein ganz blödes Gefühl bei der Geschichte, Isabell", meinte Frau Baumann seufzend. Sie kannte ihre Tochter, sie verliebte sich schnell und es verging auch rasch wieder.

„Du kennst Florian nicht, Mama", Isabells Stimme klang schrill und panisch, „er ist jähzornig und stocksauer, weil ich ihn verlassen habe, er wird mich schlagen, Er hat mich schon oft geschlagen, er ist zu allem fähig," Isabell schluchzte und sank wie ein schutzbedürftiges Kind auf die Kissen der Couch.

„Vorerst bleibt ihr hier, hier bist du und die Kinder in Sicherheit", bestimmte Herr Baumann, der es als seine väterliche Pflicht ansah, seiner Tochter und ihren Kindern in der Not Asyl zu gewähren. Er vergaß, wie oft er seine Mädchen und seine Frau im Jähzorn geschlagen hatte. Seine jüngere Tochter mehr als Isabell, die es von jeher verstanden hatte, sich beim herrischen Vater einzuschmeicheln, sich wie ein Kätzchen schnurrend auf seinem Schoß zu kuscheln.

„Die Kinder werden sich hier schnell eingelebt haben", meinte Herr Baumann mit seiner dunklen, volltönenden Stimme, die durchaus Vertrauen einflößen konnte. „Wir haben in Kirchhausen einen schönen Kindergarten und eine gute Grundschule. Dann werden wir deinem feinen Herrn Chemiker das Fell über die Ohren ziehen, und wenn er fleißig Unterhalt bezahlt, darf er die Kinder auch gelegentlich sehen. Hab keine Angst, Isabell, gleich morgen werde ich einen Gerichtsbeschluss bewirken lassen, der es deinem Mann verbietet, Kontakt mit den Kindern aufzunehmen. Vorläufig wenigstens, bis er sich einsichtig zeigen wird!"

„Ja", dachte Isabell erleichtert, „Vater wird mir helfen, er hat schon meiner Schwester geholfen. Sie hat, dank der guten Anwälte, die Vater besorgt hatte, keine finanziellen Sorgen, ihr Ex Mann muss tüchtig Unterhalt abdrücken. Isabell war beruhigt, sie hatte das Richtige getan. Endlich war sie zu Hause, bei Papa.

Gerd Wegener saß währenddessen unbeachtet in einem Sessel und schaute der seltsamen Familienzusammenführung mit wachsendem Unbehagen zu. Isabell schien ihrem Vater voll zu vertrauen, sie schien ihn geradezu anzubeten, er war offenbar so etwas wie ein Übervater für sie, ein Familienpatron. Er jedenfalls, Gerd Wegener, hatte mit dem heutigen Tag sein bisheriges, unkompliziertes, gesichertes Leben aufgegeben, hatte sich im Grunde ausgeliefert. In Duderstadt hatte er bei den Eltern gewohnt, er musste ihnen lediglich einen kleinen Unkostenbeitrag bezahlen, und, nicht zu vergessen, er hatte einen sicheren Job mit einem festen Gehalt, Stapelfahren hatte ihm Spaß gemacht. Was jetzt kam, nun, das stand in den Sternen.

Als Florian am Samstagmorgen überraschend vor dem Haus der Familie Baumann auftauchte und am Gartentürchen klingelte, hielt sich Isabell gerade mit den Kindern im Badezimmer auf. Vom Fenster aus sah sie ihn und bugsierte die Kinder hastig in ihr ehemaliges Kinderzimmer zurück, wo sie geschlafen hatten. Sie steckte eine Kinderkassette in den Recorder und drehte ihn laut auf.

„Zieht euch an und bleibt hier, bis ich euch rufe", ordnete sie an. Als die Kinder sie verdutzt anschauten, versprach sie geheimnisvoll flüsternd: „Ich glaube, Oma bereitet gerade eine Überraschung für euch vor."

„Fahren wir dann wieder nach Hause, Mama?", fragte Henning und gramste in seiner Reisetasche nach einer Unterhose.

„Nein, Henning, noch nicht. Gefällt es dir denn bei Oma und Opa nicht, weil du schon wieder zurückfahren willst?"

Henning schaute verwundert hinter seiner Mutter her, die das Zimmer verließ und die Tür zudrückte. Natürlich gefiel es ihm bei der Oma, keine Frage, aber sie mussten trotzdem wieder heimfahren, zu Papa und zu seinem Freund Arnold. Wenn nicht heute, dann eben morgen.

Nachdem Florian dreimal anhaltend geklingelt hatte, erschien Herr Baumann, sein Schwiegervater an der Haustür. „Was willst du?", fragte er barsch.

„Ich will meine Kinder nach Hause zurückholen!"

„Fahr alleine zurück, Florian, Isabell bleibt mit den Kindern hier. Ich werde noch heute eine einstweilige Verfügung beantragen, die du am Montag per Einschreiben in den Händen haben wirst."

Florian wusste, in solchen Angelegenheiten handelte sein Schwiegervater schnell, er hatte Erfahrung darin, schon bei seiner jüngeren Tochter Dora hatte er eine für sie profitable Scheidung durchgedrückt. Doras Mann, der kaum seine Handwerkslehre beendet hatte, musste nach der Scheidung sein bescheidenes Gehalt fast für sein Kind und seine untreue Verflossene abdrücken. Für die launische Dora war es ein Leichtes gewesen, das Kind dem Vater systematisch zu entfremden, Florian dachte mit Beklemmung daran. Damals war er sich mit Isabell einig gewesen, sie hatten sich versprochen, dass ihre Kinder niemals unter einer Trennung, wenn denn eine käme, zu leiden haben würden. Ihre Kinder sollten auf jeden Fall unbeschwert und froh, mit uneingeschränktem Kontakt zu beiden Elternteilen aufwachsen können. Ja, das hatten sie sich versprochen, nun aber schien Isabell dieses Versprechen vergessen zu haben. Jetzt könnte ihm das gleiche Schicksal blühen, wie diesem armen Handwerksgesellen, der sein Kind verloren hatte und, finanziell gesehen, auch das Recht auf einen Neuanfang.

„Wenn alles geregelt sein wird, Florian", herrschte ihn jetzt sein Schwiegervater an, „kannst du die Kinder sehen. Tschüss!"

„Damit kommt ihr nicht durch! Ich werde zum Jugendamt gehen."

„Mach das."

Florian starrte ungläubig auf die geschlossene Tür, er fühlte sich bodenlos machtlos. Aber irgendwas musste er tun, er konnte doch nicht einfach ohne seine Kinder heimfahren.

Er fuhr hinüber nach Heuberg, zum Landratsamt, in dem auch das Jugendamt untergebracht war und stand vor verschlossener Tür, logisch, es war ja Wochenende. Also fuhr er zurück nach Gerbach, zu seinen Eltern, um von dort aus das Jugendamt anzurufen und eventuell jemanden um Rat zu fragen, er brauchte jetzt Hilfe, unbedingt. Er fand die Nummer im Telefonbuch und wählte sie, es meldete sich eine jugendliche Frauenstimme.

„Heuburger Jugendamt, Renate Schmidt am Telefon!"

„Guten Morgen", Florian versuchte seiner Stimme Festigkeit zu geben. „Mein Name ist Florian Dengler, ich wohne mit meiner Familie in Duderstadt, bei Göttingen. Gestern ist meine Frau ohne mein Wissen mit unseren Kindern Henning und Clair zu ihren Eltern nach Kirchhausen gefahren, sie hat die Kinder gemeinsam mit ihrem Geliebten entführt. Mein Schwiegervater will nun die vorläufige Befugnis erwirken, dass ich meine Kinder nicht sehen darf. Ich brauche ihre Hilfe."

„Bewahren Sie Ruhe, Herr Dengler", hörte Florian eine mädchenhafte Stimme sagen. „Gehen Ihre Kinder denn schon in die Schule? Nur Ihr Sohn. Gut, dann warten Sie den Montag ab, ob ihre Frau den Jungen in Duderstadt zur Schule bringt. Am Montag sind unsere Sachbearbeiter wieder da, falls Sie einen Termin haben wollen, notiere ich es gern, Herr Dengler. Gleich Montag früh um neun Uhr? Ich habe es notiert. Auf Wiederhören, Herr Dengler."

Zwei Tage brennende Ungewissheit zwischen Hoffen und Bangen. Wie geht's den Kindern, was denken sie, was empfinden sie, wenn der Vater sich nicht meldet, wenn er nicht erreichbar ist, für Tage, vielleicht für länger. Bei Baumanns anrufen, bis zum Summton klingeln lassen, hinüber nach Kirchhausen fahren, an Baumanns Gartentür läuten, Sturmläuten, wer weiß wie lange, aber die Rollläden sind halb herabgelassen, das Haus und der Garten wirken wie ausgestorben, niemand zu sehen, den ganzen Sonntag über nicht. Am Abend Gespräche mit den Eltern, die keinen Rat wissen. Irgendwann nach Mitternacht in voller Montur auf der Couch in einen unruhigen Schlaf fallen.

Am Montagmorgen meldete sich Florian pünktlich im ersten Stock des Heuburger Jugendamtes, er wurde gebeten, einen Moment zu warten, Frau Simones müsse gleich kommen. Die Sachbearbeiterin für Familienangelegenheiten, Heike Simones, eine kleine, burschikose Frau mit kurzem, braunem Haar und kritischen, braunen Augen, stellte sich vor. Sie bittet Florian in ihr Büro, wo er vor ihrem Schreibtisch Platz nimmt. Florian schilderte kurzatmig seine Situation und seine Sorge um die Kinder, Frau Simones notierte es auf ein Blatt. Als Florian schweigt, legte sie ihren Stift beiseite und schaute den aufgeregten, jungen Mann fest an.

„Schauen Sie, Herr Dengler", erklärte sie ruhig, „wir vertreten hier die Kinder, nicht ihre Eltern. Dennoch, nur wenn es der Mutter gut geht, dann kann es auch den Kindern gut gehen, verstehen Sie?"

Florian wollte einwenden, dass auch Mütter sich ihren Kindern gegenüber rücksichtsvoll verhalten müssen, aber Frau Simones winkte ab.

„Bitte lassen Sie mich ausreden, Herr Dengler", ihr Ton wurde bestimmter. „Sie müssen verstehen, dass wir auch ihre Frau anhören werden, sie ist ja nicht ohne Grund mit den Kindern von ihrem Zuhause weggegangen, nicht wahr? Sie hat übrigens auch um eine Besprechung gebeten. Darf ich fragen, was Sie beruflich machen, Herr Dengler?"

„Ich bin Entwicklungschemiker in einem Duderstädter Chemiewerk."

„Aha", meinte Frau Simones, es klang anerkennend. „Sicher ist da nicht mehr viel Zeit für Ihre Familie, nicht wahr? Mein dringender Rat wäre, Herr Dengler, warten Sie diese Woche ab, bis wir die Angelegenheit überprüft haben. Am Wochenende dann laden wir Sie und Ihre Frau schriftlich zu einem Gespräch ein. Es wäre schön, wenn sie bis dahin eine gemeinsame Lösung zu Gunsten ihrer Kinder gefunden hätten. Im Grunde wollen wir doch alle das Gleiche, nämlich das Wohl der Kinder."

„Kann ich mit meinen Kindern wenigstens telefonieren?", fragte Florian mit trockener Kehle.

„Grundsätzlich ja", antwortete Frau Simones und stand auf. „aber ich würde es Ihnen nicht empfehlen. Die Kinder sollten nicht unnötig beunruhigt werden."

„Und die Schule", wandte Florian ein, „mein Sohn geht bereits in die Schule. Er geht sehr gern in die Schule."

„Er kann auch in Kirchhausen in die Grundschule gehen, Herr Dengler, wenigsten vorrübergehend. Bitte bleiben Sie gelassen, fahren Sie nach Hause und gehen Sie Ihrer Arbeit nach. Sie erweisen Ihren Kindern keinen Dienst, wenn Sie jetzt die Nerven verlieren. Vertrauen Sie uns, Herr Dengler."

Dann stand Florian draußen auf dem kahlen, langen Korridor. Auf einer Bank saß eine Frau mit einem Kopftuch, sie hielt den Blick gesenkt, ein dunkelhaariger Bub saß auf ihrem Schoß.

Hinter einer der Türen saß Isabell und erzählte schluchzend von ihrer Ehe, wie unsäglich sie unter der Arroganz ihres Mannes gelitten habe, er habe sie missachtet und geschlagen. Nie mehr könne sie in diese Hölle zurückkehren. Frau Simones hörte ihr erschüttert und verständnisvoll zu, sie selbst war geschieden und hatte ähnliche Erfahrung gemacht.

Als Florian am späten Abend todmüde sein Haus in Duderstadt betrat, wunderte er sich zuerst über die unverschlossene Haustür, dann über die Tapetenfetzen, die im Treppenhaus und im Windfang von den Wänden hingen und auf dem Boden lagen, er dachte sofort an einen Einbruch. In der Garderobe hingen die Schranktüren schief in den Scharnieren, Schuhe und Jacken lagen auf dem Boden, auch hier hingen Tapetenfetzen von den Wänden. Florian ging geschockt durch die Räume, die Küche war leergeräumt, auch das Schlafzimmer und die Kinderzimmer samt den Vorhängen und den Teppichen. Die wenigen noch vorhandenen Möbel waren umgeworfen und beschädigt, die Polstergarnitur an mehreren Stellen aufgeschlitzt, der Steintisch mittendurchgebrochen, aber das war er schon vorher, ein Andenken an Isabells letzten Wutausbruch. Entsetzt betrachtete Florian die mutwillig aus den Wänden gerissenen Steckdosen, das gekappte, zerfranste Telefonkabel. Im Wohnzimmer fehlte der Fernseher, auf seinem Schreibtisch, inmitten von wild herumliegenden Ordnern fand er zum Glück den unbeschädigten Computer mit seiner schon weit fortgeschrittenen Dissertationsarbeit. Selbst das Bad und die Toiletten hatte man nicht verschont, dort waren die Armaturen herausgerissen, die Waschbecken und Toilettenschüsseln mit Kloake und Toilettenpapier besudelt, was keinen Sinn ergab, was hatten Einbrecher davon. „Isabell", schoss es Florian durch den Kopf, „sie war den Sonntag über nicht in Kirchhausen, war sie hier, während er vor dem Haus ihrer Eltern stand und seine Kinder sehen wollte? War *sie* für das hier verantwortlich? Florian verwarf den Gedanken schnell wieder, er traute seiner Frau einiges zu, aber das hier nicht, es war das Werk von Vandalen. Er hatte einfach mehr Pech, als ein Mensch ertragen konnte, jedenfalls konnte hier keiner mehr wohnen. Nach kurzem Überlegen setzte er sich in den Clio und fuhr zu seiner Kollegin, Frau Hahman. Sie wohnte in der Innenstadt.

Frau Hahman wirkte kein bisschen überrascht, als Florian mitten in der Nacht vor ihrer Tür stand, sie bat ihn herein, in ihr Wohnzimmer. „Willst du ein Bier?", fragte sie ihn.

„Ja, bitte." Florian setzte sich auf die Couch und als ihm Frau Hahman eine geöffnete Bierflasche in die Hand drückte, fragte er: „Kann ich heute Nacht hier schlafen, Susanne? In unser Haus wurde eingebrochen, es ist quasi leergeräumt und sieht aus, als hätte eine Bombe eingeschlagen. Es ist völlig verwüstet!"

Dann erzählte er, dass Isabell am Freitag mit den Kindern zu ihren Eltern nach Kirchhausen gefahren sei, und weil auch Gerd Wegener, ihr Geliebter, mitgefahren ist, war zu befürchten, dass sie bei ihren Eltern bleiben wolle, was sich dann auch bestätigte. Frau Hahman hörte aufmerksam und geduldig zu und genehmigte sich hin und wieder einen Schluck aus ihrer Bierflasche.

„Isabell?", fragte sie, „war sie es, die das Haus so verwüstet hat?"

Florian schüttelte unsicher den Kopf. „Das glaub ich nicht, soweit würde sie nun doch nicht gehen."

„Jedenfalls ist sie in der Lage, die Kinder zu entführen, nicht wahr?", meinte Frau Hahman geschäftsmäßig. „Wir sollten morgen früh euer Haus fotografieren, den Schaden protokolieren und bei der Polizei Anzeige gegen Unbekannt erstatten. Hast du eine Hausrats- oder eine Einbruchsversicherung, Florian? Gut, auch dort musst du den Schaden melden." Sie ging hinaus und kam mit einer Decke und einem Kissen zurück.

„Das Bad ist gleich nebenan, Florian, Waschzeug und Wäsche liegen auf dem Stuhl neben der Badewanne. Gute Nacht."

Am nächsten frühen Morgen betraten sie das Haus am Stadtrand, in dem Florian mit seiner Familie eine Zeitlang glücklich war und noch lange leben wollte. Am helllichten Tag offenbarte sich das Chaos noch brutaler. Frau Hahman beging es mit Florian von unten nach oben und fotografierte und protokollierte alles in ein Diktiergerät.

„Eins steht fest", meinte sie kopfschüttelnd, „diejenigen, die hier gewütet haben, hatten nicht nur die Absicht zu klauen, die wollten zerstören und verletzten. Glaubst du immer noch, Florian, dass *sie* nichts damit zu tun hat?" Florian hob die Schultern, er wusste es nicht. Sie gingen hinaus, Florian atmete tief die frische Morgenluft ein. Im Postkasten fand er die Benachrichtigung, dass ein Einschreiben für ihn auf dem Postamt liege. Es stellte sich heraus, dass es vom Heuberger Familiengericht kam, Florian wurde darin der Umgang mit seinen Kindern bis auf Weiteres untersagt. Unterzeichnet von einem Heuberger Familienrichter namens Dr. Harald Schulz.

In der Firma erklärte Florian dem Betriebschef Köhler, telefonisch hatte er sich schon entschuldigt, warum er am gestrigen Montag nicht zur Arbeit hatte kommen können.

„Im Augenblick weiß ich nicht, was meine Frau vorhat, wo mein Sohn in die Schule gehen wird und wann ich meine Kinder sehen kann, der Umgang mit ihnen ist mir bis auf Weiteres gerichtlich untersagt." Florian, der vor dem Schreibtisch seines Chefs saß, vergrub sein Gesicht in die Hände, er fasste sich schnell wieder. „Entschuldigen Sie", murmelte er, „es ist alles ein bisschen viel. Ich weiß nicht, wie es weiter gehen soll."

„Schon gut, Herr Dengler", meinte Herr Köhler und schaute Florian ernst an, „glauben Sie mir, ich verstehe Sie." Er dachte an seine Kinder, mit denen er seit seiner Scheidung vor zehn Jahren keinen Kontakt mehr hatte. „Wenn Sie wollen, unterhalten wir uns nach Betriebsschluss darüber. Vielleicht bei Ihnen zu Hause?"

„Ich habe kein Zuhause mehr", meinte Florian schmerzlich lächelnd, „ein Unglück kommt selten allein, wie man weiß. Am Wochenende, während ich in Kirchhausen war, wurde in unser Haus eingebrochen, es wurde fast gänzlich ausgeräumt und völlig verwüstet. Aber vielleicht könnten wir uns im Gasthof „Zum Hirschen" treffen? Es ist ganz in der Nähe." „Gern", stimmte Herr Köhler zu. „Aber sagen Sie, Herr Dengler, wo wohnen Sie jetzt, wo kommen Sie nächste Nacht unter?"

Florian hob die Schultern. „Keine Ahnung", murmelte er mit verzweifelter Ironie, „vielleicht im Gasthof. Letzte Nacht hat mich Frau Hahman aufgenommen."

Am Abend saßen sie bis in die Nacht hinein im Gasthof „Zum Hirschen". Herr Köhler erzählte von seiner eigenen Scheidung vor zehn Jahren. Damals hatte man ihm weisgemacht, dass es den Kindern ohne das Gezerre der geschiedenen Eltern besser gehen würde und er sich als Vater rücksichtvoll zurückziehen solle. Er hatte es geglaubt, ja, er wollte seine Kinder schonen und hatte sie doch verloren. Heute werfen sie ihm vor, dass er sie allzu leicht aufgegeben hätte, wegen seiner neuen Freundin oder seines Berufs oder wer weiß was alles. Sie sehen es als billige, peinliche Ausrede an, wenn er behauptete, er habe es ihnen zuliebe, aus Rücksichtnahme getan und auf die Fairness ihrer Mutter gehofft. Herr Köhler seufzte und trank von seinem Bier. „Papier ist geduldig", meinte er bedrückt, „ist die Scheidungsakte erst einmal geschlossen, hängt ein regelmäßiger Umgang mit den Kindern nur vom guten Willen der Mutter ab, sie kann ihn auf vielfältige Weise verhindern. Warum ich Ihnen das erzähle, Herr Dengler?", meinte Herr Köhler und schaute Florian wehmütig lächelnd an. „Ganz einfach, Sie sollen nicht denselben Fehler machen wie ich. Wenn nötig, dann kämpfen sie um ihre Kinder, sie müssen das Gefühl haben, dass sie wichtig für ihren Vater sind. Später werden Sie das nicht mehr nachholen können."

Florian war betroffen. „Es stimmt, meine Frau hat die Kinder arglistig entführt", murmelte er, „ich muss sie zurückholen, das Jugendamt und der Familienrichter werden es genauso sehen. Im Prinzip bin ich mit Isabell einig, die Kinder sollen im Falle einer Scheidung einen guten Kontakt zu beiden Elternteilen behalten."

„Hm, Herr Dengler, sind Sie sicher, dass sich ihre Frau daran erinnern wird?", zweifelte Herr Köhler, „Sie werden möglicherweise einen guten Anwalt brauchen, einen erfahrenen Scheidungsanwalt, ich könnte Ihnen gegebenenfalls einen empfehlen. Er ist nicht billig, aber im Scheidungs- und Familienrecht eine Koryphäe. Seine Spezialität sind Väter, die von Ihren Ex-Frauen ausgebootet wurden und wie Weihnachtsgänse ausgenommen werden sollen."

Florian schüttelte den Kopf, er glaubte nicht daran, dass er einen Anwalt brauchte. Die Scheidung wird kommen, ohne Frage, er wollte sie ja auch, aber sie wird, wie es so schön heißt, im gegenseitigen Einvernehmen verlaufen. Isabell liebte ihre Kinder, sie wird sie nicht unnötig quälen. Wenigstens daran wird sie sich halten.

„Was mich betrifft", unterbrach Herr Köhler Florians Überlegungen, „kann ich ihnen ein Jahr geben, Herr Dengler, ein Jahr für Vermittlungsgespräche, Anwaltsbesprechungen, Gerichtsverhandlungen im zuständigen Amtsgericht und dergleichen. Sie werden oft frei nehmen müssen und nur noch bedingt arbeiten können. Außerdem, Herr Dengler, da Sie gerade ein Wohnproblem haben, könnte ich Ihnen, solange es nötig sein wird, mein Gartenhaus zur Verfügung stellen. Es regnet nicht hinein, ist winterfest und beheizbar und hat eine Dusche und eine Küchenzeile mit Herd und einem Kühlschrank. Es ist ein Gästehaus, wissen Sie, und liegt am hinteren Ende meines großen Gartens, wir werden uns also kaum über den Weg laufen."

Er lächelte Florian mit bitterem Humor an und klopfte ihm auf die Schulter. „Bedanken Sie sich später, Herr Dengler, denn ich tue es nicht aus lauterer Nächstenliebe, es ist in meinem ureigensten Interesse, wenn sie nach einer gewissen Zeit wieder voll einsatzfähig sind, kurz gesagt, wir wollen Sie durch diese Geschichte nicht verlieren. Sie wären nicht der erste, den eine Scheidung finanziell und seelisch in die Knie zwingen würde. Im Übrigen, bei Frau Hahman würde ich nicht so ohne Weiteres um Unterschlupf bitten, Sie wissen vielleicht, dass sie mit einem Moslimen verheiratet ist?"

Florian nickte, er bedankte sich und nahm das großzügige Angebot seines Vorgesetzten etwas beschämt an. Er hatte keine Wahl, er konnte jede Hilfe gebrauchen.

Seine Einschätzung jedoch, was die rücksichtsvollen Absichten seiner Frau gegenüber den Kindern anbelangte, musste er bald gründlich revidieren.

Er durfte seine Kinder nicht sehen, weil Isabell beim Jugendamt glaubhaft versicherte, dass die Kinder bei ihm nicht sicher wären. Ihr Mann neige zu unberechenbarem Jähzorn, behauptete sie mit Tränen in den Augen, seine Erziehungsmethoden seien mitunter sadistisch und grausam, zum Beispiel konnte sie es nicht verhindern, wenn er

298

Henning wegen einer Kleinigkeit bei glühender Sommerhitze ins Auto sperrte oder die Kinder hungrig ins Bett schickte. Bei seinen unverantwortlichen Fahrradtouren und Wanderungen überforderte er die Kinder permanent und setzte sie unnötigen Gefahren und ohne ausreichendem Schutz auch der sengenden Sonne aus, wie oft waren sie mit verbrannten Gesichtern, Armen und roten Augen heimgekommen, so dass sie sogar den Arzt konsultieren musste. Wenn sie dagegen rebellierte, schlug er sie, ach, welche Angst musste sie aushalten, wie sehr hatte sie darunter gelitten.

Von diesen Verleumdungen erfuhr Florian nichts, er bekam nur Isabells gerichtliches Scheidungsgesuch zugesandt, das er unterschrieb und zurückschickte.

Sechs Wochen vergingen, sechs lange Wochen, bis er seine Kinder wiedersehen durfte. Sechs Wochen ohne sie zu sprechen, ohne zu erfahren, wie es ihnen geht und was sie taten. Sechs Wochen, in denen er Freitagabend für Freitagabend mit dem Auto die dreihundertdreißig Kilometer nach Gerbach fuhr, um im Jugendamt vorzusprechen und in Kirchhausen stundenlang vergeblich vor dem Elternhaus seiner Frau auszuharren, um seine Kinder sehen und sprechen zu können und dann am Sonntagabend unverrichteter Dinge wieder nach Duderstadt zurückzufahren, am Montagmorgen seine Arbeit aufzunehmen, um die Langmut seiner Firma nicht überzustrapazieren. Unter der Woche rief er jeden Tag bei Baumanns an, ließ das Telefon, wenn es vorher nicht unterbrochen wurde, bis zum Besetztton durchläuten. Wenn wirklich einmal einer abnahm, hörte Florian nur eine männliche, ärgerliche Stimme sagen: „Lass uns in Ruhe, Arschloch!!"

Um der zerrütteten Ehe noch eine Chance zu geben oder wenigstens wegen der Kinder eine Einigung herbeizuführen, wurden vom Jugendamt Heuberg mehrere Meditationsgespräche anberaumt, die Florian trotz seines weiten Wegs gerne nutzte. Isabell hingegen sagte die meisten Termine kurzfristig ab oder sie verließ empört den Raum, wenn nach kurzer Zeit das Gespräch für sie unzumutbar wurde.

Es war Herbst geworden, als Florian vom Jugendamt die schriftliche Erlaubnis bekam, seine Kinder am kommenden Samstag, den 11. 10., am Nachmittag um 3 Uhr auf dem Spielplatz neben der Grundschule von Kirchhausen, in Anwesenheit ihrer Mutter eine dreiviertel Stunde lang zu treffen. Die Mutter habe dieser Begegnung schweren Herzens zugestimmt, hieß es im Schreiben, und ihre Anwesenheit zur Bedingung gemacht.

Wie sehr hatte Florian dieses Wiedersehen mit seinen Kindern herbeigesehnt und wie bangte ihm jetzt davor. Er legte sich seine Worte sorgfältig zurecht, er durfte nicht traurig wirken, nicht aufgeregt, nicht nervös oder hektisch, er durfte nicht neugierig fragen, durfte keine Versprechungen machen und dergleichen. Und doch wollte er so vieles von ihnen wissen, wie es ihnen in der neuen Schule und im neuen Kindergarten ergehe, ob sie schon Freunde gewonnen haben, ob sie einen Sport betreiben, ob Henning sich inzwischen von seinem Wackelzahn verabschiedet hat, ob ein neuer oder mehrere durchgestoßen sind, ob sie glücklich und gesund sind, ob sie ihn vermissen. Sechs Wochen war eine so lange Zeit.

Als er mit dem Clio nach Kirchhausen hinüberfuhr, vor dem Ort an der Kreuzung rechts abbog und neben den herbstlichen Schrebergärten zur Grundschule fuhr, die am Ende des Dorfes lag, da konnte er vor Aufregung kaum einen klaren Gedanken fassen. Er war gegen seine Gewohnheit viel zu früh dran und schaute sich auf dem Spielplatz um. Die Spielgeräte waren ziemlich neu, es gab eine Doppelschaukel, eine große Rutschbahn, zwei Klettertürme, die mit einer Hängebrücke verbunden waren, ein Karussell mit Handantrieb, eine Balancierstange und einen großen Sandkasten. Der Platz war überschaubar, südlich davon fing der Kirchheimer Wald an. Florian setzte sich auf eine Bank und umklammerte den Plastikbeutel mit den zwei Büchern, ein Bilderbuch für Clair und ein Leseanfängerbuch für Henning.

Isabell kam pünktlich mit dem dunkelblauen VW mit dem Göttinger Kennzeichen, sie parkte das Auto auf dem leeren Parkplatz mit deutlichem Abstand zu seinem Wagen. Florian stand auf und beobachtete mit angehaltenem Atem, wie seine Kinder ausstiegen. Er merkte, dass sie ihm impulsiv entgegenlaufen wollten, dann aber, mit Blick auf die Mutter, innehielten und zaghaft den Spielplatz betraten. Florian ging ihnen entgegen.

„Hallo, Clair! Hallo Henning!", rief er ihnen zu. „Wie geht es euch. Ich freu mich so, euch zu sehen!"

Die Kinder blieben schüchtern und verlegen vor ihm stehen. „Tag, Papa", sagte Henning. „Tag, Papa", sagte auch Clair.

„Schaut", meinte Florian und zog die Bücher aus dem Beutel. „Das hier ist für dich, Henning, und das für dich, Clair. Wollen wir uns setzen und sie uns anschauen?"

Florian reichte ihnen die Bücher, dann nahm er seine Kinder an den Händen und führte sie weg, zu einer Bank außerhalb der Hörweite ihrer Mutter. Auch Isabell setzte sich auf eine Bank, sie wirkte beunruhigt und ließ die Kinder und ihren Mann nicht aus den Augen.

„Henning!", rief sie mahnend „vergiss nicht, was wir ausgemacht haben. Geh nicht zu weit weg, hörst du!"

Henning antwortete nicht, er war verunsichert, Papa war gemein, hinterhältig, er wird ihn und Clair entführen, nur um Mama zu ärgern, das sagen alle. Papa hasst Mama, weil sie jetzt den Gerd lieb hat. Papa seien seine Kinder egal, sagen alle, er will sich an Mama rächen, weil er beleidigt ist. So oft hatten die Großeltern Baumann und Mama und der Gerd und auch die Tante es gesagt, wenn er und Clair abends nicht einschlafen konnten, weil sie Papa sehen oder wenigstens seine Stimme am Telefon hören wollten. Aber Papa war nie gekommen, er hatte nie nach ihnen gefragt, wollte nicht einmal mit ihnen telefonieren. Ja, es stimmte schon, was alle sagen. Wenn sie am Wochenende wegfuhren, zum Campingplatz oder in den Odenwald oder in einen Freizeitpark, dann konnten sie ihren Kummer vergessen, aber nicht für lange, beim Zubettgehen war er wieder da. Und jetzt war Papa doch gekommen. Aber Mama war ängstlich, sie sagt, sie dürfen auf keinen Fall mit Papa den Spielplatz verlassen, müssen immer in ihrer Nähe bleiben und nichts erzählen, wenn er neugierig fragen würde. Er wird sie ausfragen und entführen, wenn sie nicht auf der Hut wären.

„Wie geht es euch?", fragte sein Papa in seine Gedanken hinein, Henning wich seinem forschenden Blick aus.

„Ich freue mich so, euch zu sehen", meinte Florian leise und eindringlich, die Kinder schienen ihm so verändert, sie waren zurückhaltend und verschlossen, wirkten fast erwachsen.

„Es hat so lange gedauert, bis wir uns sehen konnten. Ich habe euch so sehr vermisst."

„Warum bist du nie gekommen, Papa?", fragte Henning bedrückt und schaute seinen Vater endlich in die Augen, „warum bist du einfach fortgeblieben? Clair und ich haben auf dich gewartet und du bist nicht gekommen."

Florian stiegen bei Hennings anklagenden Worten brennende Tränen in die Augen.

„Glaubst du mir, Henning, wenn ich dir sage, dass ich euch ganz schrecklich vermisst habe? Und du Clair, glaubst du es mir? Ich habe euch gesucht, ich wollte mit euch telefonieren, jeden Tag, ich konnte euch nicht erreichen, konnte euch nicht finden. Euer Vater liebt euch doch, ihr seid das Liebste und Wertvollste, das ich habe. Wollt ihr mir das glauben?"

„Mama hat gesagt", meinte Clair und bohrte zaghaft ihr Händchen in die große Hand des Vaters, ihr Blick wanderte hinüber zur Mutter. „Mama hat gesagt, du willst uns entführen, nur um sie zu ärgern, weil sie jetzt den Gerd lieb hat. Sie sagt, du hasst sie, stimmt das, Papa?"

Florian schaute in die dunklen, fragenden Augen seiner Tochter und streichelte über ihren dunklen Scheitel, ihre Haare waren gewachsen und zu einem schönen Pferdeschwanz gebunden. Wie schnell sie wachsen, wie schnell sie mir entwachsen, dachte er und legte seinen Arm über die Banklehne, er berührte behutsam Hennings Schulter und umfasste sie dann mit einem leichten Druck. Henning ließ es zu, er schaute forschend zu seinem Vater auf.

„Nein, Clair, da irrt sich eure Mutter", meinte Florian und zwang sich zur Ruhe, er warf einen schellen Blick hinüber zu Isabell, die ständig auf die Uhr schaute. „Ich werde bestimmt nichts tun, was ihr nicht selbst wollt. Aber ihr sollt wissen, dass ich jetzt in einem schönen Gartenhaus wohne, unser altes Haus ist für mich allein zu groß, wisst ihr. Dieses Gartenhaus hat genug Platz für uns drei, egal, ob ihr mich besuchen kommt oder ganz bei mir bleiben wollt. Das wäre mein größter Wunsch", fügte leise hinzu.

„Das hat Frau Simones vom Jugendamt auch schon gefragt", meinte Henning, „ob wir bei Mama bleiben wollen, es wäre das Beste für uns, hat sie gesagt. Wir könnten dich dann so oft besuchen, wie wir wollen und immer mit dir telefonieren, weil dann Mama keine Angst mehr zu haben brauchte, dass du uns entführst. Frau Simones ist nett, sie besucht uns oft und trinkt mit Mama Kaffee."

„Aha, und was habt ihr Frau Simones geantwortet, Henning?", fragte Florian und fürchtete sich vor der Antwort.

„Ich hab' gesagt", meinte Henning ein wenig altklug, „ich kann mich nicht entscheiden, ich will bei dir sein, Papa und auch bei der Mama. Aber das wird nicht gehen, sagt Mama und auch Frau Simones."

„Und du, Clair?", fragte Florian und drückte ganz leicht ihre kleine Hand, die sich in die seine schmiegte. Clair schaute besorgt zu ihrer Mutter hinüber, dann meinte sie und schaute dabei ihren Papa mit einem flehenden Blick an. „Kannst du dich nicht wieder mit der Mama vertragen, Papa? Du musst ihr nur sagen, dass du nicht böse auf sie bist und dass du uns nicht entführen willst! Kannst du ihr das nicht sagen, Papa? Jetzt gleich?"

„Ja, Clair, das könnte ich tun", meinte Florian erschüttert, „aber ich fürchte, eure Mutter wird mir das nicht glauben. Aber eines kann ich euch versprechen und daran müsst ihr immer denken, ich habe euch von Herzen lieb, egal was man euch über mich erzählt. Ich werde nichts tun, was ihr nicht selber wollt und ihr seid mir in Duderstadt, in meinem Gartenhaus immer willkommen. Solltet ihr euch entschließen, ganz bei mir bleiben zu wollen, wäre es für mich die größte Freude, wenn ihr aber bei eurer Mutter wohnen bleiben wollt, ist das auch in Ordnung. Ich werde es akzeptieren und versuchen, für uns das Beste daraus zu machen."

„Henning, Clair, kommt ihr jetzt, wir müssen nach Hause!", rief Isabell ungeduldig. Sie hatte sich von der Bank erhoben und schaute nervös zur Bank hinüber, auf der Florian mit den Kindern tuschelte. Sie verstand nichts davon, kein einziges Wort, das beunruhigte sie. Wie er Clairs Hand festhielt, wie er Henning umfasste, wie er sie bequatschte, machte er ihnen Versprechungen, bestach er sie mit Geschenken? Den Clio hatte er vor dem Eingang des Spielplatzes geparkt, günstig, um die Kinder unauffällig hinzu manövrieren, sie hinein zu schubsen und dann mit ihnen abzuhauen. Aber sie passte auf, sie würde, sollten die Kinder weinen oder sich in Richtung Clio bewegen, sofort dieses unsinnige Treffen abbrechen. Sie wollte es nicht, aber Frau Simones war der Meinung gewesen, vor Gericht sähe es gut aus, wenn vor dem Scheidungstermin wenigstens ein Treffen mit dem Vater stattgefunden hätte. Das würde ihren guten Willen beweisen.

Obwohl noch Zeit gewesen wäre, rief Isabell nach den Kindern, jetzt schon mit überschlagender Stimme. Henning und Clair erhoben sich. „Tschüss, Papa, ich hab' dich lieb", flüsterte Clair, ohne den Vater zu umarmen. „Tschüss, Papa", sagte auch Henning tapfer. Der Abschied fiel ihm schwer, aber Tränen waren, wenn Mama da war, nicht angesagt, sie würde es nicht verstehen.

„Tschüss, Kinder, vergesst bitte nicht, was ich euch gesagt habe. Ich hab' euch lieb."

Florian ging hinter seinen Kindern her, über den Spielplatz. Isabell hatte schon die Seitentüren des Volkswagens geöffnet, fast zögernd kletterten die Kinder auf die Rückbank, in ihre Kindersitze, ihre Mutter half ihnen beim Anschnallen. Dann schlug sie die Türen zu und ehe sie selbst einstieg, wandte sie sich noch einmal an ihren Mann. „Gnade dir Gott, Florian", fauchte sie, „wenn du die Kinder aufgehetzt hast, sie werden es mir erzählen. Dann hast du sie heute das letzte Mal gesehen, das schwöre ich dir. Und hör auf mit deinem Telefonterror und dem Spannen vor dem Haus meiner Eltern, das nervt. Ich hab dich deswegen schon angezeigt!"

„Wovor fürchtest du dich eigentlich, Isabell?", wollte Florian aufs äußerste erregt wissen. „Ich will dir die Kinder nicht wegnehmen, falls du das glaubst. Ich muss sie aber regelmäßig sprechen und sehen. Ich bin ihr Vater!"

„Vergiss es", zischte Isabell, stieg ins Auto, ließ den Anlasser an und fuhr zügig Richtung Ortsmitte davon.

Florian beschloss die Nacht bei den Eltern in Gerbach zu bleiben, um gleich am Montagmorgen im Jugendamt vorsprechen zu können. Er wollte, er musste es durchsetzten, dass er die Kinder zumindest jedes zweite Wochenende sehen und zu sich nach Duderstadt holen konnte, er hatte Angst, sie könnten sich ihm entfremden. Er musste die Kinder täglich anrufen und mit ihnen sprechen dürfen, er wollte teilhaben an ihren täglichen Erlebnissen, den guten wie den schlechten. Das war auch für die Kinder wichtig, dachte er.

Den Abend bis in die Nacht hinein diskutierte er mit den Eltern Strategien durch, wie er Frau Simones davon überzeugen könnte, dass ein regelmäßiger Kontakt mit seinen Kindern umgehend wiederhergestellt werden müsse und auch unumgänglich sei. Florian war bewusst, Frau Simones, selbst Mutter und geschieden, hegte eindeutig Sympathie für Isabell. Er entwickelte und verwarf Ideen, hörte sich die Einwände und Bedenken seiner Eltern an und überlegte, nach welchen Kriterien der Familienrichter bei der Scheidung voraussichtlich entscheiden wird, bei welchem Elternteil die Kinder in Zukunft wohnen sollten. Wird er die Kinder befragen? Kann man es so kleinen Kindern überhaupt zumuten, sich für den Vater oder die Mutter zu entscheiden? Man mag es sich gar nicht vorstellen, in welchen Zwiespalt und immensen Druck sie dabei geraten mussten. Dass die Mutter die Kinder entführt hatte, würde wohl keine Rolle dabei spielen, es hatte nie eine Rolle gespielt. Florian dachte an Hennings naiv kindliche Worte, sie hatten so viel preisgegeben, und er dachte an Clairs flehende Bitte, sich doch wieder mit der Mutter zu vertragen. Warum mussten seine Kinder so leiden? Florian erwägte, einen Kinderpsychologen hinzuzuziehen, der ihnen in der schwierigen Phase der Scheidung beistehen konnte.

Fanni litt mit ihrem Sohn, sie sah, wie er sich in Verlustängsten und Sorgen verzehrte. In diesem Spiel kann es nur Verlierer geben, dachte sie bekümmert. Es wird keine Gnade geben, dazu glaubte sie ihre Schwiegertochter zu gut zu kennen. Alles deutete auf einen erbitterten Krieg hin, einen Rosenkrieg, wie es so verharmlosend hieß. Isabell wird bis aufs Blut um ihre Kinder kämpfen, sie wird glauben, sie habe als Mutter ein natürliches Vorrecht auf sie. Außerdem, sollten sich die Kinder für den Vater entscheiden, wäre das ein enormer gesellschaftlicher Absturz für sie, eine Schande, so jedenfalls musste sie es empfinden. Nein, Isabell wird alle Register ziehen, sie wird den Teufel darum tun, die wehrlosen, empfindsamen Seelen ihrer Kinder zu schonen.

Fanni behielt diese Überlegungen für sich, und als sich Rolf schon längst zurückgezogen hatte, hörte sie immer noch Florian zu, der sinnierend, philosophierend und planend im Wohnzimmer umherlief. Er zog sogar die Möglichkeit einer Flucht in Betracht, illusorisch zuerst, dann im Detail, mit Fluchtauto und dem möglichen Fluchtland, Schottland vielleicht. In Glasgow hatte seine Firma eine kleine Zweigstelle, dort könnte er arbeiten und sich auf seine Dissertation vorbereiten, für die Kinder gab es dort gute Schulen und Universitäten. Gut, an seinem Englisch würde er arbeiten müssen, es war miserabel, aber diese Hürde würde er auch hier nehmen müssen. Aber dann dachte er an die möglichen Auswirkungen einer Flucht, er würde sich mit den Kindern, wenn sie überhaupt mitkämen, nirgendwo sicher fühlen können, immer und überall müsste er damit rechnen, dass die Polizei auftauchen und sie zur Mutter zurückbringen würde. Dann wären sie für ihn, den Vater, für immer verloren, dann würde er, obwohl er nichts anderes getan hätte, als vorher die Mutter, ins Gefängnis gehen.

Der Morgen dämmerte bereits, als beide, Florian und seine Mutter erschöpft in die Betten fielen, erschöpft von den Ängsten, den Visionen und Phantastereien. Fanni wusste intuitiv, Florian brauchte das jetzt, um sein Gleichgewicht, seine Balance nicht vollends zu verlieren.

Als am Sonntagnachmittag Sabine und Steffen, die Geschwister mit ihren Partnern kamen, wollten sie alles vom Bruder wissen, wie es ihm und seinen Kinder ergehe. Florian erzählte gern, die Anteilnahme der Geschwister und deren Partnern tat ihm gut. Sabines Kinder, Clarissa und Norbert, kümmerte die aufgeregte Debatte der Großen wenig, sie bauten lieber, wie immer bei den Großeltern, im Spielkeller Höhlen aus Decken und Kissen und spielten Eroberung, wobei sie einen Riesenspektakel und ein heilloses Durcheinander veranstalteten. Die Erwachsenen oben hörten es kaum.

Florians Schwager Sebastian, der Mitglied eines Schützenvereins war, bot sich an, die Sache auf Italienisch zu bereinigen, Sabine schaute ihren Mann tadelnd an. Babette, Steffens hübsche Frau, die auch ein Scheidungskind war und bei ihrem Vater groß geworden ist, glaubte, dass man Kinder ködern muss. „Versprich ihnen ein Pony, Florian", riet sie, „oder einen Hund. Ich jedenfalls bin nur bei meinen Vater geblieben, weil er mir ein Pferd schenkte."

Steffen und Babette, die inzwischen geheiratet hatten, bewohnten seit ihrer Hochzeit die Dachwohnung, in der vorher schon Florian und seine Frau, -Ex Frau, musste man wohl sagen- gewohnt hatten. Steffen studierte derzeit Wirtschafts-Informatik und seine Frau Babette arbeitete als Bankkauffrau in der Sparkasse von Heuberg.

Bevor sie sich am späten Nachmittag verabschiedeten, Clarissa müsse morgen früh in die Schule, hieß es, versprachen Sabine und Steffen dem Bruder, dass sie da sein werden, wenn er sie brauche, jederzeit. Florian spürte, sie meinten es ehrlich, sie waren echt besorgt, er würde sich notfalls auf ihre Unterstützung verlassen können, so wie er sich auf das Verständnis und die Hilfe der Eltern und seiner Kollegen in Duderstadt verlassen konnte. So viele hilfsbereite Hände streckten sich ihm entgegen, er konnte nicht ganz abstürzen. Er würde einen Weg für sich und die Kinder finden, wie immer der auch aussehen mochte.

Florian hatte sich nicht angemeldet, als er am Montagmorgen im Flur des Jugendamtes Frau Simones um ein kurzes Gespräch bat. Sie war in Eile und kurzangebunden.

„Zehn Minuten, Herr Dengler, ich habe gleich einen Termin!"

Sie schloss ihr Büro auf und ließ Florian eintreten.

„Ist das Treffen mit den Kindern gut verlaufen?", erkundigte sie sich und wies auf den Besucherstuhl, auf dem sich Florian setzte.

„Doch, Frau Simones." Florian wartete, bis die Sachbearbeiterin ihre Jacke aufgehängt, ihre Tasche abgestellt und hinter ihrem Schreibtisch Platz genommen hatte. „Aber warum musste meine Frau dabei sein, warum darf ich meine Kinder nicht alleine treffen und warum so selten. Nach sechs Wochen das erste Mal, das ist nicht zumutbar, auch nicht für die Kinder. Außerdem kann ich nicht mit ihnen telefonieren, das ist unerträglich. Wir brauchen eine feste Regelung, Frau Simones, eine Abmachung, an die sich alle zu halten haben."

Florian stand erregt auf, redete kurzatmig, hastig, er wollte überzeugen. „Wir könnten doch vereinbaren, dass ich die Kinder, sagen wir, abends um sechs oder sieben Uhr anrufen und sprechen kann. Dann würde ihr Tagesrhythmus nicht gestört werden."

„Bitte setzen Sie sich wieder, Herr Dengler und beruhigen Sie sich." Frau Simones wartete nun ihrerseits, bis sich Florian gesetzt und sich etwas beruhigt hatte. „Sie sehen es selbst, Herr Dengler", erklärte sie dann und studierte kurz ihre Fingernägel, „die Sorge Ihrer Frau ist nicht ganz unbegründet, wenn sie meint, Sie könnten überreagieren."

Sie legte ein Kuvert vor Florian auf den Tisch. „Der Scheidungstermin ist für den 15. 12. anberaumt, Herr Dengler. Im Übrigen hat Ihre Frau das alleinige Sorgerecht beantragt. In ihrer Begründung gibt sie an, dass Sie, Herr Dengler, sehr unbeherrscht sein können und zu streng und unverantwortlich den Kindern gegenüber. Seit Wochen terrorisieren Sie ihre Frau täglich mit stundenlangem Telefonterror. Sie belauern jedes Wochenende das Haus ihrer Eltern und klingeln an deren Haustür Sturm, so geht das nicht, Herr Dengler, das ist ihrer Frau und den Kindern nicht zuzumuten, sie sind gezwungen, am Wochenende das Haus zu verlassen. Das muss sofort aufhören, Herr Dengler, Ihre Frau ist am Ende ihrer Kraft. Wenn Sie mit dem Scheidungstermin einverstanden sind, können Sie die Papiere gleich hier unterschreiben."

Florian stand auf, er fühlte sich auf einmal kraftlos und leer, so als wäre er gegen eine Betonwand geprallt. „Danke, Frau Simones", meinte er mit rauer Stimme und nahm das Kuvert ungelesen an sich, „ich werde es in Ruhe durchlesen. Im Übrigen", seine Stimme klang kalt und aggressiv, „auch ich werde das alleinige Sorgerecht für meine Kinder beantragen! Begründung? Nun, meine Frau ist eine egozentrische Psychopatin, Lügnerin und Heuchlerin und eine Gefahr für die Kinder. Haben Sie das als erfahrene Sozialarbeiterin nicht bemerkt, Frau Simones? Ich werde die entsprechenden Beweise vorlegen. Ich sehe auch, ich muss mir endlich einen guten Anwalt nehmen. Dies können Sie gerne meiner Frau ausrichten, Frau Simones, wenn Sie bei ihr Kaffee trinken! Einen schönen Tag noch."

Frau Simones öffnete ihm die Tür. „Auf Wiedersehen, Herr Dengler", gab sie spitz zurück. „Ihre Kinder tun mir leid. Es sind so prächtige Kinder, sie haben bessere Eltern verdient."

Das Gartenhaus von Herr Köhler erwies sich als guter vorübergehender Unterschlupf. Florian brachte mit einem geborgten Autoanhänger und der Unterstützung von Herrn Köhler die aufgeschlitzte Couchgarnitur, den zerbrochenen Tisch und einige halbwegs intakte Schränkchen und Regale in das Holzhaus. Gegen Mittag hatten sie es fast geschafft, trotz der herbstlichen Kühle war es ihnen richtig warm geworden und sie hatten ordentlichen Hunger bekommen. Florian kaufte beim Türken an der Ecke drei Döner, die besten in ganz Duderstadt, behauptete er. Er lebte derzeit praktisch nur von Dönern und Bier.

Susanne Hahman hatte inzwischen im Gartenhaus die Fensterchen und den rustikalen Dielenboden geputzt und den Staub und die Spinnweben aus den Ecken entfernt, der Raum wirkte nun halbwegs gemütlich. Und wenn erst die Ritze in der Couchgarnitur mit selbstklebenden Stofflicken verdeckt, die zerbrochene Tischplatte repariert und die Schränkchen geleimt und mit neuen Scharnieren versehen worden sind, dann könne man sich direkt darin wohl fühlen, meinte sie.

Sie setzten sich zusammen auf die kaputte Couch und packten die Döner aus, Florian öffnete die drei Bierflaschen und reichte jedem eine. Sie warteten kurz ab, bis der zischende Schaum etwas zusammenfiel, dann stießen sie mit dem Gefühl an, eine eingeschworene Gemeinschaft zu sein.

„Was würde ich ohne euch tun", meinte Florian dankbar und wischte sich mit dem Handrücken den Schaum vom Mund. „Ich kann euch das nie vergelten."

Susanne Hahman lächelte ihn an. „Vielleicht doch, Florian, man weiß ja nie. Wisst ihr, ich sitze derzeit auch ganz schön in der Tinte." Die Männer schauten sie fragend an.

„Nun ja", meinte Susanne ernst werdend, „mein Mann drängt in letzter Zeit darauf, dass ich Muslimin werden soll, ja, und wenn wir einmal Kinder haben werden, am besten Söhne, dann werden wir selbstverständlich zu seiner Familie nach Kairo ziehen, er besucht sie gerade. Es wäre ihm am liebsten, ich würde jetzt schon mit Kopftuch oder Burga herumlaufen, weil sich das für eine verheiratete, sittsame Frau so gehöre. Prost."

Wieder ließen sie ihre Flaschen aneinander klingen und tranken.

Susanne Hahman betrachtete verstohlen das ernste Profil ihres Kollegen Florian Dengler, der Kummer stand ihm verteufelt gut, fand sie. Genaugenommen war er der Grund, warum sie sich von ihrem islamischen Mann, je eher, je lieber trennen wollte. Florian hatte ihr von Anfang an gefallen, aber jetzt lebte er in Scheidung, jetzt war er sozusagen frei und ungebunden. Seine jungenhaft schlaksige, leicht unbeholfene Art rührte sie, natürlich war sie auch von seiner Arbeit im Labor beeindruckt, nicht selten ergaben sich bei seinen Versuchen Zufallserfindungen, die dazu geeignet waren, sie für die Firma patentieren zu lassen. Dass seine Züge in letzter Zeit von einem Hauch

Bitterkeit und Melancholie überschattet waren, war verständlich und nicht zu übersehen, er scherzte und lachte kaum noch, auch hatte er stark abgenommen, kein Wunder, er lebte quasi nur noch von Dönern, die er eher beiläufig verdrückte. Er war mit seinen Gedanken immer bei seinen Kindern und seiner derzeitigen Misere, aber das würde sich geben, wenn er erst einmal die Scheidung überstanden haben würde.

„Das tut mir leid, Susanne", murmelte Florian jetzt. „Willst du dich denn von deinem Mann trennen?" Susanne nickte. „Schon, aber wenn das nur so einfach wäre! Ich bin sein Besitz, wisst ihr, Muslime trennen sich von ihren Frauen nur, wenn sie aussätzig oder tot sind. Wenn, dann verstößt der Mann die Frau und nicht umgekehrt.

„Kluge Sitten", murmelte Florian und stand auf. Er war derzeit nicht in der Lage, Mitgefühle für andere aufzubringen. „Habt Dank für eure Hilfe. Den Rest bekomme ich alleine hin!"

„Papperlapapp", Günther Köhler stellte seine leere Bierflasche auf den Tisch und erhob sich gleichfalls. „Das Metallbett mit der Matratze können wir noch holen, dann ist das Haus so gut wie leer", meinte er und rieb sich die Hände. „Ich schätze, du wirst dann immer noch genug zu tun haben, bis das Haus einigermaßen auf Vordermann gebracht sein wird, selbst wenn wir dir dabei helfen. Eine ordentliche Renovierungsrechnung für das Haus wird dir ohnehin nicht erspart bleiben, fürchte ich."

Das war Florian schon klar, er nickte ergeben.

Als die Männer das große Metallbettgestell hereinbrachten, ordnete Susanne Hahman geschäftig an, es in der Ecke, gegenüber der kleinen Küchenzeile aufzustellen, da stände es gut."

„Lass es gut sein für heute, Susanne", wehrte Florian ihren allzu großen Eifer ab. „Nicht dass dein Mann noch auf falsche Gedanken
kommt."

„Ach, Blödsinn", meinte sie und lachte gezwungen.

Florian war nervös, als er sich vor dem Heuberger Gerichtgebäude
einen Parkplatz suchte. Der dunkelblaue Volkswagen von Gerd Wegener stand schon da, daneben die Limousine von Isabells Eltern, sie
hatte sich erwartungsgemäß Rückendeckung mitgebracht. Florian
war allein, sein Anwalt, eine Koryphäe in Scheidungsangelegenhei-
ten, wie Herr Köhler ihm versicherte, wollte ihm die Kosten einer
langen Anreise ersparen, aber seine Ratschläge hatte Florian im
Kopf. Er hatte dringend geraten, sich mit Anschuldigungen und
Vorwürfe zurückzuhalten, selbst wenn sie noch so berechtigt wären,
sie kämen bei einem Richter nicht gut an. Ein Richter will und muss
sich einen unabhängigen Eindruck von den Eltern und ihren Kindern
machen. Sachlich und ruhig seinen Standpunkt, seine Bedenken und
Wünsche äußern, mehr kann man nicht tun.

„Gerichtsaal Nr. 6. Familiensache Dengler gegen Dengler", las Florian auf dem Schild neben der Tür, dann trat er ein. Der Raum war
bis auf wenige Leute, die auf den hinteren Stühlen saßen und Florian
nicht kannte, leer. Florian grüßte, sie schauten ihm nach, wie er zur
vordersten Stuhlreihe ging und sich setzte. Florian schaute auf seine
Armbanduhr, die anderen Beteiligten mussten jeden Moment kommen. Der Richter würde vielleicht noch mit seinen Kindern sprechen.

Familienrichter Dr. Harald Schulz unterhielt sich tatsächlich gerade
in seinem Büro mit Henning und Clair. Reizende Kinder, stellte er

fest, misstrauisch und zurückhaltend zwar, aber langsam tauten sie ein wenig auf.

„Jeden Tag streiten sich Leute", erklärte er ihnen, „auch ihr Kinder streitet euch mit euren Freunden gelegentlich, nicht wahr?" Die Kinder nickten verständig. „Man streitet sogar", fuhr Richter Schulz fort, „wenn man sich einmal sehr lieb gehabt hat, so wie eure Eltern. Aber man muss sich wieder vertragen oder zumindest sich einigen, wie es weitergehen kann. Dass sie sich wieder mögen, damit dürfen wir leider nicht rechnen, nur dass sie sich gütlich einigen werden, und dabei könnt ihr euren Eltern helfen."

Die Kinder schauten den grauhaarigen Mann mit der warmen Stimme, der offenbar helfen wollte, zustimmend an. Alles würden sie tun, damit sich die Eltern wieder vertragen würden.

„Ihr dürft mir nun frei und frank sagen, wo ihr am liebsten seid, in Kirchhausen bei eurer Mama oder in Duderstadt bei eurem Papa, und wo ihr lieber in die Schule gehen würdet. Habt ihr euch schon einmal Gedanken darüber gemacht?" Clair schaute Ihren Bruder unschlüssig an, der schien sich aber mehr für das Playmobilmännchen in seiner Hand zu interessieren. „Also", meinte Clair dann entschlossen, „ich bin lieber bei der Mama in Kirchhausen, denn da ist mein Meerschweinchen Seppel, ich muss ihn jeden Tag füttern. Und meine Cousine Josephine auch, mit der spiele ich fast jeden Tag, wir gehen auch zusammen in den Flötenunterricht. Anita und Toni sind auch meine Freunde, sie sind im Kindergarten in der Fledermausgruppe, so wie ich. Mama hat gesagt, dass ich die Ballettschule in Heuberg besuchen darf und ein Tutu kriege, wie eine richtige Ballerina, darauf freue ich mich schon sehr, das will ich unbedingt haben. Mit Papa darf ich immer telefonieren und ihn ganz oft besuchen, er ist nämlich ganz allein in Duderstadt."

„Okay, Clair", meinte Richter Schulz freundlich, „das verstehe ich. Der Freund eurer Mama, wie heißt er gleich? Stimmt, Gerd. Ist er eigentlich nett?"

„Ja, der ist nett", bestätigte Henning. „Er war mit mir Drachensteigen."

„Und er kauft uns oft ein großes Eis", stimmte Clair ihm zu.

„Bestraft er euch auch, wenn ihr etwas angestellt habt?", wollte der Richter wissen, „so wie es euer Papa manchmal tut? Was hast du eigentlich angestellt, Henning, als du in das heiße Auto musstest?"

Henning wollte dem Playmobilmännchen ein Schwert in die Hand drücken, es gelang ihm nicht so recht.

„Henning hat Steine geschmissen", erinnerte sich Clair statt seiner, „und ein Auto getroffen. Der Mann hat geschimpft, denn sein Auto hatte eine Beule!" „Au weia, Henning", der Richter schüttelte missbilligend den Kopf, „das war nicht gut, das tut man wirklich nicht. War es schlimm für dich, dass du dann im heißen Auto schmoren musstest?"

Henning schüttelte den Kopf, endlich hatte das Playmobilmännchen das Schwert in der Hand. „Nee", grummelte er.

„Du hast aber die ganze Zeit geschrien", petzte Clair, „du wolltest unbedingt raus, obwohl es im Auto überhaupt nicht heiß war, es stand ja unter Bäumen. Papa wollte aber, dass sich Henning bei dem Mann mit dem kaputten Auto entschuldigt, ich glaube, er tat es dann auch. Der Mann war trotzdem sauer und hat geschimpft."

„Gerd darf mich nicht bestrafen", grummelte Henning und versuchte sein Playmobilmännchen vor sich auf den niedrigen Tisch zu stellen. „Er ist nicht mein Vater."

„Warum seid ihr eigentlich von eurem Papa weggegangen?", wollte Richter Schulz noch wissen.

Henning rieb sich die Augen, das Thema behagte ihm nicht.

„Na", meinte Clair altklug, „weil eben Oma und Opa in Kirchheim wohnen und weil wir in Heuberg geboren sind!"

„Aha", meinte der Richter und nickte verständnisvoll. „Aber Gerd, der Freund eurer Mutter, ist nicht in Heuberg geboren, oder?", wandte er ein. „Er wohnte bei seinen Eltern in Duderstadt, dort wurde er auch geboren, nicht wahr? Und trotzdem wohnt er jetzt bei euch?"

„Na, ja, weil er Mama lieb hat, viel lieber, als es der Papa tut", erklärte Clair zutraulich. „Papa wollte immer von zu Hause weg."

„Ach, ja? Obwohl seine Eltern und Geschwister in Gerbach wohnen und *er* dort zuhause ist?" wunderte sich der Richter.

„Oma und Opa in Gerbach mögen Mama und auch den Papa nicht besonders", erklärte Clair freimütig und fingerte an einem weiblichen Playmobilmännchen herum. „Es ist ihnen egal, wo wir oder der Papa wohnen."

„So, so, und wer sagt das?", wollte Richter Schulz ein wenig ungläubig wissen.

„Na, alle", meinte Henning. „Alle sagen das."

„Hm, ob das wohl stimmt?", der Richter wiegte zweifelnd seinen Kopf. „Trotzdem Henning, kannst du mir nicht sagen, wo du lieber wohnen und in die Schule gehen würdest?"

Henning zögerte, er ahnte mehr als die kleine Schwester, wie endgültig und bedeutend seine Antwort sein könnte. Er wollte gern bei seinem Papa sein, er vermisste ihn so schmerzlich, aber Mama brauchte ihn mehr, sie würde es nicht verwinden, wenn er wegginge. Das hatte sie oft gesagt.

„Nun, Henning, was glaubst du? Wo würdest lieber sein?"

„Ich glaube bei der Mama, so wie Clair. Aber ich will Papa oft sehen und mit ihm telefonieren und ihn oft besuchen."

Damit waren die Würfel gefallen.

Inzwischen hatten sich alle Beteiligten der Verhandlung, „Dengler gegen Dengler", im Gerichtsraum eingefunden. Isabell kam dunkelgekleidet und mit gefasster Leidensmiene, an ihrer Seite Gerd Wegener und ein Anwalt, gefolgt von den Baumanns, Isabells Eltern. Sie setzten sich mit angemessenem Abstand zu Florian, der ihnen halb den Rücken zukehrte, auf die ersten Stuhlreihen.

Florian versuchte seine Umgebung möglichst zu ignorieren. In Gedanken war er bei seinen Kindern, die in diesen Minuten wohl ein entscheidendes Gespräch mit dem Richter führten.

Dann betrat Familienrichter Schulz mit den Beisitzern durch eine Seitentür den Saal und nahmen hinter dem Richtertisch Platz. Florian gewahrte aus dem Augenwinkel Frau Simones, die fast verstohlen hereinkam, den Anwesenden zunickte und sich still auf einen der hinteren Stühle setzte. Dann vertiefte er sich in das Gesicht des Richters, ein gütiges Gesicht, in das das Leben Spuren gezeichnet hatte. Er würde nun, ein Fremder, der die Hintergründe und Umstände nicht kannte und nur auf Frau Simones Berichte angewiesen war, dieser Mann würde nun über das Schicksal seiner Kinder und über das seinige entscheiden. Sein Anwalt war der Meinung gewesen, was auch passieren wird, ruhig und besonnen zu bleiben. Wenn die Gegenpartei meint mit Schlammschlachten und Schuldzuweisungen kommen zu müsse, um so besser, sowas kommt bei Richtern nicht gut an.

Nachdem Richter Schulz sich und seine Beisitzer vorgestellt und mit unbeweglicher Miene die beiden Parteien angehört hatte, jede beanspruchte und begründete das alleinige Sorgerecht für die Kinder und den damit verbundenen Wohnort für sich, verkündete er seine Entscheidung zum Wohle der Kinder.

„Die Ehe der Eheleute Dengler muss trotz aller Bemühungen als geschdeitert gelten", erklärte Richter Schulz mit unpersönlicher, geschäftsmäßiger Stimme. *„Aus gegebenen Gründen kann sie vor dem vom Gesetzgeber vorgegebenen einjährigen Trennungsjahr geschieden werden. Folgendermaßen wurde entschieden: Den Eltern soll zu gleichen Teilen die Sorge um Ihre Kinder angetragen werden. Das Wohnrecht der Kinder verbleibt bei der Mutter. Begründung: Die Kinder fühlen sich in Kirchhausen, im Hause ihrer Großeltern gut, sie haben sich dort bereits ein Umfeld erobert, das sie, nach ihren eigenen Worten, nicht aufgeben wollen. Die Kinder bekommen gute Bildungsmöglichkeiten, es fehlt ihnen an nichts, nur eben der Vater. Herr Denglers Arbeitsplatz ist über dreihundert Kilometer entfernt in Duderstadt. Bedauerlicherweise ist er derzeit ohne festen Wohnsitz.*

Frau Dengler hat für einen regelmäßigen, unkomplizierten Kontakt zum Vater zu sorgen, das ist für die Kinder, das hat das Gespräch mit ihnen deutlich gezeigt, von elementarer Wichtigkeit. Herr Dengler darf jedes zweite Wochenende, vom Freitagabend bis Sonntagabend, seine Kinder zu sich holen. Außerdem stehen ihm die Hälfte der Feiertage, der Urlaubstage und der Ferienzeit mit seinen Kindern zu. Die genaue Besuchszeit kann und soll von den Eltern selbst geregelt werden, um auf Besonderheiten, wie Geburtstage, Weihnachten, Ostern, Familienfestlichkeiten etc., eingehen zu können. Jeder versäumte Umgang mit dem Vater, sei es durch Krankheit oder

*andere Umstände, muss zwingend nachgeholt werden. Sollten sich
die Eltern nicht einigen können, muss das Jugendamt regelnd ein-
greifen, es wäre ein Armutszeugnis für die Eltern. Der Unterhalt der
Kinder und der Mutter, die bis zum sechsten Lebensalter des jüngsten Kindes keiner Beschäftigung nachgehen kann, ist gesetzlich festgelegt und richtet sich nach dem Einkommen des Vaters. Wenn beide
Kinder in die Schule gehen, ist es für die Mutter zumutbar, eine
Halbtagsstelle anzunehmen. Der Unterhalt des Vaters wird dann
entsprechend angeglichen.*

*Ich hoffe, dass sich die Eltern ihren Kindern zuliebe strikt an alle
Vereinbarungen halten und sich nach Kräften um eine vernünftige
Verständigung bemühen. Kinder sind niemals Schuld am Scheitern
einer Ehe und doch fühlen sie sich verantwortlich, zudem müssen sie
sich letztendlich für ein Elternteil entscheiden. Viele Scheidungskin-
der sind dem nicht gewachsen und bleiben ein Leben lang traumatisiert."*

Während dem letzten, eindringlichen Plädoyer schaute Richter
Schulz die Eltern der Kinder ernst an. Herr Dengler saß reglos auf
seinem Stuhl, sein Blick ging ins Leere. Die Mutter der Kinder umarmte überschwänglich ihren neuen Lebenspartner und ihre Eltern, so
als hätte sie soeben einen Sieg errungen.

Richter Schulz wusste, es gab keine ideale Lösung in solchen Fällen,
er musste auf die Vernunft und Rücksicht der Eltern gegenüber ihren
Kindern hoffen. Ob seine Entscheidung die richtige gewesen ist, dass
musste die Zukunft zeigen.

Er erhob sich mit seinen Beisitzern, sie nahmen ihre Unterlagen auf
und verließen den Raum.

Auch Isabell und ihr Gefolge gingen hinaus. Frau Simones folgte
ihnen.

Florian strich sich wie betäubt über die Stirn, dass war's nun also, er hatte verloren, wie sollte es jetzt weitergehen? Sollte er Protest einlegen und riskieren, dass er die Kinder gar nicht mehr sehen durfte. Er hatte es nicht eilig zu gehen, er musste erst seine aufgewühlten Gefühle, seine Gedanken ordnen. Er ging zum Fenster und schaute geistesabwesend zum Parkplatz hinunter. Er sah die Leute in ihre Autos steigen, sah seine Kinder. Sie sahen ihn nicht, sie stiegen in Gerd Wegeners Auto, das dann zügig den Parkplatz verließ. Das dicke Auto der Baumanns folgte ihm, dann auch der kleine Ford von Frau Simones, der Sachbearbeiterin für Familienangelegenheiten. Florian fühlte, er würde im Leben seiner Kinder keine Rolle mehr spielen, allenfalls als Besuchsonkel, der sie gelegentlich für ein vergnügtes Wochenende abholen darf. Ja, er hatte sie verloren.

„Was willst du, Florian", meinte Rolf besänftigend. Er verstand seinen Sohn nicht, der unruhig in der Küche herumlief und über den Ausgang der Verhandlung völlig verzweifelt zu sein schien. „Du musst doch arbeiten, so gesehen hat der Richter die einzig richtige Entscheidung getroffen, finde ich."

„Du meinst im Ernst, Papa, dass, wenn ich die Kinder alle vierzehn Tage sehe alles gut ist? Das meinst du wirklich, oder?"

„Aber Florian", Rolf schaute seinen erregten Sohn kopfschüttelnd an, „wie, glaubst du, könntest du mit zwei kleinen Kindern deinem verantwortungsvollen Beruf nachkommen?"

„Doch", meinte Fanny und kostete vom Gemüseeintopf auf dem Herd, „das kann er, indem er sich eine Haushaltshilfe leistet, statt dieser Frau Unterhalt nachzuwerfen."

Florian setzte sich an den Tisch, er wusste nicht ein noch aus und seine Eltern begriffen nichts. Dann stand er auf, ging auf den Flur hinaus und nahm seine Jacke vom Garderobehaken.

„Was ist los, wohin willst du?", fragte Fanny erschrocken und folgte ihm. „Wollen wir nicht zusammen essen?"

„Mir ist übel, Mama." Florian zerrte wütend am Reißverschluss seiner Windjacke, er hatte sich verklemmt. „Im Übrigen, Papa, nur damit du es weißt", stieß er wütend hervor, als auch sein Vater nachgekommen war, „ich lasse mich nicht so leicht abspeisen, ich will ein Vater für meine Kinder sein, verstehst du, kein Besuchsonkel, so wie du einer warst. Für dich gab es doch nur deine Arbeit, immer nur die Arbeit, du wusstest von uns Kindern nichts, rein nichts. Und nichts von deiner Frau, immer nur deine verfluchte Arbeit. Aber so ein Vater will ich nicht sein!" Sagte es, riss dabei den Reißverschluss vollends entzwei und stürzte mit offener Jacke hinaus.

„Lass die Jacke da, ich repariere sie! Nimm eine von Papa!"

Aber Florian hörte seine Mutter nicht mehr, die Haustür knallte zu, draußen hörte man das gequälte Aufheulen eines Motors, dann durchrutschende Reifen und stotternde Abfahrgeräusche.

„Was war das denn?", fragte Rolf verdutzt.

„Die Nerven, Rolf, und die Angst, er könnte seine Kinder verlieren. Ich glaube, unser Sohn braucht uns jetzt mehr, denn je zuvor."

Ist es die Vorsehung, die bestimmt,
wohin der Wind uns tragen wird?
Welche Ziele wir erreichen,
ob wir gewinnen oder scheitern?

Elf Jahre waren vergangen, als Henning im Landratsamt die breite Treppe zum ersten Stockwerk hinauflief, seine Stimmung glich dem trüben Novembermorgen draußen, nasskalt und trostlos. Er war nicht freiwillig hier, wirklich nicht, man hatte ihn dazu genötigt. Er würde sonst von der Schule fliegen, hatten Rektor Ritter und Frau Simones, die Sachbearbeiterin für Familienangelegenheiten, gedroht. Wenn er die nur sah und ihre männlich tiefe Stimme nur hörte, dann war er schon bedient.

„Herr Steiger wird dir gefallen", hatte sie in ihrem üblich nachsichtigen Tonfall gemeint. „Er ist nett, zumindest ein Gespräch solltest du mit ihm führen, damit du deinen guten Willen zeigst." Nette Leute aber waren Henning suspekt, sie waren hinterhältig und wollten ihn nur hereinlegen.

Henning ging durch den langen, mäßig beleuchteten Flur, am Zimmer Nr. 22 vorbei, es war das Zimmer von Frau Simones, ein Folterzimmer. Oh, ja, es war immer eine Folter gewesen, in diesem Zimmer neben Mama zu hocken und ihr weinerliches Gezeter anhören zu müssen, ohne weglaufen, sich verkriechen oder sich wenigstens die Ohren zuhalten zu können. Er musste ihre Vorwürfe und Anklagen gegen den Vater bestätigen, er tat es automatisch, ohne nachzudenken, damit er seine Ruhe hatte. Mama schmeichelte und drohte ihm, dass er mitkommen solle aufs Jugendamt, und erst wenn sie ihm beispielsweise für seinen PC Player ein neues Spiel versprach, dann

kam er mit, schließlich konnte man sich auch von innen die Gehör-
gänge verbarrikadieren, Henning hatte Übung darin. Clair, seine
Schwester, war fein raus, sie war zu klein gewesen, als sie noch hier
bei ihm und Mama war, sie musste nie so wie er, der große Bruder,
bekennen, zu wem sie gehörte, wer ihre Familie war, wen sie liebte
oder verabscheute, nämlich den Vater, der Mama permanent tyranni-
sierte, erniedrigte, demütigte und bedrohte. Er, so behauptete Mama,
ködere seine Kinder mit Geschenken, mit Versprechungen und tollen
Ausflügen, die sie sich, wie sie Frau Simones überzeugend darlegte,
bei dem geringen Unterhalt, den er höchst unregelmäßig bezahle,
nicht erlauben könne. Nur deshalb gingen die Kinder, wenn überhaupt noch zu ihm. Henning widersprach dem nie, er nahm seinen
Vater nie in Schutz, er verteidigte ihn nie, sagte nie, wie gut er sich
bei ihm fühle und wie schön es bei ihm war, jedenfalls bis diese Su-
pernanny Susanne bei ihm aufgetaucht ist und ihn und Clair permanent therapieren wollte. Er hätte es tun sollen, er hätte Papa verteidigen müssen, er wusste es in seinem Innern, aber was hätte es gebracht, nichts, Mama hätte es nicht begriffen. Und so tat er eben, als
wäre es eine lästige Pflicht, Papa zu besuchen. Gerd 1 hatte sich immer, wenn Mama ihre Anfälle bekam, in die Kneipe an der Straßen-
ecke verdrückt und dort bei einem Glas Bier abgewartet, bis die Luft
rein war, der Feigling. Und Mamas dritter Mann, Gerd 2, spaßiger
Weise hieß er auch Gerd, war stark und schlug schon mal zurück.
Papa war anders gewesen, er war geduldig, er wollte Mama immer
beruhigen, er hatte es wenigstens versucht. Er stellte sich Mamas
Zorn, stellte sich ihrer Wut, Papa ist kein Feigling wie Gerd 1, oder
gleichgültig wie Gerd 2. Aber Papa musste trotzdem ein rechthaberi-
scher, streitsüchtiger, nachtragender, arroganter Sadist sein, denn
Mama und Opa und alle anderen konnten sich ja unmöglich alle ir-
ren.

Das nächste Zimmer hatte die Nr. 24, auf dem Schild neben der Tür
las Henning:

Sebastian Steiger, Psychotherapeut.

Henning kaute unschlüssig an seinem abgenagten, dunkelumrandeten Daumennagel, noch hatte ihn keiner bemerkt, noch konnte er abhauen, konnte sich einen schönen Tag am Computer machen. Mama würde es nicht stören, sie hasste Seelenklempner genauso wie er. Andererseits hatte er es seiner Freundin Steffi versprochen und ihre Eltern hatten gedroht, wenn er es nicht tun würde, brauche er gar nicht mehr zu kommen, ihre Tochter sei dann nicht mehr für ihn zu sprechen. Also trat Henning ohne anzuklopfen kurzentschlossen ein.

Bei seinem Eintreten erhob sich ein schlanker Mann hinter einem Schreibtisch.

„Guten Morgen, Henning", grüßte er freundlich, „schön, dass du gekommen bist. Bitte, setz dich doch."

Henning ließ seine Schultasche neben dem lederbezogenen Stuhl vor dem Schreibtisch fallen und setzte sich, er musterte mit finsterem Blick den Mann, dessen Züge, dem Fenster abgewandt, im Schatten lagen. Obwohl er mit seiner schlaksigen Figur, den Jeans, dem Rollkragenpulli und den Sportschuhen, vor allem wegen der schulterlangen, dunkelblonden Haare jugendlich wirkte, musste er doch schon einige Jahre auf dem Buckel haben. Henning registrierte die Linien auf seiner hohen Stirn und die unzähligen, lustigen Fältchen um seine freundlichen, grauen Augen, oder waren sie grün? Wenn er wie jetzt gewinnend grinste, zeigte er ein kräftiges, gesundes Gebiss.

Sebastian Steiger kannte die Geschichte des Jungen, mit dem er es jetzt zu tun bekommen würde, er hatte im Vorfeld seine Unterlagen bei Frau Simones geholt und sie überflogen. Im Prinzip war es immer die gleiche Geschichte: Scheidung der Eltern, massives Stören des Schulunterrichts, Henning besuchte in der Gerbacher Gesamtschule die elfte Klasse des gymnasialen Zweigs. Er sei seinen Lehrern gegenüber frech, unverschämt und aufsässig, hieß es, er habe ein allgemein aggressives Verhalten, neige dazu, sich selbst und andere zu verletzen, etliche Male sei er nach blutigen Auseinandersetzungen vor diversen Kneipen aufgegriffen worden, jedes Mal mit Cannabis. Zweimal musste man ihn mit einer Alkoholvergiftung ins Krankenhaus einliefern. Das Jugendamt erwägte ernsthaft, Henning Dengler in eine Jugendanstalt einzuweisen, um seine beginnende Drogen- und Alkoholabhängigkeit effektiv behandeln zu können und ihn beizeiten auf ein geregeltes Leben zurückzuführen. Die Mutter jedenfalls, selbst depressiv, war nicht in der Lage mit dem Jungen fertig zu werden. Sebastian Steiger vermutete, dass zumindest auch sie auf die Couch eines Therapeuten gehörte.

Er vermied es, den Jungen auffallend zu mustern, das brauchte er auch nicht, Henning Dengler war auch so kaum zu übersehen. Er gab sich den Anschein, als sei er nur auf dem Sprung hier und würde gleich wieder gehen wollen. Er war ein wenig pummelig, seine Gesichtsfarbe war etwas fahl und pickelig, bei Jugendlichen nicht ungewöhnlich. Seine großen, dunklen Augen fanden keinen Ruhepol, sie irrten ständig umher, sein schulterlanges, dunkles Haar war ungepflegt, Seife und Wasser schienen bei ihm keine allzu große Rolle zu spielen. Sebastian Steiger musste beim Anblick seiner schlottrigen Jeans grinsen, man hatte den Eindruck, gleich würde sie ihm endgültig über das Gesäß rutschen, der Schritt hing weit nach unten, die Hosenbeine fielen faltig und zerfranst auf die schmutziggrauen, abgetretenen Turnschuhe und gerieten beim Laufen unter deren Absätze, sodass die Hosenränder im Auflösen begriffen waren, die losen Schuhbänder mussten bei jedem Schritt Stolperfallen sein.

„Ich glaube, Henning", eröffnete Sebastian Steiger das Gespräch, „wir brauchen nicht lange um den heißen Brei herumzureden, du weißt warum du hier bist. Es läuft nicht alles rund bei dir, nicht wahr?"

Henning schaute auf seine Knie, die er mit seinen Händen umklammerte. „Wenn er mir zu blöd kommt", dachte er, „dann bin ich gleich wieder weg."

„Es steht für dich viel auf dem Spiel, Henning", fuhr Sebastian Steiger im sachlichen Ton fort, „nicht weniger als deine Zukunft. Deshalb sollten wir darüber reden."

„Was interessiert dich meine Zukunft, mir jedenfalls ist sie scheißegal", dachte Henning grimmig und schaute betont desinteressiert am Therapeuten vorbei, zum kahlen Geäst hinter den Fensterscheiben, vereinzelt hielten sich noch hartnäckig dürre Eichenblätter daran, dahinter ragte eine schmutzig-graue, trostlose Hausfassade empor. Aber die eindringliche Stimme des Therapeuten und seine dominante Gegenwart ließen es nicht zu, dass er sich gedanklich davonschlich, widerwillig musste er ihn anschauen und ihm zuhören.

„Ich möchte, Henning", meinte Sebastian Steiger unverändert ruhig, „dass du dir bewusst machst, wohin die Reise gehen soll. Das liegt nämlich an dir, Henning, nicht an deinen Eltern, nicht an den Lehrern oder an irgendwelchen Umständen, nein, es liegt ausschließlich an dir, wie deine Zukunft aussehen wird, niemand anderer als du wird sie erleben. Noch bist du gesund, Henning, noch bist du gescheit, noch siehst du, wenn du dir Mühe gibst, passabel aus, noch kannst du einen guten Schulabschluss machen, vielleicht einmal studieren und einen guten Beruf ergreifen, der dir Freude und Erfüllung und natürlich auch Geld einbringen wird. Vielleicht willst du auch eine Familie gründen und Kinder haben. Aber Henning, die Weichen dazu musst du jetzt stellen, später ist es vielleicht zu spät."

Sebastian Steiger holte aus einer Schrank-Bar zwei Gläser und eine Flasche Wasser, er schenkte die Gläser halbvoll und schob eins davon Henning zu. Dann trank er einen Schluck und setzte sich wieder. Zufrieden stellte er fest, dass auch Henning an seinem Glas nippte und ihn dabei mit zusammengezogenen Brauen misstrauisch musterte. Seine Aufmerksamkeit schien er jedenfalls gewonnen zu haben, für den Moment jedenfalls.

„Wenn du aber beweisen musst, Henning", fuhr er bedauernd fort, „wie trinkfest du bist und wie cool du das Kiffen findest, wenn es dir wichtig ist, abzutauchen in eine Traumwelt, in der es keine Probleme gibt, keine Enttäuschung, keine Herausforderung, in der du ganz ohne dein Zutun der Größte, Schönste und Unbesiegbarste bist, wenn du also allmählich die Kontrolle über dich verlieren und irgendwann als Schnorrer in der Gosse landen willst, einsam, verwahrlost und krank, wenn du nach einem jämmerlichen, nicht allzu langen Leben an einer Leberzirrhose qualvoll sterben, sagen wir lieber, verrecken willst, dann sollten wir an dieser Stelle unser Gespräch abbrechen."

Sebastian Steiger lehnte sich zurück, verschränkte die Arme und studierte abwartend Hennings Gesicht und seine Reaktion.

Henning schirmte sein Gesicht mit einer Hand ab, sein Kopf sank auf die Brust, er kämpfte offensichtlich mit den Tränen, dann stand er abrupt auf. „Okay", meinte er heftig, seine Mundwinkeln zuckten, „ich kiffe, ich saufe, bin an allem schuld und ich sehe scheiße aus, aber das geht nur mich etwas an. Es geht mir gut, ich habe Freunde, echte Freunde, alles andere ist mir scheißegal, ich brauche keinen Seelenklempner."

„Denkt deine Freundin auch so, Henning? Du magst sie doch, oder?"

Henning zögerte. „Aha", dachte er wütend, „jetzt gibt er sich zu erkennen, jetzt kommt er mit seiner Psychoscheiße."

„Gut, Henning." Herr Steiger nahm einen Bleistift zur Hand. „Sagen wir, ihr zu Liebe am nächsten Freitag zur selben Zeit?"

Henning zuckte mit den Schultern und ging. Sebastian Steiger schaute nachdenklich auf die geschlossene Tür. Der Junge war unendlich verletzt, fühlte sich unwert und verloren, er sehnte sich nach verlässlichen, stabilen Beziehungen, seine Freundin schien ihm einen gewissen Halt zu geben, im Moment noch. Sebastian Steiger war mit dem einseitig verlaufenden Gespräch nicht unzufrieden, der Junge würde wiederkommen, da war er sich ziemlich sicher.

Eigentlich sollte Henning nach dem Besuch beim Therapeuten in die Schule gehen, es war zehn Uhr durch und gerade die große Pause, aber da heute Freitag war und es nur noch Mathe und Sport gab, nicht gerade seine Lieblingsfächer, schenkte er es sich kurzentschlossen. Der humorlose, immer beleidigte Mathelehrer Luchs, den er unlängst mit Arschloch betitelte und der ihn seitdem auf dem Kicker hatte, würde ihn bestimmt nicht vermissen.

Zu Hause hatte er um diese Zeit seine Ruhe, er würde ungestört sein neues Computerspiel ausprobieren können, ein Strategie-Kampfspiel mit einer unerhört guten Grafik und hohem Anspruch an Reaktion und Geschicklichkeit. Er hatte seine Ruhe, jedenfalls solange Mama schlief. Sie schlief generell bis Mittag, denn derzeit hatte sie einen Nachtwächterposten irgendwo im Gerbacher Industriegebiet. Die Vorstellung, seine Mutter lief nachts mit angelegtem Gewehr auf einem düsteren Industriegeländer herum, rief bei Henning eine verächtliche Heiterkeit hervor, vor allem, wenn sie damit bei jeder Gelegenheit protzte, einfach peinlich. Gerd 2 war Lkw Fahrer und selten daheim, Karo, die kleine Halbschwester, war im Kindergarten und Clair schon lange bei Papa in Duderstadt.

Am Ende von Kirchhausen, nah an einer gut befahrenen Landstraße, wohnten sie in einem zweistöckigen, schmucklosen Haus. Das

Brummen der Autos und der LKWs war noch bis nach Mitternacht zu hören, aber daran gewöhnte man sich. Im Erdgeschoss befand sich eine Druckerei, im ersten Stock wohnten wohl die Betreiber, Henning wusste es nicht genau und es interessierte ihn auch nicht. Einziger Luxus am Haus war der im zweiten Stock befindliche, über die Vorderfront verlaufende, schmale Balkon, er ging zur Landstraße hinaus und hatte eine schlichte, sonnengebleichte Holzlattenverkleidung.

Hinter dem Haus befand sich eine kleine, von Büschen umzäunte Grasfläche, die eigentlich als Spiel- und Bolzplatz für Clair und ihn gedacht gewesen war, aber sie hatten die brombeerumwucherten Halden und die Raine der Wiesen und Äcker dahinter bevorzugt, sie eigneten sich hervorragend zum Räuber- und Gendarm spielen.

Henning hatte einen Hausschlüssel, als er jetzt das Treppenhaus hinaufschlich, verfolgte ihn das dumpfe Poltern und Vibrieren der Druckerpressen bis hinauf zum zweiten Stock. Sein Zimmer war nur vom Treppenhaus aus zugängig, was er als angenehm empfand, denn er blieb vom alltäglichen Familiengeschehen relativ unbehelligt. Außerdem hatte sein Zimmer, sowie die Küche nebenan, eine Tür zum Balkon, was auch sehr nützlich sein konnte.

Henning schloss seine Zimmertür auf und hinter sich gleich wieder zu, er brauchte jetzt seine Ruhe. Achtlos schmiss er seine Schultasche neben seinem Schreibtisch auf den Boden, streifte die Schuhe ab und warf die Jacke auf das Bett, das noch von der Nacht her zerwühlt war. Es roch muffig im Zimmer, Henning störte es nicht, er ließ den Computer, ein Konfirmationsgeschenk der Großeltern Baumann, hochfahren, schob das neue Spiel rein und der Tag war gerettet. Irgendwann würde er sich in der Küche ein Cola und ein Wurstbrot holen und hoffen, dass ihm Mama dabei mit ihrer bohrenden, ausdauernden Fragerei nicht in die Quere kommt, sie glaubte jeden

Gedanken und jede Gefühlsregung aus ihm herausquetschen zu müssen, das nervte, das brauchte er jetzt nicht. Nur Ulrich durfte ihn stören, jederzeit. Irgendwann wird er sich auf dem Handy, das er von Mama geerbt hatte, melden und sich mit ihm verabreden. Ulrich wohnte in der Nachbargemeinde, seine Mutter war stinkreich, sie hatte es längst aufgegeben, auf ihrem Sohn, der ein stetiges Ärgernis für sie war, Einfluss zu nehmen oder erzieherische Maßnahmen bei ihm zu ergreifen. Ulrich Weingard war sein Freund, sein allerbester, und Steffi war seine Freundin.

Als Henning Dengler am nächsten Freitagmorgen das Arbeitszimmer von Sebastian Steiger betrat, sah der mit einem Blick, dass sich bei seinem Schützling rein äußerlich nichts verändert hatte, der gleiche finstere Blick und die gleiche Verwahrlosung, aber immerhin, er war gekommen.

„Schön, dass du da bist, Henning", begrüßte er ihn freundlich und übersah Hennings zur Schau gestellten Missmut. „Setz dich doch. Wie geht's dir?"

„Scheiße geht's mir", antwortete Henning gereizt.

„Weil du zurzeit clean bist, nehme ich an? Willst du was trinken? Ein Wasser oder einen Kaffee?"

„Igitt", murmelte Henning und verzog das Gesicht.

„Gut." Sebastian Steiger füllte in ein Glas Sprudelwasser und stellte es vor Henning auf den Schreibtisch. „Vielleicht erzählst du mir ein wenig von der Schule", schlug er dann vor. „Warum du zum Beispiel so viel Ärger mit deinen Lehrern hast?"

„*Ich* habe keinen Ärger mit denen", entgegnete Henning grob, „einige vertragen halt keinen Spaß. Sie sind einfach nur Arschlöcher und Zyniker, die mich auf dem Kicker haben."

„Unter uns gesagt, Henning, ich glaube nicht, dass es allein an den Lehrern liegt, ich glaube eher, es liegt an deinem Verhalten. Daran kannst du was ändern, daran musst du sogar was ändern, du brauchst wohlwollende Lehrer und nicht umgekehrt, sie kommen wahrscheinlich ganz gut ohne Henning Dengler aus, ihnen kann es letztendlich schnurzegal sein, ob du dumm stirbst oder nicht. Glaub mir Henning, die allermeisten Lehrer wollen Wissen vermitteln und jungen Menschen den Weg in ein gutes Leben ebnen, das ist ihre Mission, dafür werden sie bezahlt. Aber du musst es zulassen, Henning, du darfst nicht blockieren, du würdest dir nur selbst schaden und deine Zukunft verscherzen, darüber haben wir schon gesprochen, nicht wahr? Nächstes Jahr machst du dein Abitur oder eben nicht, dann werden die Würfel für dich zum großen Teil gefallen sein. Verstehst du, was ich meine?"

Henning war auf seinem Stuhl zusammengesackt, er sträubte sich gegen die beinahe kumpelhaften Worte des Mannes, der es offenbar gut meinte. „Ich bin ja nicht doof, ich finde es nur Scheiße, dass ich immer an allem schuld sein soll", grummelte er undeutlich mit gesenktem Kopf. „Ich hasse Schleimkriecher, es kotzt mich an, überheblichen Lehrern wegen guter Noten in den Arsch zu kriechen, ich finde das zum Kotzen."

„Ja, Henning, ich auch", Sebastian Steiger nickte verstehend. „Aber ich möchte wetten, dass du dich auch intelligenter verständlich machen kannst, nicht wahr. Überleg doch mal, was machst du, wenn dir einer absichtlich auf die Füße tritt und dir blöd kommt? Na, sag' schon, wie reagierst du da?"

„Na, derjenige kriegt eins auf die Schnauze, was sonst." Henning ballte seine Hände.

„Genau. Und Lehrer reagieren da nicht anders, sie sind auch nur Menschen. Wie du mir, so ich dir, das ist ein Naturgesetz."

„Ich kann die Arschlöcher trotzdem nicht leiden", grummelte Henning unsicher, ihm schwante durchaus, dass sein Gegenüber recht hatte.

„Gut, Henning, ich glaube, wir haben uns verstanden. Könnten wir uns dahingehend einigen, dass du bis zu unserem nächsten Termin, also in einer Woche, deinen Wortschatz besonders deinen Lehrern gegenüber überdenkst. Versteh es als Experiment und beobachte, wie sie darauf reagieren. Ich glaube, du wirst dich wundern."

Sebastian Steiger stand auf und gab Henning, der sich aus seinem Stuhl hochrappelte, die Hand. „Alles Gute, Henning. Wir seh'n uns."

Henning war ein wenig außer Atem, als er am Freitagmorgen, nun schon das dritte Mal in Folge, das Arbeitszimmer von Sebastian Steiger betrat, er war mit dem Fahrrad gekommen. Das Zimmer Nr. 24 war ihm fast schon vertraut, Henning vergaß beinahe, dass der sympathische Mann, der Zeit und Interesse für ihn fand, ein Therapeut war, er war ihm so etwas wie ein angenehmer Gesprächspartner und Berater geworden. Jedenfalls war es bei ihm weitaus entspannter, fand er, als im Kunstunterricht dämliche Tonköppe zu modellieren.

„Morgen", grüßte er, warf seine Schultasche neben den lederbezogenen Stuhl, zog seine Jacke aus und packte sie mit seiner Mütze und den Schal über die Stuhllehne. Dann lümmelte er sich auf den bequemen Stuhl und schaute seinen Gegenüber mit einem herausfordernden ‚Hier-bin-ich-also-Blick‘ an.

„Schön, dass du da bist, Henning“, begrüßte ihn Sebastian Steiger, „wie geht's dir? Hattest du eine gute Woche?“ Es war nicht so dahingesagt, das spürte Henning, dieser Mann wollte es wirklich wissen, das muss man schon sagen.

„Geht so“, grummelte er. „Lehrer Luchs ignoriert mich immer noch, obwohl ich kein Wort zu ihm gesagt habe, dieses Arschloch.“

„Er traut dem Frieden noch nicht, Henning“, schmunzelte Sebastian Steiger, „mit Recht, die Schimpfwörter sitzen dir immer noch locker auf der Zunge, nicht wahr? Magst du einen heißen Tee? Es ist heute Morgen recht frisch draußen, nicht wahr?“

„Ja, gern.“ Henning bekam ein Glas Tee vor sich auf den Schreibtisch gestellt, er wärmte seine klammen, roten Finger daran, dann ließ er den würzigen, heißen Tee schluckweise durch seine Kehle rinnen.

„Was mich heute interessieren würde, Henning“, hörte er Sebastian Steiger sagen, „wie stehst du zu deinem Vater. Besuchst du ihn regelmäßig oder gelegentlich?“

Henning vergrub sich tiefer in den gepolsterten Stuhl, er hatte die Teetasse abgestellt und wie frierend seine Arme um sich geschlagen.

„Erzähl es mir, Henning, erzähl mir alles, lass deine Erinnerungen zu, befreie dich von ihrem Druck, damit du wieder atmen kannst.“ Die Stimme des Therapeuten war sanft, sehr einfühlsam, Henning schaute versonnen auf den rötlich schillernden Tee in der Glastasse, er vergaß, wo er war und bei wem und fing zu erzählen an. Er erzählte von sich und der kleinen Schwester, *wie sie unter einem stämmigen Apfelbaum stehen und hochschauen zur kräftigen, kleinen Krone,*

334

wo an belaubten Zweigen winzige, grüne Äpfelchen hängen. Clair ruft etwas hinauf, sie ist ungeduldig, will auf die Leiter steigen, die am Baumstamm lehnt, will hinauf zu dem Bretterviereck, das von Querbrettern zusammengehalten wird. Dort, wo nach dem kräftigen, kurzen Stamm starke Zweige auseinanderstreben, kann man es klopfen und hämmern hören. „Bin gleich soweit!", hört man Papas Stimme, „das letzte Brett ist dran, bei der Wandbekleidung könnt ihr hochkommen und beim Festnageln mithelfen!" Papas Beine erscheinen, sein lachendes Gesicht, seine kräftigen Hände greifen nach dem schmalen Brett, das sie ihm zureichen, dann dürfen auch sie hinaufklettern. Sie sitzen nebeneinander auf dem Bretterboden ihres zukünftigen Baumhauses und schauen stolz über die Rasenfläche zum Gartenhaus hinüber, aus dem eben Papas Freundin Susanne mit einem Korb im Arm herauskommt, sie wandert über die Wiese zu ihnen herüber und reicht den Korb hoch, es liegen belegte Brote und Flaschen mit Apfelsaftschorle drin, es mundet köstlich, oben im grünen Geäst. Susanne schaut hoch, sie will auch heraufkommen, aber leider ist nicht genug Platz für sie, sie schlendert schmollend zurück zum hübschen Holzhaus, das am Ende des Gartens, zwischen blühenden Büschen steht. Eine Schaukel steht daneben.

Auch dieses Mal wird das Baumhaus nicht fertig, denn sie müssen am Nachmittag ihre Taschen packen, sie müssen pünktlich sein und dürfen nichts vergessen, sonst wird Mama furchtbar ärgerlich werden und schimpfen. Ja, und dann müssen sie heimfahren. Auf halbem Weg, auf einem großen Autobahnrastplatz nehmen sie Abschied von Papa, für zwei lange Wochen, mindestens. Sie steigen wieder in das große Auto der Großeltern Dengler und fahren mit ihnen zurück nach Kirchhausen, zur Mama, und Papa fährt allein zurück in das Gartenhaus und zum Baumhaus. Mama wäre es lieber, sie würden erst gar nicht hinfahren, die ganze Fahrerei wäre unnötig und würde nur ihre Pläne durcheinander bringen, das könne man sich wirklich ersparen. Also, das findet Henning nicht, aber es gibt ihm zu denken.

So entscheidet er sich bei Papa zu bleiben, beim Baumhaus und dem Garten und der sorglosen Zeit.

Sie sitzen im Blockhaus, auch Susanne, die er nicht mag, als er es Papa sagt. Aber Papa freut sich nicht darüber, er scheint sogar betroffen zu sein. „Hast du nicht gesagt, Papa", fragt er verunsichert, „du würdest dich freuen, wenn wir bei dir sind und bei dir bleiben wollen? Hast du das nicht gesagt?" Papa krault sich das etwas stoppelige Kinn und schaut betreten drein. „Komm her, Henning", sagt er dann und drückte ihn fest an sich. „Weiß der Himmel, ja, es wäre das Allerschönste für mich." Susanne guckt komisch und räuspert sich und Henning wiederholt es: „Ich will bei dir bleiben, Papa."

„Und du, Clair?", fragt Papa, „willst du auch hier bleiben, bei mir?" Clair druckst herum und rutscht unruhig auf ihrem Stuhl herum, für sie gibt es, seit Papa nicht mehr alleine ist, keinen zwingenden Grund hierzubleiben. „Nein", entscheidet sie, „ich fahr' lieber wieder heim."

„Ich nicht", wiederholt Henning, „ich bleib jetzt bei dir, Papa."

Er ist so froh und so erleichtert, er glaubt, jetzt wird alles gut. Bevor sie losfahren, nach Kirchhausen, ruft Papa bei Opa und Oma Dengler an und gibt Bescheid, dass sie nicht auf halbem Weg kommen und sie abholen brauchen, er werde die Kinder selbst nach Gerbach bringen, weil er Morgen mit Henning aufs Jungendamt muss. Henning wolle nämlich bei ihm bleiben, alles Weitere später und sofort. Dann ruft er auch Mama an.

Papas Freundin Susanne sitzt am Steuer, sie fahren auf der Autobahn Richtung Süden, Richtung Mama. Papa sitzt zwischen ihm und Clair auf dem Rücksitz, er sieht bedrückt aus. „Freust du dich nicht, Papa, wenn ich jetzt bei dir bleibe?", fragt Henning verwundert und durchforscht sein ernstes Gesicht. „Du glaubst gar nicht, Henning, wie sehr es mich freut", beteuert Papa, aber in seiner Stimme liegt ein Bedauern, eine Trauer, Henning spürt es genau. „Weißt du", meint Papa, „es reicht nicht, wenn du es willst und wenn du es mir sagst, du musst es auch deiner Mutter sagen und morgen im Jugendamt Frau Simones."

„Warum?", fragt er erschrocken.

„Nun, weil es eben vom Richter so bestimmt wurde, dass ihr bei eurer Mutter wohnt. Wenn du dem Richter aber sagst, Henning, dass du nun bei mir bleiben willst, dann wird er seinen Beschluss ändern. Aber, Henning, du musst es ihm sagen, verstehst du?"

Das ist schlimm, sehr schlimm, ein schier unerträglicher Gedanke, den er weit weg schiebt. Clair weint, sie will, dass er mit nach Hause kommt. Das beunruhigt ihn.

Aber dann kommt alles ganz anders. Am nächsten Morgen erklärt er Frau Simones in ihrem Büro standhaft, dass er nun bei seinem Papa bleiben will, aber da drückt sie ihm den Telefonhörer in die Hand und er hört Mamas Stimme, ja, und dann ist seine Kehle wie zugeschnürt und sein Herz rast wie verrück. Er ist nicht mehr er selbst, als er mit fremder Stimme krächzt: „Hallo, Mama." „Hallo, Henning." Mamas vertraute Stimme klingt traurig, entsetzlich traurig. „Kommst du jetzt heim", fragt sie. „Ich habe gestern Abend auf euch gewartet, ich hab euch so sehr vermisst. Sascha (ein Schulfreund) wartet heute auf dich, du weißt doch, ihr habt euch verabredet, ihr wollt Pfeilbögen bauen. Wir müssen auch noch für Opa ein Geschenk besorgen, er hat am Donnerstag Geburtstag, das weißt du doch. Kommst du bitte gleich, Henning? Ich warte auf dich und Clair. Bis gleich, Henning, bitte, bis gleich." Er glaubt ein unterdrücktes Schluchzen am anderen Ende der Leitung zu hören und sagt schnell: „Ja". Aber zugleich spürt er eine furchtbare Enttäuschung, er weiß, er hat eine unwiederbringliche Chance verspielt, die einzige viel-

leicht. Frau Simones nimmt ihm den Hörer aus der Hand und legt auf. Es ist vorbei. Er muss den ganzen Weg bis nach Kirchhausen weinen, Clair versteht es nicht, sie schaut ihn die ganze Zeit über verwundert an. Vor dem Haus der Großeltern trocknet ihm Papa das Gesicht und putzt ihm die Nase. „Wir werden telefonieren, Großer, sei tapfer, übernächste Woche sehen wir uns wieder, zwei Wochen vergehen schnell. Seid brav und bleibt gesund und denkt daran, euer Papa hat euch lieb.“ Er drückt und küsst ihn und Clair, dann steht Mama mit verheultem, vorwurfsvollem Gesicht vor dem Auto und Papa fährt weg, er hat ihm nicht geholfen, mit keinem einzigen Wort. Er schaut dem davonfahrenden Auto nach, aber Mama führt ihn und Clair rasch durch den Garten ins Haus

Henning stöhnte, jemand rief seinen Namen, berührte ihn, er schaute wie erwachend in die aufmerksamen, mitfühlenden Augen von Sebastian Steiger, dann richtete er sich steif aus seiner zusammengesunkenen Haltung auf.

„Dein Vater liebt euch sehr, Henning, dich und deine Schwester“, hörte er ihn ruhig sagen. „Hat deine Mutter es dir verziehen, dass du sie verlassen wolltest? Wie hat sie es aufgenommen?“

„Überhaupt nicht, wir haben nie darüber gesprochen“, sinnierte Henning. „Sie war danach schrecklich lieb, sie glaubte uns ständig darauf hinweisen zu müssen, wie wichtig wir für sie sind, nun, das stimmte ja auch. Aber sie war auch irgendwie bedrückt, ich dachte, das läge daran, dass sie ein Baby erwartet. Papa erreichte uns danach selten, manchmal am Handy, dann wollte er wissen, wie es mir und Clair geht und was wir so machen. Unsere gemeinsamen Wochenenden verpassten wir oft oder vergaßen sie ganz, was uns im Nachhinein leid tat. Später nicht mehr so, denn Papa hatte ja eine Freundin, er würde auch nicht immer an uns denken. Vielleicht hatte er uns auch vergessen, Mama jedenfalls war davon überzeugt.

Nach der Therapiestunde radelte Henning nach Gerbach in die Schule und schloss sich dort still seinen Klassenkameraden an, die nach der großen Pause mit anderen Schülern in die Klassenräume zurückströmten. Sie hatten bei Frau Amtor Deutsch, sie war eine der wenigen Lehrerinnen, die sich nicht so leicht aus dem Konzept bringen ließen. Aber Henning ließ das Gespräch mit dem Therapeuten nicht los, seine Gedanken irrten immer wieder in jene Zeit zurück, die er glaubte überwunden und verschmerzt zu haben. Er spürte wieder jenes bedrückende Gefühl der Verlassenheit, ja, der Bodenlosigkeit, das ihm die Luft abwürgte, nein, das brauchte er nicht mehr, diese verzehrende Sehnsucht nach Geborgenheit, nach dem Vater, und die Angst, er könnte nicht mehr kommen, er könnte ihn und Clair vergessen. Alle glaubten das, auch Mama, vor allem sie. Nein, Henning hatte es überwunden, seine Freunde halfen ihm dabei und das Kiffen und Saufen. Sie halfen die Welt im Gleichgewicht zu halten, wenigstens für eine Weile, das große Kotzen danach war schnurzegal, die befristeten Kneipenverbote, wenn die Toiletten vollgekotzt waren, auch. Was soll's, auf Parkbänken ließ es sich genauso gut kiffen und saufen, besoffen und bekifft friert man nicht, dann war alles palletti.

Nach der Schule schwang sich Henning auf sein Fahrrad und spurtete los, er schaute nicht nach rechts und links, wollte nur heim, allein sein mit seinen aufgewühlten Gedanken und Gefühlen.

„Hey, Henning, was ist los?", rief Ulrich, sein Freund, erstaunt hinter ihm her, als er so überstürzt und ohne ein Wort davon radelte. „Wollten wir nicht in der Videothek den neuen James Bond holen?" „Später!" rief Henning über die Schulter zurück. „Ruf mich an!"

Und schon hetzte er auf dem Fahrradweg Richtung Kirchhausen davon.

In seinem Zimmer warf er sich auf sein Bett, seinen geliebten Computer würdigte er mit keinem Blick. Er schloss die Augen, in seinem Kopf überschlugen sich die Gedanken. Er zwang sich ruhig zu werden, wartete ab, bis sein Herz eine normale Frequenz erreichte. Was verdammt war los mit ihm, was in aller Welt war passiert und hat ihn derart aus dem Konzept gebracht, ihn so zurückgeworfen?

Er fühlte wieder, wie verdammt weh es getan hatte, als er Papa nicht mehr sehen konnte oder nur noch selten, er hatte ihn so sehr vermisst. Aber dann hatte ihn der Fußballverein in Beschlag genommen, obwohl er nie wirklich ein guter Spieler gewesen war, das konnte man nicht behaupten. Die vielen Freundschaftsspiele mit den benachbarten Vereinen, die Kindergeburtstage, die Familienfeiern, ja, Henning vergaß seinen Vater zwischendurch und auch sein Herzweh, er vergaß die Wochenenden mit Papa. Aber der tauchte immer wieder auf, überall. Er stand überraschend am Rand des Fußballfelds und feuerte ihn an oder tröstete ihn nach dem Spiel, wenn er sich weh getan hatte oder enttäuscht war über eine Niederlage. Dann war er mächtig stolz auf seinen Papa gewesen, er war der Beste, das konnte jeder sehen. Papa kam zu seiner Konfirmation, saß unsichtbar zwischen den vielen festlich gekleideten Leuten, Henning sah ihn erst, als er mit den anderen Konfirmanden aus der Kirche kam, er stand gegenüber der Straße, auf dem Gehweg und winkte ihm zu, die Großeltern Dengler waren auch da gewesen. Auch bei Clairs Einschulung war Papa da, er wartete mit Susanne, die eine Rose für Clair mitgebracht hatte, bis er Clair zu ihrer Einschulung beglückwünschen konnte. Papa saß bei Theateraufführungen unter den Zuschauern, wenn Clair zum Beispiel mit ihrer Ballettgruppe auftrat und furchtbar stolz auf ihr rosa Tutu war. Mama fand es unnötig, ja störend, wenn Papa kam, wenn er beispielsweise in der Schule bei den Elternsprechtagen auftauchte, er verpasste kaum einen. Henning hatte es gefreut, sein Papa war da, er verschwand nicht einfach wie andere Väter, so wie der von seinem Freund Ulrich zum Beispiel.
340

Vor allem die Ferien waren bei Papa schön gewesen, die Fahrradtouren zum See, wo sie badeten oder sich ein Schlauchboot mieteten, von dem aus sie schwimmen und tauchen konnten, oder wenn sie bei ihren Wanderungen auf Felsen kletterten oder Höhlen erforschten, mit Papa unterwegs zu sein war aufregend und abenteuerlich. Ja, bis eben Susanne kam, diese Schnepfe, die anfangs alles mitmachte und dann alles versaute mit ihrem ständigen Nörgeln und ihren seltsamen Therapieritualen und autogenen Trainings, da hätten sie ja gleich zu Hause bleiben können. Immer mal hatte er versucht, sie zu vergraulen oder abzuschrecken, er setzte ihr beispielsweise einen großen, schwarzen Käfer in die Brotzeitbox oder er und Clair bemalten sich mit ihrem Schminkkram wie Indianer auf dem Kriegspfad oder legten Monsterspinnen zwischen ihre Wäsche. Die armen Viecher mussten umsonst ihr Leben lassen, denn Susanne ließ sich nicht nachhaltig erschrecken, sie machte zwar jedes Mal einen riesen Aufstand, aber sie blieb. Mama mochte die Ausflüge mit Papa nicht, was schimpfte und keifte sie so, wenn sie am Sonntagabend mit dreckigen Klamotten zurückkamen. Am schlimmsten war es, wenn der ICE Verspätung hatte, das kam oft vor, dann lief sie aufs Jugendamt und beschwerte sich bei Frau Simones, manchmal musste er mitkommen und irgendwas bestätigen. Wenn sie gewusst hätte, dass Clair und er einmal eine Weile auf dem zugigen Bahnsteig von Göttingen auf Papa hatten warten müssen, ojemine. Dann war er, zwei Stufen auf einmal nehmend, atemlos von der Bahnunterführung herauf gestürmt und hatte sie erleichtert und ein wenig schuldbewusst in die Arme geschlossen, nein, das konnten sie Mama natürlich nicht sagen. Henning verstand es mit der Zeit, sich aus den meisten Querelen auszuklinken, indem er sich in sein Zimmer einschloss, sich auf sein Bett warf, den Kopfhörer aufsetzte und die Lautstärker bis zum Gehtnichtmehr aufdrehte, da brauchte er nichts mehr zu sehen und zu hören, das half, um nicht verrückt zu werden.

Jemand klopfte an seine Tür. „Henning!", hörte er seine Halbschwester Karoline rufen. „Bist du da? Wir wollen essen!" Henning blieb mit im Nacken verschränkten Armen liegen. „Ich komme gleich", antwortete er schläfrig.

„Wenn du dein Taschengeld haben willst, Henning, würde ich an deiner Stelle sofort kommen. Hernach ist Mama nicht mehr da!"

„Ja, verdammt noch mal, ich komme schon!"

Clair wohnte nun schon seit drei Jahren bei ihrem Papa in Duderstadt, in dem bäuerlichen Haus, das er sich mit seiner neuen Frau in einem Duderstädter Vorort gekauft hatte. Sie besuchte ihre Mutter in Kirchhausen regelmäßig, darauf bestand Papa, er ließ es nicht gelten, wenn sie keine Lust auf stundenlanges Bahnfahren hatte, zumal Mama sowieso mehrmals in der Woche anrief, was lästig genug war.

Anfangs fühlte sich Clair in der neuen Familie, mit Papas neuer Frau Katharina und ihren drei Kindern recht wohl, auch in der Schule von Duderstadt. Aber seit der Konfirmation hatte sich das gründlich geändert, es wurde ihr alles zu viel, die Auflagen, die ihr im Haus aufgebrummt wurden, der Druck in der Schule, die Erwartungen von Papa, überhaupt alles.

Clair war ein lebenshungriger, fast könnte man sagen, lebensgieriger Teenager, immer auf der Suche nach dem besonderen Kick. Durch ihr offensichtlich schauspielerisches Talent fiel es ihr leicht, sich größtenteils mühelos durchzusetzen, aber nicht bei ihrer Ziehmutter und auch nicht bei ihrem Vater, der sie leider zu gut kannte. Nichtsdestotrotz wurde ihr, um sie zu motivieren -Clair glänzte in der Schule nicht gerade durch Ehrgeiz und Ausdauer- vieles ermöglicht. Sie durfte zum Beispiel einen Tanzkurs in Modern-Dance belegen und brauchte dazu natürlich das passende Schuhwerk und die Klamotten. Danach glaubte Clair sich lieber in Querflöte spielen erproben zu müssen, also wurde eine Querflöte angeschafft, eine aus zweiter Hand zwar, aber dennoch ein ziemlich teures Experiment, auch wegen der Musikstunden. Als auch das langweilig wurde, brauchte sie wegen des langen Schulwegs ein Mofa, unbedingt, auch das bekam sie. Aber bald schon ließ sie es mit leerem Tank an einer Tankstelle stehen, weil es der Tankwart dummerweise nicht noch einmal umsonst auftanken wollte. Es gab Zoff und Tränen, weil Papa es nicht mehr einsehen wollte, dass manche Dinge notwendige Lernerfahrungen sind, klar, dass ihn dabei die Ziehmutter kräftig unterstützte. Er verweigerte sich beim nächsten größeren Wunsch und meinte lakonisch, wenn ihr das Taschengeld nicht reiche, -es war wirklich lächerlich wenig und reichte eben mal für ein Kino und höchstens noch für ein Eis- dann könne sie sich gern mit Rasenmähen oder Straßenfegen oder Zeitungen austragen etwas dazuverdienen. Er selbst hätte das auch getan und da wäre er noch wesentlich jünger gewesen wie sie. Papa hatte keine Ahnung, er lebte noch im vorigen Jahrhundert, ihre Freunde würden sich kugelig lachen, wenn sie Zeitungen austragen würde. Obwohl, echte Freunde hatte Clair eigentlich nicht, sie bemühte sich auch nicht sonderlich darum, einzig und allein an ihrem Bruder Henning und an der kleinen Halbschwester Karoline hing sie mit uneingeschränkter Liebe.

Als sie an diesem Freitagabend von Mama und Karoline mit dem Auto vom Hanauer Bahnhof abgeholt wurde, erzählte Karoline gleich, dass Henning mit einer lebensgefährlichen Alkoholvergiftung im Weinstädter Krankenhaus liege, er habe sich in der vergangenen Nacht mit einigen Gymnasiasten ein Komasaufen geliefert. Mama sei deshalb sehr traurig, meinte sie bekümmert. Clair nahm ihre Schwester in die Arme und schaute zur Mutter, die am Steuer saß, sie konnte sich ihre vorwurfsvolle Miene mit den herabgezogenen Mundwinkeln gut vorstellen.

Clair wollte sobald wie möglich zu Henning ins Krankenhaus, sie wollte allein mit ihm reden, ohne Mama und der Halbschwester. Sie erinnerte sich an Leo Bittner, sie waren früher befreundet gewesen, ein wenig. Jedenfalls wusste sie, dass er seit der Konfirmation ein Mofa besaß, vielleicht konnte er sie gleich morgen früh nach Weinstadt rüberfahren, Leos Nummer fand sich noch in ihrem Handyspeicher. Kaum Zuhause und in ihrem einstigen Zimmer, in dem sie mit Karoline schlief, wenn sie hier war, versuchte sie ihn zu erreichen. Als sie seine Stimme hörte, war sie erleichtert. „Hallo, Leo, ich bin's, Clair! Ja, ich bin in Kirchhausen und besuche meine Mutter. Es geht mir gut, danke. Hast du dein Mofa noch, Leo? Das ist gut. Vielleicht kannst du mich morgen früh rüber nach Weinstadt fahren? Henning liegt dort im Krankenhaus. Bitte, Leo, es ist sehr wichtig! Ja, meine Mutter wohnt noch über der Druckerei an der Landstraße. Morgen früh um zehn? Das ist lieb. Danke, Leo!"

Clairs Stimme zitterte ein wenig, sie hatte Angst um ihren Bruder, vielleicht musste er sterben. Er war in Lebensgefahr, hatte Karoline gesagt.

Als sie am nächsten Morgen unten auf der Straße Leo's Mofa heran rattern hörte, eilte sie sogleich hinunter. Auf den Küchentisch hatte sie einen Zettel mit dem Hinweis hinterlegt, dass sie bei einer Freundin sei.

„Wir müssen nach Weinstadt ins Krankenhaus, Leo", erklärte sie ihrem einstigen Schulfreund. „Henning, der verrückte Kerl, hat sich derart besoffen, dass man ihn letzte Nacht dort einliefern musste. Ich muss gleich zu ihm, weißt du, ich muss wissen, was los ist und wie es ihm geht. Von Mama erfährt man ja nichts, sie jammert und klagt nur andauernd."

Sie stülpte sich den Helm über den Kopf, den ihr Leo reichte und setzte sich hinter ihm auf das Mofa. Leo wendete und fuhr zurück zur Hauptstraße, die nach dem Ort zur Landstraße wurde. Sie verlief neben dem Kirchhausner Forst, dann kurvig zwischen Stoppelfelder und Wiesen bis nach Weinstadt. Während ihr der kalte Fahrtwind kräftig ins Gesicht blies, ließ Clair ihren Tränen freien Lauf.

Sie erreichten das mehrstöckige, moderne Klinikum auf dem Berghang, es überragte das idyllisch gelegene Örtchen Weinstadt. Leo ließ sein Mofa neben dem Haupteingang rollen, hielt dort an und sie stiegen ab. Clair drückte ihm einen Kuss auf die Wange.

„Danke, Leo! Bin gleich zurück."

Leo schaute ihr nach, wie sie die Treppen zum Eingang hinaufeilte und darin verschwand. Er schlenderte wartend herum und vertrieb sich die Zeit damit, den schnellziehenden, dunklen Wolkenbänken zuzuschauen, die unten im Ort fliehende Schatten über Dächer und Giebeln huschen ließen. Leo wusste aus Erfahrung, auf Clair zu warten erfordert Geduld. Um zwei Uhr hatte er in Gerbach ein Vorstellungsgespräch bei einer möglichen Ausbildungsstelle, das durfte er auf keinen Fall verpassen.

Clair sah sich in der nüchternen Eingangshalle des Krankenhauses um, sie vermied es tief einzuatmen, sie hasste den Geruch von Chloroform und Desinfektionsmittel, von Krankheit eben. Die weißgekleidete Frau hinter dem Schiebefenster der Anmeldung wusste anscheinend Bescheid über ihren Bruder, sie schaute Clair, als sie seinen Namen nannte, prüfend und kühl an.

„Erster Stock, Zimmer Nr. 5", sagte sie ohne zu lächeln.

Clair rannte die Treppe zum ersten Stock hinauf. Durch das Fenster am Ende des langen Flurs flutete graues Tageslicht herein, es war niemand zu sehen. Sie ging auf dem spiegelblanken Linoleumboden von Tür zu Tür, Zimmernummer 1, 3, dann 5, kalte, gefühllose Metallzahlen, die sie unwillkürlich an die verhassten Schulnoten erinnerten. Letzte Woche erst hatte sie eine Fünf zurückbekommen, in Mathe, pfeif drauf. Mathe war öde, wer brauchte das schon. Papa durfte davon nichts wissen, er bestand dann nur wieder eklatant darauf, dass sie zu Hause blieb und übte, dann würde er wieder eine Weile ihre Hausaufgaben kontrollieren wollen, sie war doch kein Kleinkind mehr. Auf die Oberstufe wollte sie sowieso nicht, also wozu der ganze Stress.

Clair biss sich auf die Unterlippe, klopfte an die Tür mit der Nummer fünf und öffnete sie behutsam.

Der kahle, weiße Raum lag im Halbdunkel, die grauen, schweren Vorhänge an den beiden großen Fenstern gegenüber waren halb zugezogen. Aus den Betten, drei auf jeder Seite, in den Raum hinein stehend, starrten ihr griesgrämige, blasse Gesichter entgegen. Nur rechts im letzten Bett vor dem Fenster regte sich nichts. Clair ging rasch darauf zu und schaute besorgt in das schlafende, bleiche Gesicht ihres Bruders, wie klein und schutzlos es wirkte. Hennings Augen waren dunkel umrandet und wirkten eingefallen, fast wie bei einem Greis, dachte Clair betroffen, sein rechter Arm lag kraftlos auf dem Laken, an seiner Armbeuge hing ein mit einem Pflaster fixierter, transparenter Schlauch, der zu einer durchsichtigen, an einem Metallständer hängenden Flasche neben dem Bett führte.

„Henning?", flüsterte Clair voller Mitleid. Henning schlug die Augen auf und als er seine Schwester erkannte, lächelte er matt. Dann rannen Tränen über seine mit dunklem Flaum beschatteten Wangen.

Clair umarmte ihn vorsichtig. „Was machst du für einen Quatsch, Henning? Was hast du dir bloß dabei gedacht, dich derartig zu besaufen."

„Du musst mir helfen, Clair", flüsterte Henning weinerlich, „ ich muss hier raus, bevor Mama kommt."

Henning streifte den Schlauch von seinem Arm und versuchte sich aufzurichten, stöhnend sank er auf das Kissen zurück.

„Immer mit der Ruhe, Henning, du hast eine Alkoholvergiftung, schon vergessen? Man hat dich in der vergangenen Nacht im Delirium hier eingeliefert."

„Wo ist Steffi, Clair, kommt sie auch?" Henning stützte sich stöhnend auf seine Ellenbogen. „Oder darf sie nicht kommen, haben es ihre Eltern verboten? Ich muss mit ihr reden, sie um Verzeihung bitten!" Er schlug die dünne Bettdecke zur Seite und wollte zu seinen Klamotten, die über einem Stuhl hingen.

„Leg dich wieder hin, Henning." Clair zwang ihren Bruder sanft auf das Kissen zurück und deckte ihn bis zum Kinn zu, Henning schaute ergeben zu ihr auf. „Ich will Steffi nicht verlieren, weißt du, sie hat mir schon so oft vergeben. Ich bin ein verdammter Loser, sie kann froh sein, wenn sie mich los ist. Bitte, Clair, hol sie, sie muss mir noch einmal verzeihen."

Clair strich ihrem aufgeregten Bruder besänftigend über die Stirn. „Keine Sorge, Henning, ich geb' ihr Bescheid, ich red' mit ihr", versprach sie. „Ihre Eltern brauchen nichts zu erfahren. Ich hol' jetzt die Schwester, damit sie dir den Schlauch wieder anlegt."

Henning lag matt auf dem Kissen und schaute seine Schwester mit traurigen Augen an.

„Bitte, Clair, bleib noch, wenigstens bis Mama kommt. Ich kann ihr Gejammer jetzt nicht ertragen."

„Hm, ein wenig musst du schon für deine Unvernunft büßen, Henning", meinte Clair streng. „Aber ich komme wieder, wenn du morgen nicht entlassen wirst, dann gleich in der Früh, versprochen. Ich werde heute noch mit Steffi telefonieren… und mit Papa."

„Mit Papa? Warum mit ihm?

„Du hast recht, nicht mit ihm, sonst kommt er gleich wieder angedüst. Erhol' dich und sei schön brav, dann darfst du morgen bestimmt raus. Ich geb' der Schwester wegen des Schlauchs Bescheid, okay?"

Sie verließ das Krankenzimmer, gab der Stationsschwester wegen des Infusionsschlauchs Bescheid und lief die Treppe hinunter.

„Ich muss es Papa sagen", überlegte sie und trat erleichtert in den grauen, frischen Novembertag hinaus, „bevor er es von jemand anderem erfährt. Er wird es erfahren, Papa erfährt alles, er hat so seine Quellen. Ärger hin, Ärger her, er muss es erfahren, heute noch, und zwar von mir."

Als Hennings Mutter Isabell wenig später im Krankenhaus eintraf, war Henning nicht mehr da. Er hatte einen Mann, der entlassen und abgeholt worden war, gebeten, ihn mitzunehmen.

Als Henning am Freitagmorgen das Arbeitszimmer von Sebastian Steiger betrat, war dieser erleichtert. Frau Simones hatte ihn von dem neuerlichen Absturz seines Schutzbefohlenen unterrichtet und war der Meinung gewesen, dass es nun an der Zeit wäre, den Jungen in eine Spezialklinik einweisen zu lassen. Er muss, meinte sie, wenn er sich je wieder fangen soll, in ärztliche Behandlung."

Sebastian Steiger hatte abgewinkt. „Man darf nicht gleich zu viel erwarten, Frau Simones", hatte er eingewendet. „Wenn Henning zu den Sitzungen kommt, ist er auf einem guten Weg, trotz der Rückschläge. Keiner weiß, wie er auf eine Einweisung reagieren würde."

Und jetzt war er da, Sebastian Steiger atmete erleichtert auf. Aber der Junge sah nicht gut aus, nachlässig gekleidet wie eh und je, blass und, ja, irgendwie schuldbewusst.

„Guten Morgen Henning, schön, das du da bist", begrüßte er ihn wie einen alten Bekannten. „Möchtest du einen heißen Tee? Es ist kalt heute Morgen, nicht wahr? Laut Wetterbericht soll aber im Lauf des Tages die Sonne durchkommen."

Henning legte seine Jacke, den Schal und die Mütze auf den schon vertrauten Lederstuhl ab und setzte sich. Er griff nach dem heißen, dampfenden Teeglas vor ihm und wärmte seine klammen, geröteten Hände daran.

„Wie geht's dir, Henning?" Sebastian Steiger setzte sich gleichfalls, schlug die Beine übereinander und schaute Henning über den Schreibtisch hinweg forschend und mitfühlend an. Als Henning schwieg, beantwortete er selbst seine Frage:„Ich habe es gehört, Henning, du musstest wegen einer Alkoholvergiftung ins Krankenhaus gebracht werden. Das ist nicht gut, Henning, das ist ganz und gar nicht gut, das musst du in Zukunft unter allen Umständen vermeiden. Was glaubst du, könnte dir dabei helfen?"

Henning zuckte gleichgültig mit den Schultern.

„Nun, eine vielversprechende Möglichkeit wäre, du würdest in eine Schule, eine Art Internat gehen, in der du neben dem Unterricht auch dein Alkoholproblem in den Griff bekommen könntest. Das willst du doch, Henning, dein Alkoholproblem in den Griff bekommen, nicht wahr?"

Henning wollte sagen, dass er verdammt nochmal kein Alkoholproblem habe, aber dann ließ er es lieber sein.

„Wir könnten es zuvor mit einer Tiefenhypnose und einem anschließenden Verhaltenstraining versuchen, das ist im Allgemeinen sehr hilfreich. Was hältst du davon, Henning, wollen wir es einmal damit versuchen?"

Henning schaute unschlüssig an Sebastian Steiger vorbei, aus dem Fenster, wo die frühe Sonne die graue Hauswand gegenüber in einen rosigen Schein tauchte und die kahlen Eichenäste davor einen scharfen, filigranen Schatten warfen.

„Von mir aus", stimmte er schließlich brummend zu, „ich werde es nicht verhindern können, oder?"

„Gut, Henning, dann lass uns gleich damit loslegen. Leg dich auf die Liege dort."

Henning trat zögernd zu der Liege an der Wand, er hatte sie bisher nicht beachtet, jetzt aber beäugte er sie misstrauisch. Auf der Couch eines Seelenklempners zu liegen, war schlichtweg lächerlich, hoffentlich erfuhr das keiner, er wäre das Gespött der ganzen Schule. Sebastian Steiger wartete, bis sich Henning umständlich zurechtgelegt und ausgestreckt hatte.

„Nun schließ die Augen, Henning, entspann dich, mach dich schwer, lass dich fallen, denk an nichts. Du fühlst dich gut, du bist jung, gesund und unbeschwert, man will mit dir zu tun haben, du wirst geliebt, geachtet, du bist glücklich. Wann warst du glücklich, Henning, wo und mit wem?"

Die warme, monotone Stimme hüllte Henning in ein angenehmes, wohliges Dunkel, *er fühlt sich leicht wie eine Feder, die über eine Wiese gaukelt, ja, dort ist der Freizeitpark von Gerbach und der Bolzplatz. „Hey, Henning!", hört er Clair rufen, „pass doch auf, sonst kassierst du gleich das fünfte Tor! Sie ist ganz außer Puste, wehrt Papas Ansturm keuchend ab, Oma Dengler, die eigentlich das gegenüberliegende Tor bewachen soll, hilft ihr, aber sie können nicht viel ausrichten, Papa schlägt Haken wie ein Hase, kickt den Ball vor sich her und dann, von rechts außen kommend, ein beherzter Schlag mit dem linken Fuß und Henning kassiert das fünfte Tor. „Scheiße", mault er, „ich hab' keine Lust mehr!" Er schlägt so wütend gegen den Ball, dass der fast bis ins gegnerischen Tor rollt. Clair gibt ihm recht, gegen Papa kann man einfach nichts ausrichten, dass macht keinen Spaß. Und Oma war auch kein wirklicher Fußballprofi. „Aufgeben gilt nicht", schnauft Papa, holt seinen Rucksack, setzt sich mit ihm auf eine Wippe und befördert eine Wasserflasche und eine Brotzeitbox heraus. „Eine kleine Stärkung gefällig, Sportsfreunde", versucht er die verstimmte Mannschaft aufzuheitern. „In der zweiten Halbzeit tauschen wir die Rollen, dann bewachen Clair und ich die Tore und ihr seid die Stürmer, einverstanden?" Das ist in Ordnung, schließlich spielt Henning im Fußballverein, wäre ja gelacht, wenn er das Spiel nicht noch herumreißen könnte. Papa schenkt ihnen nichts, aber egal, er und Oma werden alles geben, und sollten sie dennoch verlieren, na wenn schon, gegen Papa zu verlieren ist keine Schande.* „Wir hätten ihn nicht alleine lassen dürfen", flüsterte Henning, „Papa war ganz allein in Duderstadt."

„Warum bist du nicht bei ihm geblieben, Henning? Du hättest doch bei ihm bleiben können." „Mama braucht mich, sie hat sonst niemanden, der sie beschützt, auch die Großeltern nicht, es gab so viel Streit und Schimpf und Häme, wir mussten in die Druckerei ziehen."

„Und dort ist nun alles gut, Henning?"

„Papa, er tauchte immer mal auf. Einmal ertappte er Mama und mich im Getränkemarkt, wir hatten Wein und Schnaps und sowas im Einkaufswagen liegen, eine Menge, für irgendeinen Geburtstag, keine Ahnung welchen. Papa war sauer, er schimpfte mit Mama, er sagte, dass sie mich zum Säufer machen würde. Er war so zornig, da hab ich ihn gekränkt, absichtlich, ich hab' gesagt, das wir uns jeden Tag besaufen würden und ortsbekannte Säufer wären und so weiter, es hat mir so leid getan. Mama hat es gefallen, sie lobte mich. „Dem hast du es gegeben, dem Klugscheißer, dem hast du es tüchtig gegeben!", sagte sie. Henning stöhnte, die sanfte Stimme im Hintergrund wollte wissen: „Du säufst und kiffst, Henning, warum?" „Dann geht's mir gut, dann ist alles leicht und egal, ich mag mich dann, jeder mag mich, das ist geil." „Aber es hält nicht lange an, dieses gute Gefühl, nicht wahr? Wie fühlst du dich danach, wenn du wieder clean bist?" „Kotzelend, ich kotze mir dann die Seele aus dem Leib, ich hasse mich, fühle mich dreckig und verachtenswert, keiner mag mich, ich bin so allein, ich will zu meinem Papa!"

Henning schrie es fast. Sebastian Steiger zog ihn vorsichtig an den Schultern hoch, nahm ihn in die Arme und streichelte über sein feuchtes Haar, Henning schaute den Therapeuten wie erwachend an. „Henning Dengler!", meinte Sebastian Steiger eindringlich, „du bist ein wertvoller, gescheiter, liebenswerter, junger Mann von achtzehn Jahren. Du hast eine gute Zukunft vor dir, du wirst sie meistern, ganz ohne Alkohol und Drogen. Du wirst glücklich sein, Henning!"

Henning nickte, ja, er würde es schaffen. In diesem Augenblick glaubte er es.

Natürlich hatte das Ehepaar Kiefer von Hennig Denglers neuerlichen Eskapaden Wind bekommen, er war schließlich der Freund ihrer siebzehnjährigen Tochter Steffanie, ihrem einzigen Kind. Viel zu lang hatten sie zugeschaut, hatten den Besserungsbeteuerungen des Jungen geglaubt, und nun ist er wieder schwer alkoholisiert im Krankenhaus gelandet. Dieses Mal war endgültig Schluss, sollte er die Frechheit besitzen bei ihnen aufzutauchen, dann würden sie ihn der Tür verweisen, er würde ihr Haus nicht mehr betreten. Steffanie musste es einsehen, sie hing an ihm, warum auch immer und verteidigte ihn leidenschaftlich, aber dieses Mal gab es kein Vertun.

Die Kiefers nahmen ihre Tochter ins Gebet.

„Wenn er es mit seinen Versprechungen ernst meinen würde", schimpfte Herr Kiefer, „dann hätte er dir zuliebe längst mit dem Rauchen, Saufen, Kiffen und Rumhängen aufgehört. Aber solange er sich nicht wie ein zivilisierter Mensch kleidet und benimmt, wird er diese Schwelle nicht mehr übertreten, er würde dich über kurz oder lang mit in den Sumpf ziehen, dafür haben wir dich nicht großgezogen, Kind. Und sollten wir hören, dass du dich trotz unseres Verbots mit ihm triffst, ist es aus mit der großzügigen Freiheit und dem Taschengeld, notfalls bringen wir dich dann in ein Internat", und so weiter und so fort. Steffanie kauerte wie ein gescholtenes Lämmchen auf der Couch und vergrub ihr verweintes Gesicht in ihre verschränkten Arme, ihr langes, rotblondes Haar bedeckte ihre schmalen, zuckenden Schultern. Sie erbarmte Frau Kiefer, sie setzte sich zu ihrer unglücklichen Tochter auf die Couch und nahm sie in die Arme. „Papa hat recht, Schätzchen, bei allem Verständnis, aber Henning Dengler ist kein Umgang für dich. Es gibt genug strebsame und vernünftige Jungs, ihm brauchst du keine Träne nachzuweinen."

Steffanie stieß ihre Mutter grob zurück und sprang auf. „Ich will aber keinen von diesen überheblichen, eingebildeten Langweilern!", rief sie empört, ihre aufgelöste Wimperntusche hinterließ dunkle Spuren auf ihren mit Sommersprossen besprengten, feuchten Wangen. „Ich will nur Henning, damit ihr es wisst! Ihr kennt ihn nicht!", rief sie anklagend, „ihr wisst nicht, was für ein wundervoller Mensch er ist. Aber wenn einer mal nicht funktioniert, wenn einer mal hinfällt, dann schnell verurteilen und noch eins draufhauen, ja, dass könnt ihr und mir drohen, weil ihr glaubt, ich sei von euch abhängig und ihr könnt mich einfach so zwingen und dirigieren wie eine Marionette. Aber da irrt ihr euch!"

Steffanie warf entrüstet ihr rotes, seidiges Haar in den Nacken, ihre grünen Augen funkelten angriffslustig. „Aber in meiner Brust schlägt ein menschliches Herz, wisst ihr, ich verurteile nicht so schnell wie ihr, die ihr anscheinend unfehlbar seid. Habt ihr eigentlich nie Fehler in eurem Leben gemacht? Ward ihr nie jung?" Die Tür knallte hinter ihr zu, sie hinterließ ihre Eltern erst einmal sprachlos.

„Da hast du es, Dietmar", meinte Frau Kiefer leicht amüsiert. „Sie hat eben dein Temperament."

„Das mag schon sein", gab ihr Herr Kiefer recht, „aber ich habe zudem die nötigen Mittel und die Ausdauer. Wenn wir in den Weihnachtsferien nach Kitzbühel zum Skifahren fahren, dann wird ihr in den drei Wochen die frische Winterluft die Flausen schon aus dem Kopf gepustet haben. Du wirst seh'n, einmal wird sie uns dankbar dafür sein."

Henning stakte mit steifen Beinen, die Hände tief in den Taschen seines Anoraks vergraben, vor dem Schultor hin und her, es war ihm kalt, er fror an den Füßen. Wo nur Steffi blieb, ihre Stunde musste doch längst um sein.

Endlich sah er sie inmitten ihrer Klassenkameraden kommen, sie unterhielt sich angeregt mit ihnen. Wie unbeschwert sie lachte, wie schön sie ausschaute mit ihrer Wollmütze, unter der ihr rotes, seidiges Haar hervorkam. Henning wurde sich seines eigenen schäbigen Aussehens bewusst, mit den Kerlen um sie herum konnte er nicht mithalten. Er trat schnell neben das zurückgeschobene Metalltor, so konnte er die ankommende Gruppe beobachten, ohne dass sie ihn sah. Erst als sie unmittelbar an ihm vorbeiging, trat Henning hervor.

„Hallo, Steffi", sagte er kleinlaut, „kann ich kurz mit dir reden?"

„Ach, schau an", spottete einer der Jungs, „der Henning Dengler ist von den Toten auferstanden?" Ein Mädchen witzelte: „Darfst du dich überhaupt noch in der Schule blicken lassen, du Pfeife?"

Ein tadelnder Blick von Steffanie ließ sie verstummen und abziehen. „Also dann, bis Morgen, Steffi!", riefen sie, und mit Blick auf Henning: „Pass gut auf dich auf!"

Steffanie trat zu Henning und drückte ihm einen Kuss auf die Wange, Henning war erleichtert, sie war also nicht böse auf ihn, jedenfalls nicht sehr. „Hast du Zeit?", fragte er, „trinken wir im Café Stauder einen heißen Kakao?"

„Ja, gern." Steffanie lächelte ihren Freund an. Er sah mitgenommen und bedrückt aus, registrierte sie besorgt, sie wird ihm klar machen, dass sie zu ihm hält, egal was getratscht wurde und ob es den Eltern passte, sie wird sich nicht einschüchtern lassen. Henning und sie gehörten zusammen, wenn es sein musste bis zum Tod, so wie Romeo und Julia eben.

Sie wanderten Hand in Hand zur Hauptstraße, wo mitten im Ort das Café Stauder lag. Um diese Zeit war dort nicht viel los, nur ein Tisch war besetzt, sie holten sich von der Theke eine bauchige Tasse Kakao und Steffanie wählte einen Fensterplatz, mit Absicht. Die Fenster reichten bis zum Fußboden und hatten keine Scheibengardinen, so dass man den Verkehr auf der Straße und die Passanten beobachten konnte, umgekehrt konnten auch sie gut gesehen werden. Sie genossen schluckweise den dampfenden Kakao, das tat gut. Steffanie lächelte Henning an, stellte ihre Tasse ab und ergriff seine Hände. „Weißt du, Henning, meine Eltern haben mir verboten, mich mit dir zu treffen. Das ist natürlich Quatsch, sie müssen lernen, dass du mir wichtig bist. Wichtiger wie alles andere, Henning, verstehst du?"

Henning hielt den Blick gesenkt, er schämte sich. „Es tut mir so leid", murmelte er, „wirklich, Steffi, ich weiß nicht, wie das wieder passieren konnte, dir zuliebe wollte ich mit dem Saufen und Kiffen aufhören, ehrlich, das musst du mir glauben."

Endlich schaute er reumütig und bittend in die schönen, verzeihenden Augen seiner Freundin, er konnte keine Spur von Vorwurf darin entdecken.

„Pass auf, Henning", erklärte sie und ließ seine Hände los, so als wolle sie nun zum geschäftlichen Teil des Gesprächs übergehen. „Meine Eltern sind sauer, sie wollen, ich will es natürlich auch, dass du ernsthaft damit aufhörst. Sie bestehen darauf, dass wir uns über einen längeren Zeitraum nicht sehen, bis du bewiesen hast, dass du trocken bist und die Schule im Griff hast. Dann werden sie nichts mehr gegen uns haben, denn eigentlich mögen sie dich, weißt du. Leider muss ich mit ihnen in den Weihnachtsferien nach Kitzbühel fahren, zum Skilaufen, das ist Tradition bei uns, davor kann ich mich nicht drücken. Du fährst ja auch zu deinem Vater und zu Clair, stimmt's?"

Henning nickte, er wäre jetzt so gern mit ihr allein gewesen, irgend-wo, hätte so gern ihre tröstliche Wärme gespürt und ihre frische Un-befangenheit.

„Wie oft musst du eigentlich noch zu diesem Therapeuten gehen, immer am Freitagmorgen, nicht wahr?"

Henning nickte verlegen, es war ihm peinlich, dass sie davon wusste. „Vor den Ferien noch einmal, wenn überhaupt. Vielleicht auch gar nicht mehr. Ich weiß nicht, das bringt doch nichts."

Aber Henning war sich, wenn auch widerwillig bewusst, dass die Therapie bei Sebastian Steiger ein Strohhalm war, den er ergreifen musste. So betrat er in der Woche vor Weihnachten mürrisch, aber pünktlich am Freitagmorgen dessen Arbeitszimmer.

„Hallo, Henning", begrüßte ihn Sebastian Steiger wie gewohnt, „schön, dass du da bist. Ungemütlich heute Morgen, nicht wahr? Bist du mit dem Bus gekommen?" „Klar", brummte Henning einsilbig, zog sich aus und lümmelte sich auf den Lederstuhl. Sebastian Steiger stellte wie gehabt ein Glas mit dampfenden Tee vor ihm auf den Schreibtisch.

„Wie geht's dir, Henning, hattest du eine gute Woche?"

„Geht so. War schon okay." Henning verschwieg, dass er eben im Bus mit einem alten Mann Ärger bekommen hatte, der hatte ihn tatsächlich mit seinem Gehstock traktierte, weil er nicht seinen Platz für ihn räumen wollte, dieser arrogante Arsch. Der meinte, nur weil er alt sei, könne er ihn wie einen Hund mit seinem Gehstock traktieren. Natürlich war er sitzengeblieben, jetzt erst recht, obwohl sich der Alte, und nicht nur der, furchtbar über die verwahrloste Jugend von heute aufregte.

Henning schlürfte von seinem Tee, er rann ihm wohltuend durch die Kehle, das beruhigte und senkte den Adrenalin Spiegel.

„Was meinst du, Henning, bist du bereit, können wir loslegen?"

Henning antwortete nicht, er betrachtete versonnen die nackten Äste vor dem Fenster und die trostlose, graue Hauswand dahinter, die noch im Morgendämmerlicht lag.

„Schon gut", murmelte er und begab sich zur Liege. Ehrlich gesagt, es tat nicht weh darauf zu liegen, es entspannte sogar, das musste man schon zugeben.

Er streckte sich ergeben darauf aus und schloss die Augen. „Was soll's", dachte er noch, „es kann ja nicht schaden."

Er lauschte der sanften Stimme des Therapeuten und ließ sich von ihr in die Vergangenheit entführen, in seine Vergangenheit. Die monotone Stimme räumte Schuldgefühle weg, zeigte ihm einen kleinen, verängstigten Buben, der sich allein und schutzlos fühlt in einer Welt von Zorn, Spott, Häme, Neid und Streit, zeigte ihn mit der kleinen

Schwester, die weinend Trost und Schutz bei ihm, dem großen Bruder sucht. „Warum bist du geblieben, Henning?", wollte die sanfte Stimme wissen. „Warum bist du immer noch da?"

„Mama", stöhnte Henning, *„ich habe Angst, sie tut sich etwas an, sie deutet es immer mal an, ihre Kopfschmerztabletten liegen zu Hauf in ihrem Nachtschrank, ich werfe sie weg, immer wieder, und einmal macht sie es wahr. Sie weckt uns mitten in der Nacht, wir müssen mit ihr auf den Balkon hinausgehen, sie klettert über die Brüstung, wir begreifen, was sie vorhat, sie steht mit dem Rücken zu uns und hält sich am Balkongeländer fest, sie will springen, sie will sich umbringen. Clair schreit panisch, meine kleine Schwester Karo auch, sie zittern und frieren in ihren dünnen Nachthemden. Ich bin wie gelähmt vor Angst und kann nichts machen, nur sagen: „Mama, bitte komm zurück! Bitte spring nicht!" Sie springt nicht, sie klettert herein und geht in die Küche, sie kippt einen Schnaps hinunter und jammert und erzählt, dass Gerd sie verlassen habe, mit ihrer besten Freundin, die mit ihrem Mann und ihren drei Kindern gegenüber wohnt. Durchgebrannt seien sie, der Teufel soll sie holen, das gemeine Pack, in der Hölle sollen sie schmoren. Mama legt sich auf die Couch und schläft, sie schnarcht. Wir gehen in mein Bett, meine Schwestern zittern und jammern und wollen nicht aufhören damit. Am Morgen schimpft Mama immer noch über ihre hinterhältige, sogenannte beste Freundin, die ihr den Mann gestohlen hat. Mama beschwert sich über den abartigen Kerl, dieses Mal meint sie nicht Papa, sie meint Gerd 1, der sie so heimtückisch im Stich gelassen hat, sie wird es ihm heimzahlen, er soll nirgendwo seinen Fuß mehr hinsetzten können, dafür wird ihr Vater, mein Opa, schon sorgen. Clair will nach den Herbstferien bei Papa bleiben.*

„Und sie hat es geschafft, nicht wahr, Henning? Sie ist bei ihrem Papa geblieben", erkundigte sich die sanfte Stimme im Hintergrund. „Das war gut, Henning, das wird eurer Mutter helfen, sich auf ihre eigene verwundete Seele zu besinnen, auf ihre Vergangenheit, mit der sie sich auseinandersetzen, die sie bewältigen und akzeptieren muss, anstatt sie ihren Kindern aufzubürden. Ihre Liebe ist der Würgegriff einer Ertrinkenden, Henning, wenn du deine Mutter achten und lieben willst, dann befreie dich und lasse sie in Stich. Sie wird sich nichts antun, Henning, sie wird mit der Kraft der Verzweiflung Hilfe suchen. Tu nur das, was *du* willst, Henning, sei endlich frei, dann wird alles gut."

Sebastian Steiger streichelte über das schweißfeuchte Haar seines jungen Patienten, der langsam zu sich kommt und ihn verwirrt anschaut. Er wusste, Henning würde sich nicht daran erinnern, was er eben durchleiden musste, aber in seinem Unterbewusstsein wird ein Umdenken stattfinden, er wird viele Dinge anders sehen und einordnen können, das ist auf seinem schmerzlichen Weg zur Genesung wichtig. Aber um seine verlorene Kindheit wird er immer trauern müssen, die würde ihm kein Therapeut der Welt zurückgeben können.

Ulrich wartete schon eine geraume Zeit vor dem Geländer des Fußballvereins SSJV 1960 auf seinen Freund Henning, er war sein bester und einziger Freund. Als er selbst noch klein war, da hatte auch er in diesem Verein gekickt, seine Mutter hatte eine Weile darauf bestanden, aber warum sein Freund immer noch dabei war, das war ihm schleierhaft. Er wurde weder von übertriebenem Ehrgeiz, noch von großer Begeisterung getrieben, oft schwänzte er das Training auch.

Ulrich war von jeher ein selbstbestimmtes Kind gewesen. Niemand, höchstens die Mutter, die allerdings selten da war, durfte über ihn bestimmen, keine der unerfahrenen Kindermädchen hatte es lange bei ihm ausgehalten. „Diese labilen Dinger", hatte seine Mutter immer geschimpft, „nicht einmal mit einem kleinen Jungen werden sie fertig!" Nie hatte sie hinterfragte, warum der Verschleiß an Kindermädchen so groß war bei ihm, es hatte sie nicht interessiert, eigentlich interessierte sie sich nicht wirklich für ihren Sohn. Sie war eine sehr beschäftigte Frau, das musste man schon zugeben, sie besaß und leitete einen Baumaschinenpark und verlieh zu horrenden Preisen Lastautos, Kräne, Bagger und so was. Sie stolzierte mit ihren hohen Absätzen grazil und eifrig durch die eisernen Riesen, verhandelte mit Kunden, delegierte und prüfte, ihre Angestellten waren voll Respekt und Hochachtung für sie. Auch Ulrich war stolz auf seine schöne, tüchtige Mutter, nur leider bekam er sie selten zu Gesicht, auch die Großeltern nicht, sie betrieben in Portugal eine Ferienanlage. Seine täglichen Kontaktpersonen waren die Köchin und die Zugehfrau, aber auch bei ihnen wollte sich keine echte gegenseitige Zuneigung einstellen, sie waren halt dumme Angestellte, die ihre Arbeit im Haus verrichteten, sonst nichts. Ulrichs Vater hatte allen Anschein nach seinen Sohn vergessen, meistens wenigstens, gelegentlich kam eine Karte von irgendwoher, einmal aus dem Kongo, dann aus Indien, aus Bangladesch, Thailand oder aus Sumatra, Ulrich sammelte sie wie Heiligtümer. Alle Jubeljahre tauchte er selbst für ein paar Tage auf, ein braungebrannter, charmanter, muskulöser Abenteuertyp, der praktisch schon alles in der Welt gesehen und erlebt hatte. Ulrich lauschte dann hingerissen seinen spannenden Reiseberichten und wurde nicht müde, seinem Vater auf Schritt und Tritt zu folgen. Ja, bis er begriff, dass sein Vater nicht wegen ihm heimgekommen war, sondern weil er Geld brauchte, weil seine monatlichen Zuschüsse, die ihm nach der Scheidung zustanden, nicht ausgereicht haben. Wenn Mutter ihm einen angemessenen Scheck ausstellte, um ihn möglichst schnell loszuwerden, den Streuner, wie sie ihn verächtlich nannte, verschwand er ohne Abschied oder Hinweis auf seine Absichten und Ziele wieder. Ulrich bewunderte seinen Vater dennoch grenzenlos, so wie er wollte er auch sein, ein Abenteurer ohne Furcht und Schrecken, der die ganze Welt bereist und viel erlebt. Henning würde er mitnehmen, sozusagen als seinen Reisebegleiter. Dass er arm war, spielte keine Rolle, Geld hatte er für sie beide genug.

Henning kam, seinen Turnbeutel lässig über der Schulter geworfen, ohne Eile angeschlendert. Er war wie immer sehr nachlässig gekleidet, aber Ulrich fand, Henning konnte es sich leisten, es verlieh ihm eine Art „Einsamer-Wolf-Flair", manche Mädchen standen auf sowas.

„Endlich, Alter!", rief er ihm entgegen, „ich frier mir schon den Arsch ab!"

Henning betrachtete seinen Freund abschätzend grinsend. „So schlimm kann es bei deinem pelzgefütterten Zeugs nicht sein. Wo geht's denn hin?"

„Erst einmal zu mir, dann ziehen wir los und haben Spaß. Nun komm schon Alter, beweg dich ein bisschen."

Später lagen sie in Ulrichs Zimmer auf seinem Bett und machten es sich gemütlich, sie drehten sich einen Joint, tranken ein Bier und surften im Internet. Auf einmal meinte Ulrich: „Wenn wir die verdammte Schule hinter uns haben, Henning, dann zieh'n wir los, dann kann uns das Drecksnest hier egal sein, ich kann's kaum erwarten. Was meinst du, Alter, fahren wir zuerst nach Kanada zu den Rocky Mountains, durchfliegen den Grand Canyon, reisen dann nach Rio de Janeiro und steigen auf den Zuckerhut, schippern anschließend in der Karibik herum und tauchen nach den Schätzen der untergegangenen Piratenschiffe. Oder wir fliegen mit unserem Flugzeug nach Afrika in die Serengeti und organisieren eine Elefantenjagd? Dort treffen wir sicher meinen Vater, er ist Großwildjäger, weißt du. Oder wir machen eine Weltreise und bereisen alles nacheinander. Was meinst du, Henning?"

Henning sog genüsslich an seinem Joint, er sollte sein letzter sein, denn für das, was *er* vorhatte, brauchte er einen klaren Kopf. Er schaute seinen Freund schläfrig lächelnd an. „Ich werde vorerst nicht mitkommen", meinte er, „denn zuvor will ich studieren, Ulrich. Ja, da staunst du, was? Ich werde Chemie studieren wie mein Vater, und zwar in Göttingen. Die Universität dort ist weltberühmt, musst du wissen, schon Goethe und Schiller haben dort studiert und Heyne und Freiherr von Knigge und so fort. Außerdem wohnt mein Vater in der Nähe, in Duderstadt nämlich, er kann mir helfen."

„Toll", meinte Ulrich und versuchte seine Enttäuschung zu verbergen, „und wie bitte willst du das mit deinen Noten und mit keinem Cent in der Tasche machen?"

Henning ließ sich nicht beirren. „Wenn ich mich jetzt nicht in den Hintern trete, werde ich ohne Schulabschluss dastehen. Weißt du, ich habe genug vom Rumhängen, vom Saufen, Kiffen und im Krankenhaus landen. Was eigentlich willst du nach der Schule machen, Ulrich, ich meine, was für einen Beruf willst du ergreifen?"

Ulrich hoffte immer noch, dass es sich nur um eine Laune des Freundes handelte, ein Gedankenspiel, das ihm nicht sonderlich gefiel. „Ich hab' keinen Bock auf die Scheiße", meinte er ein wenig zu heftig und sog nervös an seinem Joint. „Ich brauch' den Stress nicht, ich heirate eine reiche Frau, wie mein Vater, was weiß ich. Oder ich werde Astronaut, keine Ahnung."

„Aber ich brauche einen ordentlichen Beruf, Ulrich", meinte Henning entspannt, „ich bin von Berufswegen eben nicht Sohn, so wie du, ich muss Geld verdienen, ehe ich eine Weltreise machen kann, verstehst du? Es liegt verdammt noch mal an mir, ob ich in der Gosse lande oder nicht. Ganz ehrlich, Ulrich, ich will nicht in der Gosse landen."

„Ich bin ja auch noch da, Alter." Ulrich war verunsichert, ein wenig hilflos, was war nur in den Freund gefahren? „Ich hab' genug Geld für uns beide, du bist doch mein Freund? Überlass die Tretmühlen den Strebern und Arschlöchern, wir haben das nicht nötig. Kapiert, Alter?"

Henning überhörte den freundschaftlichen Befehlston, er war zu sehr mit seinen neuen Plänen beschäftigt. „Ab Morgen werde ich mir meine Schulbücher vorknöpfen und lernen, irgendwie werd' ich es schon schaffen. Du auch, Ullrich, wenn du es nur willst."

„Das sagt ausgerechnet einer, der die Pauker verabscheut? Das ist doch ein Witz, Alter, oder?"

„Die Pauker sind mir scheißegal, Mann. Mama werd' ich es später verklickern, sie argwöhnt sonst gleich wieder wer weiß was. Aber Papa sage ich es, wenn ich über Neujahr bei ihm und Clair bin. Komm doch mit, Ulrich, Papa würde es freuen. Was ist, kommst du mit?"

Am Neujahrstag wanderten Dr. Florian Dengler, seine Kinder Clair und Henning und dessen Freund Ulrich den Wanderweg zum Bro-ckenbahnhof hinauf. Es war ein mühsamer Anstieg, trotz der Minus-grade wurde es ihnen recht warm dabei. Jeder der Jungs zog einen Schlitten hinter sich her, die sie nachher für die Abfahrt brauchten. Am Mittag erreichten sie die Bahnhofsgaststätte, sie war ziemlich voll mit Ausflüglern, eine kleine Menschenschlange drängte sich vor einer Theke, an der es heiße Würstchen, Brötchen, Grog und heißen Apfelsaft zu kaufen gab, daneben konnte man Bahnkarten für die Brockenbahn kaufen. Während sie anstanden, überlegten sie, ob sie mit der urzeitlichen Dampflokbahn zum Gipfel hinauffahren sollten. Die Plakate an den Wänden versprachen, dass es ein Erlebnis sei, wenn die schwerfällige, schwarze Lok, langgezogene Pfeiftöne ausstoßend und weißen Dampf in die eisige Luft puffend, die drei nostalgischen Waggons auf kurviger Strecke und engen Felspässen durch den mystisch geheimnisvollen Brockenwald zum Gipfelbahnhof hinaufzog. Oben auf der Plattform, das war bekannt, konnte man eine bemerkenswerte, ehemalige Kontroll- und Spähstation besichtigen. Aber als die Leute, die zurückkamen, erzählten, dass oben ein Schneesturm von 80 Km/h fegte, da wollten sie doch lieber wie ursprünglich geplant mit den Schlitten hinunter zum Parkplatz rodeln.

Einmal, da waren Henning und Clair noch klein, waren sie schon einmal im Winter herauf gewandert und haben eine ziemlich abenteuerliche, holprige Abfahrt zum Parkplatz hinunter gemacht. Sie wussten also, dass der zur Rodelbahn freigegebene Weg in der Nähe sein musste. Nach einer zünftigen Brotzeit, aufgewärmt und ausgeruht, machten sie sich auf die Suche nach ihm. Auf der Wanderkarte vor dem Bahnhof war er nicht zu entdecken, also wanderten sie ein Stück in den Wald zurück. Clair setzte sich auf Ulrichs Schlitten, er scheuchte sie hinunter und bedachte sie mit einigen Schneebällen, denen sie lachend auswich. Es war offensichtlich, die beiden mochten sich.

„Das könnte er sein", Henning blieb stehen und musterte einen mäßig schrägabfallenden, nicht sehr breiten Waldweg. Sein Vater schob seine Strickmütze mit der behandschuhten Hand ein wenig aus der Stirn und betrachtete zweifelnd den verschneiten Weg, der keinerlei Spuren aufwies und in einiger Entfernung im Nebelwald verschwand.

„Ich sollte ihn mir erst einmal ansehen", schlug er vor und stampfte los. Aber seine Kinder hatten weniger Skrupel, Henning saß schon auf seinem Schlitten und schrie: „Zur Seite, Papa, ich mach die Vorhut!" Florians Einwand verhallte ungehört in der Frostluft. Clair und

Ulrich stapften eilig hinter Henning her und als sie sahen, wie gut er vorankam, setzten auch sie sich auf den Schlitten, Clair vor Ulrich, er war groß und hatte die nötige Übersicht.

„Vorsicht, Kurve!", hörten sie Hennings gedämpfte Stimme aus dem Nebel kommen, Ulrich bremste leicht mit seinen Stiefelabsätzen ab und nahm eine leichte Kurve, plötzlich tauchte Henning vor ihnen am Wegrand auf. „Fahrt weiter, ich warte auf Papa!", rief er. „Wir kommen nach!"

Eine Weile fuhren Ulrich und Clair auf dem dick verschneiten, teilweise holprigen Weg dahin, sie mussten sich konzentrieren, denn rechts fiel der Wald steil ab und vor ihnen kam eine weitere Kurve in Sicht. Ulrich bewältige sie souverän, dann kam eine steile Gerade, die ins dunstige Nirgendwo zu führen schien. Links tauchte ein überdachter Rastplatz auf, davor ein tiefverschneiter Holzstoß, sie durchfuhren eine Kreuzung, danach bremste Ulrich ab.

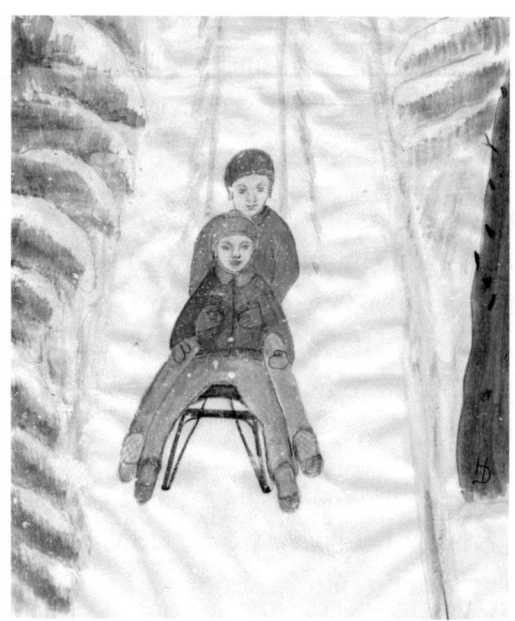

„Wir sollten auf die anderen warten", schlug er vor und lenkte den Schlitten nach links, wo der Berg nach einer vereisten Rinne steil anstieg. „Sie müssen ja gleich kommen."

Clair war es recht, es war ganz nach ihrem Geschmack mit dem blonden Ulrich mitten im froststillen Winterwald auf einem Schlitten zu sitzen. „Und was machen wir solange?", fragte sie und kuschelte sich fröstelnd in ihren dicken Anorak. Sie betrachtete Ulrichs hübsches Profil, der in Erwartung seines Freundes und dessen Vater den stillen Waldweg hinaufschaute, sie mussten jederzeit auftauchen. Noch waren nur ihre eigenen Spuren im jungfräulichen Schnee zu sehen. Verdammt, wo blieben die nur. „Mir wird kalt, wollen wir ihnen entgegen gehen?", schlug er vor. „Den Schlitten können wir getrost stehen lassen, hier klaut ihn bestimmt keiner."

Also stapften sie zurück zum überdachten Rastplatz, an dem sie vorhin vorbeigerodelt waren, noch immer war keiner zu sehen oder zu hören. „Das ist doch nicht möglich", murmelte Ulrich. „Also, irgendwas stimmt nicht. Komm, setzten wir uns auf die Bank und warten einen Augenblick."

Die Spuren auf dem abwärtsführenden Weg gegenüber und das eingeschneite Schild davor übersahen sie.

Sehr gemütlich war es auf den feuchten, groben Bänken auch nicht, Clair begann sichtlich zu bibbern, sie rutschte nah an Ulrich heran. „Wenn du deinen Arm um mich legst, Ulrich, dann könnten wir uns gegenseitig wärmen", schlug sie vor.

„Und wenn dein Vater und dein Bruder kommen, was werden sie dann von uns denken?" „Was denn? Vielleicht dass wir uns küssen?", fragte Clair und blickte mit einem schelmischen Grinsen zu Ulrich auf. „Und was wäre daran so schlimm?"

Ulrich war sich nicht sicher, wollte sich die kleine Clair etwa an ihn heranmachen?

Er schaute mit einem unsicheren, leicht überheblichen Lächeln auf sie herab, sie war zweifellos niedlich. Die Pudelmütze hatte sie tief in die Stirn, bis zu den dichten Brauenbögen gezogen, so dass nur ihre dunklen Augen mit den leicht bereiften, dichten Wimpern, die kleine, etwas gerötete Stupsnase und ihr Schmollmund zu sehen waren. „Sie an", dachte er belustigt, aber auch ein wenig geschmeichelt, „die kleine, niedliche Clair."

Normalerweise hatte er kein Problem mit Mädchen, die in den Diskos oder sonst wo waren auch nicht viel älter als Clair. Sie machten ihm schöne Augen, aber, das hatte er schnell kapiert, hauptsächlich wegen seines Geldes, besser gesagt, das seiner Mutter, er war ja nicht blöd und durchaus nicht knausrig. Die Mädchen revanchierten sich freimütig, ja, und Ulrich alles andere als ein Kostverächter, das konnte keiner behaupten. Aber bei Clair war es etwas anderes, Henning würde es sicher nicht gefallen, wenn er mit seiner Schwester rumknutschen würde.

Er legte wohlwollend väterlich seinen Arm um Clairs Schultern und blickte mit einem nachsichtigen Lächeln auf sie herab. „Ach, Clair, wer will dich schon küssen, du kleines, pummeliges Kind? Dein Vater vielleicht, wenn er dich abends ins Bettchen bringt?"

Clair warf seinen Arm zurück und sprang auf, sie stapfte, mit den Stiefeln im Schnee versinkend, zornig davon, in den falschen, verschneiten Waldweg hinein.

„Clair, du bist falsch!", rief er ihr schadenfroh hinterher, aber als sie weiterstapfte, ärgerte es ihn.

„Wo willst du denn hin!", rief er. „Der Schlitten steht auf dem andern Weg? Komm verdammt noch mal zurück!"

Aber Clair stapfte unbeeindruckt weiter, sie hörte ihn in ihrem Zorn anscheinend nicht. Schließlich verschwand sie im milchigen Dunst des Winterwaldes.

„Dumme Ziege", dachte Ulrich und stampfte ohne Eile hinterher, die Kleine konnte man ja nicht alleine lassen, irgendwann würde ihr die Puste ausgehen und dann wird sie auf ihn warten. Außerdem, auch dieser Weg führte nach unten und hatte ungefähr die richtige Richtung, warum also nicht der. Viele Wege führen nach Rom, hieß es doch.

Wären sie doch auf dem vorherigen Weg geblieben, denn zur gleichen Zeit entschlossen sich Florian Dengler und sein Sohn Henning den Parallelweg hinaufzulaufen, um sie zu suchen. Sie hatten die beiden Voranfahrenden auf der gesamten Abfahrstrecke nicht getroffen, auch unten auf dem Parkplatz nicht. Also, vermuteten sie, mussten sie den anderen Weg, den Parallelweg genommen haben.

Ulrich hatte recht, Clair konnte ihr zornbestimmtes Tempo nicht lange durchhalten, er holte sie schnell ein. „Was ist los, Clair, was hast du denn plötzlich?", fragte er, er wusste es tatsächlich nicht.

„Du bist so gemein, Ulrich!", platzte es aus ihr heraus. „Ich bin nicht pummelig und auch kein Kind mehr, ich bin fünfzehn Jahre alt, nur damit du es weißt. Und ich hab' auch schon geküsst, einen viel jüngeren und viel netteren Burschen als dich. Du bist mir sowieso zu alt, nur damit du es weißt!" In ihrem Zorn legte sie wieder tüchtig an Tempo zu.

„Tut mir leid, Clair", versuchte Ulrich die Wogen zu glätten. „Das habe ich doch vorhin nicht so gemeint. Du bist keineswegs pummelig, na, ja, ein bisschen vielleicht. Aber sonst bist du sehr niedlich, ehrlich!"

Clair bückte sich und raffte einen Schneeball zusammen, den sie Ulrich ins Gesicht klatschen wollte, der wich ihr aber geschickt aus. „Ich meine es wirklich so, Clair", behauptete er ohne jeden Spott, „du darfst halt nicht so viel naschen." Er wollte versöhnlich seinen Arm um ihre Schultern legen, aber Clair stieß ihn zurück.

„Das sagst du so daher", meinte sie immer noch störrisch, „als ob das so leicht wäre, gerade jetzt in der Weihnachtszeit, wo überall Schokoplätzchen und Lebkuchen herumliegen, man wird ja geradezu genötigt das Zeug zu essen."

„Ja, und du verwehrst dich ganz entschieden dagegen, nehme ich an. Wir müssen uns sputen, Clair, es wird schon dunkel. Ich weiß nicht, wieweit es noch bis zum Parkplatz hinunter ist."

„Im Finstern kommen die Brockenhexen, vor allem in den Neujahrsnächten", fiel Clair plötzlich ein. „Burschen nehmen sie am liebsten mit, mit denen haben sie eine höllische Freude, sagt man. Es sind schon viele in den Neujahrsnächten verschwunden, und zwar auf Nimmerwiedersehen."

„Komisch", meinte Ulrich und schritt schneller aus, „ich hab gehört, sie nehmen am liebsten kleine Mädchen mit, aus denen sie in den Vollmondnächten bösartige Hexen machen. Aber", fügte er hinzu und spurtete vorsichtshalber schon mal los, „damit werden sie mit dir keine Mühe haben, Clair, du bist ja von Natur aus schon eine Hexe!"

„Na, warte!", rief Clair erbost, wenn auch halbwegs versöhnt, sie raffte mit den behandschuhten Händen einen festen Schneeball zusammen und lief ihm nach. „Ich zeig dir die bösartige Hexe! Wenn ich dich kriege, bekommst du eine kostenlose, eisigkalte Hexengesichtsmassage!"

„Erst musst du mich kriegen, Clair, dann werden wir ja sehen, wer die Massage kriegt!"

Plötzlich lag der Parkplatz unter ihnen, er wurde von dem diffusen Licht einiger Parklaternen spärlich beleuchtet. Nur vereinzelt parkten noch Autos darauf, auch das von Clairs Vater. „Verdammt", meinte Ulrich, „wo zum Kuckuck sind die beiden nur!"

Clair taten die Füße weh, sie fühlte sich auf einmal erschöpft.

„Komm", schlug Ulrich vor, „setzen wir uns auf den Balken dort. Solange das Auto deines Vaters da ist, müssen er und Henning noch irgendwo sein."

Sie setzen sich auf eine Absperrung, schmiegten sich aneinander, wärmten sich und gaben sich Kraft, um einer Verzagtheit nicht nachgeben zu müssen. Sie suchten mit den Blicken die dunkle, stille Bergwand ab und lauschten, als plötzlich fliehende, verhallende Stimmfetzen durch den Wald drangen.

„Die Hexen", flüsterte Clair bang. „Sie werden Henning und Papa mitnehmen."

„Was bei deinem Vater nicht so einfach sein dürfte, er kennt sich mit Hexen aus", murmelte Ulrich, aber Clair hörte die Anspielung nicht, sie kuschelte sich nur noch enger an ihn und durchforschte mit bangen Blicken die drohend aufragende, undurchdringliche Waldwand vor ihnen.

„Was machen wir, wenn sie nicht kommen, Ulrich?"Auf der Landstraße geisterten die Scheinwerfer eines Autos vorbei, dann war es wieder dunkel und still.

„Dann werden wir ein Auto anhalten müssen, Clair. Damit sollten wir nicht allzu lange warten, denn später kommt keins mehr vorbei. Wir wissen ja nicht einmal, in welche Richtung wir gehen müssen."

Plötzlich verdichteten sich die Stimmfetzen, leuchtende Punkte tasteten sich wie glühende Augen aus dem nächtlichen Wald, im mäßigen Tempo glitten Schatten auf den Parkplatz, zwei dunkle Gestalten erhoben sich.

„Papa! Henning!" So schnell konntest du nicht schauen, wie Clair auf die schattengleichen Gestalten zulief und sich mit ihren Umrissen verschmolz. Ulrich folgte ihr erleichtert, sehr erleichtert, in seiner Fantasie hatten sich schon die schrecklichsten Szenarien abgespielt, wobei Brockenhexen eher eine untergeordnete Rolle gespielt hatten.

Jedenfalls klärte es sich in einem nahen Gasthaus, bei einem zünftigen Essen auf, wieso sie sich hatten derart verpassen können.

„Ihr habt nach dem Rastplatz die falsche Abfahrt genommen", meinte Florian lakonisch und schlürfte seine gut mit Paprika gewürzte Gulaschsuppe. „Habt ihr denn das Hinweisschild nicht gesehen?"

„Ne", Ulrich zwinkerte Clair verschwörerisch zu, „leider nicht." Clair lächelte zurück, eigentlich war er doch ganz nett, fand sie.

„Gut, dass ihr wenigstens den Schlitten für uns stehen gelassen habt", meinte Henning kauend und registrierte die Blicke und das kindische Wortgeplänkel der beiden. „So konnten wir wenigstens, wenn wir schon wegen euch ein zweites Mal hinaufsteigen mussten, bequem mit Hilfe der Taschenlampen herunter rodeln." „Ganz so schlimm war es nicht, Henning", lenkte sein Vater ein, „vom Parkplatz aus sind es ungefähr vierhundert Meter hinauf zur Bahnstation. Wollt ihr noch einen Zuschlag?"

„Ja, bitte, und noch eine Apfelsaftschorle!

Im Nachhinein betrachtet, da waren sie sich einig, war es ein schöner, interessanter Neujahrsausflug gewesen, wenn man das mit den Brockenhexen auch nicht auf die allzu leichte Schulter nehmen sollte, bemerkte Florian mit Blick auf seine Tochter.

Während der Heimfahrt schliefen Clair und Ulrich auf den Rücksitzen, und Henning erzählte seinem Vater, dass er nach dem hoffentlich bestandenen Abitur in Göttingen Chemie zu studieren gedenke. Florian trieb es die Freudentränen in die Augen, die er hinter einem längeren Schweigen zu verbergen suchte.

„Ich dachte, du könntest mir während des Studiums helfen, Papa, auch bei der Zimmersuche. Vielleicht kann ich ja auch bei euch wohnen?"

„Und deine Mutter, was sagt sie dazu, Henning?"

„Sie wird es kapieren und akzeptieren müssen. Also Papa, was hältst du davon?"

Florian hätte vor Freude und Erleichterung die ganze Welt umarmen mögen. „Dann werden wir beide Studierende sein, ich arbeite nämlich gerade an meiner Habilitation. Ich werde mit Franziska reden, es wird sich bestimmt etwas finden."

„Du willst Professor werden, Papa?", fragte Henning erstaunt.

„Wundert dich das, Henning? Ich arbeite derzeit in Halle mit einem Professor an einem Projekt, ich werde darüber Vorlesungen halten und mich in zwei- drei Jahren um eine Professur bewerben. Aber, Henning, ich freu mich so für dich, für uns, ich kann es noch gar nicht fassen. Wenn es mit deinem Studium klappen sollte, wäre es die größte Freude für mich!"

Nach den Weihnachtsferien erschien Henning wie gewohnt am Freitagmorgen im Büro des Therapeuten Sebastian Steiger. Es sollte das letzte Mal sein, hatte er sich vorgenommen, er brauchte keine Therapie mehr. Er wollte Herrn Steiger von seinem Plan erzählen, nämlich, dass er in Göttingen Chemie studieren will.

„Guten Morgen, Henning", begrüßte ihn Sebastian Steiger und erfasste seinen Schützling mit einem Blick, er war gleichermaßen erstaunt, wie erfreut über dessen positive Verwandlung. Hennings Gesichtsfarbe war nicht nur von der Januarkälte frisch und gut durchblutet, das war nicht zu übersehen.

„Hallo!", grüßte auch Henning, hängte wie gewohnt seine Thermojacke über die Stuhllehne, die Handschuhe und den Schal obenauf, und setzte sich. Er sackte nicht wie üblich auf dem Lederstuhl zusammen, er blieb aufrecht sitzen und schaute seinen Gegenüber an, ohne den Blick abschweifen zu lassen. Hennings Kleider waren sauber, die Stiefel ordentlich geschnürt, seine Jeans hatte einen Ledergürtel mit einer Metallschnalle und, als er jetzt seine Pudelmütze vom Kopf zog sah man, dass seine Haare gekürzt und leicht gesteilt waren, er fuhr ordnend mit der Hand hindurch. Diese auffällige Veränderung konnten nicht nur die paar Sitzungen bewirkt haben, mutmaßte Sebastian Steiger.

„Es freut mich, Henning", meinte er ehrlich berührt, „dass du gekommen bist und dass es dir besser geht. Du hattest schöne Feiertage, nehme ich an? Hast du deinen Vater besucht?" „Ja, sicher", antwortete Henning bereitwillig, „und meine Schwester Clair und seine Familie. Ich war über Neujahr eine Woche bei ihnen. Mein Freund

374

Ulrich übrigens auch, er musste auf einer Luftmatratze schlafen, das tat ich dann aus Solidaritätsgründen sozusagen auch. Ulrich fand es spaßig, er meinte, es wäre fast so abenteuerlich wie in einem Camp. Wir hatten viel Spaß. Übrigens, ich werde nach dem Abi, wenn ich es schaffen sollte, zu meinem Vater ziehen, ich will in Göttingen Chemie studieren."

Henning nagte kurz an seinem kurzgefeiltem Daumennagel und meinte beinahe verlegen:

„Wissen Sie, Herr Steiger, ich brauche keine Therapie mehr, ich habe auch keine Zeit mehr dazu, ich muss jede Minute fürs Abi lernen. Sie werden es nicht glauben, aber ich habe während der Feiertage keinen Tropfen Alkohol angerührt und auch nicht gekifft, höchstens mal zum Abgewöhnen eine Zigarette geraucht."

„Das ist gut, Henning, das ist ganz ausgezeichnet", meinte Sebastian Steiger anerkennend. „Aber was sagt deine Mutter zu deinen Plänen? Ist sie damit einverstanden?"

„Sie weiß noch nichts davon, aber sie muss es begreifen, dass ich in Göttingen studieren will!"

„Ganz in der Nähe deines Vaters, nicht wahr?", ergänzte Herr Steiger verstehend lächelnd.

„Na, klar, er kann mir helfen, er ist Chemiker."

„Sehr gut, Henning, ich freu' mich sehr für dich. Aber dein Vater hat doch eine neue Familie. Ist seine jetzige Frau auch damit einverstanden, wenn du kommst?"

„Ja, ist sie", meinte Henning. „Aber ehrlich gesagt, ist es mir bei ihnen auf die Dauer zu hektisch. In Göttingen gibt es große Studentenwohnheime, Papa will sich darum kümmern, und auch um ein BAföG."

„Prima, Henning", Sebastian Steiger nickte anerkennend. „Und du meinst, mit dem Saufen und Kiffen wäre jetzt Schluss?"

Henning nickte. „Unbedingt, ich hab' es meiner Freundin versprochen, ich will sie nicht noch einmal enttäuschen."

„Aha", dachte Sebastian Steiger belustigt, „daher also weht der Wind." Dann wurde er wieder ernst.

„Bestens, Henning, aber du solltest wissen, du hast noch einige Sitzungen gut, bei Bedarf können wir sie jederzeit fortsetzen, einverstanden?"

„Schon gut, Herr Steiger." Henning stand auf, stülpte sich die Mütze über und schlüpfte in seine Jacke. „Jedenfalls Danke für alles, ich glaube, die Sitzungen haben mir echt was gebracht. Ein gutes, neues Jahr, Herr Steiger. Auf Wiedersehen!"

„Für Dich auch ein gutes, neues Jahr, Henning! Alles Gute und viel Glück für deine Zukunft!"

Sie reichten sich die Hände, Sebastian Steiger begleitete Henning zur Tür und schaute ihm nach, wie er eilig zur Treppe hin verschwand.

„Viel Glück, Henning Dengler", murmelte er. „Du wirst es gebrauchen."

Wenn Henning glaubte, seine Schwester Clair hätte weniger unter der Trennung vom Vater gelitten wie er, dann irrte er. Er wusste nicht, wie oft sie sich in den Schlaf geweint hatte, weil sie sich nach der Geborgenheit sehnte, die ihr nur Papa geben konnte, oder weil sie seine Stimme hören wollte. Mag sein, dass sie instinktiv schneller wie er kapierte, dass es klüger war, die Sehnsucht nach ihm nicht offen, wie in einen Bauchladen vor sich herzutragen, sicher glaubte sie auch lange Zeit, es würde wieder alles gut werden, irgendwie, und hatte sich deshalb schneller als der große Bruder mit den neuen Begebenheiten arrangiert, oder sie erkannte schneller wie er, dass nichts zu ändern war. Spätestens als Mama sich vor ihr und den Geschwistern vom Balkon stürzen wollte, spätestens da hatte sie es gewusst, es wird nichts mehr gut werden und mit dem ihr eigenen Eigensinn beschlossen, bei ihrem Papa zu bleiben, bei seiner neuen Familie in Duderstadt oder wo sonst er auch sein mochte. Sie sehnte sich schlicht nach Geborgenheit und Beständigkeit.

Clair war elf Jahre alt, als sie nach den Herbstferien nicht mehr zurück zur Mama wollte, sie sagte es Papa am Vorabend der Heimreise, nach dem Abendbrot. Sie spielten Monopoly, Papa hatte es wohl zuerst überhört oder er dachte, es wäre eine ihrer wankelmütigen Launen, er würfelte scheinbar ungerührt, weil er am Zug war. Aber es war keine Laune, Clair war fest entschlossen und wiederholte mit Nachdruck ihren Entschluss.

„Ich will bei dir bleiben, Papa! Ich fahre morgen nicht zurück zur Mama!"

Dann endlich hatte es Papa begriffen und sie mit gerunzelter Stirn angeschaut. „Aber Clair, du weißt doch auch, so einfach geht das nicht. Du gehst in Gerbach in die Schule und hast dort deine Freunde."

„Und wenn schon, Papa. Ich dachte du freust dich, wenn ich hierbleibe, bei dir. Freust du dich nicht?"

Clair hatte ihren Papa herausfordernd und doch bang angeschaut. Und wenn er es gar nicht mehr wollte?

„Hast du denn schon mit deiner Mutter darüber gesprochen? Ist sie damit einverstanden, dass du bei mir bleiben willst?"

Clair hatte einen Ellbogen auf den Tisch gestützt und ihr Kinn auf den Handballen gelegt, ihr fülliger Pferdeschwanz verdeckte fast ihr niedliches Gesichtchen mit den jetzt bockig geschürzten Lippen. Dann hatte sie ihn entschlossen in den Nacken geworfen und ihren Papa streng angeschaut.

„Das ist mir egal, Papa. Ich bleibe jedenfalls jetzt bei dir!"

„Oha! Genau wie ihre Mutter", hatte Florian seltsam betroffen gedacht, „wenn Isabell partout etwas wollte, dann hatte sie den gleichen Ton an sich. Clair war eben die Tochter ihrer Mutter."

Bei Henning hatte der Wunsch seiner Schwester tiefstes Unbehagen hervorgerufen. Gut, Clair hatte immer den Status des harmlosen Nesthäkchens genossen, sie musste den Vater nie verleumden, um der Mutter zu gefallen, wenn Clair rebellierte, dann wurde ihr das nachgesehen. „Lass es lieber sein, Clair", hatte er ihr leicht schulmeisterlich empfohlen, „es bringt dir nur eine Menge Ärger ein."

In seinem Innern aber hatte befürchtet, dass die Schwester stärker sein könnte, als er es gewesen war, sie könnte es schaffen. Er war im entscheidenden Augenblick eingeknickt, aber Clair war anders, sie konnte ungemein eigenwillig und eigennützig sein.

Florian aber glaubte zu wissen, was in seinem Sohn vorging. „Nun", hatte er ruhig gemeint, „ihr wisst beide, wie gern ich euch bei mir habe, aber ihr wisst auch, dass es einen Gerichtsbeschluss gibt, der besagt, dass ihr bei eurer Mutter wohnen sollt, darüber dürfen wir uns nicht einfach hinwegsetzen. Wenn ihr bei mir in Duderstadt bleiben wollt, Clair, dann müsst ihr das vor allem mit eurer Mutter klären."

„Aber das kannst *du* doch machen, Papa!" Clair hatte sich auf den Schoß des Vaters gesetzt, ihre Arme um seinen Hals gelegt und den Kopf an seine Brust gelehnt, Tränen der Enttäuschung, weil sich Papa über ihren Entschluss gar nicht zu freuen schien, kullerten über ihre Wangen. „Bitte, Papa, ich will wirklich bei dir bleiben! Das willst du doch auch, oder?"

Florian aber hatte beinahe unsanft ihre Arme von seinem Nacken genommen und ihr ernst in die dunklen, bekümmerten Augen geschaut. „Ja, Clair, das will ich auch, aber darauf kommt es nicht an." Seine Stimme klang hart, als er fortfuhr. „Ich fürchte, wenn du es nicht schaffst mit deiner Mutter darüber zu reden und auch mit dem Richter, dann ist es in der Tat besser, du würdest das Ganze schnell vergessen."

„Aber warum, Papa? Sagst du nicht immer, man soll alles versuchen, um seine Ziele zu erreichen? Vorzeitiges Aufgeben ist nicht angesagt? Das sagst du doch immer, Papa, oder?"

Am darauf folgenden Montagmorgen saßen Clair und ihre Oma Fanny auf den Rücksitzen von Florians Auto, das vor dem Heuberger Amtsgerichts, am Rande des Parkplatzes unter einer herbstlich bunten Eiche stand. Dort war es einigermaßen geschützt vor neugierigen Blicken.

„Bitte, Oma, ich will da nicht hineingehen! Lass uns von hier weggehen!", flehte Clair mit verzagter Stimme. Nichts wäre Oma Fanny lieber gewesen, aber es ging nicht, sie nahm die Hände ihrer aufgeregten Enkelin in die ihren und versuchte Zuversicht auszustrahlen. Sie hoffte von Herzen, dass sie hier bleiben durften, in der Abgeschiedenheit des Autos, das ihnen Sicherheit bot vor dem ungemütlichen Herbstmorgen und mehr noch vor der Empörung und den Vorwürfen, die hinter der schlichten Fassade des Gerichtsgebäudes auf sie warteten. Sie hoffte, hier mit der Enkelin abwarten zu können, bis alles geklärt und vorbei sein würde.

„Ich fürchte, mein Schatz", meinte sie mitfühlend, „wir sollten es nicht ganz ausschließen, dass dein Vater nicht alles alleine regeln kann, dass du es ihnen selbst sagen musst."

„Ja, Oma, aber nicht hier, ich sage es ihnen am Telefon. Oder ich schreibe Mama und dem Richter einen Brief, in dem ich alles erkläre. Lass uns von hier weggehen, Oma, bitte." Kims Gesicht war ein einziges Flehen. „Ich kann nicht hineingehen, Oma, es sind bestimmt alle da!"

„Vielleicht brauchst du das auch nicht, und natürlich schreibst du deiner Mutter und deiner Schwester Briefe, du wirst sie auch oft besuchen", versuchte Oma Fanny ihr Enkelkind zu beruhigen. „Keine Angst, dein Papa und ich sind bei dir, der nette Anwalt Schuster auch. Er ist extra mitgekommen, um uns zu helfen. Beantworte nur die Fragen des Richters, du hast ihn ja schon kennengelernt, er ist sehr nett. Niemand wird dir böse sein und mit dir schimpfen, dafür wird er sorgen!"

Clair beruhigte sich ein wenig. Sie ging seit dem Sommer in die fünfte Klasse der Gesamtschule von Gerbach. Eigentlich hatte nichts darauf hingedeutet, dass sie zu dem schwerwiegenden Entschluss kommen würde, nach den Herbstferien bei ihrem Vater bleiben zu wollen.

Nun bangten beide, Großmutter und Kind, Florians Rückkehr entgegen, der mit Anwalt Schuster in das Gerichtsgebäude vorausgegangen war. Florian hatte geglaubt, in diesem Fall könne er den Beistand eines Anwalts gut gebrauchen. Als er mit ihm im ersten Stock des Gerichtsgebäudes den offenen, kahlen Warteraum betrat, zwei Fenster gingen zum Parkplatz hinaus, schlug ihm eine kalte Feindseligkeit entgegen. Isabell hatte Rückendeckung mitgebracht, ihre Eltern waren da, ihre Schwester Dora und Clairs fünfjährige Halbschwester Karoline. Wenn Florian bisher gehofft hatte, Clairs handschriftliche Erklärung würde reichen, um ihr aus Rücksicht auf ihre Jugend die direkte, schmerzliche Konfrontation mit der Mutter und deren Familie zu ersparen, so musste er diese Hoffnung jetzt begraben. Nein, für diese Familie gab es nur ein Dafür oder ein Dagegen, für sie musste Clairs Ansinnen, bei ihrem Vater bleiben zu wollen, ein glatter Verrat sein, eine persönliche Niederlage. Florian hoffte nur, dass sich ihr Zorn auf ihn, den Vater entladen würde.

In der Tat gab es für die Familie Baumann nicht den geringsten Zweifel daran, wer für Clairs plötzliche Schnapsidee verantwortlich war, nämlich ihr niederträchtiger, skrupelloser Vater. Er musste ihr während der Herbstferien den Floh ins Ohr gesetzt haben, wer weiß mit welchen Tricks und Versprechungen. Diesem Vater, der zu keiner Zeit zu Zugeständnissen bereit gewesen war und immer nur zögerlich oder verspätet und nur das Allernötigste an Unterhalt für die Kinder und deren Mutter bezahlt hatte, dem war alles zuzutrauen. Aber diese Gemeinheit sollte seine letzte gewesen sein, er würde die Kinder garantiert nicht mehr zu hören und zu sehen bekommen. Man hatte es den Kindern zur Genüge suggeriert, dass dieser Vater es nicht wert sei, auch nur einen Gedanken an ihn zu verschwenden, und dass er mit seinen ständigen Telefonaten und Pflichtwochenenden nur ihre Mutter quälen will, um sich an ihr zu rächen, weil sie sein männliches Ego verletzt hatte. Vor allem der alte Baumann, ein Familienpatron ersten Ranges, der in den letzten Jahren ein Vermögen durch Nachlassvermittlungen gehortet hatte, verpasste keine Gelegenheit es gebetsmühlenartig zu wiederholen. Auch jetzt bestrafte er seinen Ex Schwiegersohn und dessen Anwalt, als sie den Warteraum betraten, mit überheblicher, verächtlicher Ignoranz.

Noch am Samstag hatte Florian das zuständige Heuberger Familiengericht telefonisch davon unterrichtet, dass seine Tochter Clair nach den Ferien bei ihm, dem Vater bleiben wolle. Daraufhin hatte der Amtsrichter in aller Eile einen Brief an die Mutter des Kindes verfasst und veranlasst, dass er noch am Sonnabend in ihrem Briefkasten landete. Er informierte Isabell Dengler/Wegener, dass ihre Tochter Clair in Zukunft bei ihrem Vater in Duderstadt leben will und dass sie, die Mutter, am Montag, den 21. 10., um 9 Uhr 30 zu einer Aussprache ins Heuberger Amtsgericht kommen solle. Es sei ein Eilverfahren, hieß es.

Oma Fanny erkannte den Mann, der plötzlich vor dem Auto stand, sofort, obwohl sie nur sein Jackett und die Hosenbeine sehen konnte, sie erschrak bis ins Mark hinein. Fast im gleichem Moment gewahrte ihn auch Clair, sie öffnete spontan, noch ehe Oma Fanny es verhindern konnte, die Autotür und fiel dem grauhaarigen, untersetzten Mann um den Hals.

„Bist du mir böse, Opa?", schluchzte sie an der Schulter des alten Baumanns.

„Nicht böse, Liebes", hörte Oma Fanny ihn leise und bedrückt sagen, „nur traurig. Sehr, sehr traurig."

Ein wenig beruhigt setzte sich Clair wieder neben ihre Oma auf den Rücksitz des Autos. Baumann schien dies nicht zu gefallen, er beugte sich leicht ins Auto hinein.

„Wir sind alle unendlich traurig, Clair", meinte er nun schon vorwurfsvoller, schärfer. „Wir können es nicht glauben, was uns der Richter geschrieben hat. Du weißt doch, wie sehr dein Vater deine

Mutter misshandelt und gequält hat, er hat sie an den Haaren gezerrt und geschlagen. Das weißt du doch, Clair?"

Clair sackte in sich zusammen und murmelte kaum hörbar: „Nein, mein Papa tut so etwas nicht."

„Was sagst du da?", Baumann beugte sich noch weiter vor, so als hätte er seine Enkelin nicht verstanden, es wirkte bedrohlich.

Da verlor Oma Fanny vor Empörung ihre Zurückhaltung und auch ihre Angst vor dem herrischen Mann. „Sie hören es doch, Clair glaubt Ihnen ihre unsäglichen Verleumdungen nicht, nicht mehr, dazu kennt sie ihren Vater zu gut!" platzte es aus ihr heraus. „Wie können Sie dem Kind das antun, Herr Baumann! Bitte gehen Sie, wir wollen alleine sein!"

Die Autotür fiel krachend zu, er war weg. Clair zitterte vor Entsetzen wie im Schüttelfrost.

„Clair", Oma Fanny nahm ihr Enkelkind in die Arme, sie wusste nicht, was sie ihr Tröstliches sagen sollte. „Dein Großvater meint es ganz sicher nicht so", behauptete sie gegen ein besseres Wissen, „er hat Angst, dich zu verlieren, deshalb hat er das gesagt. Vielleicht können wir ihn und deine Mutter mit Hilfe des Anwalts Herrn Schuster und des Richters überzeugen, dass du nur bei deinem Vater wohnen willst, nichts weiter."

Da kam Florian und öffnete die Autotür.

„Kommt", meinte er gefasst, „es geht los!"

„Nein, Papa, ich kann das nicht! Der Opa war schon da, er ist böse! Bitte, Papa, ich kann nicht!"

„Doch, Clair, es muss sein! Das weißt du doch! "

Er hatte sein widerstrebendes Töchterchen fest im Griff, als er mit ihr zügig über den Parkplatz zum Gerichtgebäude ging. Oma Fanny folgte ihnen mit blutendem Herzen, sie wusste, was jetzt kam, musste für das Kind schrecklich sein. Kein Richter der Welt würde es ihr ersparen können.

Im Gerichtsgebäude eilten sie die breite Steintreppe zum ersten Stockwerk hinauf. Am Treppenabsatz, an dem die Treppe parallel weiterverlief, befreite sich Clair vom Griff des Vaters und flog ihrer Mutter entgegen, die oben an der Treppe stand und sie wie eine verlorene Tochter weinend in die Arme schloss.

„Bist du mir böse, Mama", schluchzte Clair.

„Nein, nein, nicht böse, Liebes", flüsterte Isabell, ihr leidendes, verweintes Gesicht strafte sie der Lüge.

Gleich darauf trat ein grauhaariger Herr im dunklen Anzug aus einem Amtszimmer, es war Familienrichter Dr. Harald Schulz, der vor knapp acht Jahren die Eheleute Dengler geschieden hatte. Er bat Frau Isabell Dengler\Wegener und Herrn Florian Dengler, die Eltern des Kindes, herein.

Die anderen verharrten im Warteraum, sie lauschten und wenn die Stimmen hinter der Tür erregter und lauter wurden, stockte ihnen der Atem. Clair saß still, wie abgeklärt neben ihrer Großmutter Baumann, ihre fünfjährige Halbschwester Karoline setzte sich auf ihre Knie, sie spielte mit Clair's Haaren und verglich sie mit den ihren. „Schau, Clair", stellte sie fest, „du hast die gleichen Haare wie ich, weil wir Schwestern sind, nicht wahr?"

„Ja", dachte Oma Fanny beklommen, „sie ist die beste Anwältin, die Isabell mitbringen konnte. Sie wusste genau, wie sehr Clair an ihrer kleinen Halbschwester hing, und die Kleine an ihr.

„Schau, Clair", fuhr sie im einschmeichelnden Ton fort und schaute die große Schwester treuherzig an, „Mama schläft jetzt auf der Couch, damit du ein eigenes Zimmer haben kannst. Du hast einen neuen Schreibtisch bekommen und ein neues Bett. Gefällt dir das nicht? Mama hat dich auch bei der Jugendfeuerwehr angemeldet, da wolltest du doch schon immer hin. Henning ist auch dort und wenn ich groß genug bin, dann gehe ich auch zur Feuerwehr. Wird das nicht schön werden, Clair, freut dich das nicht?"

Clair nickte unbestimmt, sie war sehr blass und streichelte geistesabwesend über die langen, dunklen Haare der kleinen Schwester.

Dann ging unverhofft die Tür auf und Florian kam mit dem Richter heraus. Er ging zu seiner Tochter. „Alles ist gut, Clair. Geh jetzt hinein zu deiner Mutter und rede mit ihr von Frau zu Frau. Oma Fanny und ich warten solange auf dich."

Ehe es sich Clair versah, wurde sie in die Amtsstube geschoben, wo ihre Mutter auf einem Stuhl saß und ihr mit verquollenen, roten Augen entgegenblickte. Die Tür fiel hinter ihr zu.

„Eine halbe Stunde gönnen wir den beiden", erklärte Richter Schulz. Er lehnte sich abwartend an eine der Fensterbänke und betrachtete unauffällig die Menschen im Warteraum. Es herrschte ein bedrücktes Schweigen, die Familie Baumann saß halb abgewandt vor ihm, hin und wieder streifte ihn ein abwägender Blick. Der Vater des Kindes, Herr Dengler, lehnte mit verschränkten Armen am Treppengeländer und unterhielt sich leise und angeregt mit seinem Anwalt, später würde er von diesem erfahren, über was, nämlich dass der alte Baumann unten auf dem Parkplatz versucht hatte, sein Enkelin Clair einzuschüchtern. Die Mutter von Herrn Dengler stand allein am anderen Fenster und starrte hinaus, sie wirkte sehr bedrückt. Draußen hatte es angefangen zu nieseln, dunkle Wolken zogen regenschwer über die Fachwerkhäuser der kleinen Stadt, ein böiger Wind schüttelte die

Laubbäume und ließ dürres Laub in Massen herab und über den Parkplatz wirbeln.

Oma Fanny sah es und sah es auch nicht, sie dachte an den Tag vor acht Jahren.

Es war ein genauso ungemütlicher Herbsttag gewesen, als Florian am Abend bei ihnen anrief und mit rauer Stimme bat, beim Haus seiner Schwiegereltern nachzuschauen, ob das gewisse Auto davorstände. Er befürchte, dass Isabell mit den Kindern zu ihren Eltern nach Kirchhausen gefahren sein könnte, höchstwahrscheinlich mit ihrem neuen Liebhaber. Bei Bekannten und Freunden sei sie nicht, sie hätte auch keine Nachricht hinterlassen, aber die Reisetaschen wären mit einigen Kleidern und Waschzeug verschwunden.

„Habt ihr wieder gestritten, Junge", hatte sie ahnungsvoll gefragt. Auch wenn ihr Sohn nicht darüber sprach, so lag es doch auf der Hand, dass die entsetzlichen Auseinandersetzungen nicht aufgehört haben konnten, nur weil sie weggezogen waren.

„Sie hat sich wieder verliebt, Mama", hatte er nur geantwortet.

Oma Fanny schreckte auf, hinter der Tür der Amtsstube waren die Stimmen von Mutter und Kind lauter, erregter geworden, dann wurde es wieder still.

Anwalt Schuster, der nun bei Richter Schulz am anderen Fenster stand, fragte, ob es nicht an der Zeit wäre, das Mutter-Kind Gespräch zu beenden.

„Ein Viertelstündchen noch", meinte Richter Schulz gelassen. „Sie wissen, Herr Kollege, elfjährige Mädchen haben oft die seltsamsten Anwandlungen, heute dies und morgen das." Der alte Baumann gab ihm recht. „Das Kind kommt in die Pubertät, man muss es vor einem schlimmen Fehler bewahren", meinte er kumpelhaft.

Oma Fanny tupfte sich mit einem Taschentuch den Schweiß von der Stirn, sie musste gegen eine Übelkeit ankämpften, die ihr die Gegenwart des alten Baumanns bereitete. Würde sich der Richter von ihm beeinflussen lassen? Sie versuchte sich abzulenken, indem sie wieder dem herbstlichen Spiel der Wolken und der herumwirbelnden Blätter zuschaute.

Natürlich hatte damals das bestimmte Auto in der Einfahrt von Isabells Elternhaus gestanden. Ihr Sohn hatte noch am gleichen Abend bei einer Duderstädter Polizeidienststelle Anzeige wegen Kindesentführung erstattet, aber man hatte ihm nicht geholfen, auch später nicht beim Jugendamt, Oma Fanny bekam feuchte Augen, als sie nur daran dachte. Niemand hatte ihrem Sohn in seiner Not Gehör geschenkt oder ihm Hilfe gewährt, es wurde ihm immer nur empfohlen, wie gewohnt seiner Arbeit nachzugehen und in Ruhe die Entscheidungen des Gerichts und des Jugendamtes abzuwarten, so würde er seinen Kindern am besten helfen.

Wie oft hatte er vor dem Haus der Baumanns gestanden und wollte seine Kinder sehen und mit ihnen reden, aber es wurde ihm nur mit einer Anzeige wegen Ruhestörung und Hausfriedensbruch gedroht, man hatte ihn mit den übelsten Schimpfwörtern traktiert, wochenlang konnte er die Kinder nicht sehen oder mit ihnen telefonieren. Warum Isabell das Haus in Duderstadt, als sie die meisten Möbel herausholte, derart verwüstet hat, das blieb rätselhaft und unbegreiflich. Jedenfalls hatte Florian danach keine Bleibe mehr gehabt, was wohl dazu beitrug, dass bei der Scheidung Isabell das Wohnrecht für die Kinder zugesprochen wurde.

Aber Florian hatte auch Hilfe bekommen, von seinem Vorgesetzten in Duderstadt zum Beispiel, der ihm sein Gartenhaus zur Verfügung stellte und ihm die Zeit gab, zu regeln, was zu regeln war. Die Leute im Jugendamt aber empfanden es als störend, wenn sie, die Großel-

tern auftauchten und von den Nöten der Kinder berichten wollten. Die Kinder seien gut versorgt, hieß es, es gehe ihnen gut. Sie hätten sich wahrhaftig für wichtige, dringende Fälle zu kümmern.

Oma Fanny lauschte, hinter der Tür der Amtsstube war es ruhig. Zu ruhig? Familienrichter Schulz unterhielt sich mit dem alten Baumann, würde er sich von ihm beeinflussen lassen? Der alte Baumann war in solchen Dingen bestens bewandert. Florian lehnte nach wie vor am Treppengeländer und horchte zerstreut seinem Anwalt zu, der leise auf ihn einsprach.

„Wie lange dauert es denn noch", fragte sie sich gequält, „eine halbe Stunde konnte doch nicht ewig dauern. Das arme Kind."

Jedenfalls waren auch für sie, den Eltern und Großeltern, die sechs Wochen, in denen Florian seine Kinder nicht sehen und sprechen durfte, unerträglich lang erschienen. Endlich hatte man ein Einsehen gehabt und er durfte seine Kinder in Anwesenheit der Mutter eine Stunde lang sehen, Isabell hatte auf ihre Anwesenheit bestanden, sie misstraute ihrem Ex Mann mit Recht. Oma Fanny lächelte schmerzlich bei dem Gedanken, wie oft, manchmal nächtelang Florian den Gedanken durchgespielt hatte, mit den Kindern abzuhauen, ins Ausland, es wäre nicht schwer gewesen, sie und andere hätten ihm dabei geholfen, hätten ihn unterstützt, jemand musste Florian doch helfen. Er aber hatte Angst, dass er beim Scheitern einer Flucht seine Kinder endgültig verlieren könnte.

Bei der Scheidung hatte es geheißen, es wäre der Wunsch der Kinder, bei der Mutter in Kirchhausen zu bleiben, und so wurde Isabell das Aufenthaltsrecht der Kinder zugesprochen. Die zuständige Jugendbeamtin war der Ansicht gewesen, dass die Kinder inzwischen dem Vater entfremdet wären und dass eine alleinerziehende, leidgeprüfte Mutter unterstützt werden müsse. „Amen", dachte Oma Fanny bitter. Den Kindern jedenfalls erging es in den folgenden, langen

388

Jahren schlecht, wenn nicht zu sagen miserabel. Eifersüchtig wachte die Mutter auf jede Minute, welche die Kinder zu spät vom Vater zurückkamen, bei der Distance von dreihundertdreißig Kilometern mit dem Auto und später mit dem ICE war Pünktlichkeit reine Glückssache. Bei der Kindesübergabe -ein grässliches Wort- gab es deswegen immer Anlass zum Zetern und sich beim Jungendamt zu beschweren. Aber nicht nur deswegen, Anlässe dafür gab es genug. Die Kinder kämen verwahrlost zurück, hieß es zum Beispiel, ihre Anziehsachen wären versifft oder sie hatten wieder einmal etwas vergessen. Der vermisste Hoppel, Clairs Schlappohrhase, den sie zur ihrer Geburt bekommen hatte, war wochenlang ein Riesenthema ge-wesen. Jedenfalls wollte Isabell nichts mehr mitgeben, weder Anzieh-sachen, -also sollten die Kinder nackt verreisen?- noch sonst etwas, keine „Kindesübergabe" verlief ohne Keiferei. Wie oft drohte sie mit Kindesentzug, weil der Unterhalt nicht oder noch nicht eingegangen wäre und so weiter. Oder die Kinder waren zum vereinbarten Abhol-termin nicht da, oder es ging ihnen nicht gut oder es war überra-schend Besuch gekommen oder, oder, der Gründe gab es beliebig viele. Isabell hatte Macht und die Unterstützung des Jugendamtes, das nutzte sie gnadenlos aus. Es war die Hölle, bis heute. Aber, das musste man Isabell vielleicht zu Gute halten, sie wollte nicht ihren Kindern schaden, nur deren Vater.

Und nun, nach sieben Jahren nahm die kleine, elfjährige Clair all ihren Mut zusammen und wollte ausbrechen aus der Umklammerung der Mutter und des besitzergreifenden Familienclans. Sie wollte schlicht bei ihrem Papa leben, dem von der Mutter und den Großel-tern so sehr verhassten Vater. Würde es nicht über die Kräfte eines kleinen Mädchens gehen?

„So!" Oma Fanny schreckte auf. Das kleine Wort des Richters kün-digte unmissverständlich das Ende der Wartezeit an. Richter Schulz gab Florian ein Zeichen, mitzukommen, sie gingen in die Amtsstube, die Tür schloss sich hinter ihnen.

Im Warteraum lastete die Spannung bleischwer auf den Menschen. Clairs kleine Schwester Karoline kauerte auf dem Schoß ihrer Großmutter Baumann, die sie sanft und beruhigend in ihren Armen wiegte. Nach einer Weile stand die Tante der Kleinen auf und schaute sich suchend um, alle Augen folgten ihr, froh, eine Ablenkung gefunden zu haben. Sie murmelte etwas wie: „Gibt es hier irgendwo einen Trinkautomaten?"

Karoline rappelte sich vom Schoß ihrer Großmutter auf, die ihr umständlich den Pulli glatt strich, und folgte ihrer Tante, offenbar wollte sie ihr bei der Suche nach einem Trinkautomaten helfen. Man sah es dem Kind an, es ging ihm nicht gut, seine Lippen waren blass und trocken; da ging unvermittelt die Tür der Amtsstube auf.

Frau Dengler/Wegener kam zuerst heraus, sie schaute grimmig und entschlossen drein und hielt das Armgelenk ihrer Tochter umklammert, so als hätte sie Angst, Clair könnte ihr entwischen. Sie durchquerte mit ihr eilig den Warteraum, als ihr Florian, der hinter ihr aus der Amtsstube gekommen war, in den Weg trat.

„Moment", sagte er beherrscht, sein Gesicht war angespannt. „Erlaube, dass ich mich von meiner Tochter verabschiede." Widerwillig ließ Isabell Clairs Handgelenk los, Florian legte seinen Arm um die Schultern seiner verängstigt wirkenden Tochter und trat mit ihr beiseite.

„Alles gut, Clair", meinte er leise. „Nur eine Woche, dann werden wir uns hier wiedersehen. Der Richter will sicher sein, dass es dir ernst ist, weißt du. Wenn du bis dahin immer noch zu mir kommen willst, dann ist es gut, es würde mich wirklich sehr freuen, Clair, das weißt du. Ich werde auf jeden Fall nächste Woche hier sein, auch wenn du es dir noch einmal anders überlegen solltest."

Clair nickte, sie wollte antworten, aber die gereizte Stimme ihrer Mutter ließ es nicht zu. „Nun komm schon, Clair!", drängte Isabell, packte Clair wieder am Handgelenk und ab ging es die Treppe hinunter. Ihre Familie folgte ihr mit erhobenen Häuptern.

„Ich danke Ihnen, Herr Schuster", wandte sich Florian, der plötzlich niedergeschlagen und erschöpft wirkte, an seinen Anwalt. „Das wär's wohl. Darf ich Sie zu einem kleinen Imbiss einladen, meine Mutter hat uns etwas vorbereitet."

Oma Fanny nickte, das Herz lag ihr schwer wie ein Lehmklumpen in der Brust, man musste Clair einfach so gehen lassen, ohne Zuspruch, ohne Trost. Eine Woche konnte so unsagbar lang sein.

„Ich verstehe Ihre Enttäuschung", meinte Herr Schuster mitfühlend, auch er war über die Entscheidung des Richters erschrocken gewesen. „Aber, Herr und liebe Frau Dengler, bedenken Sie eins, wenn Clair nach dieser Woche immer noch bei ihrem Entschluss bleibt, dann wird sie unangefochten bei Ihnen bleiben können. Ja, ich nehme Ihre freundliche Einladung zum Essen gerne an."

Eine Woche, in der Clair in die Schule ging und sich gegen jede Bemerkung und Anfrage und jeden gutgemeinten Ratschlag, von wem er auch kommen mochte, abkapselte. Es wäre auch nicht nötig gewesen, dass Oma Fanny einmal in der Schule auftauchte und Grüße von Papa ausrichtete, um ihr Mut zu machen. Clair tat still das Notwendige und das Abverlangte und wartete, bis sie im Heuberger

Amtsgericht Richter Schulz noch einmal sagen konnte, dass sie nun bei ihrem Papa bleiben wolle.

Es war vorerst kein Problem für sie gewesen, ihren Papa mit einer anderen Frau und mit drei anderen Kindern zu teilen, sie wusste ja, *sie* war Papas Liebling; aber eben nicht der von Franziska, Papas neuer Frau. Trotz anfänglicher großer Harmonie und allseits guten Willens gab es schnell Querelen, Missverständnisse und temperamentvolle Auseinandersetzungen. Missverständnisse sind in einer Patsch-Work-Familie eben vorprogrammiert.

Er hatte Franziska im Supermarkt kennengelernt, sie war furchtbar im Stress gewesen, ihr dreijähriger Sohn hatte alle Register gezogen und sich wie toll an der Kasse gebärdet, weil er irgendein Naschzeug wollte und nicht bekam. Es war Feierabendbetrieb, hinter ihnen bildete sich eine beachtliche Warteschlange, als Franziska erschrocken feststellte, dass sie ihr Portemonnaie vergessen hatte. Er hatte ihr mit einem leicht spöttischen Lächeln angeboten, das Geld vorlegen zu dürfen. Es war ihr peinlich gewesen, aber sie hatte es zugelassen, dass er seine Geldbörse aus der Gesäßtasche angelte und bezahlte, so als wäre es das normalste der Welt, einer Wildfremden an der Supermarktkasse Geld auszulegen. Beim Hinausgehen hatte ihn Franziska in ihrer Dankbarkeit auf ein Glas Wein in die Kneipe an der Ecke eingeladen, vielleicht am nächsten Abend, er hatte lächelnd zugestimmt. Was sonst hätte er auch machen sollen, der Betrag, den er ihr ausgelegt hatte, war nicht gerade klein gewesen. Am Auto hatte er noch mitgeholfen, die Lebensmittel in ihren Kofferraum zu laden, dann hatte Franziska ihm ihre Visitenkarte gegeben und er gab ihr die seine, die sie ungelesen in Ihre Jackentasche steckte.

„Ich hol Sie also morgen um zwanzig Uhr ab", meinte er noch, dann war er schnell zwischen den parkenden Autos verschwunden.

Die Kinder lagen schon in ihren Betten, als Franziska Bedenken kamen, war es nicht für eine alleinstehende Frau leichtsinnig, einem Wildfremden ihre Adresse zu geben? Sie suchte in ihrer Jackentasche nach seiner Visitenkarte und las: Dipl. *Ing. Florian Dengler, Entwicklungschemiker.*

„Meine Güte", dachte Franziska und bekam einen angenehmen Schrecken. „Das konnte man ihm wirklich nicht ansehen." Immerhin verflüchtigten sich ihre Bedenken ein wenig.

Als sie ihn am nächsten Abend, hinter der Küchengardine verborgen, auf dem Bürgersteig, die Hausnummern der schlichten Familienhäuser absuchend, heran schlendern sah, begann ihr Herz unruhig zu schlagen.

Er war spät, über der verabredeten Zeit, was ihn aber nicht sonderlich zu stören schien, er hatte es nicht eilig. In seiner leicht abgewetzten Jeans, dem anthrazitfarbenen T-Shirt und dem beigen, offenen Blouson machte er einen legeren Eindruck. Er war schätzungsweise Ende Zwanzig und knapp eins achtzig groß, mutmaßte Franziska, schmal gebaut mit breiten Schultern, sein kurzes, dichtes, dunkelbraunes Haar ließ einen auffallend kräftigen Nacken frei, was auf einen Sportler schließen ließ. Sein schmales Gesicht mit der breiten Stirn und den dunklen Augen war sehr ansprechend, aber um seinen Mund glaubte sie einen zynischen Zug zu bemerken; und wie er jetzt mit einer rührend unbeholfenen Bewegung der linken Hand die Gartentür aufdrückte und auf das Haus zukam, glich er einem großen Jungen, den man bemuttern möchte und unter dessen Fittiche man sich gerne begeben würde.

Die Hausglocke schrillte. Franziska nahm ihre Handtasche, ging zur Haustür und öffnete sie…

Während sie unsern Blicken entschwinden,
wir ihnen alles Glück der Erde wünschen.
Sie tragen ihr Schicksal mit sich fort,
zur nächsten Generation, an anderem Ort.
Um zu vergessen die Zeit nicht reicht.
Doch irgendwann sie Wunden heilt.

Bücher für Erwachsene

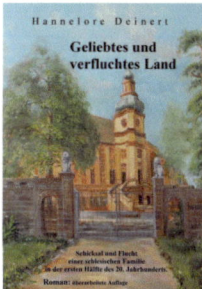

Jugendbücher

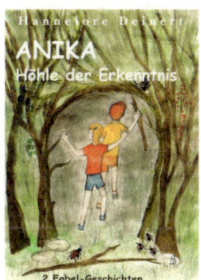

Die Bücher und eBooks der Autorin sind im Buchhandel erhältlich,
Eine Auflistung aller Buchtitel und eBooks
mit ISBN-Nummern finden Sie auch unter der
Web-Adresse: http://www.hannelore-deinert.de ,
den Verlagen oder im Internet

Hannelore Deinert ist in Kelheim an der Donau geboren und wuchs ohne Vater auf, er ist im Krieg geblieben. Nach einigen Wanderjahren und einem sehr intensiven Familien- und Berufsleben -sie betrieb in Münster bei Dieburg ein Spielwaren und Bastelgeschäft- fand sie die Zeit, ihrer Leidenschaft, dem Schreiben, nachzukommen. Sie absolvierte erfolgreich ein Literatur Fern-Studium und schreibt Romane, Kurzkrimis, Gedichte, Jugend- und Kindergeschichten. Ihr Motto ist: *Pures Licht blendet auf Dauer zu sehr, zum Glück gibt es auch den Schatten*